IRMÃOS DE SANGUE

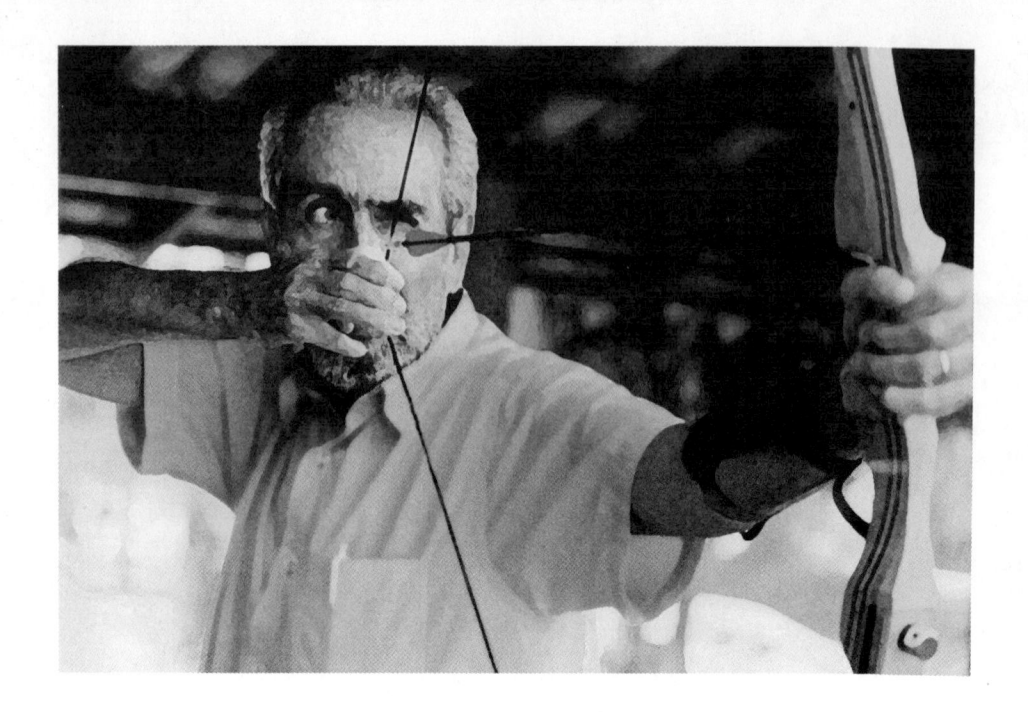

O Arqueiro

GERALDO JORDÃO PEREIRA (1938-2008) começou sua carreira aos 17 anos, quando foi trabalhar com seu pai, o célebre editor José Olympio, publicando obras marcantes como *O menino do dedo verde*, de Maurice Druon, e *Minha vida*, de Charles Chaplin.

Em 1976, fundou a Editora Salamandra com o propósito de formar uma nova geração de leitores e acabou criando um dos catálogos infantis mais premiados do Brasil. Em 1992, fugindo de sua linha editorial, lançou *Muitas vidas, muitos mestres*, de Brian Weiss, livro que deu origem à Editora Sextante.

Fã de histórias de suspense, Geraldo descobriu *O Código Da Vinci* antes mesmo de ele ser lançado nos Estados Unidos. A aposta em ficção, que não era o foco da Sextante, foi certeira: o título se transformou em um dos maiores fenômenos editoriais de todos os tempos.

Mas não foi só aos livros que se dedicou. Com seu desejo de ajudar o próximo, Geraldo desenvolveu diversos projetos sociais que se tornaram sua grande paixão.

Com a missão de publicar histórias empolgantes, tornar os livros cada vez mais acessíveis e despertar o amor pela leitura, a Editora Arqueiro é uma homenagem a esta figura extraordinária, capaz de enxergar mais além, mirar nas coisas verdadeiramente importantes e não perder o idealismo e a esperança diante dos desafios e contratempos da vida.

TRILOGIA A SINA DO SETE I

NORA ROBERTS

IRMÃOS DE SANGUE

ARQUEIRO

Título original: *Blood Brothers*

Copyright © 2007 por Nora Roberts
Copyright da tradução © 2017 por Editora Arqueiro Ltda.

Todos os direitos reservados. Nenhuma parte deste livro pode ser utilizada ou reproduzida sob quaisquer meios existentes sem autorização por escrito dos editores.

tradução: Maria Clara de Biase

preparo de originais: Victor Almeida

revisão: Flávia Midori e Luiza Conde

diagramação: Abreu's System

adaptação de capa: Ana Paula Daudt Brandão

imagem de capa: © Opalworks

impressão e acabamento: Cromosete Gráfica e Editora Ltda.

CIP-BRASIL. CATALOGAÇÃO NA PUBLICAÇÃO
SINDICATO NACIONAL DOS EDITORES DE LIVROS, RJ

R549i	Roberts, Nora
	Irmãos de sangue / Nora Roberts; tradução Maria Clara de Biase. São Paulo: Arqueiro, 2017.
	288 p.; 16 x 23 cm. (A sina do sete; 1)
	Tradução de: Blood brothers
ISBN: 978-85-8041-678-7
	1. Ficção americana. I. Biase, Maria Clara de. II. Título III. Série.
17-39416	CDD: 813
CDU: 821.111(73)-3

Todos os direitos reservados, no Brasil, por
Editora Arqueiro Ltda.
Rua Funchal, 538 – conjuntos 52 e 54 – Vila Olímpia
04551-060 – São Paulo – SP
Tel.: (11) 3868-4492 – Fax: (11) 3862-5818
E-mail: atendimento@editoraarqueiro.com.br
www.editoraarqueiro.com.br

Para meus filhos, que passeavam pela floresta mesmo quando não deviam.

"Onde Deus tiver um templo, o demônio terá uma capela."
– Robert Burton

"A infância revela o homem, assim como a manhã revela o dia."
– John Milton

PRÓLOGO

**Hawkins Hollow, província de Maryland
1652**

AQUILO PAIRAVA NO AR, PESADO COMO LÃ MOLHADA SOBRE A CLAREIra. Ele sentia seu ódio, presente na névoa que serpenteava pelo chão, no calor sufocante da noite. Com a tocha erguida, esperava a coisa se afastar na floresta, atravessando rios e contornando moitas onde pequenos animais se encolhiam temendo o cheiro que exalava.

Fumaça do inferno.

Ele enviara Ann e as vidas que ela carregava no útero para longe, para um local seguro. Ann não tinha chorado, lembrou enquanto borrifava as ervas que escolhera. Mas ele notou a tristeza no rosto dela, nos olhos escuros profundos que amara naquela vida e em todas as anteriores.

Três crianças nasceriam de Ann e seriam ensinadas por ela. E delas, quando chegasse a hora, viriam mais três. Seu poder seria delas, que chorariam pela primeira vez muito tempo depois de aquela noite terminar. Arriscara tudo que tinha para lhes deixar as ferramentas de que precisariam, as armas que empunhariam.

Seu legado para elas era de sangue, coração e visão.

Em sua última hora, faria de tudo para lhes prover o necessário, para que carregassem o fardo e permanecessem verdadeiros. A voz dele foi forte e clara ao evocar o vento e a água, a terra e o fogo. Na lareira, as chamas crepitaram. Na tigela, a água estremeceu.

Ele pôs o jaspe-sanguíneo no pano. O verde profundo era generosamente salpicado de vermelho. Havia guardado a pedra como um tesouro, como fizeram aqueles que vieram antes dele. Honrara-a. E agora despejava poder nela como alguém que despeja água em uma xícara. Seu corpo tremeu, suou e se enfraqueceu quando a luz pairou em um halo em torno da pedra.

— Para vocês — murmurou. — Filhos dos filhos. Três partes de um. Na fé, na esperança, na verdade. Uma luz unida para combater as trevas. Eis meu juramento: não descansarei até o destino ser cumprido.

Com o athame, cortou a palma da mão para seu sangue cair sobre a pedra, a água e o fogo.

— Sangue do meu sangue. Aqui esperarei até virem a mim, até liberarem o que deve ser libertado novamente no mundo. Que os deuses os protejam.

Por um momento, houve tristeza. Não por sua vida, cuja areia descia pela ampulheta. Ele não temia a morte. Não temia o que logo abraçaria. Mas lamentou o fato de que nunca mais beijaria Ann. Não veria seus filhos nascerem, e nem os filhos deles. Lamentou não poder impedir o sofrimento que sentia, assim como não tinha sido capaz de pôr fim ao sofrimento que viera antes, em tantas outras vidas.

Entendia que não era o instrumento, mas apenas o vaso a ser preenchido e esvaziado conforme as necessidades dos deuses. Assim, cansado do trabalho e entristecido pela perda, ficou do lado de fora da pequena cabana, ao lado da grande pedra, para cumprir seu destino.

Ele veio na forma de um homem. Na verdade, a casca de um homem. Como seu próprio corpo era. Chamava-se Lazarus Twisse. Ele e os que o seguiram tinham se estabelecido na vastidão dessa província quando romperam com os puritanos da Nova Inglaterra.

Examinou à luz das tochas esses homens e aquele que não era homem. Era curioso como eles tinham vindo para o Novo Mundo em busca de liberdade religiosa, mas perseguiam e destruíam quem não seguia seu caminho único e estreito.

— Você é Giles Dent.

— Sou — disse ele. — Neste tempo e neste lugar.

Lazarus Twisse deu um passo para a frente. Usava a tradicional roupa preta. Seu chapéu de copa alta e aba larga lhe sombreava o rosto. Mas Giles pôde ver os olhos dele, e neles viu o demônio.

— Giles Dent, você e a mulher conhecida como Ann Hawkins foram acusados e culpados de bruxaria e práticas demoníacas.

— Por quem?

— Tragam a garota para a frente! — ordenou Lazarus.

Eles a puxaram, um homem segurando cada braço. Ela parecia frágil, com não mais de 16 anos, segundo os cálculos de Giles. Seu rosto estava branco como cera. Os cabelos tinham sido cortados rentes.

– Hester Deale, este é o bruxo que a seduziu?

– Ele e aquela que chama de esposa puseram as mãos em mim – respondeu ela em transe. – Realizaram atos profanos em meu corpo. Vieram à minha janela como corvos e voaram para dentro do meu quarto à noite. Silenciaram minha garganta para eu não poder falar ou gritar por ajuda.

– Criança – disse Giles gentilmente –, o que fizeram com você?

Aqueles olhos inundados de medo fitaram através de Giles.

– Invocaram Satanás como seu deus e cortaram a garganta de um galo em sacrifício. E beberam o sangue dele. Fui obrigada a beber também. Não consegui impedi-los.

– Hester Deale, você renuncia a Satanás?

– Renuncio.

– Hester Deale, você renuncia a Giles Dent e a Ann Hawkins e os condena como bruxos e hereges?

– Sim. – Lágrimas rolaram pelo rosto dela. – Eu renuncio a eles e rezo para que Deus me salve. Rezo para que Ele me perdoe.

– Ele perdoará – sussurrou Giles. – A culpa não é sua.

– Onde está Ann Hawkins? – perguntou Lazarus, e Giles voltou seus olhos cinza-claros para ele.

– Você nunca a encontrará.

– Afaste-se. Vou entrar nessa casa do demônio.

– Você nunca a encontrará – repetiu Giles.

Por um momento, ele olhou para além de Lazarus, para os homens e as mulheres que estavam com ele. Viu a morte nos olhos deles e, mais do que isso, fome. Era o poder e a obra do demônio. Somente nos olhos de Hester Giles viu medo ou tristeza. Então a encarou e dirigiu sua mente na direção da mente dela.

Corra!

Viu-a balançar e cambalear para trás, e depois se virou para Lazarus:

– Nós nos conhecemos. Liberte-os. Deixe isto apenas entre nós.

Por um instante, viu o brilho vermelho nos olhos de Lazarus.

– Você está perdido. Queimem o bruxo! – gritou. – Queimem a casa do demônio e tudo dentro dela!

Eles vieram com tochas e pedaços de pau. Giles sentiu a chuva de golpes e a fúria do ódio que era a arma mais afiada do demônio. Eles o fizeram se ajoelhar e a madeira da cabana começou a se incendiar e fumegar. Gritos ecoavam na cabeça de Giles, a loucura deles.

Com o resto de seu poder, ele tentou alcançar o demônio dentro do homem enquanto ele se alimentava do ódio, do medo e da violência. Sentiu-o se regozijar, sentiu-o *se elevar*, tão certo da vitória e do festim que se seguiria.

Mas Giles o alcançou através do ar fumegante. Ouviu-o gritar de fúria e dor enquanto as chamas lhe mordiam a carne. E o segurou tão perto quanto amantes enquanto o fogo os consumia.

Com essa união, o fogo explodiu, se espalhou e destruiu todos os seres vivos na clareira, ardendo por um dia e uma noite, como o ventre do inferno.

UM

Hawkins Hollow, Maryland
6 de julho de 1987

DENTRO DA COZINHA, EM UMA BELA CASA NA AVENIDA PLEASANT, Caleb Hawkins tentava se acalmar enquanto a mãe empacotava os mantimentos para acampar.

Para ela, garotos de 10 anos precisavam de frutas frescas, biscoitos de aveia caseiros (não eram tão ruins), meia dúzia de ovos cozidos, manteiga de amendoim, um pouco de aipo e palitos de cenoura (argh!), além de substanciosos sanduíches de presunto e queijo.

Depois vieram a garrafa térmica de limonada, a pilha de guardanapos de papel e as duas caixas de biscoitos recheados que ela conseguiu encaixar na cesta para o café da manhã.

– Mãe, não vamos morrer de fome – queixou-se Cal enquanto ela parava pensativamente diante de um armário aberto. – Estaremos bem no quintal dos fundos do Fox.

Isso era uma mentira, e quase o fez morder a língua. Sua mãe nunca o deixaria ir se soubesse a verdade. E, puxa vida, ele tinha 10 anos. Ou teria no dia seguinte.

Frannie Hawkins pôs as mãos nos quadris. Ela era uma loura bonita e inteligente com olhos azuis como o céu de verão e cabelos elegantemente cacheados com um permanente. Tinha três filhos. Cal era seu caçula e único menino.

– Deixe eu dar uma olhada nessa mochila.

Cal suspirou.

– Mãe!

– Querido, só quero me certificar de que você não se esqueceu de nada. – Implacável de seu próprio modo alegre, Frannie abriu o zíper da mochila azul-marinho de Cal. – Roupa de baixo, camisa limpa, meias... muito bom... shorts, escova de dentes. Cal, onde estão os curativos? E o antisséptico? E o repelente?

– Mãe, nós não vamos para a África!

– Mesmo assim – retrucou Frannie, fazendo seu costumeiro sinal com o dedo para ele ir pegá-los.

Enquanto Cal obedecia, ela tirou um cartão do bolso e o colocou dentro da mochila.

Depois de oito horas de trabalho de parto, Cal havia nascido um minuto depois da meia-noite. Todos os anos Frannie tinha o costume de ir até a cama do filho à meia-noite para observá-lo dormir durante esse minuto.

Cal faria 10 anos e, pela primeira vez, ela não poderia cumprir o ritual. Isso fez seus olhos marejarem. Ao ouvir os passos fortes do filho, ela se virou para limpar o balcão imaculado.

– Já peguei tudo, está bem?

Frannie sorriu alegremente e se virou de novo.

– Está bem.

Ela se aproximou para passar a mão pelos cabelos curtos e macios do filho. Cal fora seu bebê louro, refletiu, mas os cabelos dele estavam escurecendo e suspeitava que acabariam se tornando castanho-claros.

Como os dela seriam sem a ajuda da tintura.

Em um gesto habitual, Frannie deu um empurrãozinho nos óculos de aros escuros de Cal para colocá-los no lugar.

– Não deixe de agradecer à Srta. Barry e ao Sr. O'Dell quando chegar lá.

– Vou agradecer.

– *E* amanhã, antes de voltar para casa.

– Sim, senhora.

Frannie pegou o rosto dele nas mãos e viu através das lentes grossas os olhos da mesma cor cinza dos olhos serenos do pai.

– Comporte-se – disse ela, e lhe beijou uma bochecha. – E divirta-se. – Depois a outra. – Feliz aniversário, meu bebê.

Geralmente o mortificava ser chamado de *bebê*, mas, por algum motivo, apenas daquela vez, isso o fez se sentir bem e um pouco sentimental.

– Obrigado, mãe.

Cal pôs a mochila nos ombros e depois pegou a cesta de piquenique. Como iria pedalar até a floresta Hawkins com metade da maldita mercearia em cima da bicicleta? Os garotos iam caçoar muito dele.

Como não tinha outro jeito, levou tudo para a garagem onde, por ordem da mãe, sua bicicleta estava cuidadosamente pendurada em um suporte na parede. Ainda refletindo, pegou emprestadas duas cordas de *bungee jumping* do pai e prendeu a cesta de piquenique no cesto de arame da bicicleta.

Depois pedalou pela pequena entrada para automóveis.

• • •

Fox terminou de tirar as ervas daninhas da horta antes de usar o spray que sua mãe preparava todas as semanas para desencorajar cervos e coelhos a invadir o local. Afinal de contas, era a horta da família e não um bufê. A combinação de alho, ovo podre e pimenta-caiena fedia tanto que ele prendeu a respiração enquanto pulverizava as fileiras de feijão-vagem e feijão-de-lima, as batatas, as cenouras e os rabanetes.

Deu um passo para trás e examinou seu trabalho. Sua mãe era muito rigorosa em relação à horta. Tudo tinha a ver com respeitar a terra, se harmonizar com a natureza e esse tipo de coisa.

Fox também sabia que tinha a ver com obter comida e dinheiro suficientes para alimentar uma família de seis pessoas. Por esse mesmo motivo, o pai e Sage, sua irmã mais velha, estavam no estande deles vendendo ovos frescos, leite de cabra, mel e geleias feitas em casa pela mãe.

Olhou de relance para Ridge, seu irmão mais novo. O menino estava entre as fileiras de canteiros, brincando com as ervas daninhas em vez de arrancá-las. Com a mãe dentro de casa pondo a bebê Sparrow para dormir, Ridge era responsabilidade dele.

– Vamos, Ridge, arranque essas ervas estúpidas. Quero ir embora.

Ridge ergueu o rosto e virou seus olhos sonhadores para o irmão.

– Por que não posso ir com você?

– Porque você tem 8 anos e nem consegue arrancar as ervas daninhas da droga do canteiro de tomates!

Irritado, Fox seguiu pelas fileiras de canteiros até onde Ridge estava, se agachou e começou a arrancar as ervas.

– Eu consigo!

Como Fox esperava, o insulto fez Ridge arrancá-las com ímpeto. Fox se aprumou e esfregou as mãos em seus jeans. Ele era um garoto alto e magro, com cabelos castanhos fartos e emaranhados emoldurando um rosto anguloso. Seus olhos castanho-amarelados refletiam agora satisfação enquanto ia buscar o pulverizador.

Atirou-o para perto de Ridge.

– Não se esqueça de pulverizar essa droga.

Atravessou o quintal, contornando o que sobrara da velha cabana de pedra na beira da horta: três paredes e parte de uma chaminé. Estava enterrada em madressilvas e glórias-da-manhã.

Passou pelo galinheiro e pelas aves que ciscavam ao redor, seguiu pelo cercado e por duas cabras indolentes que haviam acabado de ter filhotes, e circundou a horta de ervas da mãe. Dirigiu-se à porta da cozinha da casa quase toda construída por seus pais. A cozinha era grande e os balcões estavam cheios de projetos: potes para conservas, tampas, tubos de cera para velas e tigelas com pavios.

Fox sabia que a maioria das pessoas em Hollow e nos arredores os via como uma família de hippies esquisitos. Isso não o incomodava. Eles costumavam se dar bem com as pessoas e elas ficavam felizes em comprar seus ovos e produtos, os trabalhos de crochê, as velas feitas à mão e o artesanato de sua mãe, ou contratar seu pai para construir coisas.

Fox se lavou na pia antes de procurar nos armários e na grande despensa algo que não fosse comida saudável. *Nadinha*. Iria de bicicleta até o mercado – o de fora da cidade por precaução – e levaria uma parte de suas economias para comprar bolinhos e biscoitos.

A mãe entrou, afastando sua longa trança castanha do ombro exposto pelo vestido de algodão de verão.

– Terminou?

– Sim. E Ridge está quase terminando.

Joanne foi até a janela, erguendo automaticamente a mão para alisar os cabelos de Fox enquanto observava seu filho pequeno.

– Tenho biscoitos de alfarroba e salsichas vegetarianas se quiser levar.

Eca.

– Não, obrigado. Não precisa.

Fox sabia que a mãe sabia que ele andava comendo produtos animais e açúcar refinado. E sabia que a mãe sabia que ele sabia. Mas ela não ia brigar com ele por causa disso. Para a mãe, as escolhas eram importantes.

– Divirta-se.

– Vou me divertir.

– Fox? – Ela permaneceu perto da pia, com a luz que vinha da janela formando um halo ao redor de seus cabelos. – Feliz aniversário.

– Obrigado, mãe.

Pensando nos bolinhos, ele saiu para pegar a bicicleta e começar sua aventura.

...

O velho ainda dormia quando Gage pôs alguns mantimentos em sua mochila. Ouviu o ronco dele através das paredes finas e de baixa qualidade do exíguo apartamento sobre o boliche Bowl-a-rama. O velho trabalhava lá limpando o chão, os banheiros e o que mais o pai de Cal lhe arranjasse para fazer.

Gage podia estar a um dia de seu décimo aniversário, mas já sabia por que o Sr. Hawkins mantinha o velho empregado supostamente como encarregado da manutenção do prédio e os deixava ficar no apartamento sem pagar aluguel. O Sr. Hawkins era bom, principalmente com Gage, o pobre menino sem mãe e com um pai bêbado.

Outras pessoas também sentiam pena dele, e isso o incomodava. Mas o Sr. Hawkins não. Ele nunca havia demonstrado pena. E sempre que Gage realizava alguma tarefa na pista de boliche, ele lhe pagava em dinheiro, por fora, com uma piscadela conspiratória.

Todos sabiam que Bill Turner volta e meia agredia o filho. Mas o Sr. Hawkins era o único que já havia sentado com Gage e lhe perguntado o que *ele* queria. Queria que chamasse a polícia ou o serviço social, ou talvez ficar com ele e sua família por um tempo?

Gage descartou as três opções. Incluir a polícia ou o serviço social na história só pioraria tudo. E, embora desse tudo para viver naquela casa bonita com pessoas que tinham vidas decentes, só pediria para o Sr. Hawkins não despedir seu velho.

Ele ficaria a salvo enquanto o pai estivesse trabalhando. O problema era quando o bom e velho Bill saía para a farra. O Sr. Hawkins chamaria a polícia se soubesse quanto as coisas se tornavam ruins nesses momentos. Assim, ele simplesmente não lhe contava, e aprendeu a ser muito bom em esconder as marcas de surras como a da noite anterior.

Gage se moveu cautelosamente ao pegar três cervejas do pai. Os ferimentos em suas costas e nas nádegas ainda doíam e ardiam como fogo. Ele esperara a surra. Sempre levava uma perto do aniversário e outra perto da data do falecimento de sua mãe. Em outras ocasiões, vinham de surpresa. Mas quando o velho tinha um emprego fixo, geralmente essas agressões se limitavam a uma bofetada ou um empurrão.

Ele não se deu o trabalho de ficar em silêncio ao se virar na direção do quarto do pai. Apenas um tanque de guerra acordaria Bill Turner quando estava bêbado. O quarto fedia a suor, cerveja e cigarro, fazendo Gage contrair seu belo rosto. Ele pegou na cômoda o maço de cigarros pela metade. O velho não se lembraria se tinha algum, portanto não haveria problema.

Sem nenhum escrúpulo, abriu a carteira do pai e apanhou três notas de 1 dólar e uma de 5 dólares. Olhou para o pai enquanto as enfiava em seu bolso. Bill estava esparramado na cama, usando apenas cuecas boxer, com a boca aberta e roncando.

O cinto que usara para agredir o filho na noite anterior jazia no chão junto com camisas sujas, meias e uma calça jeans. Por um momento, Gage se visualizou com uma espécie de alegria insana pegando o cinto, balançando-o alto e batendo com força na barriga nua e flácida do pai.

Veja se você gosta disso.

Mas ali sobre a mesa, perto do cinzeiro cheio e da garrafa vazia, estava o retrato da mãe de Gage sorrindo. As pessoas diziam que ele se parecia com ela. Tinha os mesmos cabelos escuros, os olhos verdes enevoados e a boca era uma linha determinada. Antes isso o constrangia, ser comparado com uma mulher. Mas nos últimos tempos, quando não conseguia ouvir a voz da mãe em sua mente ou se lembrar do cheiro dela, isso o fortalecia.

Ele se parecia com sua mãe.

Às vezes imaginava que o homem que se embebedava todas as noites até ficar em um estado de torpor não era seu pai. Seu pai era inteligente, corajoso e um tanto arrojado. E então olhava para o velho e sabia que tudo aquilo era besteira.

Deu uma banana para o velho canalha ao sair do quarto. Tinha que carregar sua mochila na mão. Não havia como pô-la nas costas por causa dos machucados. Desceu a escada externa e foi até os fundos, onde guardava acorrentada sua bicicleta de terceira mão. Apesar da dor, sorriu ao montar nela.

Pelas próximas 24 horas, estaria livre.

...

Eles haviam combinado de se encontrar no extremo oeste da cidade, onde a floresta se estendia na direção da curva da estrada. O garoto de classe média, o hippie e o filho do bêbado.

Faziam aniversário no mesmo dia, 7 de julho. Cal dera seu primeiro berro na sala de parto do Washington County Hospital enquanto sua mãe ofegava e seu pai chorava. Fox chegara ao mundo e às mãos do pai sorridente que o esperava no quarto da pequena casa de fazenda enquanto Bob Dylan cantava "Lay, Lady, Lay" no toca-discos e velas com perfume de lavanda ardiam. E Gage havia se debatido e saído de sua mãe apavorada em uma ambulância que disparava pela Maryland Route 65.

Gage chegou primeiro, desmontou de sua bicicleta e a empurrou por entre as árvores, onde ninguém poderia vê-la. Então se sentou no chão e acendeu seu primeiro cigarro da tarde. Os cigarros sempre o deixavam um pouco nauseado, mas o desafio de acender um compensava o mal-estar.

Ficou sentado fumando na floresta sombria e se imaginou em uma trilha numa montanha no Colorado ou numa selva brumosa na América do Sul.

Em qualquer lugar menos ali.

Tinha dado sua terceira baforada e sua primeira cuidadosa tragada quando ouviu o sacolejar de pneus sobre a terra e as pedras. Fox passou pelas árvores na Raio, sua bicicleta, assim chamada em virtude dos raios que seu pai pintara nela.

Seu pai era bom nesse tipo de coisa.

– Oi, Turner.

– O'Dell.

Gage estendeu o cigarro. Fox só o aceitou para não parecer um otário. Ele deu uma rápida tragada e o devolveu. Gage apontou com a cabeça para a mochila amarrada no guidom da Raio.

– O que você trouxe?

– Sanduíches, biscoitos, algumas tortinhas. De maçã e cereja.

– Muito bom. Eu trouxe três latas de cerveja para esta noite.

Os olhos de Fox se arregalaram.

– Não vai ter problemas por causa disso?

– Sem problemas. O velho estava um bagaço. Nunca vai notar. Também trouxe outra coisa: a revista *Penthouse* do último mês.

– Sério?

– Ele guarda essas revistas debaixo de um monte de porcarias no banheiro.

– Eu quero ver!

– Mais tarde. Com a cerveja.

Ambos olharam enquanto Cal empurrava a bicicleta pelo caminho acidentado.

– Oi, cabeça de ameba – cumprimentou-o Fox.

– Oi, cabeças de ameba.

Eles falaram com um afeto fraternal e empurraram suas bicicletas mais para dentro da floresta e depois para fora da trilha estreita. Quando acharam que as bicicletas estavam seguras, os mantimentos foram desamarrados e divididos.

– Caramba, Hawkins, o que sua mãe pôs aí?

– Vocês não vão se queixar quando comerem. – Os braços de Cal já protestavam contra o peso quando ele olhou carrancudo para Gage. – Por que você não coloca sua mochila nas costas e me ajuda?

– Porque eu a estou carregando – respondeu ele, mas deu um peteleco na tampa da cesta e, depois de assoviar, tirou alguns alimentos e começou a colocá-los em sua mochila. – Ponha alguma coisa na sua, O'Dell, ou levaremos o dia inteiro só para chegar ao lago Hester.

– Tá bom!

Fox pegou uma garrafa térmica e a guardou.

– Agora está leve o suficiente, mocinha?

– Vá se danar. Estou com a cesta e minha mochila. – Fox tirou seus preciosos bens da bicicleta. – Você carrega o rádio, Turner.

Gage encolheu os ombros e o pegou.

– Então eu escolho as músicas.

– Nada de rap! – disseram Cal e Fox juntos, mas Gage apenas sorriu enquanto andava e procurava emissoras até encontrar uma tocando Run--DMC.

Com muitos lamentos e resmungos, os três começaram a caminhada. As folhas, densas e verdes, impediam a entrada da luz e do calor do sol de verão. Por entre os muitos choupos e altos carvalhos, espreitavam faixas de céu azul leitoso. Eles foram em busca do frescor do riacho enquanto o rapper e Aerosmith os encorajavam a andar naquela direção.

– Gage trouxe uma *Penthouse* – anunciou Fox.

– Trouxe o quê?

– É revista de mulher pelada, idiota – disse ele ao ver o olhar vazio de Cal.

– Tá.

– "Tá." Vamos, Turner, abra-a.

– Só depois de acamparmos e abrirmos a cerveja.

– *Cerveja!* – Cal olhou instintivamente por cima do ombro, só para conferir se sua mãe não aparecera como em um passe de mágica. – Você trouxe cerveja?

– Três latas – confirmou Gage, se empertigando. – Cigarros também.

– Isso não é o máximo? – Fox deu um soco no braço de Cal. – É o melhor aniversário de todos.

– De todos – concordou Cal, secretamente apavorado.

Cerveja, cigarros e fotos de mulheres nuas. Se sua mãe algum dia descobrisse, ele ficaria de castigo até completar 30 anos. Isso sem contar o fato de ter mentido. Ou de estar andando pela floresta Hawkins para acampar na expressamente proibida Pedra Pagã.

Ele ficaria de castigo até morrer de velhice.

– Pare de se preocupar.

Gage trocou sua mochila de braço com um brilho perverso no olhar, como se dissesse: "O que diabo você tem?", e acrescentou:

– Está tudo bem.

– Não estou preocupado.

Ainda assim, Cal se sobressaltou quando um gaio saiu rapidamente das árvores dando um grito irritado.

DOIS

O LAGO HESTER TAMBÉM ERA PROIBIDO PARA CAL, UM DOS MOTIVOS para ser irresistível. Diziam que o lago, alimentado pelo sinuoso riacho Antietam e oculto na densa floresta, era assombrado por uma estranha jovem peregrina que se afogara ali havia muito tempo.

Ele tinha ouvido a mãe falar de um rapaz que morrera no lago quando ela era criança, o que na lógica materna era o principal motivo para Cal *nunca* ter permissão de nadar naquele lugar. Algumas pessoas alegavam que o fantasma do garoto também estava lá, debaixo da água, à espreita, só esperando para agarrar o tornozelo de crianças e arrastá-las para o fundo a fim de ter companhia.

Cal nadara ali duas vezes naquele verão, zonzo de medo e excitação. Nas duas vezes *jurara* ter sentido dedos ossudos roçando seu tornozelo.

Um denso exército de tifas se agrupava nas margens, e na ribanceira escorregadia cresciam os lírios selvagens cor de laranja de que sua mãe gostava. Samambaias subiam pela encosta rochosa, junto com frutos silvestres que, quando maduros, deixavam manchas nos dedos de um tom de vermelho-arroxeado que lembrava sangue.

Na última vez em que vieram, ele vira uma cobra negra deslizando encosta acima, mal movendo as samambaias.

Fox deu um grito e largou sua mochila. Tirou os sapatos, a camisa e os jeans em segundos e se lançou na água como uma bala de canhão, sem pensar em cobras, fantasmas ou no que mais pudesse haver sob aquela superfície marrom turva.

– Venham, meninas!

Depois de um ágil mergulho, Fox nadou no lago como uma foca. Cal se sentou, desamarrou seus tênis e enfiou cuidadosamente as meias dentro deles. Enquanto Fox continuava a gritar e chapinhar na água, Cal olhou para onde Gage estava, apenas contemplando a água.

– Você não vai entrar?

– Não sei.

Cal tirou a camisa e a dobrou, por força do hábito.

– Mas foi o que combinamos! Só podemos riscá-lo da lista se todos nós entramos.

– Sim, sim.

Mas Gage continuou lá enquanto Cal se despia, ficando apenas de cueca.

– Todos nós temos que entrar, desafiar os deuses e essas coisas.

Gage encolheu os ombros e tirou seus sapatos.

– O que você é, um maricas? Quer me ver tirando a roupa?

– Idiota.

Cal tirou os óculos e os guardou dentro de seu tênis esquerdo. Prendeu a respiração, deu graças por sua visão fraca e pulou.

A água lhe causou um choque rápido e frio. Fox imediatamente jogou água em seu rosto, cegando-o totalmente, e depois foi na direção das tifas antes da retaliação. Justamente quando Cal conseguiu limpar seus olhos míopes, Gage pulou na água e o cegou de novo.

– Droga!

O nado cachorrinho de Gage espirrava água, e Cal se afastou dele. Dos três, ele era o melhor nadador. Fox era rápido, mas lhe faltava energia. E Gage, bem... Gage atacava a água como se estivesse lutando contra ela.

Cal se preocupava com a possibilidade de algum dia ter que usar as técnicas de salvamento que o pai lhe ensinara na piscina da família para salvar Gage de afogamento... embora, na verdade, parte dele se empolgasse com essa ideia.

Estava imaginando isso, e como Gage e Fox o olhariam com gratidão e admiração, quando uma mão agarrou seu tornozelo e o puxou para debaixo da água.

Embora soubesse que era Fox, seu coração foi parar na garganta quando a água se fechou sobre sua cabeça. Debateu-se, esquecendo-se de todo o seu treinamento naquele primeiro instante de pânico. Enquanto chutava a mão que segurava seu tornozelo e reunia forças para subir à superfície, viu um movimento à esquerda.

Aquilo, *ela*, parecia deslizar na água na direção dele. Seus cabelos se moviam para trás de seu rosto branco e seus olhos eram negros como cavernas. Quando ela estendeu a mão, Cal abriu a boca para gritar. Engolindo água, conseguiu chegar à superfície.

Ouviu risadinhas ecoando com a música do velho radinho que seu pai às vezes usava. Com o terror ardendo em sua garganta, nadou estabanadamente até a beira do lago.

– Eu a vi, eu a vi na água, eu a vi! – disse enquanto tentava subir.

Em sua mente ela o perseguia, rápida como um tubarão. Viu a boca aberta, os dentes brilhantes afiados como facas.

– Saiam! Saiam da água! – Ofegando, arrastou-se sobre as plantas e, ao se virar, viu os amigos parados no lago. – Ela está na água. – Ele quase soluçou, arrastando-se para procurar seus óculos no tênis. – Eu a *vi*. Saiam logo!

– Aaah, o fantasma! Socorro, socorro!

Com um fingido gorgolejo, Fox afundou.

Cal se levantou e cerrou os punhos ao lado do corpo. Fúria e terror fizeram sua voz chicotear o ar parado do verão.

– Saiam da droga do lago!

O sorriso no rosto de Gage desapareceu. Com os olhos apertados e fixos em Cal, agarrou Fox pelo braço quando ele veio à tona rindo.

– Vamos sair.

– Sem essa. Ele só está nervoso porque eu o afundei.

– Ele não está brincando.

Fox viu a expressão de Cal. Depois, disparou para a margem, assustado o bastante para olhar cautelosamente algumas vezes por cima do ombro. Gage o seguiu em um descuidado nado cachorrinho que fez Cal pensar que ele desafiava algo a acontecer.

Quando seus amigos saíram do lago, Cal desabou no chão. Dobrando as pernas, encostou a testa nos joelhos e começou a tremer.

– Caramba! – Com a roupa de baixo pingando, Fox mudou o peso do corpo de um pé para o outro. – Eu o puxei e você endoidou. Só estávamos brincando.

– Eu a vi.

Fox se agachou e afastou os cabelos molhados do rosto.

– Cara, você não consegue ver nada sem seus óculos fundo de garrafa.

– Cale a boca, O'Dell. – Gage se agachou. – O que você viu, Cal?

– *Ela*. Com os cabelos ondulando ao redor e os olhos... Ah, cara, eram negros como os da fera de *Tubarão*. Ela estava com um vestido largo, de mangas compridas e tudo, e estendeu a mão como se fosse me agarrar...

– Com seus dedos ossudos – intrometeu-se Fox, longe de transmitir o desdém que pretendia.

– Não eram ossudos. – Cal ergueu a cabeça. Por trás das lentes, seus olhos estavam assustados. – Achei que seriam, mas ela parecia muito... real. Não como um fantasma ou um esqueleto. Ah, cara, eu a vi. Não estou inventando isso.

– Bem... – Fox se afastou mais um pouco do lago e praguejou, ofegante, quando arranhou seu antebraço nos espinhos dos frutos silvestres. – Droga, estou sangrando.

Fox pegou um punhado de plantas e limpou o sangue que escorria dos arranhões.

– Nem pense nisso. – Cal viu o modo como Gage examinava a água, com aquele brilho pensativo nos olhos de quem se perguntava o que iria acontecer. – Ninguém vai entrar lá. De qualquer maneira, você não nada bem o suficiente para tentar.

– Como pode ter sido o único que a viu?

– Não sei nem quero saber. Só quero sair daqui.

Cal ficou de pé de um pulo e pegou suas calças. Antes de vesti-las, viu as costas de Gage.

– Minha nossa! Suas costas estão bem machucadas.

– O velho encheu a cara na noite passada. Não é nada.

– Cara, deve estar doendo.

– A água melhorou a dor.

– Eu trouxe meu kit de primeiros socorros – começou Cal, mas Gage o interrompeu:

– Já disse que não é nada. – Ele pegou sua camisa e a vestiu. – Se vocês dois não têm colhões para entrar de novo no lago e ver o que acontece, bem que poderíamos seguir em frente.

– Eu não tenho – disse Cal, de forma tão impassível que Gage deu uma risada.

– Então vista as calças para eu não ter que me perguntar o que é isso pendurado entre suas pernas.

Como o incidente no lago e os machucados nas costas de Gage eram assuntos proibidos naquele momento, não falaram sobre eles. Em vez disso, com os cabelos ainda pingando, retomaram a caminhada, comendo bolinhos e dividindo uma lata de refrigerante quente.

No meio do caminho, a mente de Cal voltou para o lago. Por que só ele a vira? Como podia ter visto o rosto dela tão claramente se seus óculos estavam enfiados no tênis? A cada passo que dava para longe do lago ficava mais fácil se convencer de que imaginara aquilo.

Não que ele fosse *algum dia* admitir que talvez tivesse apenas surtado.

O calor secou sua pele úmida, fazendo-o suar e se perguntar como Gage conseguia aguentar a camisa colada nas costas feridas. Porque, puxa vida, aquelas marcas estavam vermelhas e inchadas. Aquilo realmente devia doer. Ele já tinha visto Gage depois de algumas surras dadas pelo velho Turner, mas nunca algo tão intenso. Desejou que Gage o deixasse aplicar um pouco de sálvia nas costas.

E se aquilo infeccionasse? E se Gage tivesse septicemia, delírios ou algo assim quando chegassem à Pedra Pagã? Teria que mandar Fox pedir ajuda. Sim, era isso que faria! Mandar Fox pedir ajuda enquanto ficava com Gage, tratava seus ferimentos e lhe dava algo para beber a fim de que não se desidratasse.

É claro que todos estariam ferrados quando o pai fosse buscá-los, mas Gage ficaria melhor. Talvez prendessem o pai dele. Então o que aconteceria? Gage teria que ir para um orfanato? Pensar nisso era quase tão assustador quanto pensar na mulher no lago.

Eles pararam para descansar à sombra de uma árvore e dividiram um dos cigarros que Gage roubara. Os cigarros sempre deixavam Cal tonto, mas era bom se sentar ali perto das árvores com a água escorrendo nas pedras atrás deles e um bando de pássaros malucos gritando uns para os outros.

– A gente podia acampar aqui – disse Cal meio para si mesmo.

– De jeito nenhum. – Fox deu um soco no ombro dele. – Vamos fazer 10 anos na Pedra Pagã. Não mudaremos o plano. Chegaremos lá em menos de uma hora. Certo, Gage?

Gage olhou para cima, por entre a copa das árvores.

– Sim. Andaríamos mais rápido se vocês não tivessem trazido tantas coisas.

– Eu não vi você recusar o bolinho – lembrou-o Fox.

– Ninguém recusa bolinhos! – Ele apagou o cigarro e depois colocou uma pedra sobre a guimba. – Hora de partir, tropa.

Ninguém ia àquela floresta. Bem, Cal sabia que isso não era verdade. Os caçadores iam lá na temporada de caça a cervos. Mas *parecia* que ninguém ia. Sentira o mesmo nas duas outras vezes em que fora convencido a ir à

Pedra Pagã. E nessas duas ocasiões eles haviam partido de manhã em vez de ir à tarde, e voltado antes das duas.

Agora, segundo seu relógio, eram quase quatro. Apesar dos bolinhos, seu estômago roncava. Desejou parar de novo e ver o que a mãe pusera na maldita cesta. Mas Gage estava seguindo em frente, ansioso por chegar à Pedra Pagã.

A terra na clareira parecia queimada, como se um incêndio tivesse se alastrado pelas árvores e as transformado em cinzas. Formava um círculo quase perfeito, rodeado por carvalhos e arbustos de frutos silvestres. No centro havia uma única pedra achatada, que se projetava uns 60 centímetros para fora da terra queimada.

Alguns diziam que era um altar.

Nas poucas ocasiões em que falavam sobre o assunto, as pessoas contavam que a Pedra Pagã era apenas uma grande rocha que se projetava do chão, colorido por causa de minerais, um riacho subterrâneo ou talvez cavernas.

Mas outras pessoas, geralmente mais dispostas a falar sobre isso, mencionavam que era o lugar do povoado original de Hawkins Hollow e comentavam sobre a noite em que treze pessoas morreram queimadas vivas naquela clareira. Algumas afirmavam que era caso de bruxaria, outras apostavam em adoração ao demônio. Uma terceira teoria dizia que um bando de índios hostis as havia matado e depois queimado os corpos. Mas fosse qual fosse a teoria, a pedra cinza se erguia da terra cor de fuligem como um monumento.

– Conseguimos! – Fox largou a mochila e a sacola para correr até a pedra e dançar ao redor dela. – Isso não é legal? Não é legal? Ninguém sabe onde estamos. E temos a noite *toda* para fazer o que quisermos.

– Tudo o que quisermos no meio da floresta – acrescentou Cal. – Sem televisão ou geladeira.

Fox inclinou a cabeça para trás e deu um grito que ecoou ao longe.

– Estão vendo isso? Ninguém pode nos ouvir. Poderíamos ser atacados por mutantes, ninjas ou alienígenas que ninguém nos ouviria.

Isso, percebeu Cal, não ajudava nem um pouco a acalmar seu estômago.

– Precisamos arranjar lenha para uma fogueira.

– O escoteiro está certo – decidiu Gage. – Vão procurar lenha. Eu vou pôr as cervejas e os refrigerantes no riacho. Para resfriar as latas.

Do seu modo ordeiro, Cal organizou o acampamento. Comida em uma área, roupas em outra, ferramentas em uma terceira. Com a faca de escoteiro e a bússola em seu bolso, foi apanhar alguns gravetos. Os arbustos espinhosos o espetavam e arranhavam à medida que andava. Com os braços cheios, não viu quando algumas gotas de seu sangue pingaram no chão na beira do círculo... ou o modo como o sangue chiou, fumegou e depois foi sugado por aquela terra marcada.

Fox pôs o radinho no chão e eles montaram o acampamento ouvindo Madonna e U2. Seguindo o conselho de Cal, fizeram a fogueira, mas não a acenderam enquanto ainda havia sol.

Suados e sujos, sentaram-se no chão e examinaram a cesta de piquenique com mãos encardidas e apetites enormes. Quando a comida e os sabores familiares encheram sua barriga e acalmaram seu organismo, Cal concluiu que valera a pena carregar o peso por algumas horas.

Satisfeitos, os três se deitaram de costas com os rostos virados para o céu.

– Vocês realmente acham que todas aquelas pessoas morreram bem aqui? – perguntou Gage.

– Há livros sobre isso na biblioteca – disse Cal. – Sobre um incêndio de "origem desconhecida" que queimou as pessoas.

– Que lugar estranho para elas estarem.

– Nós estamos aqui.

Ao ouvir isso, Gage apenas resmungou.

– Minha mãe disse que os primeiros brancos que se instalaram aqui eram puritanos. – Fox fez uma grande bola cor-de-rosa com o chiclete que comprara no mercado. – Puritanos radicais ou algo do tipo. Vieram para cá em busca de liberdade religiosa, mas na verdade isso significava liberdade apenas para os que seguissem a religião deles. Minha mãe diz que muitas pessoas são assim. Não entendo isso.

Gage achou que entendia ou pelo menos em parte.

– Muitas pessoas são más e se consideram melhores do que você.

Gage via isso o tempo todo no modo como olhavam para ele.

– Mas vocês acham que eram bruxos? As pessoas de Hollow naquela época os queimaram na fogueira? – Fox se virou de barriga para baixo. – Minha mãe disse que bruxaria também é uma espécie de religião.

– Sua mãe é doida.

Como foi Gage quem disse isso, e o fez em tom de brincadeira, Fox sorriu.

– Somos todos doidos.

– Acho que isso pede uma cerveja. – Gage se levantou. – Vamos dividir uma e deixar as outras gelarem.

Enquanto Gage ia para o lago, Cal e Fox trocaram olhares.

– Você já bebeu cerveja? – quis saber Cal.

– Não. E você?

– Está brincando? Só posso tomar Coca-Cola em ocasiões especiais. E se ficarmos bêbados, desmaiarmos ou algo assim?

– Às vezes meu pai bebe cerveja. Acho que ele não fica bêbado.

Eles se calaram quando Gage voltou com a lata pingando.

– Bem, isto é para comemorarmos o fato de que deixaremos de ser crianças à meia-noite.

– Talvez só devêssemos beber à meia-noite – deduziu Cal.

– Beberemos a segunda depois. Isso é como... um ritual.

O som da lata sendo aberta ecoou na floresta silenciosa, um rápido estalo, quase tão chocante para Cal quanto um tiro poderia ter sido. Ele cheirou a cerveja imediatamente e se surpreendeu ao sentir um aroma amargo. Perguntou-se se o sabor era igual.

Gage ergueu a lata, alto, como se empunhasse uma espada. Depois a abaixou e deu um longo gole. Não escondeu sua reação, uma careta, como se tivesse engolido algo estranho e desagradável. Suas bochechas estavam coradas quando ele deu um curto suspiro.

– Ainda está bastante quente, mas... – Ele tossiu uma vez. – Mas é boa. Agora vocês.

Passou a lata para Fox. Encolhendo os ombros, Fox a pegou, imitando o movimento de Gage. Todos sabiam que, se houvesse algo parecido com um desafio, Fox aceitaria.

– Argh. Tem gosto de xixi.

– Você anda bebendo xixi ultimamente?

Fox riu da pergunta e passou a lata para Cal.

– Sua vez.

Cal examinou a lata. Um gole de cerveja não iria matá-lo ou algo assim. Então prendeu a respiração e bebeu. Aquilo fez seu estômago se revirar e seus olhos lacrimejarem. Ele devolveu a lata para Gage.

– Realmente tem gosto de xixi.

– Acho que as pessoas não bebem isso por causa do gosto, mas por causa de como as faz se sentir.

Gage deu outro gole, porque queria saber como iria se sentir. Eles ficaram sentados com as pernas cruzadas na clareira circular, os joelhos de um se encostando nos do outro, passando a cerveja de mão em mão.

O estômago de Cal girou, mas ele não ficou enjoado, não exatamente. Sua cabeça também girou, e isso o fez se sentir leve e divertido. E a cerveja encheu sua bexiga. Quando se levantou, o mundo inteiro girava, o que o fez rir sem parar enquanto cambaleava na direção de uma árvore.

Abriu seu zíper e apontou para a árvore, mas ela continuava a se mover.

Fox estava tentando acender um dos cigarros quando Cal voltou aos tropeções. Também passaram o cigarro ao redor até o estômago de Cal começar a se revirar. Ele se arrastou para longe para vomitar, voltou e ficou deitado, com os olhos fechados, desejando que o mundo ficasse parado de novo.

Sentiu-se como se estivesse novamente nadando no lago e sendo puxado aos poucos para o fundo. Quando voltou à superfície, o sol estava quase se pondo.

Ele relaxou, esperando não ficar nauseado de novo. Sentiu um pequeno vazio por dentro, mas não como se fosse vomitar. Viu Fox enroscado junto à pedra, dormindo. Engatinhou até a garrafa térmica e, ao tirar o gosto de vômito e cerveja da garganta, nunca se sentiu tão grato pela limonada da mãe.

Mais sóbrio, esfregou os olhos sob os óculos e viu Gage sentado olhando para a lenha da fogueira ainda não acesa.

– Bom dia, mocinha.

Com um fraco sorriso, Cal se aproximou.

– Não sei como acender esta coisa. Achei que já estava na hora, mas precisava de um escoteiro.

Cal pegou a caixa de fósforos que Gage lhe entregou e ateou fogo a vários pontos da pilha de folhas secas que pusera debaixo da madeira.

– Isso deve resolver. O vento está muito fraco e não há nada para pegar na clareira. Podemos alimentar o fogo quando precisarmos. Só não podemos nos esquecer de jogar terra na fogueira antes de ir embora amanhã.

– Você está bem?

– Sim. Acho que vomitei quase tudo.

– Eu não devia ter trazido a cerveja.

Cal ergueu um dos ombros e olhou de relance para Fox.

– Nós estamos bem e agora não precisamos nos perguntar qual é o gosto disso. Sabemos que tem gosto de xixi.

Gage riu um pouco.

– Isso não me fez me sentir malvado, como o meu pai. – Ele pegou um graveto e cutucou as pequenas chamas. – Queria saber se faria e pensei em experimentar com você e Fox. Vocês são meus melhores amigos, então eu podia testar sem problemas.

– Como você se sentiu?

– Com a cabeça doendo. Ainda dói um pouco. Não vomitei como você, mas estava com vontade de vomitar. Então bebi uma das Coca-Colas e melhorei. Por que ele bebe tanto se isso o faz se sentir assim?

– Eu não sei.

Gage pôs a cabeça sobre os joelhos.

– Ele estava chorando quando foi atrás de mim na noite passada. Berrando e chorando o tempo todo em que me bateu com o cinto. Por que alguém ia querer se sentir assim?

Tomando cuidado para evitar os machucados nas costas de Gage, Cal passou um dos braços por sobre o ombro dele. Gostaria de saber o que dizer.

– Assim que eu tiver idade suficiente, vou embora. Talvez entre para o Exército ou arranje um emprego em um navio cargueiro ou uma plataforma de petróleo.

Os olhos de Gage brilhavam quando ele ergueu a cabeça e Cal desviou o olhar porque sabia que o amigo estava chorando.

– Você pode ficar conosco quando precisar.

– Isso só pioraria as coisas quando eu voltasse. Mas vou fazer 10 anos daqui a algumas horas. E daqui a alguns anos serei tão grande quanto ele. Talvez maior. Então não vou deixar que venha atrás de mim. Não vou deixar que me bata. Dane-se. – Gage esfregou o rosto. – Vamos acordar o Fox. Ninguém vai dormir esta noite.

Fox gemeu, resmungou e se levantou para urinar e pegar uma Coca-Cola fresca no riacho. Eles a dividiram junto com outra rodada de bolinhos. E, por último, a *Penthouse*.

Cal já vira seios de mulher. Podiam ser vistos na *National Geographic*, na biblioteca, se você soubesse onde procurar. Mas aqueles eram... *diferentes*.

– Ei, rapazes, vocês algum dia já pensaram em fazer...? – perguntou Cal.

– Quem não pensou? – responderam ambos.

– Quem fizer primeiro tem que contar tudo para os outros dois – continuou Cal. – E o que fez e o que ela fez. Tudo. Peço um juramento.

Um juramento era sagrado. Gage cuspiu nas costas da mão e a estendeu. Fox bateu nela com sua palma, cuspiu nas costas da mão e Cal completou o contrato.

– E assim juramos – disseram juntos.

Eles se sentaram ao redor da fogueira e ficaram ali, olhando as estrelas e ouvindo o piar noturno de uma coruja no fundo da floresta. Com isso, a longa e suada caminhada, as aparições fantasmagóricas e o vômito de cerveja foram esquecidos.

– Deveríamos fazer isso todos os anos – decidiu Cal. – Mesmo quando formos velhos. Quando tivermos 30 e poucos anos. Nós três deveríamos vir aqui.

– Beber cerveja e olhar para fotos de mulheres peladas! – acrescentou Fox. – Eu posso...

– Não – disse Gage incisivamente. – Não posso jurar. Não sei para onde vou, mas será outro lugar. Não sei se algum dia voltarei.

– Então iremos para onde você estiver, quando pudermos. Sempre seremos melhores amigos.

Nada mudaria isso, pensou Cal, jurando para si mesmo. *Nada conseguiria mudar isso.* Ele olhou para seu relógio.

– Logo será meia-noite. Tenho uma ideia.

Pegou seu canivete de escoteiro e, abrindo a lâmina, a estendeu sobre o fogo.

– O que está fazendo? – quis saber Fox.

– Eu a estou esterilizando. Como que... a purificando. – A faca ficou tão quente que ele teve que puxá-la de volta e assoprar os dedos. – É como o que Gage disse sobre ritual e esse tipo de coisa. Dez anos é uma década. A gente se conhece quase desde sempre. Nascemos no mesmo dia. Isso nos torna... diferentes – disse ele, procurando palavras das quais não estava bem certo. – Acho que especiais. Somos mais que melhores amigos. Somos como irmãos.

Gage olhou para a faca e depois para o rosto de Cal.

– Irmãos de sangue.

– Sim.

– Legal!

– À meia-noite – disse Cal. – Deveríamos fazer isso à meia-noite e ter algumas palavras para dizer.

– Faremos um juramento – disse Gage. – Misturamos nossos três sangues em um? Algo assim. Um juramento de lealdade.

– Está bom. Anote isso, Cal.

Cal tirou papel e lápis de sua mochila.

– Vamos escrever as palavras e dizê-las juntos. Então vamos fazer um juramento de sangue. Eu tenho curativos para o caso de precisarmos depois.

Cal escreveu as palavras com seu lápis número dois no papel timbrado, riscando-as quando mudavam de ideia. Fox pôs mais lenha na fogueira para que crepitasse quando estivessem junto à Pedra Pagã.

Momentos antes da meia-noite, eles se levantaram, três garotos com os rostos iluminados pelo fogo e pela luz das estrelas. Quando Gage fez um sinal com a cabeça, falaram juntos com vozes solenes e extremamente jovens:

– Nós nascemos dez anos atrás, na mesma noite, na mesma hora, no mesmo ano. Somos irmãos. Na Pedra Pagã juramos lealdade, verdade e fraternidade. Misturamos aqui nosso sangue.

Cal conteve a respiração e reuniu coragem para passar a faca em seu pulso primeiro.

– Ai.

– Misturamos nosso sangue.

Fox cerrou os dentes enquanto Cal lhe cortava o pulso.

– Misturamos nosso sangue.

Gage ficou impassível enquanto a faca passava por sua pele.

– Três em um e um em três.

Cal estendeu o braço. Fox e depois Gage esfregaram seus pulsos marcados no dele.

– Irmãos em espírito e mente. Irmãos de sangue para todo o sempre.

Enquanto estavam em pé, nuvens se agitaram, encobrindo a enorme lua e ofuscando o brilho das estrelas. O sangue deles, misturado, pingou e caiu no chão queimado.

O vento uivou furioso. As chamas da pequena fogueira se ergueram como uma torre. Os três foram erguidos e depois arremessados. Houve uma explosão de luz, como se as estrelas tivessem se despedaçado.

Ao abrir a boca para gritar, Cal sentiu algo entrar nele, algo quente e forte, asfixiando seus pulmões, apertando seu coração e lhe causando uma dor torturante.

A luz desapareceu. Na densa escuridão, soprou um vento gelado que lhe entorpeceu a pele. O som que o vento fazia agora era como o de um animal, um monstro que só habitava os livros. O chão estremeceu debaixo dele, lançando-o para trás enquanto tentava se arrastar para longe.

E algo saiu daquela escuridão gelada, daquele chão que tremia. Algo enorme e horrível. Olhos injetados e cheios de... fome. Olhou para ele. E quando sorriu, seus dentes brilharam como espadas de prata. Ele achou que havia morrido, que aquilo o engolira de uma vez só. Mas, quando voltou a si, ouviu os batimentos de seu coração e os gritos e chamados de seus amigos.

Irmãos de sangue.

– O que foi aquilo? Você viu? – gritou Fox com uma voz aguda. – Gage, meu Deus, seu nariz está sangrando.

– O seu também. Alguma coisa... Cal! Meu Deus, Cal!

Cal estava estendido de barriga para cima. Sentia o calor do sangue em seu rosto e estava entorpecido demais para se assustar com isso.

– Não consigo ver – sussurrou fracamente. – Não consigo ver.

– Seus óculos estão quebrados. – Com o rosto sujo de fuligem e sangue, Fox se arrastou até ele. – Uma das lentes rachou. Cara, sua mãe vai matar você!

– Quebrados? – Tremendo, Cal estendeu a mão para tirar os óculos.

– Alguma coisa. Alguma coisa estava aqui. – Gage agarrou o ombro de Cal. – Eu senti algo acontecer dentro de mim. Então... vocês dois viram? Viram aquela coisa?

– Eu vi os olhos dela – disse Fox. – Temos que sair daqui. Agora!

– Para onde? – Gage quis saber. Embora ainda estivesse com dificuldade para respirar, pegou a faca de Cal no chão e a agarrou com força. – Não sabemos para onde aquilo foi. Era algum tipo de urso? Era...?

– Não era um urso – garantiu Cal. – Era o que já estava neste lugar, havia muito tempo. Posso vê-lo... posso vê-lo. Antes parecia um homem quando queria. Mas não era.

– Cara, você bateu com a cabeça.

Cal virou os olhos para Fox. Suas íris estavam quase negras.

– Posso vê-lo, e ver o outro. – Ele abriu a mão do pulso que cortara. Nela havia um pedaço de pedra verde manchada de vermelho. – Ele.

Fox e Gage abriram suas mãos. Em cada uma havia um terço idêntico da pedra.

– O que é isso? – sussurrou Gage. – De onde diabo veio?

– Eu não sei, mas é nosso agora. Três em um e um em três. Acho que libertamos alguma coisa. E algo veio junto. Algo ruim. Posso sentir.

Ele fechou os olhos por um momento e depois os abriu para encarar seus amigos.

– Na verdade, posso vê-lo, mas não com os meus óculos. Posso vê-lo sem eles. Não está turvo. Consigo enxergar sem meus óculos!

– Ué...

Tremendo, Gage ergueu sua camisa e se virou.

– Cara, seus machucados desapareceram. – Fox esticou o braço e tocou as costas sem marcas de Gage. – Eles simplesmente desapareceram. E... – Ele estendeu seu pulso, onde o raso corte já estava fechando. – Minha nossa, agora somos super-heróis?

– Era um demônio – disse Cal. – E nós o libertamos.

– Droga. – Gage olhou para a floresta escura. – Feliz aniversário para nós.

TRÊS

**Hawkins Hollow, Maryland
Fevereiro de 2008**

ESTAVA MAIS FRIO EM HAWKINS HOLLOW DO QUE EM JUNO, NO ALASCA. Cal gostava de obter pequenas informações desse tipo. Seus olhos eram praticamente a única parte do corpo exposta enquanto ele andava rápido com um copo de café *mocaccino* em sua mão enluvada na direção do boliche. Três dias por semana tomava o café da manhã no balcão da Ma's Pantry, algumas portas adiante, e pelo menos uma vez jantava no Gino's. O pai acreditava no apoio à comunidade, aos outros comerciantes. Agora que estava quase se aposentando e Cal supervisionava a maioria dos negócios, tentava seguir essa tradição dos Hawkins.

Fazia compras no mercadinho local, embora um supermercado famoso, a poucos quilômetros da cidade, fosse mais barato. Se queria mandar flores para uma mulher, resistia a fazer isso com alguns cliques em seu computador e ia até a Flower Pot.

Ele se relacionava com o encanador, o eletricista e o pintor locais, os artífices da área. Sempre que possível, contratava gente da cidade. Exceto pelos anos passados na universidade, sempre vivera em Hollow. Aquele era seu lar.

A cada sete anos desde seu décimo aniversário, sobrevivia ao pesadelo que afligia aquele lugar. E a cada sete anos, ajudava a reparar suas consequências. Destrancou a porta da frente do Bowl-a-rama e a trancou de novo. Se não estivesse trancada, as pessoas entravam independentemente do horário afixado na porta.

Não costumava ligar muito para isso até que uma bela noite, quando desfrutava de um striptease particular de Allysa Kamer no boliche, depois do horário comercial, três adolescentes entraram esperando que o fliperama ainda estivesse aberto.

Aprendera a lição.

Passou pelo balcão da frente, pelas seis pistas e canaletas, o balcão de aluguel de sapatos e a grelha, virou e subiu a escada para o segundo andar com pé-direito baixo onde ficava seu escritório (ou o do pai, quando ele estava com disposição), um banheiro do tamanho de um armário e um enorme depósito.

Pôs o café sobre a escrivaninha, tirou as luvas, o cachecol, o gorro e o colete térmico. Ligou o computador e o rádio, depois se sentou para se abastecer de cafeína e começar a trabalhar.

O boliche que o avô de Cal abrira nos anos 1940 era um lugar diminuto com três pistas, algumas máquinas de fliperama e freezers com refrigerantes. Fora expandido nos anos 1960 e de novo nos anos 1980, quando o pai de Cal assumira as rédeas.

Agora, com suas seis pistas, seus fliperamas e seu salão de festas, era *o* ponto de encontro em Hollow. *Graças ao avô*, pensou Cal, olhando para as reservas do salão para o próximo mês. Mas a maior parte do crédito era do pai, que havia transformado o boliche em um local familiar e usado seu sucesso para explorar outras áreas de negócio.

A cidade tem o nosso nome, gostava de dizer Jim Hawkins. *Respeite o nome, respeite a cidade.* Cal fazia as duas coisas. Se não fizesse, teria ido embora havia muito tempo.

Uma hora depois de começar a trabalhar, ergueu os olhos ao ouvir uma batida à porta.

– Desculpe-me, Cal. Só queria que você soubesse que estou aqui. Pensei em continuar a pintar os banheiros, já que o boliche não abrirá esta manhã.

– Tudo bem, Bill. Tem tudo de que precisa?

– É claro. – Bill Turner, sóbrio havia cinco anos, dois meses e seis dias, pigarreou. – Queria saber se você teve alguma notícia de Gage.

– Não tenho há alguns meses.

Assunto delicado, pensou Cal enquanto Bill apenas assentia com a cabeça. *Terreno perigoso.*

– Então vou começar.

Cal observou Bill se afastando da porta. Não havia nada que pudesse fazer, disse para si mesmo. Cinco anos limpo e sóbrio compensavam todas as surras com cinto, todos os empurrões e tapas, todas as ofensas? Não cabia a ele julgar.

Baixou os olhos para a fina cicatriz oblíqua em seu pulso. Era estranho a rapidez com que a pequena ferida havia cicatrizado e, contudo, deixado sua marca. Era a única cicatriz que ele tinha. Era estranho como uma coisa tão pequena lançara a cidade e as pessoas que ele conhecia em sete dias de inferno a cada sete anos.

Gage voltaria no verão, como fazia a cada sétimo ano? Cal não podia prever o futuro, não era esse seu dom ou fardo. Mas sabia que os três se reuniriam em Hollow quando completassem 31 anos. Eles haviam feito um juramento.

Terminou o trabalho da manhã e, como não conseguia tirar isso da cabeça, escreveu um rápido e-mail para Gage.

Oi. Onde diabo você está? Vegas? Moçambique? Duluth? Estou indo ver Fox. Uma escritora vem para Hollow fazer uma pesquisa sobre a história e o que chamam de anomalias. Provavelmente posso cuidar disso, mas achei que você deveria saber.

A temperatura em Hollow é de -5ºC, com o vento produzindo uma sensação térmica de -9ºC. Gostaria que você estivesse aqui e eu não.
Cal

Gage acabaria respondendo, pensou Cal depois de desligar o computador. Poderia ser dali a cinco minutos ou cinco semanas, mas ele responderia.

Começou a pôr novamente as camadas de roupas sobre seu corpo alto e magro, herdado do pai. Também tinha os pés enormes de seu querido pai. Os cabelos louro-escuros, que tendiam a ter vontade própria, herdara da mãe. Só sabia disso em razão de fotos antigas dela, porque a mãe tinha cabelos louro-claros bem arrumados desde que se lembrava dela.

Os olhos de Cal, de um cinza intenso e ocasionalmente tempestuoso, enxergavam bem desde seu décimo aniversário. Mesmo ao fechar o zíper de seu anoraque para sair, pensou que vestia o casaco apenas para se sentir confortável. Não pegava um resfriado havia mais de vinte anos. Nem gripe, vírus ou febre.

Caíra de uma macieira quando tinha 12 anos. Ouvira o osso em seu braço estalar e sentira uma dor sufocante. Também o sentira voltar para o lugar, com mais dor, antes de conseguir atravessar o gramado até a casa para contar à sua mãe.

Nunca contei a verdade para ela, pensou ao sair e sentir o golpe desagradável do frio. *Por que deveria preocupá-la?*

Percorreu rapidamente os três quarteirões até o escritório de Fox, acenando para vizinhos e amigos ou respondendo aos cumprimentos deles. Mas não parou para conversar. Podia não ter pneumonia ou coriza, mas estava *farto* do inverno.

A neve cinzenta com uma crosta de gelo formava uma faixa de sujeira ao longo do meio-fio e da calçada, e o céu acima refletia essa cor opressiva. Algumas das casas e lojas tinham corações e grinaldas do Dia de São Valentim nas portas e nas janelas, mas não acrescentavam muita alegria às árvores desfolhadas e aos jardins desnudados pelo inverno.

Na opinião de Cal, fevereiro não era um mês que favorecia muito Hollow. Subiu os poucos degraus que levavam à pequena varanda coberta da velha casa de pedra. Na placa ao lado da porta estava escrito: *Fox B. O'Dell, advogado.*

Isso era algo que sempre produzia em Cal um rápido choque e lampejo de divertimento. O hippie esquisitão de cabelos compridos era agora um maldito advogado.

Entrou na pequena recepção, onde Alice Hawbaker estava à escrivaninha. Elegante e arrumada, vestindo um terninho azul-marinho e uma blusa de laço branca, cabelos nevados e óculos bifocais que transmitiam eficiência, a Sra. Hawbaker conduzia o escritório como um border collie conduzia um rebanho.

Aparentemente doce e bonita, ela morderia seu tornozelo se você saísse da linha.

– Olá, Sra. Hawbaker. Puxa, está *frio* lá fora. Parece que podemos ter mais neve. – Ele tirou seu cachecol. – Espero que a senhora e o Sr. Hawbaker estejam se mantendo aquecidos.

– O suficiente.

Algo na voz dela o fez olhá-la mais atentamente enquanto tirava as luvas. Quando percebeu que ela estivera chorando, foi instintivamente até a escrivaninha.

– Está tudo bem? Está...?

– Sim. Tudo bem. Fox está em um intervalo entre clientes agora e de mau humor, então pode ir.

– Sim, senhora. Sra. Hawbaker, se houver algo que...

– Pode ir – repetiu ela antes de se ocupar novamente com seu teclado.

Passando a recepção, havia um corredor com um banheiro feminino de um lado e uma biblioteca do outro. Bem no fundo, as portas de correr do escritório de Fox estavam fechadas. Cal não se deu o trabalho de bater.

Fox olhou para cima quando as portas se abriram. Com os olhos castanho-amarelados preocupados e os lábios cerrados, realmente parecia de mau humor. Estava sentado atrás de sua escrivaninha, suas botas de caminhada apoiadas nela. Usava jeans e camisa de flanela aberta sobre uma camiseta branca térmica. Os cabelos de um castanho intenso se ondulavam em torno de seu rosto de feições pronunciadas.

– O que houve? – perguntou Cal.

– Vou dizer o que houve. Minha assistente administrativa acabou de pedir demissão.

– O que você fez?

– Eu? – Fox se afastou da escrivaninha e abriu o minibar para pegar uma lata de Coca-Cola. Nunca conseguira gostar de café. – Você quis dizer "nós", certo, irmão? *Nós* acampamos na Pedra Pagã em uma fatídica noite e arranjamos confusão.

Cal se deixou cair em uma cadeira.

– Ela pediu demissão porque...?

– Ela não apenas pediu demissão. Eles vão embora de Hollow, o Sr. Hawbaker e ela. E, sim, foi por isso. – Ele tomou um grande e sôfrego gole do modo como alguns homens fazem com uma garrafa de uísque. – Esse não foi o motivo que ela me deu, mas é o motivo. Eles decidiram se mudar para Minneapolis para ficar perto da filha e dos netos, mas isso não é verdade. Por que uma mulher de 70 anos, casada com um cara tão velho quanto o planeta Terra, decidiria ir para o norte? Eles têm outro filho que mora nos arredores e laços fortes por aqui. Percebi que não era verdade.

– Pelo que ela disse ou porque entrou na mente dela?

– Primeiro uma coisa e depois a outra. Não comece. – Fox gesticulou com a Coca-Cola e depois a pôs com força sobre a escrivaninha. – Eu não bisbilhoto porque acho graça nisso. Filho da mãe.

– Talvez eles mudem de ideia.

– Eles não querem ir, mas têm medo de ficar. Têm medo de que aconteça mais uma vez. Eu ofereci um aumento, como se pudesse me dar a esse luxo. Ofereci todo o mês de julho de férias, deixando claro que sabia o que estava por trás da decisão. Mas eles vão. Ela só vai esperar até o dia 1º de abril, o maldito Dia da Mentira, para eu ter tempo de encontrar uma pessoa. Cal, não sei metade do que ela faz. Ela simplesmente vai lá e faz.

– Você tem até abril. Talvez a gente consiga pensar em alguma coisa.

– Há mais de vinte anos tentamos encontrar uma solução para isso.

– Estou me referindo ao problema no escritório. Mas, sim, tenho pensado muito no outro. – Ele se levantou, foi até a janela de Fox e olhou para a rua transversal tranquila. – Temos que acabar com isso. Dessa vez vamos conseguir. Talvez ajude falar com essa escritora. Explicar o que aconteceu para uma pessoa objetiva, que não está envolvida.

– Isso é procurar problemas.

– Talvez seja, mas os problemas virão de qualquer jeito. Daqui a cinco meses. Nós temos um encontro com a escritora na minha casa. – Cal relanceou os olhos para seu relógio. – Daqui a quarenta minutos.

– *Nós?* – Por um momento, Fox pareceu confuso. – *Hoje?* Veja bem, não falei para a Sra. Hawbaker, por isso não está anotado em nenhum lugar. Terei um depoimento daqui a uma hora.

– Anotado? Por que não usa a droga do seu BlackBerry?

– Porque não segue minha simples lógica terrena. Marque outra hora com a escritora. Estarei livre a partir das quatro.

– Está bem, posso cuidar disso. Marcarei um jantar, portanto não assuma nenhum compromisso para esta noite.

– Cuidado com o que vai dizer para ela.

– Sim, sim, pode deixar. Mas estive pensando. Somos cuidadosos em relação a isso há muito tempo. Talvez esteja na hora de sermos um pouco menos.

– Você está soando como o Gage.

– Fox... já comecei a ter os sonhos de novo.

Fox suspirou.

– Esperava que fosse só eu.

– Quando tínhamos 17 anos eles começaram cerca de uma semana antes do nosso aniversário. Quando tínhamos 24, mais de um mês antes. Agora, cinco meses antes. Estou com medo de que essa possa ser a última vez para nós e a cidade.

– Você falou com o Gage?

– Acabei de mandar um e-mail para ele, mas não contei sobre os sonhos.

Descubra se ele também os está tendo, onde quer que esteja. Faça-o voltar, Fox. Acho que precisamos dele aqui. Dessa vez acho que não podemos esperar até o verão. Tenho que ir.

– Tome cuidado com a escritora – disse Fox enquanto Cal começava a se encaminhar para a porta. – Escute mais do que fale.

– Posso cuidar disso – repetiu Cal.

• • •

Quinn Black dirigiu seu Mini Cooper pela rampa de saída e chegou à costumeira barragem no trevo rodoviário. Pensou em comer um hambúrguer com batatas fritas e, é claro, uma Coca-Cola zero para aplacar a culpa. Mas isso seria quebrar seu voto de não ingerir fast-food mais de uma vez por mês, então não cedeu à tentação.

– E agora, não está se sentindo ótima? – perguntou a si mesma com um único olhar desejoso pelo espelho retrovisor para os belos arcos dourados do McDonald's.

Seu gosto por lanches rápidos e gordurosos a tinham lançado em uma odisseia de dietas de gordura, suplementos insatisfatórios e fitas com exercícios milagrosos no fim da adolescência e início da casa dos 20. Até finalmente achar isso uma estupidez, jogar fora todos os livros e artigos sobre dieta, os anúncios de EU PERDI NOVE QUILOS EM DUAS SEMANAS... E VOCÊ TAMBÉM PODE PERDER!, e se pôr no caminho da alimentação sensata e dos exercícios.

Mudança de estilo de vida, lembrou a si mesma. Mas puxa vida, sentia mais falta dos hambúrgueres do que de seu ex-noivo. Bem, quem não sentiria?

Olhou para o GPS fixado no painel e para as instruções no e-mail de Caleb Hawkins que imprimira. Até agora tudo certo. Abaixou a mão para pegar uma maçã, seu lanche do meio da manhã. As maçãs saciavam, faziam bem e eram gostosas.

Mas não eram hambúrgueres.

Para manter sua mente longe da tentação, pensou no que esperava conseguir nessa primeira entrevista cara a cara com um dos personagens principais da estranha cidadezinha.

Não, não era justo chamá-la de estranha. Objetividade em primeiro lugar. Talvez sua pesquisa a tornasse propensa a rotulá-la assim, mas não se convenceria até ver por si mesma, fazer entrevistas e anotações, vasculhar a biblioteca local. E talvez, mais importante ainda, ver pessoalmente a Pedra Pagã.

Adorava bisbilhotar todos os cantos e as teias de aranha das cidadezinhas, procurar os segredos escondidos debaixo dos tapetes, ouvir fofocas, os fatos curiosos e as lendas locais.

Já era um pouco conhecida por escrever uma série de artigos sobre cidades estranhas e fora do padrão para uma pequena revista chamada *Detour*. E como seu apetite profissional era tão forte quanto o físico, dera um passo arriscado e escrevera um livro, seguindo o mesmo tema, mas se concentrando em uma única cidade no Maine com a fama de ser assombrada pelos fantasmas de irmãs gêmeas assassinadas em uma casa de pensão em 1843. Os críticos acharam o resultado "envolvente" e "assustadoramente divertido", exceto pelos que o consideraram "absurdo" e "confuso".

Depois publicara um livro focado em uma cidadezinha na Louisiana onde a descendente de uma sacerdotisa vodu atuava como prefeita e curandeira. E que, como Quinn descobrira, também dirigia uma rede de prostituição muito bem-sucedida.

Mas Hawkins Hollow seria maior, melhor e mais suculenta. Podia sentir.

Mal podia esperar para cravar os dentes nela.

Os restaurantes, as lojas e o aglomerado de casas deram lugar a gramados maiores, casas maiores e campos sonolentos sob o céu sombrio.

A estrada sinuosa desceu e subiu e depois se tornou reta de novo. Ela viu uma placa indicando o campo de batalha Antietam, outra coisa que queria investigar e pesquisar em primeira mão. Encontrara algumas informações sobre incidentes durante a Guerra Civil e nos arredores de Hawkins Hollow.

Queria saber mais.

Quando o GPS e as instruções de Caleb lhe disseram para virar, entrou na próxima estrada e passou por um bosque de árvores desfolhadas, casas dispersas e as fazendas que sempre a faziam sorrir com seus celeiros, silos e pastos cercados.

Da próxima vez, teria que explorar uma cidadezinha no Meio-Oeste. Uma fazenda assombrada ou o espírito choroso de uma leiteira.

Quase se esqueceu das instruções para virar quando viu a placa de

Hawkins Hollow (fundada em 1648). Como ocorreu com o Quarter Pounder, seu coração desejou ceder, dirigir para a cidade em vez de virar na direção da casa de Caleb Hawkins. Mas ela detestava se atrasar. Se fosse explorar as ruas, as esquinas e o *aspecto* da cidade, certamente chegaria tarde em seu primeiro encontro.

– Em breve – prometeu ela e virou para pegar a estrada sinuosa ao longo da floresta onde ficava a Pedra Pagã.

Aquilo lhe causou um rápido arrepio de antecipação, como sempre sentia diante de um novo projeto. Ao seguir as curvas da estrada, olhou com certo desconforto para as árvores escuras e desfolhadas. E pisou no freio com força quando viu algo correndo na frente dela.

Meu Deus! Era uma criança... ou um cão? Não... não era nada. Não havia absolutamente nada na estrada. Nada além de seu coração batendo loucamente dentro do pequeno carro vermelho.

– Ilusão de ótica – disse para si mesma, sem acreditar nisso.

Religou o motor que morrera quando pisou no freio e foi para a faixa de terra que servia como acostamento. Pegou seu bloquinho e anotou a hora e o que achou ter visto.

Garoto de uns 10 anos. Cabelos pretos compridos, olhos vermelhos. OLHOU direto para mim. Eu pestanejei? Fechei os olhos? Abri e vi grande cão preto, não garoto. Então puf. Desapareceu.

Carros passaram por ela sem incidentes enquanto ficava sentada por mais alguns instantes, esperando a tremedeira passar. *Escritora intrépida vacila diante do primeiro possível fenômeno.* Pensou em dar a volta em seu lindo carro vermelho e fugir para a lanchonete mais próxima em busca de um antídoto gorduroso para seu nervosismo.

Podia fazer isso, refletiu. Ninguém a acusaria de um crime e a atiraria na prisão. Mas, se o fizesse, não teria seu próximo livro nem nenhuma dignidade.

– Coragem, Quinn – ordenou ela. – Você já viu fantasmas antes.

Mais calma, voltou para a estrada e fez a próxima curva. A estrada era estreita e sinuosa, com árvores assomando dos dois lados. Imaginou que o lugar seria lindo na primavera e no verão, com tons de verde, ou depois de uma nevasca com todas aquelas árvores cobertas de arminho. Mas sob um céu nublado a floresta parecia avançar para a estrada, os galhos nus só esperando para se estender e atacar, como se apenas eles tivessem permissão para viver ali.

Como se para reforçar essa sensação, nenhum carro passou pela região. E, quando ela desligou o rádio, porque a música parecia alta demais, o único som que ouviu foi o lamento atormentado do vento.

Por que alguém *escolheria* morar ali? Entre todas aquelas árvores densas e ameaçadoras, onde poças sombrias de neve se juntavam para se esconder do sol? Onde o único som era o rosnar de aviso da natureza. Tudo era castanho, cinzento e sombrio.

Sacolejou sobre uma pequena ponte sobre a curva de um rio e acompanhou a leve subida da estrada estreita. Lá estava a casa, exatamente como ele a havia descrito. Ficava sobre o que ela teria chamado de um montículo em vez de uma colina, com a encosta da frente dominada por terraços com arbustos que imaginou serem espetaculares na primavera e no verão.

Ela pensou que Hawkins fora esperto em deixar a densa cobertura vegetal, as árvores e os arbustos margeando à frente em vez de um gramado tradicional que provavelmente daria um trabalho danado para cortar e manter livre de ervas daninhas. Aprovou o grande terraço e gostou dos tons terrosos da pedra e das generosas janelas. A casa parecia pertencer àquele lugar, feliz e bem instalada na floresta.

Parou ao lado de uma velha picape, saiu do carro e deu uma longa olhada. Finalmente entendeu por que alguém escolheria aquele lugar. Sem dúvida tinha uma aura fantasmagórica, especialmente para quem tendia a ver e sentir essas coisas. Mas também tinha um charme considerável e um caráter de solitude que estava longe de ser solidão. Podia muito bem se imaginar sentada no terraço da frente em um fim de tarde de verão, bebendo uma cerveja gelada e apreciando o silêncio.

Antes de poder se mover na direção da casa, a porta da frente se abriu. A sensação de déjà-vu foi forte, quase estonteante. Ele em pé na porta da cabana, o sangue como flores vermelhas na camisa.

Não podemos ficar mais.

As palavras soaram em sua cabeça, claras, e em uma voz conhecida.

– Srta. Black?

Ela voltou rapidamente à realidade. Não havia cabana nem sangue na camisa dele. Apenas um homem em pé no terraço da encantadora casa.

Não havia nenhuma força de um grande amor nem sofrimento brilhando nos olhos dele.

Ainda assim, ela teve que se apoiar em seu carro por um minuto e tomar fôlego.

– Sim, oi. Eu só estava... admirando a casa. Um lugar magnífico.

– Obrigado. Teve dificuldade para chegar aqui?

– Não, não. Suas instruções foram perfeitas.

Era difícil ter essa conversa do lado de fora, no vento congelante. Pelo olhar indagador dele, obviamente sentia o mesmo. Ela se afastou do carro e assumiu o que esperava ser uma expressão sã e agradável enquanto se dirigia à escada de madeira com três degraus.

E não é que ele era mesmo uma graça? Com aqueles cabelos agitados pelo vento e olhos cinzentos fortes. Somando-se a isso o sorriso de lado, o corpo alto e esguio vestindo jeans e flanela, uma mulher poderia se encantar facilmente.

Subiu a escada e estendeu a mão.

– Quinn Black. Obrigada por me receber, Sr. Hawkins.

– Cal. – Ele pegou a mão dela, a apertou e continuou a segurá-la enquanto fazia um gesto na direção da porta. – Vamos sair do vento, não é melhor?

Eles entraram na sala de estar que conseguia ser ao mesmo tempo aconchegante e masculina. O amplo sofá estava virado para as grandes janelas da frente e as cadeiras pareciam permitir que um traseiro afundasse nelas. As mesas e luminárias provavelmente não eram antiguidades, mas pareciam ser algo que uma avó teria passado adiante ao sentir necessidade de redecorar sua casa.

Havia até mesmo uma pequena lareira de pedra com o indispensável vira-lata grande dormindo esparramado na frente dela.

– Deixe-me pegar seu casaco.

– Seu cachorro está em coma? – perguntou Quinn quando o animal não moveu um músculo.

– Não. Caroço tem uma vida interior ativa e exigente que requer longos períodos de descanso.

– Entendo.

– Quer um café?

– Seria ótimo. Ir ao banheiro também. Foi uma longa viagem.

– Primeira porta à direita.

– Obrigada.

Ela se fechou no banheiro pequeno e imaculado tanto para se recuperar de alguns choques psíquicos quanto para urinar.

– Certo, Quinn – sussurrou ela. – Lá vamos nós.

QUATRO

Cal lera as obras de Quinn; havia examinado sua foto nas orelhas dos livros e usado o Google para obter algumas informações sobre suas entrevistas. Nunca falava com escritores, jornalistas ou blogueiros sobre Hollow antes de fazer uma pesquisa meticulosa.

Achara seus livros e artigos divertidos. Havia gostado de seu óbvio apreço por cidades pequenas e se intrigado com seu interesse por fatos curiosos, lendas e coisas sobrenaturais.

Gostara do fato de ela ocasionalmente ainda escrever artigos para a revista que lhe dera espaço quando estava na universidade. Isso demonstrava lealdade. Não ficara desapontado com sua foto, que a mostrava bonita, com cabelos cor de mel em uma cascata sensual, olhos azuis brilhantes e o lábio superior leve e adoravelmente proeminente.

A fotografia não chegava perto de como ela era ao vivo.

Provavelmente ela nem deve ser tão bonita, pensou Cal enquanto se servia de café. Teria que olhar de novo quando seu cérebro não estivesse confuso. No entanto, com certeza ela parecia irradiar energia e sensualidade. E tinha curvas excelentes, outra coisa que a foto não mostrara.

Por que estava tão perturbado por uma mulher atraente estar em sua casa?

– Cresça, Hawkins – disse para si mesmo.

– Como?

Cal se sobressaltou. Ela estava na cozinha alguns passos atrás dele dando aquele sorriso de um milhão de watts.

– Você estava falando sozinho? Também tenho essa mania. As pessoas costumam me chamar de maluca quando faço isso.

– Dizem esse tipo de coisa porque querem nos forçar a falar com elas.

– Provavelmente você tem razão.

Quinn jogou para trás aquela longa cascata loura. Cal viu que tinha razão. Ela não era bonita. O lábio superior proeminente, o nariz levemente adunco, os olhos muito grandes não eram elementos de beleza tradicional.

Também não podia classificá-la como atraente. Essa era uma palavra simples e doce demais. Fofa também.

Tudo em que podia pensar era em *sexy*, mas isso podia ser seu cérebro confuso de novo.

– Não perguntei como toma seu café.

– Ah. Imagino que você não tenha leite desnatado.

– Fico me perguntando por que alguém tem.

Com uma risada fácil que atingiu direto a corrente sanguínea dele, Quinn foi ver a vista do outro lado das portas de vidro que levavam, como suspeitava, à parte de trás do terraço que circundava a casa.

– O que também significa que você provavelmente não tem adoçante.

– Sem chance. Posso lhe oferecer leite e açúcar de verdade?

– Pode. – Ela não comera uma maçã como uma boa garota? – E posso aceitar. Deixe-me perguntar outra coisa, apenas para satisfazer minha curiosidade. Sua casa é sempre tão limpa e arrumada ou você fez tudo isso apenas para mim?

Ele pegou o leite.

– Prefiro o termo *organizada*. Gosto de organização. Além disso... – Ele lhe ofereceu uma colher para o açucareiro. – Minha mãe pode aparecer sem avisar. Se minha casa não estiver limpa, ela pode me colocar de castigo.

– Se eu não telefonar para minha mãe uma vez por semana, ela presume que fui despedaçada até a morte por um assassino com um machado. – Quinn se serviu de uma colher rasa de açúcar. – Isso é bom, não é? Esses laços familiares.

– Gosto deles. Por que não nos sentamos na sala de estar perto da lareira?

– Perfeito. Então, há quanto tempo você mora aqui? Nesta casa em particular? – acrescentou Quinn enquanto saíam da cozinha com suas canecas.

– Há alguns anos.

– Não é muito chegado a vizinhos?

– Passo muito tempo na cidade. Gosto de sossego de vez em quando.

– Compreendo. – Ela se sentou em uma das cadeiras da sala de estar e se recostou. – Acho que estou surpresa por outras pessoas não terem tido a mesma ideia que você e construído mais casas aqui.

– Isso foi cogitado algumas vezes. Nunca deu em nada.

Ele está sendo cauteloso, concluiu Quinn.

– Por quê?

– Porque não se revelou financeiramente atraente.

– Mas você mora aqui.

– Meu avô era dono da propriedade, de alguns acres de terra da floresta Hawkins. Ele a deixou para mim.

– Então você mandou construir a casa.

– Mais ou menos. Eu gostava do lugar. – Reservado quando precisava ser. Perto da floresta onde tudo mudara. – Conheço algumas pessoas no ramo e construímos a casa. Que tal o café?

– Está ótimo. Você também cozinha?

– Café é minha especialidade. Li seus livros.

– O que achou?

– Gostei. Você não estaria aqui se eu não tivesse gostado.

– O que tornaria muito mais difícil escrever o livro que quero. Você é um Hawkins, um descendente do fundador do povoado que se tornou a vila que se tornou a cidade. E uma das figuras principais nos incidentes inexplicáveis relacionados. Fiz muitas pesquisas sobre a história, os fatos curiosos, as lendas e as várias teorias – disse ela procurando algo dentro da bolsa. Tirou um minigravador, o ligou e o pôs na mesa entre eles.

Seu sorriso estava cheio de energia e interesse quando se sentou com seu bloco no colo e folheou as páginas até chegar a uma em branco.

– Então, Cal, conte-me o que aconteceu na semana de 7 de julho de 1987, 1994 e 2001.

– Você é bem direta, não é?

– Gosto de saber das coisas. Sete de julho é seu aniversário. Também é o aniversário de Fox O'Dell e Gage Turner, que cresceram em Hawkins Hollow com você. Li artigos dizendo que O'Dell, Turner e você foram responsáveis por chamar o corpo de bombeiros no dia 11 de julho de 1987 quando a escola pegou fogo e também por salvar a vida de Marian Lister.

Quinn continuou a fitar os olhos dele enquanto falava. Cal achou interessante ela não precisar consultar o caderno e não parecer precisar de pequenos intervalos no contato visual direto.

– Os relatórios iniciais indicaram que a princípio vocês foram suspeitos de terem começado o incêndio, mas ficou provado que a própria Srta. Lister foi a responsável. Ela sofreu queimaduras de segundo grau em 30% do corpo, assim como uma concussão. Você e seus amigos, três garotos de 10 anos, a arrastaram para fora e chamaram o corpo de bombeiros. Naquela época, a Srta. Lister era uma professora da quarta série de 25 anos sem nenhuma história de comportamento criminoso ou doença mental. Todas essas informações estão corretas?

Ela conhecia bem os fatos, observou Cal. Mas não tinha ideia do absoluto terror que sentiram ao entrar na escola pegando fogo e encontrar a bela Srta. Lister rindo loucamente enquanto corria através das chamas. De como foi persegui-la naqueles corredores enquanto as roupas dela se incendiavam.

– Ela teve um colapso.

– Obviamente. – Quinn sorriu e ergueu as sobrancelhas. – Também houve uma dúzia de telefonemas para a emergência sobre violência doméstica durante essa semana, mais do que os reportados em Hawkins Hollow nos seis meses anteriores. Houve dois suicídios e quatro tentativas de suicídio, numerosos relatos de agressões, três estupros e um atropelamento seguido de fuga. Várias casas e lojas foram depredadas. Nenhuma, praticamente nenhuma, das pessoas envolvidas nesses crimes ou incidentes se lembra claramente do que aconteceu. Alguns especulam que a cidade sofreu de uma histeria coletiva, alucinações ou uma infecção desconhecida causada por comida ou água. O que você acha?

– Acho que eu tinha 10 anos e estava me borrando de medo.

Ela deu aquele sorriso breve e radiante.

– Aposto que sim. – Então o sorriso desapareceu. – Você tinha 17 anos em 1994, quando ocorreu outro surto na semana de 7 de julho. Três pessoas foram assassinadas, uma das quais aparentemente enforcada no parque da cidade, mas ninguém se apresentou como testemunha ou admitiu participação. Houve mais estupros, mais agressões, mais suicídios, duas casas totalmente queimadas. Houve relatos de que O'Dell, Turner e você conseguiram pôr alguns dos feridos e traumatizados em um ônibus escolar e levá-los para o hospital. Isso está correto?

– Até agora sim.

– Estou tentando ir mais longe. Em 2001...

– Eu conheço o padrão – interrompeu-a Cal.

– A cada sete anos – disse Quinn assentindo – durante sete noites. De dia, mais uma vez segundo o que consegui apurar, não acontece muita coisa. Mas do pôr do sol ao nascer o diabo anda à solta. É difícil acreditar que é uma coincidência essa anomalia acontecer a cada sete anos, começando no aniversário de vocês. Sete é considerado um número mágico por aqueles que professam a magia, branca ou negra. Vocês nasceram no sétimo dia do sétimo mês de 1977.

– Se eu soubesse as respostas, faria isso parar de acontecer. Se estamos conversando agora é justamente porque acho que talvez você possa me ajudar a descobrir.

– Então conte-me o que aconteceu, conte-me o que você *sabe*, até mesmo o que pensa ou sente.

Cal pôs seu café de lado e se inclinou para a frente para olhar dentro dos olhos dela.

– Não no primeiro encontro.

Espertinho, pensou Quinn com considerável aprovação.

– Está bem. Da próxima vez vou pagar um jantar primeiro. Mas, agora, que tal bancar o guia e me levar até a Pedra Pagã?

– Está muito tarde. Ela fica a duas horas de caminhada daqui. Não conseguiríamos ir lá e voltar antes de escurecer.

– Não tenho medo do escuro.

O olhar dele se tornou gélido.

– Você *teria* se soubesse. Há lugares nesta floresta a que ninguém vai depois de escurecer, em nenhuma época do ano.

Quinn sentiu uma pontada de frio na base da espinha.

– Já viu um garoto, mais ou menos da idade que você tinha em 1987, um garoto de cabelos pretos compridos e olhos vermelhos? – Ela percebeu pelo modo como Cal empalideceu que o deixara sobressaltado. – Você o viu.

– Por que está me perguntando isso?

– Porque eu o vi.

Cal se levantou, foi até a janela e olhou para a floresta. A luz estava mais fraca e pálida do que uma hora antes.

Eles nunca haviam falado com ninguém sobre o garoto, ou homem, qualquer que fosse a forma que aquilo decidisse assumir. Sim, ele o vira, e não só durante aquela semana infernal a cada sete anos.

Vira-o em sonhos. Vira-o pelo canto do olho ou circulando pela floresta. Ou com a cara espremida contra o vidro escuro da janela do seu quarto... a boca sorridente.

Mas ninguém, ninguém além dele, Fox e Gage, o vira nos períodos de intervalo.

Por que *ela* vira?

– Quando o viu?

– Hoje. Ele correu na frente do meu carro. Veio do nada. É isso que as pessoas sempre dizem, mas desta vez foi verdade. Um garoto, e depois não era um garoto, mas um cão. E depois não era nada. Não havia nada lá.

Cal a ouviu se levantar. Quando se virou, ficou aturdido ao ver um sorriso brilhante no rosto dela.

– E esse tipo de coisa faz você se sentir feliz?

– Faz eu me sentir empolgada. Tive o que poderíamos chamar de um encontro próximo com um fenômeno indefinido. Admito que é assustador, mas, uau!, esse tipo de coisa mexe totalmente comigo.

– Dá para notar.

– Eu sabia que havia algo aqui, e achei que era grande. Mas confirmar isso no primeiro dia é espetacular.

– Eu não confirmei nada.

– Seu rosto confirmou. – Ela pegou o gravador e o desligou. Ele não ia contar mais nada hoje. Cauteloso, esse Caleb Hawkins. – Tenho que ir para a cidade, me registrar no hotel e analisar a situação. Que tal aquele jantar esta noite?

Ela era rápida e Cal tinha o hábito de não se apressar.

– Por que não se instala com calma? Podemos falar sobre o jantar e o resto daqui a alguns dias.

– Gosto de homens difíceis. – Ela guardou o gravador e o bloco em sua bolsa. – Acho que vou precisar do meu casaco.

Depois que Cal o trouxe, ela o estudou enquanto se vestia.

– Sabe, na primeira vez em que você foi lá fora, tive uma sensação muito estranha. De que já o conhecia. De que você tinha esperado por mim antes. Foi uma sensação muito forte. Você sentiu algo parecido?

– Não, mas talvez eu estivesse ocupado demais pensando: ela é mais bonita do que na foto.

– É mesmo? Ótimo, porque eu saí péssima naquela foto. Obrigada pelo café. – Quinn olhou de novo para o cão que roncara levemente durante todo o tempo em que eles conversaram. – Vejo você depois, Caroço. Não trabalhe demais.

Cal a acompanhou.

– Quinn – disse Cal quando ela começou a descer a escada –, não banque a Lois Lane nem pense em tentar encontrar a Pedra Pagã sozinha. Você não conhece a floresta. Eu a levarei lá algum dia desta semana.

– Amanhã?

– Não posso, estou com o horário cheio. Depois de amanhã se estiver com pressa.

– Quase sempre estou.

Ela andou de costas na direção do carro para poder mantê-lo dentro de seu campo de visão.

– A que horas?

– Podemos nos encontrar aqui às nove se o tempo permitir.

– Combinado. – Ela abriu a porta. – A propósito, a casa combina com você. Rapaz do campo com mais estilo do que pretensão. Gosto disso.

Ele observou o carro se afastar. A estranha e sexy Quinn Black. E ficou vendo durante um longo tempo a luz desaparecendo na floresta que tornara seu lar.

• • •

Cal telefonou para Fox e marcou um encontro com ele no boliche. Como os Pin Boys e os Alley Cats participavam de um jogo da liga nas pistas um e dois, Fox e ele podiam jantar e assistir ao espetáculo de perto da grelha tranquilamente.

Além disso, poucas coisas eram mais barulhentas do que um boliche, de modo que a conversa seria abafada pelo som das bolas batendo nos pinos, dos gritos e assovios.

– Primeiro vamos voltar por um minuto ao plano da lógica. – Fox tomou um gole de cerveja. – Ela pode ter inventado isso para obter uma reação.

– Como podia saber o que inventar?

– Durante os Sete, há pessoas que o veem. Ela se inteirou do assunto.

– Acho que não, Fox. Alguns disseram ter visto algo: garoto, homem, mulher, cão, lobo...

– O rato do tamanho de um dobermann – lembrou Fox.

– Obrigado por me lembrar disso. Mas ninguém jamais disse tê-lo visto antes ou depois dos Sete. Ninguém além de nós, e nós nunca contamos para ninguém.

Cal arqueou sua sobrancelha indagadoramente.

– Não. Acha que eu ia espalhar por aí que vejo demônios de olhos vermelhos? Isso só serviria para espantar os clientes.

– Ela é esperta. Não vejo por que diria que o viu fora de época se não o tivesse visto. Além do mais, estava impressionada com isso. Empolgada. Por ora, vamos aceitar que ela o viu e continuar no plano da lógica. Uma suposição lógica é que o desgraçado esteja mais forte. Sabemos que estará. Forte o suficiente para aparecer nos intervalos dos Sete.

Fox refletiu sobre aquilo enquanto bebia sua cerveja.

– Não gosto dessa lógica.

– A segunda opção é ela estar conectada de algum modo. A um de nós, à cidade, ao incidente na Pedra Pagã.

– Prefiro essa. Todos estão conectados. A teoria dos seis graus de separação prova isso. – Ainda raciocinando, Fox pegou sua segunda fatia de pizza. – Talvez ela seja uma prima distante. Tenho um monte de primos, e você também. Gage tem alguns.

– É possível. Mas por que uma prima distante veria algo que ninguém da nossa família próxima vê? Eles nos contariam, Fox. Sabem melhor e mais claramente do que ninguém o que vai acontecer.

– Reencarnação. O quê? A reencarnação é importante na família O'Dell. Talvez ela estivesse lá quando aconteceu. Em outra vida.

– Não descarto nada. Mas, mais objetivamente, por que está aqui agora? E nos ajudará a pôr um fim nisso?

– Vai ser preciso mais do que uma hora de conversa diante da lareira para descobrir. Teve notícias de Gage?

– Ainda não. Mas ele deve entrar em contato. Vou levá-la até a pedra depois de amanhã.

– Você está indo rápido demais, Cal.

Cal balançou a cabeça.

– Se eu não a levar logo, ela vai tentar ir sozinha. Se algo acontecer... Não podemos ser responsáveis por isso.

– Nós *somos* responsáveis. Essa não é a questão? Em algum nível, somos.

Carrancudo, ele presenciou Don Myers, da Myers Hidráulica, fazer um *spare* com os pinos 7 e 10, ao qual se seguiram os devidos gritos e assovios. Não foi nada agradável ver Myers, com seus 136 quilos, executar uma dancinha da vitória.

– A gente continua – disse Fox em voz baixa –, dia após dia, fazendo o que fazemos, construindo e vivendo nossas vidas. Comendo pizza, transando quando damos sorte. Mas sabemos que aquilo vai voltar. Que algumas das pessoas que vemos na rua todos os dias talvez não sobrevivam à próxima rodada. Talvez *a gente* não sobreviva. Droga! – Ele bateu sua cerveja na de Cal. – Temos hoje e mais cinco meses para resolver isso.

– Posso tentar voltar lá.

– Não sem Gage aqui. Não podemos nos arriscar se não estivermos juntos. Não vale a pena, Cal. Das outras vezes você conseguiu muito pouco e levou uma grande surra.

– Agora sou mais velho e sábio. E estive pensando... Se aquilo está se manifestando fora dos nossos sonhos, está gastando energia. Talvez eu consiga mais do que antes.

– Não sei, Cal. Isso é... Hummm – disse ele olhando por cima do ombro do amigo.

Olhando para trás, Cal viu Quinn em pé atrás da pista um, com seu casaco aberto e uma expressão pensativa no rosto enquanto observava Myers, gracioso como um hipopótamo de sapatilhas, arremessando sua bola da sorte vermelha.

– É a Quinn.

– Sim. Eu a reconheci. Também li os livros. Ela é mais bonita do que na foto.

– Eu a vi primeiro.

Fox riu e olhou zombeteiramente para Cal.

– Cal, não se trata de quem a viu primeiro, mas de quem *ela* vê. Se eu usar todo o meu charme sexual, você será o Homem Invisível.

– Seu charme sexual não acenderia uma lâmpada de 40 watts.

Cal se levantou quando Quinn foi em sua direção.

– Então foi por isto que eu fui trocada esta noite? Pizza, cerveja e boliche?

– Sou o gerente de serviço esta noite. Quinn, este é Fox O'Dell.

– O segundo da tríade. – Ela apertou a mão de Fox. – Agora estou duplamente feliz por ter decidido conferir o que parece ser o lugar mais badalado da cidade. Importam-se se eu me juntar a vocês?

– Nós adoraríamos. Quer uma cerveja? – perguntou Fox.

– Sim, pode, mas... que seja light.

Cal foi para trás do balcão.

– Deixe comigo. Alguma coisa para acompanhar? Pizza?

– Ah. – Ela olhou para a pizza sobre o balcão com olhos subitamente úmidos. – Hummm, por acaso você não teria uma de massa integral com mozarela de baixa gordura?

– Louca por comida saudável? – perguntou Fox.

– Exatamente o oposto. – Quinn mordeu seu lábio inferior. – Estou mudando o estilo de vida. Droga, isso realmente parece bom. Que tal se cortássemos uma dessas fatias ao meio? – Ela passou o lado de sua mão por sobre o prato.

– Sem problemas.

Cal pegou um cortador de pizza e dividiu uma fatia ao meio.

– Amo gordura e açúcar como uma mãe ama um filho – disse Quinn para Fox. – Estou tentando comer de forma mais sensata.

– Meus pais são vegetarianos – disse Fox enquanto cada um deles pegava uma metade da fatia. – Cresci comendo tofu e alfafa.

– Deus, isso é tão triste!

– Por isso ele comia na minha casa sempre que podia e gastava todo o dinheiro da mesada em biscoitos recheados e hambúrgueres.

– Não posso culpá-lo. – Quinn sorriu para Cal quando ele pôs a cerveja dela sobre o balcão. – Gosto da cidade. Andei por vários quarteirões. Depois, como estava congelando, voltei para o charmoso Hotel Hollow, me sentei no peitoril da janela e vi o mundo passar.

– Um mundo bonito, mas que se move um pouco devagar nesta época do ano – comentou Cal.

– Verdade – concordou ela, dando uma minúscula mordida na ponta do estreito triângulo de pizza. Fechou os olhos e suspirou. – É boa. Achei que, sendo pizza de boliche, não seria.

– Não é má. A do Gino's, do outro lado da rua, é melhor. E lá tem mais sabores.

Quinn abriu os olhos e o viu sorrindo para ela.

– Isso é uma coisa horrível a se dizer a uma mulher que está tentando mudar de estilo de vida.

Cal se debruçou sobre o balcão, se aproximando um pouco mais daquele sorriso, e Quinn se viu perdendo o fio de seus pensamentos. Ele tinha um belo sorriso, meio de lado. E uma boca que... *uau!*

Antes de Cal poder falar alguma coisa, alguém o chamou, e aqueles olhos cinzentos tranquilos se desviaram dos dela para o fim do balcão.

– Volto logo.

– Está bem.

Caramba, seu pulso estava realmente acelerado.

– Enfim sós – disse ela para Fox. – Então você, Cal e o ainda ausente Gage Turner são amigos desde crianças.

– Na verdade, desde bebês. Tecnicamente, desde o útero. Nossas mães se conheceram quando minha mãe estava dando uma aula do método Lamaze. Depois que todas tiveram seus filhos, elas fizeram uma espécie de encontro da turma e foi então que descobriram que nós três nascemos no mesmo dia e na mesma hora.

– Uma ligação imediata entre mães.

– Não sei. Elas sempre se deram bem, embora se pudesse dizer que vinham de planetas diferentes. Eram amigáveis sem ser amigas. Meus pais e os de Cal ainda se dão bem e o pai de Cal manteve o pai de Gage empregado quando ninguém mais na cidade o teria contratado.

– Por que ninguém o teria contratado?

Fox hesitou por um minuto e bebeu um pouco de cerveja.

– Isso não é nenhum segredo – concluiu. – Ele bebia. Está sóbrio há algum tempo. Acho que uns cinco anos. Sempre achei que o Sr. Hawkins lhe oferecia trabalho porque esse é seu modo de ser e, em parte, por Gage. Seja como for, não me lembro de nós três não sendo amigos.

– Nunca tiveram uma briga do tipo "você gosta mais dele do que de mim" ou afastamentos normais?

– Nós brigávamos, e ainda brigamos de vez em quando. – *Todos os irmãos não brigam?*, pensou Fox. – Tínhamos nossos períodos de irritação, mas não. Somos ligados. Nada pode romper essa conexão.

– Mas Gage não mora mais aqui.

– Na verdade, ele não mora em lugar nenhum. É o típico nômade.

– E você? É o rapaz da cidade pequena?

– Cogitei a rotina da cidade grande, e a experimentei por pouco tempo. – Ele olhou de relance na direção dos lamentos vindos de um dos Alley Cats que não conseguira derrubar todos os pinos no segundo arremesso. – Gosto de Hollow. Gosto até mesmo da minha família durante a maior parte do tempo. E gosto de ser um advogado de cidade pequena.

Aquilo era verdade, concluiu Quinn, mas não toda.

– Você viu o garoto de olhos vermelhos?

Desestabilizado, Fox pousou a cerveja que erguera para beber.

– Essa é uma mudança brusca de assunto.

– Talvez. Mas isso não foi uma resposta.

– Vou adiar minha resposta até outras deliberações. Cal está cuidando disso.

– E você não sabe se gosta da ideia de ele ou de qualquer outra pessoa falar comigo sobre o que pode ou não estar acontecendo aqui.

– Não sei qual é o objetivo disso. Então estou avaliando as informações que obtenho.

– É justo. – Ela olhou para Cal, que estava voltando. – Bem, rapazes, obrigada pela cerveja e pela pizza, de verdade. Tenho que voltar para meu belo quarto.

– Você joga boliche? – perguntou Cal, e ela riu.

– De modo algum.

– Hum... – disse Fox baixinho.

Cal andou ao redor do balcão, bloqueando Quinn antes de ela poder deslizar para fora do banco. Olhou longa e pensativamente para as botas dela. – Trinta e seis, não é?

Quinn olhou para as próprias botas.

– Isso mesmo. Bom olho.

– Não saia daí. – Ele lhe deu um tapinha no ombro. – Volto logo.

Quinn franziu as sobrancelhas quando Cal se afastou, e depois olhou para Fox.

– Ele *não* foi buscar um par de sapatos de boliche para mim, foi?

– Ah, sim, foi. Você zombou de uma tradição que, se lhe der um pouquinho de abertura ele explicará, começou há cinco mil anos.

– Droga – foi tudo que Quinn conseguiu pensar em dizer.

Cal trouxe um par de sapatos de boliche marrom e bege e outro maior marrom-escuro, que obviamente era dele.

– A pista cinco está vaga. Quer jogar, Fox?

– Infelizmente tenho que terminar de escrever um argumento legal. Fica para outra vez. Vejo você depois, Quinn.

Cal pôs os sapatos debaixo do braço e então, pegando a mão de Quinn, a puxou para fora do banco.

– Quando foi a última vez que jogou? – perguntou enquanto a conduzia para a pista vaga.

– Acho que quando eu tinha 14 anos. Em um encontro de grupo, que não correu bem porque o objeto de minha afeição, Nathan Hobbs, só tinha olhos para a sempre sorridente e já bem desenvolvida Missy Dover.
– Você não pode deixar uma mágoa passada estragar sua diversão.
– Mas também não gostei da parte do boliche.
– Isso foi naquela época. – Cal a fez se sentar no liso banco de madeira e deslizou para o lado dela. – Você vai se divertir mais com isso esta noite. Já fez um *strike*?
– Não.
– Então vai fazer! Poucas coisas superam a emoção do primeiro *strike*.
– E sexo com Hugh Jackman?
Cal parou de amarrar seu sapato para olhar para ela.
– Você já fez sexo com Hugh Jackman?
– Não, mas estou disposta a apostar qualquer valor que fazer sexo com Hugh Jackman supera a sensação de derrubar dez pinos em uma única jogada.
– Tudo bem. E eu estou disposto a apostar... hã... 10 dólares que você vai admitir que boliche pode ser emocionante quando fizer seu primeiro *strike*.
– Em primeiro lugar, é bastante improvável que eu faça algo parecido com um *strike*. Em segundo, eu poderia mentir.
– Você vai fazer. E não vai mentir. Troque seus sapatos, lourinha.

CINCO

AQUILO NÃO FOI TÃO RIDÍCULO QUANTO QUINN PRESUMIU QUE SERIA. Bobo, sim, mas ela tinha bastante espaço para bobeira.

Era uma variação do boliche de dez pinos. As bolas eram menores e sem os três buracos. O objetivo era arremessá-la na longa pista encerada na direção dos pinos com colarinho vermelho que Cal chamava de *duck pins*.

Ele a observou indo para a linha de falta, balançando o braço para trás e fazendo o arremesso. A bola quicou algumas vezes antes de cair na canaleta.

– Sua vez!

Quinn se virou, jogando os cabelos para trás.

– Não, você tem mais duas bolas por jogada.

– Sério!? Uhuul.

Ele deu um sorriso.

– Vamos trabalhar no seu arremesso e na posição de seu braço na hora de soltar a bola. – Enquanto falava, foi na direção dela com outra bola. – Segure-a com as duas mãos – instruiu-a, virando-a de frente para os pinos. – Agora dê um passo para frente com o pé esquerdo, flexione os joelhos como se estivesse fazendo um agachamento, mas inclinando o corpo para frente a partir da cintura.

Cal agora estava bem atrás da mulher, a parte da frente de seu corpo se inclinando sobre as costas dela. Quinn virou o rosto para olhar nos olhos dele.

– Você usa isso para conquistar as mulheres, não é?

– Sem dúvida. Com uma taxa de sucesso de 85%. Mire o pino da frente. Pode se preocupar em mirar entre os pinos 1 e 3 e o ponto exato onde bater a bola depois. Por enquanto, apenas leve o braço direito para trás e o balance para a frente com os dedos apontados para o primeiro pino. Deixe a bola ir, seguindo seus dedos.

– Hummm.

Ela tentou. Dessa vez a bola não quicou direto para a canaleta, mas permaneceu na pista por tempo o suficiente para derrubar os dois pinos do lado direito.

Como a mulher na pista ao lado, que *tinha* que ter no mínimo 60 anos, deslizou graciosamente para a linha de falta, arremessou a bola e derrubou sete pinos, Quinn não achou que tinha o que comemorar.

– Melhor.

– Duas bolas, dois pinos. Acho que isso não merece uma dancinha da vitória.

– Como estou ansioso por sua dança da vitória, vou ajudá-la a melhorar. Abaixe mais seu ombro desta vez. Que perfume bom – acrescentou ele antes de ir pegar outra bola para Quinn.

– Obrigada. – *Caminhe, se curve, balance e arremesse*, pensou ela. E conseguiu derrubar o último pino do outro lado da pista.

– Compensou demais.

Ele apertou o botão de *reset*. A grade baixou, os pinos foram ruidosamente retirados e outro triângulo completo surgiu em seu lugar.

– Ela derrubou todos. – Quinn apontou com a cabeça para a mulher na pista ao lado, que se sentara. – Não parece muito empolgada.

– A Sra. Keefafer? Ela joga duas vezes por semana e já não se empolga mais. Por fora. Acredite, por dentro está executando uma dancinha da vitória.

– Se você está dizendo...

Cal ajeitou os ombros de Quinn e mudou os quadris dela de posição. E sim, ela pôde ver por que ele tinha uma taxa de sucesso tão alta com essa rotina. Finalmente, depois de inúmeras tentativas, Quinn conseguiu derrubar vários pinos, deixando o triângulo estranhamente desfigurado.

Havia o barulho de bolas rolando, o tinido agudo de pinos, assovios e vivas de jogadores e espectadores, campainhas estridentes de uma máquina de fliperama. Ela sentiu cheiro de cerveja, de queijo cheddar – um de seus favoritos – e dos nachos que alguém mastigava na pista ao lado.

Atemporal, totalmente americano, refletiu ela, esboçando distraidamente um artigo sobre a experiência. Um esporte que existia há séculos – precisava pesquisar essa parte – para o bom e saudável entretenimento em família.

Achou que tinha pegado o jeito da coisa, embora fosse inexperiente o bastante para atirar deliberadamente uma bola na canaleta de vez em quando, a fim de que Cal viesse corrigir sua posição.

Quando ele fazia isso, pensava em mudar o tema do artigo de "entretenimento em família" para "sensualidade do boliche". A ideia a fez sorrir enquanto assumia sua posição. Então aquilo aconteceu. Arremessou e a bola rolou pelo meio da pista. Surpresa, Quinn deu um passo para trás. E depois outro erguendo os braços para bater nos lados de sua cabeça.

Algo latejou em sua barriga e seus batimentos cardíacos se aceleraram.

– Ah. Ah. Olhe! Vai...

Houve um agradável estrondo quando a bola bateu nos pinos e eles tombaram em todas as direções. Uns por cima dos outros, rolando, girando, até o último cair lentamente como um bêbado.

– *Meu Deus!* – Ela pulou na ponta de seus sapatos de aluguel. – Você viu isso? Você...

E quando se virou, com um olhar de surpresa e prazer no rosto, viu Cal sorrindo para ela.

– Filho da mãe – murmurou para ela. – Você ganhou 10 dólares.

– Você aprende rápido.

Quinn andou na direção dele.

– Acho que estou... exausta. Mas posso voltar outra noite dessas para outras aulas.

– Será um prazer. – Sentados encostados um no outro, eles trocaram de sapatos. – Eu a acompanharei até o hotel.

– Tudo bem.

Cal pegou seu casaco. Ao sair, acenou para o jovem magricela atrás do balcão de aluguel de sapatos.

– Voltarei daqui a dez minutos.

– O silêncio – disse ela no minuto em que eles saíram. – Ouça só todo esse silêncio.

– O barulho é parte da diversão e o silêncio depois é parte da recompensa.

– Você já quis fazer outra coisa ou cresceu com um desejo ardente de gerenciar um boliche?

– Um centro de diversão familiar – corrigiu ele. – Temos um fliperama, *pinball*, *skee-ball*, *video games* e um espaço para crianças com menos de 6 anos. Fazemos festas particulares, de aniversário, formatura, recepções de casamento...

– Recepções de casamento?

– É claro. Bar mitzvá, bat mitzvá, aniversários de casamento, festas de empresas.

Definitivamente material para um artigo, percebeu ela.

– Muitos braços em um corpo só.

– Pode-se dizer que sim.

– Então, por que você não está casado e criando a próxima geração de mestres do boliche?

– O amor me escapou.

– Puxa.

Apesar do frio cortante, era agradável caminhar ao lado de um homem que ajustava naturalmente suas passadas às dela e ver as respirações de ambos formando nuvens, que se uniam antes de o vento as transformar em nada.

Ele tinha um quê de naturalidade e olhos de matador, portanto havia coisas piores do que sentir os dedos dos pés dormentes de frio em botas que ela sabia serem mais elegantes do que práticas.

– Você vai estar por aí amanhã?

– Vou – respondeu Cal. – Posso dar meu número de celular se...

– Espere. – Quinn procurou em sua bolsa e pegou seu próprio celular. Ainda caminhando, apertou algumas teclas. – Diga.

Cal falou.

– Que bom estar com uma mulher que não só encontra imediatamente o que procura nas profundezas misteriosas da bolsa, como também é capaz de lidar com aparelhos eletrônicos.

– Isso foi um comentário machista.

– Não. É que minha mãe sempre sabe onde tudo está, mas não sabe usar o controle remoto. Minha irmã Jen sabe lidar com qualquer coisa, é quase uma engenheira eletrônica, mas nunca consegue encontrar nada sem antes procurar por vinte minutos. Por fim, minha outra irmã, Marly, não consegue encontrar nada e fica intimidada com um abridor de latas elétrico.

– Sou uma mulher de muitos talentos mesmo. – Ela guardou seu celular de volta na bolsa enquanto se viravam para a escada que levava à longa varanda da fachada do hotel. – Obrigada pela companhia.

– Não há de quê.

Quinn sabia no que ele estava pensando. Ambos se perguntavam se deveriam simplesmente apertar as mãos e ir embora ou ceder à curiosidade e se inclinar para um beijo.

– Por enquanto vamos continuar no caminho seguro – decidiu ela. – Admito que gosto de você, mas me deixar levar por isso com certeza vai complicar as coisas.

– É uma pena você estar certa disso. – Ele enfiou as mãos nos bolsos. – Então vamos só dizer boa-noite. Esperarei até você entrar.

– Boa noite.

Quinn subiu a escada e abriu a porta. Então olhou de relance para trás e o viu em pé, com as mãos ainda nos bolsos, iluminado pelo antiquado poste de rua.

Ah, sim, pensou ela. *É uma pena.*

– A gente se vê em breve.

Cal esperou até a porta se fechar atrás dela, deu alguns passos e estudou as janelas do segundo e terceiro andares. Quinn dissera que sua janela dava para a rua principal, mas ele não sabia ao certo em que andar ela estava. Depois de alguns instantes, uma luz brilhou na janela do segundo andar, revelando a Cal que ela estava segura em seu quarto.

Quando se virou, viu o garoto. Estava em pé na calçada, a meio quarteirão de distância. Não usava casaco, chapéu ou proteção contra o vento cortante, que não agitava os seus cabelos compridos. Seus olhos brilhavam, assustadoramente vermelhos, enquanto repuxava os lábios para emitir um rosnado.

Cal ouviu o som dentro de sua cabeça e sentiu sua barriga gelar.

Não é real, disse a si mesmo. Ainda não. Apenas uma projeção, como nos sonhos. Mas, mesmo nos sonhos, podia machucá-lo ou fazer você pensar que estava machucado.

– Volte para o lugar de onde veio, canalha – falou Cal claramente, com a calma que seus nervos abalados permitiram. – Ainda não chegou sua hora.

Quando chegar, vou devorar você, todos vocês, e tudo que você considera precioso.

Os lábios não se moveram com as palavras. Em vez disso, permaneceram paralisados naquele rosnado feroz.

– Veremos quem sentirá a mordida desta vez.

Cal deu outro passo para a frente. E então o fogo irrompeu. Foi cuspido da calçada de tijolos e fumegou pela rua em uma parede de furioso vermelho. Antes de perceber que não havia nenhum calor, que aquilo não queimava, Cal já havia recuado aos tropeções, erguendo as mãos.

A risada soou em sua cabeça, tão selvagem quanto o fogo. Depois ambos desapareceram. A rua estava silenciosa e os tijolos e prédios intocados. *Ele tem truques na manga*, lembrou Cal. *Muitos truques.*

Forçou-se a seguir em frente, por onde o falso incêndio passara. Um cheiro acre forte surgiu e desapareceu com o vapor de sua respiração.

Enxofre.

• • •

Lá em cima, no quarto do segundo andar com cama de dossel e edredom branco fofo, Quinn se sentou à escrivaninha com superfície polida e pernas curvadas e digitou no notebook as anotações do dia, os dados e suas impressões.

Adorava o fato de haver flores frescas no quarto e uma pequena tigela azul com um artístico arranjo de frutas frescas. O banheiro tinha uma banheira e uma pia de pedestal branca como neve. Havia toalhas grossas e generosas, dois sabonetes, elegantes minigarrafas de xampu, creme corporal e gel de banho.

Em vez de pôsteres entediantes, a arte nas paredes era composta por pinturas originais e fotografias, que a discreta nota sobre a escrivaninha indicava serem de artistas locais com obras disponíveis na Artful, uma loja da cidade.

O quarto era cheio de toques caseiros acolhedores *e* fornecia acesso em alta velocidade à internet. Quinn tomou nota para reservar o mesmo quarto depois que sua primeira semana terminasse, para as viagens de volta que planejava fazer em abril e de novo em julho.

Conseguira bastante em seu primeiro dia. Havia conhecido dois dos três personagens principais de seu interesse e marcara uma ida à Pedra Pagã. Sentira como era a cidade, pelo menos aparentemente. E acreditava que tivera uma experiência pessoal com a manifestação de uma força sobrenatural não identificada.

Ainda conseguira material para um artigo sobre boliche que seria útil para seus amigos na *Detour*. Nada mau, ainda mais se acrescentasse o fato de que jantara sensatamente uma salada de frango grelhado no restaurante do hotel, e *não* havia cedido à tentação e comido toda a pizza, mas se limitado a meia fatia. E fizera um *strike*.

O aspecto negativo pessoal era que também resistira à tentação de beijar Caleb Hawkins. Embora estivesse insatisfeita, fora totalmente profissional.

Vestiu calças de flanela e uma camiseta e se forçou a fazer quinze minutos de pilates (está bem, dez) e quinze de ioga antes de se refugiar debaixo do fabuloso edredom com sua pequena floresta de travesseiros de plumas.

Pegou na mesa de cabeceira o livro que estava lendo e se refugiou nele também até seus olhos começarem a se fechar. Logo depois da meia-noite, marcou a página do romance, desligou a luminária e se enroscou em seu ninho feliz.

Como de costume, dormiu rapidamente.

Quinn estava ciente de que estava sonhando. Sempre apreciara o mundo desconexo e carnavalesco das paisagens oníricas. Para ela, sonhar era como ter uma aventura louca sem nenhum esforço físico. Então, quando se viu em uma trilha sinuosa em uma densa floresta onde a lua prateava as folhas e a névoa se propagava pelo chão, parte de sua mente pensou: *Puxa vida! Lá vamos nós.*

Pensou ter ouvido um cântico, uma espécie de sussurro rouco e desesperado, mas não conseguiu discernir as palavras em si. O ar parecia seda de tão macio e ela atravessou as poças de névoa. O cântico continuou, levando-a na direção dele. Uma única palavra parecia pairar naquela noite enluarada: *bestia*.

Ouviu-a repetidamente ao seguir pela trilha através do ar sedoso e das árvores prateadas. Sentiu um impulso sexual, um calor que a levava na direção daquilo, de quem quer que partisse o chamado noturno. Duas vezes e depois três, o ar pareceu sussurrar: *beatus*. O sussurro lhe aqueceu a pele. No sonho, apertou o passo.

Uma coruja preta voou das árvores banhadas pelo luar, suas grandes asas agitando o ar suave e o esfriando até ela estremecer. Mesmo no sonho, ela sentiu medo.

Com aquele vento frio soprando, viu, estendido na trilha, um cervo dourado. O sangue da garganta aberta do animal escorria para o chão, que brilhava úmido e preto na noite. O coração de Quinn se apertou de pena. Tão jovem, tão doce, pensou, se forçando a se aproximar dele. Quem podia ter feito uma coisa dessas?

Por um momento, os olhos mortos e abertos do cervo se clarearam, emitindo um brilho tão dourado quanto ele. O cervo a olhou com tanta tristeza, tanta sabedoria, que ela sentiu um aperto em sua garganta.

Nesse instante, a voz se fez ouvir em sua mente. A única palavra: *devoveo*.

Então as árvores desfolharam, sobrando nelas apenas gelo nos troncos e galhos. O luar prateado se tornou cinzento. A trilha mudara, de modo que agora estava diante de um pequeno lago. A água estava preta como tinta, como se qualquer luz do céu fosse sugada para suas profundezas e mantida lá.

Ao lado do lago havia uma jovem com um vestido marrom comprido. Seus cabelos tinham sido cortados rentes, em tufos e com fios loucamente espetados. Ela se curvou para encher de pedras os bolsos de seu vestido marrom.

Olá!, gritou Quinn. *O que você está fazendo?*

A garota continuou a encher os bolsos. Quando Quinn chegou mais perto, viu que os olhos dela estavam cheios de lágrimas e loucura.

Droga. Você não quer fazer isso. Não quer bancar a Virginia Woolf. Espere. Apenas espere. Fale comigo. A garota virou a cabeça e, por um momento de choque, Quinn viu seu próprio rosto. *Ele não sabe tudo*, disse a louca. *Ele não sabia de você.*

Ela estendeu os braços e seu corpo frágil, tornado pesado pelas pedras, inclinou-se cada vez mais até encontrar a água preta. O lago a engoliu como uma boca à espera. Quinn pulou e seu corpo se preparou para o choque do frio enquanto enchia os pulmões de ar.

Houve um clarão repentino e um rugido que podia ser de um trovão ou algo vivo e faminto. Ela estava de joelhos em uma clareira onde uma pedra rosada saía da terra como um altar. Havia fogo ao redor, acima e nela, mas Quinn não sentia o calor.

Viu duas formas através das chamas: uma preta e outra branca, lutando como animais enlouquecidos. A terra se abriu com um som terrível e, como a boca à espera no lago, engoliu tudo.

Um grito saiu de sua garganta quando aquela boca se abriu para devorá-la. Arrastou-se na direção da pedra e tentou pôr os braços ao redor dela. A pedra se partiu em três partes iguais, enviando-a aos tropeções para aquela boca aberta ávida.

Acordou encolhida na linda cama de dossel, as cobertas enroladas em suas pernas, agarrada a uma das colunas como se sua vida dependesse disso. Ofegava como um asmático e seu coração batia tão rápido e forte que fez sua cabeça girar.

Um sonho, apenas um sonho, lembrou a si mesma, mas não conseguiu se forçar a largar a coluna. Agarrada a ela, deixou sua bochecha repousar na madeira e fechou os olhos até o tremor diminuir.

– Que viagem infernal – murmurou.

A Pedra Pagã. Era lá que o sonho terminara, estava certa disso. Reconheceu-a pelas fotografias que vira. Não admirava que tivesse tido um sonho assustador com ela, com a floresta. E o lago... Não havia algo em sua pesquisa sobre uma mulher afogada lá? O lago recebera seu nome. Lagoa Hester. Não, lago. Lago Hester.

Tudo aquilo fazia sentido na lógica dos sonhos.

Relanceou os olhos para o despertador e viu no mostrador luminoso que eram 3h20. *Três da manhã*, pensou. *A pior hora para estar acordada*. Então teria que voltar a dormir, como uma mulher sensata. Ajeitaria as cobertas, tomaria um belo copo de água fresca e depois apagaria.

Tivera sobressaltos suficientes para seu primeiro dia.

Saiu da cama e ajeitou as cobertas e o edredom. Depois se virou, pretendendo ir ao banheiro contíguo pegar um copo d'água. O grito não soou. Atravessou sua cabeça como garras, mas nada o fez sair de sua garganta quente e apertada.

O garoto sorriu obscenamente pela janela escura, com o rosto e as mãos contra o vidro a centímetros do rosto dela. Quinn viu a língua surgir e passar por aqueles dentes brancos afiados. Os olhos, vermelhos e brilhantes, pareciam tão sem fundo e famintos quanto a boca da terra que tentara engoli-la no sonho.

Suas pernas queriam se dobrar, mas temia que aquilo quebrasse o vidro e viesse cravar os dentes em seu pescoço como um cão selvagem se caísse no chão.

Então ergueu a mão no velho sinal contra o demônio.

– Saia daqui – sussurrou. – Fique longe de mim.

Aquilo riu. Ela ouviu o som horrível e estonteante e os ombros estremecendo de júbilo. Então aquilo se afastou do vidro dando um lento e sinuoso salto mortal para trás. Ficou suspenso por um instante acima da rua adormecida. Então... se condensou. Encolheu-se para dentro de si próprio em um pontinho negro e desapareceu.

Quinn se lançou para a janela e baixou a veneziana até cobrir todos os centímetros de vidro. Finalmente se agachou e se encostou na parede, tremendo.

Quando achou que conseguiria ficar em pé, usou a parede como apoio e foi rapidamente até as outras janelas. Estava novamente ofegante quando todas as venezianas foram baixadas, e tentou dizer a si mesma que o quarto não parecia uma caixa fechada.

Foi buscar a água e bebeu dois copos cheios. Mais calma, olhou para as janelas cobertas.

– Vai pro inferno, diabinho.

Pegou o notebook, voltou para sua posição no chão – simplesmente se sentia mais segura sob a linha do peitoril – e começou a digitar todos os detalhes de que se lembrava do sonho e da coisa encostada no vidro.

• • •

Quando acordou, a luz era uma faixa amarela ao redor do linho cor de creme das venezianas. E a bateria do notebook acabara totalmente. Congratulando-se por ter se lembrado de salvar tudo antes de se enroscar no chão para dormir, Quinn se levantou, dolorida.

Estúpida, é claro, disse para si mesma tentando afastar o máximo possível a rigidez. Estúpida por não ter desligado o notebook e se arrastado de volta para aquela cama grande e confortável. Mas se esquecera da primeira coisa e nem mesmo pensara na segunda.

Pôs o notebook de volta na escrivaninha e o conectou à tomada para recarregar a bateria. Com alguma cautela, aproximou-se da primeira janela e ergueu a veneziana. O sol se projetava de um céu muito azul. Um tapete branco de neve fresca brilhava na calçada, nos toldos e nos telhados.

Avistou alguns comerciantes se ocupando de limpar calçadas, varandas e escadas. Carros passavam pela rua cuja neve fora removida. Perguntou-se se a escola estava fechada ou se as aulas começariam mais tarde em virtude da neve.

Perguntou-se se o garoto da janela teria aulas de "como ser um bom demônio" nesse dia.

Decidiu mimar seu corpo com um longo banho de espuma na charmosa banheira. Depois experimentaria o café da manhã da Ma's Pantry e veria quem estaria disposto a conversar sobre as lendas de Hawkins Hollow enquanto ela comia frutas e granola.

SEIS

Cal a viu entrar assim que começou a cortar sua pequena pilha de panquecas. Ela estava com aquelas botas de salto alto e fino, jeans desbotados e um boné chamativo. Usava um cachecol que o fez pensar na túnica colorida de José, mas que ficava elegante combinado com o casaco aberto. Sob ele havia um suéter da cor de mirtilos maduros.

Havia algo nela, refletiu Cal, que chamaria atenção mesmo se usasse roupas marrons no tom de lama. Observou os olhos de Quinn percorrendo a área de refeições. Ela estava estudando onde se sentaria e quem abordaria. Já trabalhando, concluiu. Talvez sempre estivesse. Mesmo a conhecendo havia tão pouco tempo, tinha certeza de que sua mente trabalhava sempre.

Quinn o avistou. Deu-lhe aquele seu sorriso radiante e se aproximou. Ele se sentiu como um garoto escolhido entre todos os outros para jogar bola.

– Bom dia, Caleb.

– Bom dia, Quinn. Café da manhã?

– Claro. – Ela se inclinou por cima do prato dele e deu uma longa e dramática cheirada nas panquecas cheias de manteiga e calda. – Aposto que são fabulosas.

– As melhores da cidade. – Ele espetou com o garfo um grosso pedaço e o estendeu. – Quer provar?

– Se eu provar, não vou conseguir parar. – Ela deslizou para o banco e se virou para sorrir para a garçonete enquanto tirava seu cachecol. – Bom dia. Eu gostaria de um café. E você tem algo como granola para comer com fruta?

– Bem, temos cereais. Posso fatiar algumas bananas.

– Perfeito. – Ela se inclinou sobre o balcão. – Eu sou a Quinn.

– A escritora da Pensilvânia. – A garçonete assentiu com a cabeça e apertou firmemente a mão de Quinn. – Meg Stanley. Tome cuidado com este aqui, Quinn – disse Meg dando um tapinha em Cal. – Os quietinhos são os piores.

– Algumas de nós, tagarelas, também.

Isso fez Meg dar uma risada enquanto servia o café de Quinn.

– Ser rápida é uma grande vantagem. Vou pegar o cereal para você.

– Por que alguém escolheria comer cereal no café da manhã? – perguntou-se Cal em voz alta enquanto espetava outro pedaço de panqueca pingando.

– É um gosto adquirido. Ainda o estou adquirindo. Mas, se ficar vindo aqui para o café da manhã, acabarei sucumbindo aos encantos das panquecas. A cidade tem uma academia, ou um cara musculoso que alugue aparelhos de exercícios?

– Há uma pequena academia no porão do centro comunitário. É preciso se associar, mas posso conseguir acesso para você.

– Você é mesmo um homem útil de se conhecer.

– Sou. Quer mudar seu pedido? Atacar primeiro as panquecas douradas e depois a esteira?

– Hoje não, mas obrigada. – Depois de pôr adoçante em seu café, ela pegou a xícara com as duas mãos e bebeu enquanto o estudava através do leve vapor que se erguia. – Agora que estamos em nosso segundo encontro...

– Segundo? Como posso ter me esquecido do primeiro?

– Você me pagou uma pizza e uma cerveja e me levou para jogar boliche. Em meu dicionário, isso se encaixa na definição de encontro. Agora está pagando meu café da manhã.

– Cereal e bananas? Vai sair barato para mim... Gostei.

– Quem não gostaria? E, já que estamos tendo um encontro, gostaria de partilhar uma experiência com você.

Ela olhou para Meg, que lhe trazia uma tigela de cerâmica branca com cereal e bananas fatiadas.

– Achei que preferiria leite desnatado.

– Perceptiva e correta. Muito obrigada.

– Querem mais algum coisa?

– Por enquanto não, Meg – disse Cal. – Obrigado.

– Se quiserem, é só me chamar.

– Uma experiência? – perguntou Cal enquanto Meg ia para a outra extremidade do balcão.

– Tive um sonho.

Ele sentiu suas entranhas se contraindo antes mesmo de Quinn começar a lhe contar em voz baixa e com detalhes o sonho que tivera à noite.

– Eu sabia que era um sonho – concluiu ela. – Sempre sei. Geralmente me divirto com meus sonhos, até com os assustadores. Porque, sabe, aquilo não está acontecendo de verdade. Já desenvolvi uma segunda cabeça para poder argumentar comigo mesma e saltei de um avião com um punhado de balões vermelhos. Mas... não posso dizer que me diverti com esse sonho. Por exemplo, eu não apenas pensei que sentia frio. Eu *senti* frio. Não apenas pensei que me bateram e rolei no chão. Encontrei machucados esta manhã que não estavam lá quando fui para a cama. Manchas recentes no quadril. Como você se machuca em um sonho se é apenas um sonho?

Isso é possível em Hawkins Hollow, pensou ele.

– Você caiu da cama, Quinn?

– Não, não caí. – Pela primeira vez houve um pouco de irritação na voz dela. – Acordei agarrada à coluna da cama como se fosse um amante. E isso tudo foi antes de ver de novo aquele diabinho de olhos vermelhos.

– Onde?

Quinn parou por tempo o suficiente para comer uma colher de cereal. Cal não soube ao certo se a expressão de desagrado que tinha no rosto se devia ao sabor ou aos pensamentos dela.

– Você já leu *A hora do vampiro*, de Stephen King?

– É claro. Cidade pequena, vampiros. Muito bom.

– Lembra a parte dos dois garotos, irmãos. Um deles se transformou em vampiro depois que desapareceu na trilha da floresta. Uma noite ele vai visitar o irmão.

– Não há nada mais assustador do que crianças transformadas em vampiros.

– O pequeno vampiro fica apenas *suspenso* do lado de fora da janela. Apenas flutuando lá, arranhando o vidro. Foi assim. Ele estava encostado no vidro, e olha que meu quarto fica no segundo andar. Então ele deu um elegante salto mortal para trás no ar e desapareceu.

Cal pôs uma das mãos sobre a dela, a achou fria e a esfregou para esquentá-la um pouco.

– Você tem os números da minha casa e dos meus celulares, Quinn. Por que não me telefonou?

Ela comeu um pouco mais e depois, sorrindo para Meg, estendeu sua tigela para que a enchesse de novo.

– Sei que temos nos encontrado, Cal, mas não telefono para homens com quem jogo boliche às três e meia da manhã para dizer que estou com medo. Andei por pântanos na Louisiana em busca do fantasma de uma rainha vodu. Passei uma noite sozinha em uma casa com fama de mal-assombrada na costa do Maine e entrevistei um homem que diziam estar possuído por nada menos que treze demônios. Depois houve a família de lobisomens em Tallahassee. Mas esse garoto...

– Você não acredita em lobisomens e vampiros, Quinn.

Ela se virou no banco para olhar diretamente para Cal.

– Tenho uma mente aberta como uma loja de conveniência 24 horas. Considerando as circunstâncias, você também deveria ter. Mas não, não acho que essa coisa seja um vampiro. Afinal de contas, eu o vi em plena luz do dia. Mas o fato de ele não ser humano não o torna menos real. Ele é parte da Pedra Pagã. É parte dela e do que acontece aqui a cada sete anos. E ele está ficando mais forte, não é?

Sim, pensou Cal. *A mente dela estava sempre trabalhando e era afiada como uma navalha.*

– Este não é o melhor lugar para nos aprofundarmos nisso.

– Diga onde é.

– Eu disse que a levaria à pedra amanhã, e levarei. Então entraremos em mais detalhes. Não posso fazer isso hoje – disse Cal, antecipando-se a ela. – Estou com o horário cheio e, de qualquer modo, amanhã será melhor. Estão prevendo sol e 4 graus hoje e amanhã. – Ele ergueu um dos lados do quadril para pegar a carteira. – A maior parte dessa última neve terá derretido. – Ele baixou os olhos para as botas de Quinn enquanto colocava notas sobre o balcão para pagar a conta dos dois. – Se você não tem nada mais adequado do que isso para caminhar, é melhor comprar alguma coisa. Caso contrário, não vai aguentar nem um quilômetro.

– Você ficaria surpreso com quanto posso aguentar.

– Não sei se ficaria. Se não nos virmos antes, até amanhã.

Quinn o olhou com as sobrancelhas franzidas enquanto ele saía. Depois se virou de novo para Meg, que passava um pano sobre o balcão.

– Você tinha razão.

– Eu o conheço desde antes do berço.

Com um sorriso, Quinn pôs um cotovelo no balcão enquanto brincava com o resto do seu cereal. Pelo visto, um grande susto à noite e uma leve irritação com um homem de manhã ajudavam mais em uma dieta do que qualquer balança. Meg pareceu ser uma mulher agradável, de quadris largos, calças de flanela marrons e mangas enroladas até os cotovelos. Tinha os cabelos castanhos crespos como o pelo de um poodle. E houve um brilho rápido em seus olhos cor de avelã que disse a Quinn que ela estava disposta a falar.

– Então, o que mais você sabe? Fale sobre a Pedra Pagã.

– Se quer saber o que penso, acho isso uma grande besteira. Uma bobagem sem tamanho.

– É?

– As pessoas apenas ficam um pouco... loucas de vez em quando. Bebem demais e fazem o que não devem. Uma coisa leva a outra. Mas a especulação é boa para os negócios, se é que me entende. Traz muita gente de fora para cá querendo saber sobre isso, fazendo perguntas, tirando fotos, comprando souvenirs.

– Você nunca teve nenhuma experiência?

– Vi pessoas geralmente sensatas agindo como idiotas e algumas com um traço ruim agindo mal por algum tempo. – Ela encolheu os ombros. – As pessoas são o que são, e às vezes mais.

– Acho que isso é verdade.

– Se você quiser saber mais, deve ir à biblioteca. Há alguns livros lá sobre a cidade, sua história e esse tipo de coisa. E Sally Keefafer...

– A jogadora de boliche?

Meg deu uma risada.

– Ela não gosta de jogar. É a diretora da biblioteca. Ela vai encher seus ouvidos se lhe fizer perguntas. Adora conversar e nunca vi um tema do qual não pudesse falar até você ter vontade de lhe tapar a boca com fita adesiva.

– Vou fazer isso. Vocês vendem fita adesiva aqui?

Meg deu outra risada e balançou a cabeça.

– Se você realmente quiser conversar e encontrar algum sentido nisso fale com a Sra. Abbott. Ela era chefe da antiga biblioteca e vai à nova quase todos os dias.

Então, pegando as notas que Cal deixara, Meg foi encher mais xícaras de café na outra extremidade do balcão.

...

Cal foi direto para seu escritório. Precisava fazer seu costumeiro trabalho matutino: cuidar da papelada, dar telefonemas e enviar e-mails. E tinha uma reunião de manhã com seu pai e o homem do fliperama antes de o boliche abrir para as ligas à tarde.

Pensou na parede de fogo da noite anterior. Somando-se a isso as duas aparições para Quinn, uma pessoa de fora, obviamente a *entidade* que assolava a cidade começava sua folia mais cedo.

Também estava preocupado com o sonho de Quinn. Ele havia reconhecido o lugar em que ela estivera e o que vira. O fato de Quinn ter sonhado tão lucidamente com o lago e a clareira, e saído machucada disso, significava que ela devia estar de algum modo conectada.

Um parentesco distante não estava fora de questão e devia haver um modo de pesquisar isso. Mas ele tinha outros parentes e ninguém além de sua família relatara quaisquer efeitos, nem mesmo durante os Sete.

Ao andar pelo boliche, acenou para Bill Turner, que estava polindo as pistas. O zumbido alto e gutural da máquina ecoava no prédio vazio. A primeira coisa que verificou em seu escritório foi seu e-mail, e deu um suspiro de alívio ao ver que havia uma mensagem de Gage:

Droga. Tenho alguns negócios para resolver. Devo voltar aos Estados Unidos dentro de algumas semanas. Nem pense em fazer algo estúpido sem mim, ok?

Nenhuma saudação ou assinatura *Típico de Gage*, pensou Cal. E por ora isso teria que bastar.

Entre em contato comigo assim que voltar. As coisas já estão pipocando. Sempre o esperarei para fazer coisas estúpidas, porque você é melhor nisso.

Depois de clicar em "enviar", escreveu outro e-mail para Fox:

Precisamos conversar. Na minha casa, às seis horas. Comprei cerveja. Traga alguma comida que não seja pizza.

Por enquanto era o melhor que podia fazer. A vida tinha que continuar.

• • •

Quinn voltou a pé para o hotel a fim de pegar seu notebook. Já que iria à biblioteca, bem que poderia usá-lo para algumas horas de trabalho. Embora achasse que já tinha a maioria dos livros que havia lá, senão todos, talvez essa Sra. Abbott se revelasse uma fonte valiosa.

Pelo que parecia, Caleb Hawkins estaria fechado como uma ostra até o dia seguinte.

Ao entrar no saguão do hotel, viu a recepcionista loura e atraente atrás do balcão. *Mandy*, pensou Quinn depois de uma breve consulta a seu arquivo mental. Também havia uma morena na confortável cadeira fazendo o check-in. O olhar rápido e crítico de Quinn a registrou como uma mulher entre os 25 e 30 anos. Seu ar cansado da viagem não lhe diminuía a beleza do rosto. Os jeans e o suéter preto caíam bem em seu corpo atlético. Aos seus pés havia uma mala de viagem, uma maleta de notebook, uma bolsa menor provavelmente para cosméticos e outras necessidades femininas e uma excelente bolsa de mão de couro liso vermelho.

Quinn invejou a bolsa por um momento enquanto lhes lançava um sorriso.

– Bem-vinda de volta, Srta. Black. Se precisar de alguma coisa, eu a atenderei em apenas um minuto.

– Eu estou bem, obrigada.

Quinn se virou para a escada e, ao começar a subir, ouviu Mandy dizer alegremente:

– O check-in já foi feito, Srta. Darnell. Só vou chamar o Harry para ajudar com suas malas.

Como era de seu costume, Quinn especulou sobre a Srta. Darnell Bolsa Vermelha Fabulosa enquanto subia a escada para seu quarto. De passagem, a caminho de Nova York. Não, aquele era um lugar muito estranho e era cedo demais para interromper uma viagem de carro.

Visitando parentes ou amigos? Mas por que não teria ficado com eles? Talvez em uma viagem de negócios, refletiu ao entrar no quarto. Bem, se a Bolsa Vermelha que Eu Quero para Mim permanecesse no hotel por mais algumas horas ela descobriria quem era, o que fazia ali e por quê. Afinal de contas, essa era sua especialidade.

Quinn pôs seu notebook na bolsa e acrescentou um bloco de anotações e lápis extras no caso de ter sorte. Pegou seu celular e o colocou no modo silencioso. Em sua opinião, nada era mais irritante do que celulares tocando em bibliotecas e teatros.

Por fim, pôs um mapa do condado em sua pasta, caso decidisse explorá-lo. Equipada, dirigiu-se à rodovia do outro lado da cidade e à biblioteca de Hawkins Hollow.

De acordo com suas pesquisas, sabia que o prédio original agora abrigava o centro comunitário e a academia que pretendia frequentar. Na virada do século, a nova biblioteca fora construída em uma bonita elevação de terreno no extremo sul da cidade. Também era de pedra, embora Quinn estivesse bastante certa de que se tratava de cimento revestido em vez de cantaria. Tinha dois andares com pequenas alas dos dois lados e um pórtico. O estilo, refletiu ela, era lindamente antigo.

Ao parar no estacionamento, admirou os bancos e as árvores que proporcionavam cantos de leitura sombreados na alta estação. O lugar cheirava a biblioteca. A livros, um pouco de pó e silêncio. Viu o letreiro com letras brilhantes anunciando uma aula de história na seção infantil, às dez horas da manhã.

Andou pela biblioteca. Computadores, mesas compridas, carrinhos, algumas pessoas perambulando pelos corredores com estantes de livros, dois homens idosos folheando jornais. Ouviu o zumbido suave de uma copiadora e o toque abafado de um telefone no balcão de informações.

Lembrando-se de se concentrar, porque se andasse a esmo sucumbiria ao encanto que acreditava que todas as bibliotecas exercem, foi direto para o balcão de informações. E, no tom sussurrante reservado para as bibliotecas e igrejas, falou para o homem magro:

– Bom dia. Estou procurando livros sobre a história local.

– Estão no segundo andar, na ala oeste. A escada fica à esquerda e o elevador logo atrás. Está procurando algo em particular?

– Obrigada, só vou dar uma olhada. A Sra. Abbott está aqui hoje?

– A Sra. Abbott se aposentou, mas vem quase todos os dias como voluntária, às onze.

– Mais uma vez, obrigada.

Quinn usou a escada. Era bonita, quase como a escadaria de *E o vento levou*. Pôs uma barreira mental para não ser tentada pelas estantes e áreas de leitura até se ver no local de interesse.

Era mais uma minibiblioteca do que uma seção. Com cadeiras confortáveis, mesas, abajures com cúpula de âmbar e até mesmo descansos para pés. Muito maior do que esperava.

Devia ter considerado o fato de que batalhas foram travadas em Hollow e arredores na Guerra Civil e na Guerra de Independência. Livros sobre essas guerras estavam dispostos em áreas separadas. Além disso, havia uma saudável seção de autores locais.

Procurou nessa primeiro e descobriu um tesouro. Lá devia haver mais de uma dúzia de livros que não encontrara em sua caçada antes de ir para a cidade, publicados pelos próprios autores e por pequenas editoras locais.

Títulos como *Pesadelo em Hollow* e *Hollow, a verdade* a deixaram zonza de ansiedade. Pôs a postos o notebook, o bloco de anotações e o gravador e depois pegou cinco livros. Foi quando notou a discreta placa de bronze.

A Biblioteca de Hawkins Hollow agradece a generosidade da família de Franklin e Maybelle Hawkins.

Franklin e Maybelle. Provavelmente antepassados de Cal. Quinn achou adequado e generoso da parte deles doarem fundos para patrocinar essa sala em particular.

Instalou-se à mesa, escolheu ao acaso um dos livros e começou a ler.

Quinn havia enchido várias páginas do bloco com nomes, locais, datas, supostos incidentes e várias teorias quando sentiu cheiro de lavanda e talco de bebê. Ergueu os olhos e viu uma senhora bem arrumada com sapatos pretos sóbrios e as mãos cruzadas na cintura sobre seu vestido roxo.

Ela usava pérolas ao redor do pescoço, uma aliança de ouro no dedo e um relógio de pulseira de couro com um mostrador enorme que parecia ser tão prático quanto seus sapatos de solas grossas.

– Sou Estelle Abbott – disse ela com sua voz rachada. – O jovem Dennis disse que perguntou por mim.

Como Quinn calculara que Dennis, do balcão de informações, já estava no fim da casa dos 60, imaginou que a mulher que o chamara de jovem devia ter nascido umas boas vinte décadas antes.

– Sim. – Quinn se levantou e atravessou a sala para lhe estender a mão.
– Sou Quinn Black, Sra. Abbott. Sou...

– Sim, eu sei. A escritora. Gostei de seus livros.

– Muito obrigada.

– Não precisa agradecer. Se eu não tivesse gostado teria lhe dito francamente. Está procurando alguma coisa sobre Hollow?

– Sim, senhora. Estou.

– Vai encontrar muitas informações aqui. Algumas serão úteis. – Ela olhou para os livros sobre a mesa. – Outras, tolices.

– No interesse de separar o joio do trigo talvez possa arranjar um tempo para conversar comigo. Ficaria feliz em levá-la para almoçar ou jantar quando a senhora...

– Isso é muita gentileza sua, mas não é necessário. Por que não nos sentamos um pouco aqui e vemos o que acontece?

– Seria ótimo.

Estelle foi até uma cadeira e se sentou. Com as costas retas e os joelhos juntos, cruzou as mãos sobre o colo.

– Eu nasci em Hollow – começou ela – e vivi aqui durante todos os meus 97 anos.

– Noventa e sete? – Quinn não precisou fingir surpresa. – Geralmente sou muito boa em calcular a idade e apostaria que tem uns dez anos a menos.

– Ossos bons – respondeu Estelle com um sorriso fácil. – No dia cinco do mês que vem vai fazer oito anos que perdi meu marido, John, também nascido e criado aqui. Ficamos casados durante 71 anos.

– Qual foi o segredo?

Isso provocou outro sorriso.

– Aprender a rir. Caso contrário, na primeira oportunidade batemos neles com um martelo até a morte.

– Deixe-me anotar isso.

– Tivemos seis filhos: quatro meninos e duas meninas. Todos ainda vivos e nenhum na prisão, graças a Deus. Eles nos deram 19 netos, que nos deram 28 bisnetos, pela minha última contagem. Cinco da nova geração com dois a caminho.

Quinn arregalou os olhos.

– O Natal deve ser uma loucura.

– Nós estamos todos espalhados, mas de vez em quando conseguimos reunir quase todo mundo em algum lugar.

– Dennis disse que a senhora se aposentou. Era bibliotecária?

– Comecei a trabalhar na biblioteca quando meu filho mais novo foi para a escola. Era a antiga biblioteca da cidade. Trabalhei por mais de cinquenta anos lá. Voltei a estudar e me formei. Johnnie e eu viajamos e vimos muito do mundo juntos. Durante algum tempo pensamos em nos mudar para a Flórida. Mas nossas raízes aqui eram profundas demais para isso. Passei a trabalhar em regime de meio expediente e me aposentei quando meu Johnnie ficou doente. Quando ele morreu, voltei para a antiga biblioteca, enquanto esta ainda estava sendo construída, como voluntária ou parte do acervo, como preferir. Estou contando isso para que tenha uma ideia de como sou.

– A senhora ama seu marido, seus filhos e os filhos que vieram deles. Ama livros e se orgulha do trabalho que fez. Ama esta cidade e respeita a vida que teve aqui.

Estelle lhe lançou um olhar de aprovação.

– A senhorita é perspicaz e tem um modo eficiente de resumir as coisas. Não falou que eu "amei" meu marido, mas usou o tempo presente. Isso me diz que é uma jovem observadora e sensível. Percebi pelos seus livros que tem uma mente aberta e curiosa. Diga-me, Srta. Black, também tem coragem?

Quinn pensou na coisa do lado de fora da janela, no modo como passou a língua pelos dentes. Havia sentido medo, mas não fugido.

– Gosto de pensar que sim. Por favor, pode me chamar de Quinn.

– Quinn. Um sobrenome.

– Sim, o sobrenome de solteira da minha mãe.

– Gaélico irlandês. Acho que significa "conselheiro".

– Sim.

– Tenho muita cultura inútil – disse Estelle batendo com um dedo em sua têmpora. – Mas me pergunto se seu nome não é relevante. Você precisará ter a objetividade e a sensibilidade de um conselheiro para escrever um livro sobre Hawkins Hollow.

– Por que a senhora não o escreveu?

– Nem todos que gostam de música são músicos. Deixe-me dizer algumas coisas, algumas que talvez já saiba. Há um lugar na floresta no extremo oeste desta cidade que foi solo sagrado, muito antes de Lazarus Twisse procurá-lo.

– Lazarus Twisse, o líder da seita puritana radical que rompeu com a igreja de Massachusetts, ou melhor, foi expulso dela.

– Segundo a história da época, sim. Os índios norte-americanos consideravam aquele solo sagrado. Dizem que as trevas e a luz, o bem e o mal, lutaram naquele círculo de terra e ambos deixaram algumas sementes por lá. Elas ficaram adormecidas, século após século, com apenas a pedra marcando o ocorrido no local. Com o passar do tempo, as lembranças foram esquecidas ou degradadas no folclore, e só restou a sensação de que esse solo e sua pedra não eram comuns.

Estelle fez uma pausa e Quinn ouviu o zumbido do aquecedor e o leve pisar de sapatos de couro no chão quando alguém passou pela sala para fazer outras coisas.

– Twisse veio para Hollow quando o povoado já recebera o nome de Richard Hawkins que, com a esposa e os filhos, o fundara em 1648. A filha mais velha de Richard se chamava Ann. Quando Twisse chegou, Hawkins, sua família e um punhado de outros, alguns fugidos da Europa acusados de crimes políticos ou não, tinham construído suas vidas aqui. Como um homem chamado Giles Dent. E Dent construiu uma cabana na floresta no lugar onde a pedra se erguia do chão.

– A chamada Pedra Pagã.

– Sim. Ele não incomodava ninguém e, como tinha algumas habilidades e conhecimentos de cura, frequentemente era procurado por doentes ou feridos. Segundo alguns relatos, era conhecido como O Pagão, de onde veio o nome Pedra Pagã.

– A senhora está convencida da veracidade dessa história?

– Talvez o termo tenha pegado, sido incorporado à linguagem e ao vocabulário da época. Mas ela era a Pedra Pagã muito antes da chegada de Giles Dent ou Lazarus Twisse. Segundo outros relatos, Dent lidava com bruxaria, enfeitiçou Ann Hawkins, a seduziu e engravidou. E outros ainda afirmam que Ann e Dent eram realmente amantes, mas que ela foi para a cama dele por vontade própria e deixou a casa da família para viver com Dent na pequena cabana da Pedra Pagã.

Quinn refletiu por um instante.

– Deve ter sido difícil para Ann Hawkins – especulou Quinn. – Viver com um homem sem ser casada, seja enfeitiçada ou por vontade própria. Se foi por vontade própria, por amor, ela deve ter sido muito forte.

– Os Hawkins sempre foram fortes. Ann tinha que ser forte para se encontrar com Dent, ficar com ele. Depois teve que ser forte para deixá-lo.

– Há muitas histórias conflitantes – começou Quinn. – Por que acha que Ann Hawkins deixou Giles Dent?

– Para proteger as vidas que carregava dentro dela.

– Proteger de quem?

– De Lazarus Twisse. Twisse e seus seguidores vieram para Hawkins Hollow em 1651. Ele era uma força poderosa e logo o povoado estava sob seu domínio. Twisse decretou que não haveria danças, cantos, músicas e livros, exceto a Bíblia. Nenhuma igreja além da dele, nenhum deus além do dele.

– O fim da liberdade religiosa.

– A liberdade religiosa nunca foi o objetivo de Twisse. No mesmo estilo daqueles sedentos por poder acima de tudo, intimidava, aterrorizava, punia, bania e usava sua arma invisível: a ira de seu deus escolhido. À medida que o poder de Twisse crescia, aumentavam as punições e as penalidades. Troncos, chicotadas, cortar os cabelos de mulheres que fossem consideradas pecadoras, marcação a ferro de homens se fossem acusados de um crime. E finalmente a fogueira para os julgados como bruxos. Na noite de 7 de julho de 1652, em virtude da acusação de uma jovem, Hester Deale, Twisse conduziu uma multidão do povoado até a Pedra Pagã, e até Giles Dent. O que aconteceu lá...

Quinn se inclinou para a frente. Mas Estelle suspirou, balançou a cabeça e disse:

– Bem, há muitos relatos. E houve muitas mortes. Sementes plantadas se agitaram no chão. Algumas podem ter germinado, somente para morrer no fogo que arrasou a clareira.

– Há... menos relatos do que se seguiu logo depois, ou nos dias e nas semanas seguintes. Mas no devido tempo Ann Hawkins voltou para o povoado com seus três filhos. E Hester Deale deu à luz uma filha oito meses depois do fogo mortal na Pedra Pagã. Muito pouco tempo após o nascimento da filha, que ela afirmava ter sido gerada pelo demônio, Hester se afogou em um pequeno lago na floresta Hawkins.

Enchendo os bolsos de pedras, pensou Quinn contendo um estremecimento.

– Sabe o que aconteceu com a filha dela? Ou com os filhos de Ann Hawkins?

– Há algumas cartas, alguns diários, mas a maioria das informações concretas se perdeu. É preciso tempo e esforço consideráveis para descobrir a verdade. Posso dizer isto: aquelas sementes permaneceram adormecidas até uma noite de julho, 21 anos atrás. Foram despertadas, e o que as plantou despertou também. Elas florescem durante sete noites a cada sete anos e dominam Hawkins Hollow. Sinto muito, fico cansada muito rapidamente hoje em dia. Isso é irritante.

– Quer alguma coisa? Ou quer que eu a leve em casa?

– Você é uma boa moça. Meu neto virá me buscar. A esta altura, imagino que já falou com o filho dele. Caleb.

Algo no sorriso dela ligou um interruptor no cérebro de Quinn.

– Caleb é...?

– Meu bisneto. Pode-se dizer que honorário. Meu irmão Franklin e a esposa dele, minha querida amiga Maybelle, morreram em um acidente logo antes de Jim, o pai de Caleb, nascer. Meu Johnnie e eu nos tornamos avós dos netos do meu irmão. Eles e os filhos deles foram computados na longa lista de descendentes que lhe apresentei.

– Então a senhora é uma Hawkins por nascimento.

– Sou, e nossa linhagem em Hollow remonta a Richard Hawkins, o fundador, e por meio dele a Ann. – Ela se calou por um momento como se para deixar Quinn assimilar e analisar aquilo. – Ele é um bom rapaz, meu Caleb, e carrega mais do que sua cota de peso nos ombros.

– Pelo que vi, carrega bem.

– Ele é um bom rapaz – repetiu Estelle. Então ela se levantou. – Voltaremos a nos falar em breve.

– Vou acompanhá-la até lá embaixo.

– Não é preciso. Eles têm chá e biscoitos para mim na sala dos funcionários. Sou uma mascote aqui, no melhor sentido da palavra. Diga a Caleb que conversamos e que eu gostaria muito de falar com você de novo. Não passe todo este lindo dia dentro de um livro. Por mais que eu adore livros, há uma vida a ser vivida.

– Sra. Abbott?

– Sim?

– Quem acha que plantou as sementes na Pedra Pagã?

– Deuses e demônios. – Os olhos de Estelle estavam cansados, mas luminosos. – Deuses e demônios, mas há uma linha muito tênue entre eles, não é?

Sozinha, Quinn se sentou de novo. *Deuses e demônios*. Esse era um passo gigantesco para além de fantasmas, espíritos e outros habitantes da noite. Mas isso não se encaixava nas palavras que se lembrava de seus sonhos?

Palavras que procurara naquela manhã.

Bestia, besta em latim.

Beatus, abençoado em latim.

Devoveo, sacrifício em latim.

Ok, pensou Quinn. *Se vamos seguir esse caminho, pode ser uma boa hora para pedir reforços.* Pegou seu celular. Quando a ligação foi para a caixa postal, conteve a impaciência e esperou o sinal para deixar uma mensagem.

– Cyb, é a Quinn. Estou em Hawkins Hollow, Maryland. Estou atrás de algo grande. Pode vir? Se não puder, me liga. Assim poderei convencê-la a vir.

Desligou o telefone e, por um momento, ignorou a pilha de livros que escolhera. Então começou a digitar rapidamente anotações do depoimento de Estelle Hawkins Abbott.

SETE

Cal estava no seu momento de troca de guarda com o pai. Como as reuniões e os jogos matutinos e vespertinos da liga tinham terminado e não havia nenhuma festa agendada, as pistas estavam vazias, exceto por alguns jogadores antigos treinando na pista um.

O fliperama estava cheio, como costumava ficar entre o horário da saída da escola e a hora do jantar. Mas Cy Hudson supervisionava as coisas e Holly Lappins estava no balcão da frente. Jake e Sara cuidavam da grelha e da máquina de refrigerante.

Tudo e todos estavam a postos, de modo que Cal podia se sentar com seu pai na extremidade do balcão e tomar uma xícara de café antes de ir para casa e passar o comando para ele naquela noite.

Sossego era o estilo de seu pai. Não que Jim Hawkins não gostasse de socializar. Ele parecia gostar de multidões tanto quanto de seu tempo sozinho, se lembrava de nomes e rostos e era capaz de conversar sobre qualquer tema, inclusive política e religião. O fato de conseguir fazer isso sem irritar ninguém era, na opinião de Cal, uma de suas maiores habilidades.

Os cabelos louros do pai tinham assumido um tom prateado brilhante nos últimos anos e eram aparados a cada duas semanas na barbearia local. Nos dias de trabalho, ele raramente mudava seu uniforme habitual de calças cáqui, sapatos Rockport e camisas Oxford.

Alguns poderiam achar Jim Hawkins apegado a hábitos e até mesmo tedioso, mas Cal o achava confiável.

Cal colocou creme e açúcar no café do pai.

– O mês está bom até agora – disse Jim em sua voz calma. – Com o tempo que estamos tendo, nunca se sabe se as pessoas vão vir ou pegar uma febre tão forte que não desejarão sair de casa.

– Foi uma boa ideia oferecer o desconto para três jogos em fevereiro.

– Eu mesmo pego uma febre dessas de vez em quando. – Jim sorriu, as rugas ao redor dos olhos se aprofundando. – Ei, sua mãe quer que venha jantar conosco em breve.

– É claro. Vou ligar para ela.
– Tive notícias da Jen ontem.
– Como ela está?
– Bem o suficiente para se gabar de que a temperatura em San Diego era de 23 graus. Rosie está aprendendo a escrever cartas e está nascendo outro dente no bebê. Jen disse que vai mandar fotos.

Cal percebeu a saudade nele.

– Você e a mamãe deveriam viajar para lá outra vez.
– Talvez, talvez daqui a um mês ou dois. Domingo que vem vamos para Baltimore visitar Marly e sua prole. Vi sua bisavó hoje. Ela disse que teve uma boa conversa com a escritora que está na cidade.
– Ela conversou com a Quinn?
– Na biblioteca. Ela gostou da garota. Também gostou da ideia do livro.
– E você?

Jim balançou a cabeça e contemplou Sara, que pegava Coca-Colas para alguns adolescentes que estavam fazendo um intervalo em seus jogos de fliperama.

– Não sei o que pensar, Cal, essa é a mais pura verdade. Fico me perguntando o que de bom pode vir desse livro. Fico dizendo para mim mesmo que o que aconteceu antes não vai acontecer de novo...
– Pai.
– Mas sei que isso não é verdade.

Por um momento, Jim apenas prestou atenção às vozes dos garotos na outra extremidade do balcão, ao modo como brincavam e cutucavam uns aos outros. Conhecia-os. Conhecia os pais deles. Se a vida seguisse seu rumo costumeiro, um dia conheceria as esposas e os filhos deles.

Um dia ele não havia brincado e cutucado seus próprios amigos ali, bebendo Coca-Colas e comendo batatas fritas? Seus próprios filhos não foram criados frequentando esse lugar? Agora suas filhas estavam casadas e tinham ido embora, com as famílias delas. E seu garoto era agora um homem, sentado com preocupação nos olhos por causa de problemas grandes demais para serem compreendidos.

– Você tem que se preparar para isso acontecer de novo – continuou Jim. – Mas para a maioria de nós tudo se dissipa, se dissipa de modo que você mal pode se lembrar do que realmente aconteceu. Não para você, eu sei. Isso está claro para você, mas gostaria que não estivesse. Se você acredita que essa escritora pode ajudar a encontrar as respostas, tem o meu apoio.

– Não sei em que eu acredito. Ainda não cheguei a uma conclusão.

– Você chegará. Bem, vou dar uma olhada em Cy. Alguns dos clientes vão chegar logo e querer comer antes de se prepararem para jogar.

Ele se afastou do balcão e deu uma longa olhada ao redor. Ouviu os ecos de sua infância e os gritos de seus filhos. Viu seu filho, cheio de juventude, sentado ao balcão com outros dois garotos que Jim sabia que eram como irmãos para ele.

– Este é um bom lugar, Cal. Vale a pena se esforçar para que continue sendo. Vale a pena lutar para mantê-lo estável.

Jim deu um tapinha no ombro do filho e depois andou para longe. *Não apenas o boliche*, pensou Cal. Seu pai se referira à cidade. E Cal temia que mantê-la estável dessa vez fosse ser uma luta terrível.

Cal foi direto para casa, onde a maior parte da neve se derretera nos arbustos e nas pedras. Parte dele quisera ir atrás de Quinn e arrancar dela o que conversara com sua bisavó. *Melhor esperar*, pensou balançando suas chaves. Melhor esperar para arrancar aquilo dela no dia seguinte, quando fossem à Pedra Pagã.

Olhou na direção da floresta, onde árvores e sombras continham bolsões e rios de neve, onde sabia que a trilha estaria lamacenta em virtude do derretimento. Aquilo estava lá agora, reunindo suas forças? De algum modo encontrara uma maneira de se manifestar fora dos Sete. Talvez, mas não esta noite. Ele não o sentia esta noite. E sempre o sentia.

Ainda assim, não podia negar que se sentia menos exposto quando estava dentro de casa, depois de acender as luzes para afastar a escuridão. Foi até a porta dos fundos, a abriu e assoviou. Como de costume, Caroço não teve pressa. Mas saiu da casinha de cachorro e recuperou a energia com alguns abanos de rabo antes de atravessar o quintal dos fundos até a base da escada.

Caroço deu um suspiro canino e se preparou para a curta subida. Então encostou todo o seu corpo em Cal. *Isso é amor*, pensou Cal. Era "Bem-vindo, como vai você?" no mundo de Caroço.

Cal se abaixou para lhe acariciar e desarranjar o pelo, coçar entre as orelhas caídas enquanto Caroço o olhava pensativamente. "Como vai você? Acabou o seu trabalho? Que tal uma cerveja?".

Entraram juntos. Cal encheu uma tigela de ração enquanto o cão se sentava educadamente, embora Cal achasse que grande parte dos bons modos do animal fosse pura preguiça. Quando a tigela foi posta na frente dele, Caroço comeu devagar, totalmente concentrado em sua tarefa.

Cal pegou uma cerveja na geladeira e a abriu. Encostando-se no balcão, deu aquele primeiro e longo gole que assinalava o fim do dia de trabalho.

– Estou com uma coisa muito séria na cabeça, Caroço. Não sei o que fazer ou pensar a respeito. Devo encontrar um modo de impedir que Quinn venha aqui? Não estou certo de que isso adiantaria porque ela parece ir aonde bem entende, mas eu não podia ter agido diferente, rejeitado o assunto com uma risada ou o levado mais longe, de modo que tudo soasse falso. Agi certo até agora e não sei aonde isso vai dar.

Ouviu a porta da frente se abrir e depois Fox gritando:

– E aí? – Fox entrou carregando um balde de frango frito e uma grande quentinha branca. – Trouxe frango e batata-frita. Quero cerveja.

Ele pôs a comida na mesa e pegou uma bebida.

– Seu chamado foi muito repentino. Eu poderia ter um encontro marcado esta noite.

– Você não tem um encontro há dois meses.

– Estou aguardando a hora certa. – Depois do primeiro gole, Fox tirou seu casaco e o atirou sobre uma cadeira. – Qual é o problema?

– Vou contar enquanto comemos.

Como sofrera uma lavagem cerebral da mãe para nunca usar pratos de papel, Cal pôs sobre a mesa dois pratos de porcelana azul fosca. Eles se sentaram para comer frango e batata frita com Caroço pegando batatas do joelho de Cal ou Fox. A única coisa que tirava a atenção do cão de comida era mais comida.

Contou tudo a Fox, desde a parede de fogo até o sonho de Quinn e a conversa que ela tivera com sua bisavó.

– Estamos vendo demais esse maldito. E ainda estamos em fevereiro – ponderou Fox. – Isso nunca aconteceu. Você sonhou na noite passada?

– Sim.

– Meu sonho foi uma reprise da primeira vez, no início do verão. Só que não chegamos à escola a tempo e não era apenas a Srta. Lister que estava lá. Era todo mundo. – Ele passou uma das mãos no rosto antes de dar um longo gole de cerveja. – Todo mundo na cidade, minha família, a sua, todos lá dentro. Presos, batendo nas janelas, gritando, com os rostos colados no vidro enquanto o lugar queimava. – Ele deu outra batata frita para Caroço e seus olhos estavam tão escuros e pensativos quanto os do cachorro. – Não aconteceu assim, graças a Deus. Mas senti como se tivesse acontecido. Você sabe como é.

– Sim. – Cal suspirou. – Sei muito bem. O meu foi sobre aquele mesmo verão. Estávamos todos andando de bicicleta pela cidade. Havia prédios se incendiando, vidraças quebradas, carros destruídos e fumaça. Corpos por toda a parte.

– Isso nunca aconteceu – repetiu Fox. – Não temos mais 10 anos e não vamos deixar que aconteça.

– Tenho me perguntado por quanto tempo poderemos fazer isso, Fox. Por quanto tempo poderemos detê-lo? Dessa vez, da próxima. Mais três vezes? Quantas vezes mais observaremos pessoas que conhecemos, pessoas que vemos quase todos os dias? Quero dizer, enlouquecendo. Machucando umas às outras e a si mesmas?

– O tempo que for preciso.

Cal empurrou seu prato para o lado.

– Não é o bastante.

– É tudo o que temos por enquanto.

– Isso é como um vírus, uma infecção que é transmitida de uma pessoa para outra. Onde está o maldito antídoto?

– Nem todos são afetados – lembrou Fox. – Deve haver um motivo para isso.

– Nunca o descobrimos.

– Não, então talvez você tenha razão. Talvez precisemos de um olhar novo, de uma pessoa de fora, de uma objetividade que simplesmente não temos. Ainda está planejando levar Quinn à pedra amanhã?

– Se eu não levar, ela irá de qualquer maneira. Então, sim, é melhor que eu esteja lá.

– Quer que eu vá também? Posso cancelar algumas coisas.

– Posso cuidar disso.

• • •

Quinn estudou o cardápio no restaurante quase vazio do hotel. Pensou em levar algo para comer no quarto enquanto trabalhava no notebook, mas sabia que incorria muito facilmente nesse hábito. Para escrever sobre uma cidade, tinha que experimentá-la e não podia fazer isso fechada em seu lindo quarto comendo um sanduíche.

Queria uma taça de vinho, algo gelado com um sabor sutil. A adega do hotel era maior do que esperava, mas não queria uma garrafa inteira. Estava refletindo sobre as opções oferecidas em taça quando a Srta. Darnell Bolsa Vermelha Fabulosa entrou.

Usava calças pretas e um suéter de caxemira em duas camadas finas de azul profundo sob claro. Seus cabelos estavam lindos, presos com aquelas mechas soltas logo abaixo do comprimento do queixo. O que Quinn sabia que pareceria desleixado nela parecia original e elegante na morena.

Ficou pensando se devia chamar a atenção dela, tentar um aceno. Perguntaria se a Srta. Bolsa Vermelha gostaria de se juntar a ela. Afinal de contas, quem não detestava comer sozinho? Então poderia sondar sua companheira de jantar em busca dos detalhes importantes. Por exemplo, onde comprou aquela bolsa.

Ao esboçar seu sorriso, Quinn o viu.

Ele deslizou sobre as tábuas brilhantes do chão de carvalho, deixando um rastro repugnante de gosma sanguinolenta. A princípio pensou que era uma cobra, depois uma lesma, e então mal pôde pensar em qualquer coisa ao vê-lo subir pelas pernas de uma mesa onde um jovem e bonito casal tomava coquetéis à luz de velas.

O corpo, grosso como um pneu de caminhão e preto matizado de vermelho, subia até a mesa, deixando aquela gosma repugnante na toalha de linho branca como neve enquanto o casal ria e flertava.

Uma garçonete entrou rapidamente, pisou na gosma e foi servir aperitivos ao casal. Quinn jurou que ouviu a mesa rachar sob o peso dele. Os olhos dele quando encontraram os seus eram os do garoto, o intenso brilho vermelho de algum modo *divertido*. Ele começou a serpentear para baixo da toalha na direção da morena.

A Srta. Darnell ficou paralisada, seu rosto muito pálido. Quinn se levantou e, ignorando o olhar surpreso da garçonete, pulou por cima do horrível rastro. Agarrou o braço da morena e a puxou para fora da sala de jantar.

– Você viu aquilo também? – disse Quinn em um sussurro. – Viu aquela coisa. Vamos sair daqui.

– O quê? O quê? – A Srta. Darnell lançou olhares chocados por cima do ombro enquanto Quinn e ela seguiam atabalhoadamente para a porta. – Você o viu?

– Rastejante, com os olhos vermelhos, um rastro asqueroso. Meu Deus. – Ela respirou algumas vezes o ar frio de fevereiro na varanda do hotel. – Eles não o viram, mas você viu. Eu o vi. Por que isso? Não sei, mas tenho uma ideia de quem poderia saber. Meu carro está bem ali. Vamos. Vamos.

A morena não disse mais nenhuma palavra até estarem dentro do carro e Quinn se afastar do meio-fio cantando pneu.

– Quem diabo é você?

– Quinn. Quinn Black. Sou escritora, na maioria das vezes sobre manifestações sobrenaturais. O que há de sobra nesta cidade. Quem é você?

– Layla Darnell. O que é este lugar?

– É isso que quero descobrir. Não sei se é um prazer conhecê-la ou não, Layla, nessas circunstâncias.

– Digo o mesmo. Para onde estamos indo?

– Para a fonte, ou uma delas. – Quinn relanceou os olhos para Layla e viu que a mulher ainda estava pálida e trêmula. Quem poderia culpá-la? – O que está fazendo em Hawkins Hollow?

– Não tenho a mínima ideia, mas acho que decidi encurtar minha visita.

– É compreensível. A propósito, bonita bolsa.

Layla deu um débil sorriso.

– Obrigada.

– Quase lá. Você não sabe por que está aqui, então de onde veio?

– Nova York.

– Eu sabia. Pela elegância. Você gosta de lá?

– Ah. – Layla passou os dedos pelos cabelos enquanto se virava para olhar para trás. – Na maior parte do tempo. Sou gerente de uma butique no SoHo. Era. Sou. Também não sei mais.

Quase lá, pensou Quinn de novo. *Mantenha a calma.*

– Aposto que obtém ótimos descontos.

– Sim, são parte dos benefícios. Você já viu algo como aquilo? Como aquela *coisa*?

– Sim. E você?

– Não quando estava acordada. Não sou louca – afirmou Layla. – Ou sou e você também é.

– Não somos loucas. Entretanto, isso é exatamente o que pessoas loucas tendem a dizer, por isso deve apenas acreditar na minha palavra. – Ela virou para a estrada e atravessou a pequena ponte na direção da casa, onde as luzes brilhavam nas janelas.

– De quem é essa casa? – Layla agarrou a frente de seu banco. – Quem mora aí?

– Caleb Hawkins. Os ancestrais dele fundaram a cidade. Ele é legal. Sabe mais sobre o que vimos.

– Como?

– Isso é uma looonga história. Agora você deve estar pensando o que está fazendo neste carro com uma total estranha que lhe diz para entrar nessa casa no meio do nada.

Layla segurou fortemente a alça curta de sua bolsa, como se pudesse usá-la como arma.

– Esse pensamento passou pela minha cabeça.

– Seu instinto a pôs no carro comigo, Layla. Talvez possa continuar a segui-lo. Além disso, está frio. Não trouxemos casacos.

– Está bem. Sim, está bem. – Tomando fôlego, Layla abriu a porta e andou com Quinn na direção da casa. – Bonito lugar. Para quem gosta de casas isoladas na floresta.

– Um choque cultural para uma nova-iorquina.

– Fui criada em Altoona, Pensilvânia.

– Não brinca! Filadélfia. Somos praticamente vizinhas. – Quinn bateu rapidamente à porta e depois apenas a empurrou e gritou para dentro: – Cal!

– Quinn? O quê? – Ele avistou Layla. – Oi. O quê?

– Quem está aqui? – quis saber Quinn. – Vi outro carro na entrada.

– Fox. O que está acontecendo?

– Minha vez de perguntar. – Ela farejou. – Estou sentindo cheiro de frango frito? Onde está a comida? Layla... esta é Layla Darnell; Layla, Cal Hawkins. Layla e eu ainda não jantamos.

Quinn passou direto por ele e foi na direção da cozinha.

– Desculpe-me por aparecer sem avisar – começou Layla. – Não sei o que está acontecendo ou por que estou aqui. Os últimos dias têm sido confusos.

– Certo. Bem, vamos para os fundos.

Quinn já estava com uma coxa de frango na mão e dando um gole na cerveja de Cal.

– Layla Darnell, Fox O'Dell. Não estou realmente com vontade de tomar cerveja – disse ela para Cal. – Estava pensando em pedir um vinho quando Layla e eu fomos desagradavelmente interrompidas. Tem algum?

– Sim, tenho.

– Decente? Senão, prefiro ficar com a cerveja.

– Tenho vinho decente. – Cal pegou um prato e empurrou para ela. – Use um prato.

– Ele é neurótico com esse tipo de coisa – disse Fox. Ele havia se levantado e puxado uma cadeira. – Você parece um pouco abalada. Layla, certo? Por que não se senta?

Ela simplesmente não podia acreditar que psicopatas assassinos se sentassem em uma cozinha daquelas comendo um balde de frango frito e discutindo se vinho seria melhor que cerveja.

– Por que não? Provavelmente não estou aqui de verdade. – Ela se sentou e pousou a cabeça nas mãos. – Devo estar em um quarto acolchoado imaginando tudo isso.

– Tudo isso quê? – perguntou Fox.

– Que tal beber um pouco? – Quinn olhou de relance para Layla enquanto Cal buscava as taças. – Então poderá nos contar o que quiser de sua própria história.

– Sim. Está bem.

– Layla fez o check-in no hotel esta manhã. Ela é de Nova York. Pouco tempo atrás eu estava no restaurante do hotel pensando em pedir salada verde e hadoque, junto com uma bela taça de vinho branco. Layla estava entrando, presumo que para jantar. A propósito, eu ia convidá-la a se juntar a mim.

– Ah, que gentileza!

– Antes de poder fazer o convite, o que eu descreveria como uma criatura parecendo uma lesma mais gorda que a coxa da minha tia Christine e de cerca de 1 metro de comprimento passou pelo restaurante deixando uma gosma em seu rastro. Subiu na mesa em que um casal continuava alegremente suas preliminares para o jantar e depois desceu de novo. Ela a viu.

– Aquilo olhou para mim. Olhou bem para mim – sussurrou Layla.

– Não economize no vinho, Cal. – Quinn se aproximou para afagar o ombro de Layla. – Nós fomos as duas únicas pessoas que o vimos e, não querendo mais jantar no hotel e achando que Layla sentia o mesmo, fomos embora. E agora estou extrapolando minha ingestão diária de calorias com esta coxa de frango.

– Você é incrivelmente... alegre. Obrigada.

Layla aceitou a taça de vinho que Cal lhe ofereceu e bebeu seu conteúdo de uma só vez.

– Não sou, não. É só um mecanismo de defesa. Então aqui estamos nós e quero saber se algum de vocês já viu algo como o que acabei de descrever.

Houve um momento de silêncio e depois Cal pegou sua cerveja e bebeu.

– Já vimos muitas coisas. Para mim é a pergunta principal, por que vocês o estão vendo e por que agora?

– Tenho uma teoria.

Cal se virou para Fox.

– Qual?

– Conexões. Você mesmo disse que devia haver uma conexão para Quinn ver isso, ter o sonho...

– Sonhos. – Layla ergueu a cabeça. – Você teve sonhos?

– Aparentemente você também – continuou Fox. – Precisamos estabelecer a conexão com Layla. Descobrir como elas estão ligadas pode demorar algum tempo, mas vamos considerar a hipótese de que estão. Essa conexão, o fato de Quinn e Layla estarem em Hollow, particularmente durante o sétimo ano, dá a isso algum tipo de impulso psíquico? O combustível para se manifestar?

– Uma teoria nada má – respondeu Cal.

– Eu diria que ótima. – Quinn inclinou a cabeça enquanto pensava. – Energia. A maior parte da atividade paranormal se origina de energia. A energia de... bem, da entidade ou das entidades, de ações, emoções, do que foi deixado para trás e, digamos, a energia das pessoas dentro de sua esfera. E poderíamos especular que essa energia psíquica aumentou com o passar do tempo, se fortaleceu, de modo que agora, com o acréscimo de outras energias relacionadas, pode sair para nossa realidade em algum momento fora de seu período de tempo tradicional.

– Do que vocês estão falando? – Layla quis saber.

– Vamos chegar lá, eu prometo. – Quinn deu um sorriso de apoio. – Por que não come alguma coisa, tenta se acalmar?

– Acho que vou demorar um pouco para ter vontade de comer.

– O Sr. Lesma passou bem por cima da tigela de pão – explicou Quinn. –

Ele era muito grosso. Infelizmente, nada me tira a vontade de comer. – Ela pegou algumas batatas fritas frias. – Então, segundo a teoria de Fox, onde está a contraposição? O bem contra o mal, a luz contra as trevas. Todas as minhas pesquisas apontam para os dois lados.

– Talvez ainda não tenha conseguido se manifestar ou esteja se contendo.

– Ou vocês duas estão conectadas com as trevas, e não com a luz – acrescentou Cal.

Quinn estreitou os olhos para ele, algo brilhando entre seus cílios. Então deu de ombros.

– Insultante, mas indiscutível. Exceto pelo fato de que, logicamente, se pendemos mais para o lado mau, por que o lado mau está tentando nos apavorar?

– Boa pergunta – admitiu Cal.

– Quero algumas respostas.

Quinn apontou com a cabeça para Layla.

– Aposto que quer.

– Quero algumas respostas sérias, sensatas.

– Em resumo: a cidade inclui uma área da floresta conhecida como Pedra Pagã. Coisas ruins aconteceram lá. Deuses, demônios, sangue, morte, fogo. Vou emprestar alguns livros sobre o assunto. Séculos se passaram e então algo libertou isso de novo. Desde 1987, durante sete noites de julho, a cada sete anos, isso se manifesta. É ignóbil, feio e poderoso. Estamos tendo uma prévia.

Layla estendeu sua taça para que fosse enchida de novo, enquanto estudava Quinn.

– Por que nunca ouvi falar disso? Ou deste lugar?

– Há alguns livros, artigos, reportagens, mas a maioria fica em algum ponto entre abduções alienígenas e visões do Pé Grande – explicou Quinn. – Nunca foi publicado nada sério a respeito. Esse será o meu trabalho.

– Está bem. Digamos que acredito em tudo isso, e não sei se estou apenas tendo a maior das alucinações. Por que você, e vocês? – disse ela para Fox e Cal. – Onde vocês entram nisso?

– Fomos nós que o libertamos – respondeu Fox. – Cal, um amigo que não está aqui agora e eu. Vinte anos atrás, em julho.

– Mas vocês eram crianças. Deviam ter...

– Dez anos – confirmou Cal. – Nascemos no mesmo dia. Foi nosso décimo aniversário. Agora que falamos um pouco sobre nós, que tal sabermos um pouco sobre você? Por que veio para cá?

Layla tomou outro gole do vinho. Se foi por isso, por causa daquela cozinha fortemente iluminada com um cachorro ressonando debaixo da mesa ou apenas por ter um grupo de estranhos propensos a acreditar no que estava prestes a lhes dizer, seus nervos se acalmaram.

– Tenho tido sonhos nas últimas noites. Pesadelos ou terrores noturnos. Às vezes acordo na cama e em outras ocasiões acordo tentando sair pela porta do meu apartamento. Você falou em sangue e fogo. Vi ambos em meus sonhos, e uma espécie de altar em uma clareira na floresta. Acho que era de pedra. E também água. Água preta. Eu estava me afogando nela. Fui capitã da equipe de natação na escola secundária, mas estava me afogando no sonho.

Ela encolheu os ombros e tomou fôlego de novo.

– Fiquei com medo de dormir, pensei ter ouvido vozes mesmo desperta. Não conseguia compreendê-las, mas essas vozes simplesmente *enchiam* minha cabeça quando estava no trabalho ou parando em lavanderias a seco a caminho de casa. Pensei que estava tendo um colapso. Mas por quê? Achei que talvez tivesse um tumor no cérebro. Pensei até mesmo em marcar uma consulta com um neurologista. Então, na noite passada, tomei uma pílula para dormir. Talvez a droga fosse uma saída para isso. Mas o sonho veio, e nele algo estava na cama comigo.

Dessa vez a respiração dela ficou trêmula.

– Não na minha cama, mas em outro lugar. Um quarto pequeno. Um quarto quente com uma janela minúscula. Eu era outra pessoa. Realmente não consigo explicar.

– Você está indo bem – assegurou Quinn.

– Aquilo estava acontecendo comigo, mas não era eu. Eu tinha cabelos compridos e meu corpo era diferente. Estava usando uma camisola longa. Aquilo... a puxou para cima. Estava me tocando. Era frio, muito frio. Eu não consegui gritar, não consegui lutar, nem mesmo quando me estuprou. Estava dentro de mim, mas eu não podia ver, não podia me mover. Eu sentia aquilo, como se estivesse acontecendo, mas não conseguia impedi-lo.

Layla não teve consciência das lágrimas até Fox pôr um guardanapo em sua mão.

– Obrigada. Quando aquilo terminou, quando se foi, uma voz surgiu em minha cabeça. Dessa vez apenas uma voz me acalmou, me aqueceu de novo e levou a dor embora. Ela disse: "Hawkins Hollow."

– Layla, você foi estuprada? – perguntou Fox em uma voz muito baixa. – Quando acabou o sonho, havia algum sinal de que tinha sido estuprada?

– Não. – Ela apertou os lábios e manteve seu olhar no rosto de Fox. Os olhos dele eram castanho-dourados e cheios de compaixão. – Acordei em minha própria cama e me forcei a... checar. Não havia nada. Aquilo me machucou, então devia haver manchas roxas, marcas, mas não havia nada. Era cedo, antes das quatro da manhã, e fiquei pensando em Hawkins Hollow. Então fiz as malas e peguei um táxi até o aeroporto para alugar um carro. Depois dirigi para cá. Nunca estive aqui.

Ela olhou para Quinn e Cal.

– Pelo que me lembro nunca ouvi falar em Hawkins Hollow, mas *sabia* quais estradas pegar. Sabia como chegar aqui e como chegar ao hotel. Fiz o check-in esta manhã, subi para o quarto que me deram e dormi até as seis. Quando entrei no restaurante e vi aquela coisa, pensei que ainda estava dormindo. Sonhando de novo.

– Fico admirada por você não ter saído correndo – comentou Quinn.

Layla lhe lançou um olhar exausto.

– Para onde?

– Tem razão. – Quinn pôs a mão no ombro dela, afagando-o gentilmente enquanto falava. – Acho que todos nós precisamos do máximo possível de informações, de todas as fontes existentes. Temos que partilhar tudo a partir de agora, um por todos e todos por um. Você não gosta disso – disse ela apontando com a cabeça para Cal –, mas acho que vai ter que se acostumar com a ideia.

– Você está nisso há dias. Fox e eu vivemos com isso há anos. Vivemos *nisso*. Então ainda é cedo para pôr um distintivo e se considerar capitã, lourinha.

– Viver nisso durante 21 anos lhes dá certas vantagens. Mas até onde sei vocês não encontraram uma solução, não o detiveram, nem ao menos o identificaram em seus 21 anos de experiência. Então relaxem.

– Você assediou minha bisavó de 97 anos hoje.

– Ah, puxa vida! Sua notável e fascinante bisavó de 97 anos foi até onde eu estava pesquisando na biblioteca, se sentou e teve uma conversa comigo por vontade própria. Não houve assédio. Minha boa capacidade de observação me diz que você não herdou as tendências repressivas dela.

– Crianças, crianças! – Fox ergueu a mão. – Concordo que a situação é tensa, mas estamos do mesmo lado. Portanto, acalmem-se. Cal, Quinn apresentou uma boa ideia que merece consideração. Por outro lado, Quinn, você está em Hollow há apenas alguns dias e Layla há menos do que isso. Vai precisar ter paciência e aceitar o fato de que algumas áreas de informação são mais sensíveis do que outras e podem demorar para serem apresentadas. Mesmo se começarmos com o que foi corroborado ou documentado...

– O que você é, advogado? – perguntou Layla.

– Sim.

– Faz sentido.

– Vamos adiar isso – sugeriu Cal. – Por enquanto vamos esperar para que todos possam pensar a esse respeito. Eu disse que levaria você à Pedra Pagã amanhã e a levarei. Vamos ver o que acontece.

– Aceito.

– Vocês duas estão bem no hotel? Podem ficar aqui se não se sentirem confortáveis em voltar.

A oferta dele fez os pelos do pescoço de Quinn se eriçarem.

– Nós não somos fracas, somos, Layla?

– Alguns dias atrás eu diria que não. Agora não tenho tanta certeza. Mas eu fico bem no hotel. – Na verdade, ela queria voltar, ir para aquela cama grande e macia e puxar as cobertas sobre sua cabeça. – Dormi melhor lá do que em toda a semana, e isso é incrível.

Quinn decidiu esperar até ficarem sozinhas para aconselhar Layla a baixar todas as venezianas e talvez deixar uma luz acesa.

OITO

DE MANHÃ, QUINN ENCOSTOU A ORELHA NA PORTA DO QUARTO DE Layla. Como ouviu os sons abafados da televisão, bateu à porta.

– É a Quinn – acrescentou no caso de Layla ainda estar apreensiva.

Layla abriu a porta usando um lindo pijama com calças listradas roxo e branco e blusa roxa. A cor em suas bochechas e a lucidez em seus olhos verdes eram sinais de que ela estava acordada havia algum tempo.

– Estou indo para a casa de Cal. Importa-se se eu entrar por um minuto?

– Não. – A morena deu um passo para trás. – Estava tentando descobrir o que fazer hoje.

– Pode ir comigo se quiser.

– Para a floresta? Ainda não estou pronta para isso, obrigada. Sabe... – Layla desligou a TV antes de desabar em uma cadeira. – Eu estava pensando sobre o que você disse na noite passada. Nunca me considerei fraca, mas, enquanto estava enroscada na cama com as venezianas abaixadas e essa estúpida cadeira debaixo da maçaneta da porta, me ocorreu que nunca aconteceu nada que pusesse isso à prova. Minha vida era bastante normal.

– Você veio para cá e ainda está aqui. Acho isso bem corajoso de sua parte. Dormiu bem?

– Sim. Sem sonhos, sem visita, sem sobressaltos noturnos. E você?

– Também não sonhei com nada. – Quinn olhou ao redor do quarto. A cama de Layla era no estilo trenó e a palheta de cores era verde pálido e creme. – Poderíamos especular que seu quarto é uma zona segura, mas isso está fora de questão porque o meu não é, e fica a duas portas do seu. Talvez esse demônio tenha tirado a noite de folga. Sei lá, para recarregar um pouco as baterias.

– Belo pensamento.

– Você tem o número do meu celular, do de Cal e do de Fox. Nós temos o seu. Estamos... conectados. Queria que você soubesse que há uma lanchonete do outro lado da rua. Como imagino que não vai tentar o restaurante daqui de novo, lá tem um ótimo café da manhã.

– Estou pensando em experimentar o serviço de quarto e começar a ler os livros que você me emprestou na noite passada.

– Está bem. Mas, caso deseje sair, esta é uma bela cidade. Tem algumas lojinhas fofas, um pequeno museu que não tive tempo de explorar e um lugar para jogar boliche.

Um esboço de sorriso surgiu ao redor da boca de Layla.

– Boliche?

– É da família de Cal. É interessante e parece ser o point. Então, podemos nos encontrar depois, quando eu voltar?

– Sim. Quinn? – disse Layla quando Quinn foi para a porta. – Independentemente se sou corajosa ou fraca, não estaria aqui se não tivesse topado com você.

– Gostei de ouvir isso. Vejo você depois.

• • •

Quando Quinn chegou, Cal já a esperava. Ele começou a descer a escada, o cachorro o seguindo, enquanto ela saltava do carro. Examinou-a, começando pelos pés. Botas de caminhada boas e resistentes que mostravam alguns sinais de uso, jeans desbotados, jaqueta grossa vermelha e um cachecol listrado que combinava com o chapéu modelo sino em sua cabeça. Um chapéu bobo, refletiu Cal, mas inexplicavelmente atraente nela.

Em todo caso, concluiu que Quinn sabia o que usar em uma caminhada pela floresta no inverno.

– Passei na revista, sargento?

– Sim. – Ele desceu o resto dos degraus. – Primeiro, quero pedir desculpas. Fui um pouco grosseiro na noite passada. Quando você vive com isso há tanto tempo quanto eu, uma parte de si sempre fica preocupada.

– Está bem. O que passou, passou. Não posso ficar irritada depois desse pedido de desculpas. Mas deixe-me lhe dizer uma coisa. Antes de vir para cá, isso era uma ideia para um livro, um trabalho que eu considero fascinante. Agora se tornou pessoal. Embora entenda que você é um pouco tenso e reservado, estou trazendo para a mesa algo importante. Experiência e objetividade. E *coragem*.

– Eu notei.

– Então, vamos lá?

– Sim, vamos.

Quinn acariciou o cachorro, que veio se encostar nela.

– Caroço veio se despedir de nós antes da nossa aventura?

– Ele vai junto. Gosta de andar na floresta às vezes. Se ele se cansar, apenas se deita e dorme até ficar com disposição de voltar para casa.

– É um animal sensato. – Ela pegou uma pequena mochila, a colocou nas costas e depois tirou seu gravador do bolso. Estava preso por um pequeno clipe. – Vou querer gravar observações e tudo que me disser. Tudo bem para você?

– Sim. – Ele havia pensado muito nisso durante a noite. – Tudo bem.

– Então estou pronta quando você estiver, Tonto.

– A trilha deve estar lamacenta – disse Cal quando começaram a andar na direção da floresta. – Por isso, vamos demorar umas duas horas para chegar à clareira.

– Não estou com pressa.

Cal olhou de relance para o céu.

– Você vai ficar se o tempo mudar ou algo nos deter depois do pôr do sol.

Quinn ligou seu gravador e esperando que tivesse sido generosa o suficiente em suas provisões de fitas e baterias extras.

– Por quê?

– Pessoas costumavam ir caminhar ou caçar nessa parte da floresta há alguns anos. Agora não vão mais. Pessoas se perderam, deram meia-volta, se assustaram. Algumas disseram ter ouvido o que pensaram ser um urso ou lobos. Não temos lobos e é raro um urso ir até tão longe nas montanhas. Jovens, a maioria adolescentes, iam para lá nadar no lago Hester no verão ou se divertir. Agora não vão mais. As pessoas diziam que o lago era mal-assombrado, isso era como uma lenda local. Agora elas não gostam de falar sobre isso.

– Você acha que é mal-assombrado?

– Eu sei que há algo no lago. Eu mesmo vi. Vamos conversar sobre isso quando chegarmos lá.

– Está bem. Essa foi a trilha que vocês seguiram em seu aniversário, 21 anos atrás?

– A gente partiu do leste. – Ele apontou na direção. – A trilha mais perto da cidade. Esta é mais curta, mas a caminhada teria sido mais longa para nós da cidade. Não houve nada... estranho até chegarmos ao lago.

– Vocês três voltaram para lá juntos?

– Sim, mais de uma vez. – Ele a olhou de relance. – Posso garantir que voltar perto dos Sete não é uma experiência que anseio por repetir.

– Os Sete?

– É como chamamos a semana em julho.

– Fale-me mais sobre o que acontece durante os Sete.

Estava na hora de fazer isso. Falar francamente com alguém que queria saber. Alguém que talvez fosse parte da resposta.

– As pessoas em Hollow se tornam más, violentas, até mesmo assassinas. Fazem coisas que nunca fariam em nenhum outro período. Destroem propriedades, se espancam, começam incêndios. Pior.

– Assassinatos, suicídios.

– Sim. Quando a semana termina, não se lembram claramente. É como ver alguém sair de um transe ou uma longa doença. Algumas pessoas nunca mais são as mesmas. Outras deixam a cidade. E outras ainda consertam suas lojas ou casas e apenas seguem em frente. Isso não afeta todo mundo, e não afeta todos da mesma maneira. É como um episódio psicótico em massa, e se torna mais forte a cada período.

– E quanto à polícia?

Por hábito, Cal se abaixou e pegou um graveto. Não fazia sentido atirá-lo para Caroço. Isso só os atrasaria. Então o estendeu para Caroço pegá-lo em sua boca e prosseguir, satisfeito.

– O chefe de polícia era o Larson na última vez. Ele era um bom homem, frequentou a escola com meu pai. Eles eram amigos. Na terceira noite, Larson se trancou em sua sala. Acho que ele, pelo menos uma parte dele, sabia o que ia acontecer e não queria correr o risco de voltar para casa, para sua esposa e seus filhos. Um dos seus auxiliares, um homem chamado Wayne Hawbaker, sobrinho da secretária de Fox, foi procurar por ele, precisando de ajuda. Ouviu Larson chorando na sala. Não conseguiu fazê-lo sair. Quando Wayne derrubou a porta, Larson deu um tiro em si mesmo. Wayne é o chefe de polícia agora. Também é um bom homem.

Quantas perdas ele vira? Quinn gostaria de saber. Quantas perdas sofrera desde seu décimo aniversário? E ainda assim voltava para aquela floresta, para onde tudo começara. Ela achou que nunca tinha visto uma atitude mais corajosa.

– E quanto aos policiais do condado?

– Nessa semana, é como se ficássemos isolados. – Um cardeal-de-topete-vermelho passou voando, despreocupadamente livre. – Às vezes pessoas vêm e vão, mas de modo geral ficamos por nossa própria conta na cidade. É como... se descesse um véu e ninguém visse, não claramente. A ajuda não vem e depois ninguém questiona isso. Ninguém encara o que aconteceu ou por quê. Então termina como folclore, tipo *A bruxa de Blair*.

– Mas você fica e encara.

– É a minha cidade – disse ele simplesmente.

Não, pensou Quinn. *Aquela* era a atitude mais corajosa que já tinha visto.

– Como você dormiu na noite passada? – perguntou Cal.

– Sem sonhos. Layla também.

– Que bom. A onda de pesadelos nunca começou tão cedo ou tão forte. – Enquanto andavam, Cal estudou o rosto dela. – Já fizeram sua árvore genealógica?

– Não. Você acha que estou relacionada a alguém que esteve envolvido com o que aconteceu na Pedra Pagã naquela época?

– Sim. Acho que há uma relação com sangue. – Ele olhou distraidamente para a cicatriz em seu pulso. – Até agora, essa consciência ou percepção nunca ajudou em nada. De onde são seus ancestrais?

– Principalmente da Inglaterra, e alguns da Irlanda.

– Os meus também. Mas muitos americanos têm descendência inglesa.

– Será que devo começar a pesquisar se há Dents ou Twisses na minha linhagem? – Quinn encolheu os ombros quando Cal franziu as sobrancelhas para ela. – Sua bisavó me pôs nesse caminho. Você tentou rastreá-los? Giles Dent e Lazarus Twisse?

– Sim. Dent pode ser um ancestral se realmente foi pai dos três filhos de Ann Hawkins. Não há nenhum registro dele. Fora relatos da época, velhas cartas de família e diários, Giles Dent não é mencionado em mais nada do que descobrimos. Não há nenhum registro de nascimento ou da morte dele. Nem de Twisse. Pelo que conseguimos saber, eles poderiam ter vindo de Plutão.

– Tenho uma amiga que é genial em pesquisas. Eu a deixei de sobreaviso. Ei, não fique com esse olhar no rosto de novo. Nós trabalhamos juntas em outros projetos. Ainda não sei se ela poderá vir, mas você vai agradecer. Acredite em mim. Ela é brilhante.

Em vez de responder, Cal pensou sobre aquilo. Quanto dessa resistência se devia à sensação de perda do controle da situação? E algum dia tivera algum controle? Sabia que um pouco disso se devia ao fato de que, quanto mais pessoas se envolvessem, mais se sentiria responsável.

E talvez, acima de tudo, quanto toda essa exposição afetaria a cidade?

– Hollow obteve certa publicidade com o passar dos anos, focada nessa coisa toda. Foi assim que você nos descobriu. Mas foi pequena e, em geral, não fez muito mais do que trazer turistas interessados. Com seu envolvimento, e agora talvez o de duas outras pessoas, Hollow pode se transformar numa espécie de menção sombria ou ridícula nos guias turísticos.

– Você sabia o que estava em risco quando concordou em falar comigo.

Quinn estava seguindo o ritmo dele passo a passo na terra molhada. E indo para o desconhecido sem nenhum estremecimento.

– Você viria de qualquer jeito.

– Então parte da sua cooperação é controle de danos? – Ela assentiu com a cabeça. – Não posso culpá-lo. Mas talvez você devesse pensar no quadro geral, Cal. Mais pessoas envolvidas significa mais cérebros e mais chances de descobrir como parar o que está acontecendo. Você não quer isso?

– Mais do que tudo.

– Eu quero uma história. Não vou mentir para você. Mas também quero que isso pare. Porque essa coisa me assusta, apesar da minha coragem. Acho que o melhor que temos a fazer é trabalhar juntos e utilizar todos os nossos recursos. Cybil é uma das minhas, e é ótima no que faz.

– Vou pensar. Por que não me conta o que a fez seguir o caminho de escrever seriamente sobre o absurdo?

– Isso é fácil. Sempre gostei do fantasmagórico. Quando era criança e precisava escolher entre romances infantojuvenis ou Stephen King, King sempre vencia. Costumava escrever minhas próprias histórias de terror e fazer minhas amigas terem pesadelos. Bons tempos – disse ela, fazendo-o rir. – Acho que o momento decisivo foi um Dia das Bruxas, quando entrei em uma casa com fama de mal-assombrada com um grupo de amigos. Eu tinha 12 anos. Foi um grande desafio. O lugar estava desabando e ia ser demolido. Acho que tivemos sorte de não cair por entre as tábuas do assoalho. Bisbilhotamos, assustamos uns aos outros e demos algumas risadas. Então a vi.

– Quem?

– O fantasma, é claro. – Ela lhe deu uma amigável cotovelada. – Deixe-

-me terminar. Ninguém mais viu. Mas eu a vi, descendo a escada. Estava toda coberta de sangue e olhou direto para mim. Passou bem ao meu lado. Senti o frio que emanava dela.

– O que você fez? Meu palpite é que a seguiu.

– É claro que a segui. Meus amigos estavam correndo, fazendo barulhos fantasmagóricos, mas eu a segui até o porão usando a luz de minha lanterna de Princesa Leia. Não ria.

– Por que riria? Eu tinha uma lanterna do Luke Skywalker.

– Ótimo. O que encontrei foram muitas teias de aranha, fezes de rato, insetos mortos e um chão de concreto imundo. Então o concreto desapareceu e só havia um chão sujo com um buraco, um túmulo, escavado nele, e uma pá de cabo preto ao lado. Ela foi até lá, olhou para mim de novo e depois deslizou para baixo, como uma mulher deslizando para dentro de uma bela banheira com espuma. Depois eu estava em pé no chão de concreto de novo.

– O que você fez?

– O que você acha?

– Acho que você e a Leia deram o fora dali.

– Acertou de novo. Saí do porão como um foguete. Contei aos meus amigos, que não acreditaram em mim. Acharam que só estava tentando assustá-los, como de costume. Não contei a ninguém mais, porque se contasse nossos pais saberiam que tínhamos estado na casa e ficaríamos de castigo. Mas, quando a casa foi demolida e começaram a perfurar o chão de concreto, eles a encontraram. A mulher estava lá desde os anos 1930. A esposa do homem que havia comprado a casa disse que ela tinha fugido. Àquela altura ele estava morto, por isso ninguém podia lhe perguntar como ou por que fez aquilo. Mas eu sabia. Desde que a vi até encontrarem os ossos, sonhei com o assassinato dela, o vi acontecer. Não contei a ninguém. Estava com medo demais. Desde então, conto o que descubro, confirmando ou desmistificando. Talvez para compensar Mary Bines. Era esse o nome dela. E em parte porque não tenho mais 12 anos e ninguém vai me pôr de castigo.

Cal não disse nada durante um longo tempo.

– Você sempre vê o que aconteceu?

– Não sei se é ver ou apenas intuir. Minha imaginação é muito maior do que a minha coragem. Mas aprendi a acreditar no que sinto e a agir de acordo com isso.

Ele parou e apontou.

– É aqui que as trilhas se cruzam. Nós viemos daquela direção e pegamos a trilha neste cruzamento. Estávamos carregando muito peso. Minha mãe havia preparado uma cesta de piquenique, achando que íamos acampar na fazenda da família de Fox. Estávamos com um rádio, a sacola de supermercado de Fox e nossas mochilas cheias de coisas sem as quais achávamos que não podíamos passar. Ainda tínhamos 9 anos. Éramos crianças bastante destemidas. Tudo isso mudou antes de sairmos da floresta.

Quando Cal voltou a andar, Quinn pôs sua mão no ombro dele e o apertou.

– Aquela árvore está sangrando ou é uma seiva muito estranha que só existe nesta parte do mundo?

Ele se virou e olhou. Sangue saía da casca do velho carvalho e escorria pelo tronco para a terra encharcada.

– De vez em quando acontece esse tipo de coisa. Espanta os caminhantes.

– Aposto que sim. – Ela observou Caroço passar pela árvore depois de uma rápida fungadela. – Por que ele não se importa?

– Isso não é novidade para ele.

Quinn começou a se afastar da árvore, e então parou.

– Espere, espere. Este é o lugar. Este é o lugar onde vi o cervo na trilha. Tenho certeza.

– Ele o evocou, com magia. O puro e inocente.

Quinn ia comentar algo, mas parou ao olhar para o rosto de Cal. Ele estava com os olhos sombrios e as bochechas pálidas.

– Seu sangue para a união. Seu sangue, o sangue dele, o sangue da coisa negra. Ele lamentou quando passou a lâmina pelo seu pescoço e sua vida fluiu para as mãos dele e o cálice.

Com a cabeça girando, Cal rezou para não ficar nauseado.

– Preciso de um segundo para recuperar o fôlego.

– Não se apresse. – Rapidamente, Quinn tirou sua mochila dos ombros e pegou uma garrafa de água. – Beba um pouco.

A maior parte do mal-estar passou quando Quinn pôs a garrafa na mão dele.

– Eu pude ver, *senti-lo*. Passei por esta árvore antes, mesmo quando estava sangrando, e nunca vi ou senti isso.

– Dois de nós desta vez. Talvez seja esse o motivo.

Cal bebeu devagar. *Não apenas dois,* pensou ele. Já havia percorrido a trilha com Fox e Gage. *Nós dois,* concluiu. Algo em estar ali com ela.

– O cervo foi um sacrifício.

– Isso eu entendi. *Devoveo.* Foi o que ele disse em latim. Sacrifício de sangue. Magia branca não faz isso. Ele teve que cruzar a linha, usar um pouco da negra para fazer o que achava que era necessário. Foi Dent? Ou alguém que veio muito antes dele?

– Eu não sei.

Quando ela viu a cor de Cal voltando, seu próprio ritmo cardíaco se estabilizou.

– Você viu o que veio antes?

– Pedaços, partes, lampejos. Não tudo. Geralmente fico um pouco nauseado depois. Se tento ver mais, fico muito pior.

– Então não tente. Está se sentindo bem para continuar?

– Sim, sim.

Ainda estava com o estômago um pouco revirado, mas a tontura passara.

– Logo chegaremos ao lago Hester.

– Eu sei. Já estive lá, não na realidade, mas o vi. Vou dizer como é antes de chegarmos ao lago: há tifas e vegetação densa. Fica fora da trilha, no meio de alguns arbustos e moitas espinhosas. Era noite, por isso a água parecia preta. Opaca. Sua forma não é bem redonda, nem realmente oval. É mais como a de uma lua crescente. Há muitas pedras. Algumas grandes, outras não mais do que seixos. Ela encheu os bolsos de pedras que pareciam do tamanho de sua mão ou menores, até os bolsos se vergarem com o peso. Ela tinha cabelos curtos e seus olhos pareciam os de uma louca.

– O corpo dela não permaneceu no fundo, segundo os relatos.

– Eu os li – admitiu Quinn. – Ela foi encontrada flutuando no lago, que passou a ter seu nome, e, como foi suicídio, a enterraram em solo não sagrado. Os registros que descobri até agora não indicam o que aconteceu com a filha pequena que ela deixou para trás.

Antes de pôr a mochila de volta nos ombros, Quinn pegou um saco com uma mistura de granola e confeitos de chocolate. Ela o abriu e ofereceu. Cal balançou a cabeça.

– Não, obrigado. Não estou tão desesperado.

– Não é ruim. O que sua mãe empacotou para você naquele dia?

– Sanduíches de presunto e queixo, ovos cozidos, fatias de maçã, aipo e palitos de cenoura, biscoitos de aveia, limonada. – Lembrar disso o fez sorrir. – Bolinhos e cereais para o café da manhã.

– Que mãezona!

– Sim, ela sempre foi.

– Quanto tempo temos de sair juntos antes de eu conhecer seus pais?

Cal pensou sobre isso.

– Meus pais querem que eu vá jantar com eles em breve, caso queira ir.

– Comida feita em casa pela sua mãezona? Eu topo! Como ela se sente em relação a tudo isso?

– É difícil para eles. Tudo isso é difícil. E eles nunca me desapontaram.

– Você é um homem de sorte, Cal.

Ele cortou caminho contornando o emaranhado de arbustos de amoras e pegando a trilha mais estreita e menos percorrida. Caroço seguiu em frente, como se entendesse para onde iam. O primeiro brilho do lago fez Cal sentir um arrepio descer por sua espinha. Isso sempre acontecia.

Pássaros ainda piavam e Caroço, mais por acidente do que por vontade própria, espantou um coelho, que atravessou a trilha e entrou em outra moita. A luz do sol se infiltrava pelos galhos até o chão coberto de folhas. E brilhava fracamente sobre a água marrom do lago Hester.

– Ele parece diferente durante o dia – observou Quinn. – Nem de longe tão sinistro. Mas é preciso ser muito jovem e animado para querer nadar nele.

– Nós éramos as duas coisas. Fox entrou primeiro. Já tínhamos vindo nadar aqui, mas nunca gostei muito disso. Quem sabia o que havia lá embaixo? Sempre pensei que a mão ossuda de Hester ia agarrar meu tornozelo e me puxar para baixo. E ela puxou.

Quinn ergueu as sobrancelhas, e quando ele não continuou se sentou em uma das pedras.

– Estou ouvindo.

– Fox estava fazendo bagunça comigo. Eu nadava melhor, mas ele era furtivo. Gage nadava muito mal, mas entrava na brincadeira. Achei que era Fox de novo, me afogando, mas era ela. Eu a vi quando submergi. Ela não estava com os cabelos curtos como você descreveu. Lembro que se moviam para trás. Não parecia um fantasma. Parecia uma mulher. Uma garota – corrigiu ele. – Quando fiquei mais velho, percebi que ela era apenas uma garota. Saí de lá correndo e obriguei Fox e Gage a saírem. Eles não viram nada.

– Mas acreditaram em você.

– É o que os amigos fazem.

– Você voltou a entrar no lago?

– Duas vezes. Mas nunca mais a vi.

Quinn deu a Caroço, que não era tão exigente quanto seu dono, um punhado da mistura de cereais.

– Está frio demais para nadar agora, mas gostaria de dar um mergulho e ver o que acontece um dia.

Quinn mastigou um pouco enquanto olhava ao redor.

– Pensando bem, este é um lugar bonito. Primitivo, mas ainda assim pitoresco. Parece ótimo para três garotos se divertirem. – Ela inclinou a cabeça. – Então, você costuma trazer mulheres para cá em seus encontros?

– Você é a primeira.

– É mesmo? Isso é porque elas não manifestaram interesse em vir ou porque você não quis responder perguntas sobre o lugar?

– As duas coisas.

– Então estou rompendo padrões, o que é um dos meus passatempos favoritos. – Quinn olhou para a água. – Ela devia estar muito triste para achar que não tinha outra saída. A loucura é um fator também, mas acho que a tristeza e o desespero tiveram um peso maior antes de ela acrescentar o das pedras. Foi o que senti no sonho e é o que sinto agora, sentada aqui. Sua terrível e opressiva tristeza. Ainda maior do que o medo quando aquilo a estuprou. – Com um estremecimento, ela se levantou. – Podemos continuar? Não quero ficar sentada aqui.

Só vai piorar, pensou Cal. Se ela já sentia ou entendia isso, seria pior. Ele pegou a mão de Quinn para conduzi-la de volta à trilha. Como, pelo menos por enquanto, a trilha era larga o suficiente para andarem lado a lado, continuou a segurá-la. Quase pareceu que eles estavam apenas passeando na floresta no inverno.

– Conte-me algo surpreendente sobre você. Algo que eu nunca imaginaria.

Ele inclinou a cabeça.

– Por que eu contaria algo sobre mim que você nunca imaginaria?

– Não precisa ser nenhum segredo obscuro. – Ela bateu seu quadril no dele. – Apenas algo inesperado.

– Eu já fui atleta.

Quinn balançou a cabeça.

– Impressionante, mas não é nenhuma surpresa. Eu poderia ter adivinhado isso. Você tem quase um metro de pernas.

– Está bem, está bem. – Ele pensou sobre aquilo. – Eu cultivei uma abóbora que bateu o recorde de peso do condado.

– A maior abóbora da história do condado?

– Não bateu o recorde estadual por gramas. Saiu no jornal.

– Bem, isso é surpreendente. Eu esperava algo um pouco mais picante, mas sou forçada a admitir que nunca imaginaria isso.

– E quanto a você?

– Nunca cultivei uma abóbora.

– Engraçadinha. Surpreenda-me.

– Consigo andar sobre minhas mãos. Eu lhe faria uma demonstração, mas o solo não é propício. Você não imaginaria isso.

– Tem razão. Mas insistirei em uma demonstração depois. Afinal de contas, tenho a documentação da abóbora.

– É justo.

Ela continuou a conversa, leve e boba o suficiente para fazê-lo rir. Cal não se lembrava de ter rido assim na trilha desde aquela fatídica caminhada com seus amigos. Mas agora isso parecia natural, com o sol incidindo através das árvores e os pássaros cantando.

Até ele ouvir o rugido. Quinn o ouviu também. Cal não pôde pensar em outro motivo para ela ter se calado tão subitamente ou ter apertado tanto o braço dele.

– Cal...

– Sim, eu ouvi. Estamos quase lá. Às vezes a coisa faz barulho, às vezes é uma aparição. – *Nunca nesta época do ano*, pensou ele, pondo a mão na parte de trás de sua jaqueta. Mas aparentemente estes eram outros tempos.

– Apenas fique perto.

– Acredite em mim, eu... – Sua voz foi sumindo quando ele pegou a grande faca de caçador com lâmina dentada. – Certo. Certo. Agora *isso* seria uma daquelas coisas inesperadas sobre você. Carregar uma faca de Crocodilo Dundee por aí.

– Não venho aqui sem uma arma.

Quinn umedeceu os lábios.

– E provavelmente sabe usá-la se necessário.

Ele lhe lançou um olhar.

– Provavelmente sim. Quer continuar a andar ou se virar e voltar?
– Não vou fugir.
Cal pôde ouvir a coisa farfalhando na mata, pés descalços pisando na lama. Espreitava-os. Imaginava que a faca seria tão inútil quanto algumas palavras ásperas se a coisa ficasse séria, mas se sentia melhor com ela em sua mão.
– Caroço não o ouviu – murmurou Quinn, apontando com o queixo para onde o cão andava pela trilha, alguns metros adiante. – Nem mesmo ele pode ser tão preguiçoso. Se o tivesse ouvido, farejado, demonstraria alguma preocupação. Então não é real. – Ela deu um suspiro baixo. – É apenas uma ilusão.
– Pelo menos não é real para ele.
Quando a coisa rugiu, Cal pegou o braço de Quinn firmemente e a puxou através das árvores para a clareira onde a Pedra Pagã se erguia da terra lamacenta.
– Acho que, considerando tudo, eu meio que esperava algo como o Stonehenge. – Quinn se afastou de Cal para circundar a pedra. – Mas, quando você dá uma boa olhada, é surpreendente o modo como forma uma mesa ou um altar. Quanto é achatada e lisa em cima. – Ela pôs sua mão sobre a pedra. – Está quente. Mais quente do que uma pedra deveria estar em uma floresta em fevereiro.
Cal pôs sua mão ao lado das mãos dela.
– Às vezes está fria. – Ele embainhou a faca. – Não há nada com que se preocupar quando a pedra está quente. Até agora.
Enrolou a manga de sua camisa e examinou a cicatriz em seu pulso. Sem pensar, pôs a mão sobre a dela.
– Enquanto estiver...
– Está esquentando. Sentiu isso? Sentiu?
Ela trocou de posição e começou a pôr sua outra mão sobre a pedra. Cal sentiu que estava se movendo como podia ter se movido através daquela parede de fogo. Loucamente. Agarrou os ombros de Quinn, virando-a até encostar as costas dela na pedra. Então saciou o súbito e desesperado desejo se apoderando da boca de Quinn.
Por um instante, foi outra pessoa, e ela também, e o momento era cheio de tristeza e desespero. O gosto, a pele e os batimentos cardíacos dela.
Depois Cal era ele mesmo, sentindo o calor dos lábios de Quinn sob

os seus enquanto a pedra se aquecia sob as mãos deles. Era o corpo dela tremendo contra o seu, e os dedos dela se enterrando em seus quadris. Ele queria mais, queria jogá-la sobre a mesa de pedra, cobri-la com seu corpo, cercar-se de tudo que ela era.

Não ele, pensou vagamente, ou não totalmente ele. E então recuou, forçando-se a romper aquela conexão.

Por um instante o ar se agitou.

– Desculpe-me – conseguiu dizer ele. – Não lamento totalmente, mas...

– Surpresa. – A voz de Quinn foi rouca. – Eu também. Isso foi definitivamente inesperado. Fiquei tonta – sussurrou ela. – Não estou me queixando. Não éramos nós, e depois éramos. – Ela tomou fôlego outra vez, ofegante. – Quer tentar de novo?

– Acho que ainda sou um homem, por isso é claro que quero. Mas não creio que seja inteligente ou seguro. Além do mais, não gosto que outra pessoa ou algo mexa com meus hormônios. Da próxima vez que a beijar, seremos apenas você e eu.

– Certo. – Quinn assentiu. – Sou mais a favor do que nunca da teoria das conexões. Pode ser sangue, uma coisa de reencarnação. Vale a pena investigar.

Quinn deu um passo para o lado, afastando-se da pedra e de Cal.

– Então por enquanto nada de contato um com o outro e com a pedra. E vamos voltar ao nosso objetivo.

– Você está bem?

– Admito que isso mexeu comigo. Mas não me fez mal.

Ela pegou a garrafa de água e dessa vez bebeu bastante.

– Eu desejei você.

Quinn abaixou a garrafa e olhou para aqueles olhos cinzentos tranquilos. Tinha acabado de beber água, pensou, mas estava com a garganta seca de novo.

– Eu sei. O que não sei é se isso será um problema.

– Não será.

O coração dela deu alguns saltos rápidos.

– Ah... Este provavelmente não é o lugar para...

– Não, não é. – Ele deu um passo para a frente, mas não a tocou. E ainda assim a pele dela ficou quente. – Haverá outro.

– Ok. – Ela pigarreou. – Certo. Ao trabalho.

Cal a deixara um pouco nervosa. Não se importava com isso. Na verdade, considerava um ponto a seu favor. Algo poderia tê-lo levado a beijá-la daquela maneira, mas sabia que havia se sentido como se *algo* o tivesse soltado. Sabia o que havia sentido desde que ela saíra do carro em sua entrada para automóveis.

Puro e simples desejo. De Caleb Hawkins por Quinn Black.

– Vocês três acamparam aqui naquela noite. – Aparentemente aceitando a palavra de Cal sobre a segurança da área, Quinn andou tranquilamente pela clareira. – Se bem conheço os garotos, vocês comeram bobagens, zombaram uns dos outros e possivelmente contaram histórias de fantasmas.

– Algumas. Também bebemos a cerveja que Gage roubou do pai e vimos as marcas da surra que ele levou.

– É claro, embora eu achasse que essas atividades fossem mais para garotos de 12 anos.

– Éramos precoces. – Ele se forçou a parar de pensar nela, voltar ao presente. – Fizemos uma fogueira. Ligamos o rádio. Era uma noite muito bonita, ainda quente, mas não opressiva. E era a nossa noite. Era o *nosso lugar*. Solo sagrado.

– Foi o que sua bisavó disse.

– Aquilo exigia um ritual. – Cal esperou que Quinn se virasse para ele. – Escrevemos algumas palavras e fizemos um juramento. À meia-noite, usei minha faca de escoteiro para cortar nossos pulsos. Dissemos as palavras que tínhamos anotado e juntamos nossos pulsos para misturar o sangue. Para nos tornarmos irmãos de sangue. Foi quando o inferno se abriu.

– O que aconteceu?

– Não sei, não exatamente. Nenhum de nós sabe ou consegue se lembrar. Houve uma espécie de explosão. Pareceu uma. A luz era ofuscante e a força dela me jogou para trás. Ergueu-me do chão. Houve gritos, mas eu nunca soube se eram meus, de Fox, Gage ou algo mais. O fogo se ergueu e parecia estar por toda a parte, mas não nos queimamos. Algo entrou em mim. Lembro que senti dor. Depois vi um tipo de massa escura se erguendo e senti o frio que trouxe com ela. Então tudo terminou e estávamos sozinhos, apavorados e com o chão queimado pelo fogo.

Dez anos de idade, pensou Quinn. Apenas um garotinho.

– Como vocês saíram de lá?

– Saímos na manhã seguinte, quase do mesmo jeito que chegamos. Exceto por algumas mudanças. Eu vim para esta clareira quando tinha 9 anos. Usava óculos. Era míope.

Quinn ergueu as sobrancelhas.

– Era?

– Tinha 2,1 graus de miopia no olho esquerdo e 2,9 graus no direito. Saí sem nenhum. Nenhum de nós saiu de lá com marca alguma, embora Gage tivesse chegado com marcas de surra. Nenhum de nós adoeceu por um dia sequer desde aquela noite. Se nos ferimos, o ferimento se cura sozinho.

Não havia nenhuma dúvida no rosto dela, apenas interesse com um toque de fascínio. Ocorreu a Cal que, além de sua família, ela era a única pessoa que sabia. Que acreditava.

– Você recebeu algum tipo de imunidade.

– Pode-se dizer que sim.

– Sente dor?

– Sim. Saí com a visão perfeita, não de raios X. E a cura pode doer muito, mas é bastante rápida. Vejo coisas que aconteceram antes, como na trilha. Não o tempo todo, não sempre, mas vejo acontecimentos do passado.

– Uma clarividência ao contrário.

– Quando se manifesta. Eu vi o que aconteceu aqui em julho de 1652.

– O que aconteceu aqui, Cal?

– O demônio estava preso debaixo da pedra. E Fox, Gage e eu libertamos o desgraçado.

Quinn foi até ele. Queria tocá-lo, tirar aquela preocupação do rosto dele, mas temia fazer isso.

– Se libertaram, não foi culpa de vocês.

– Culpa e responsabilidade não são muito diferentes.

Que se danasse. Ela pôs as mãos nas bochechas de Cal mesmo quando ele se esquivou. Então o beijou de leve.

– Isso é normal. Acho que você se sentiu responsável porque estava disposto a assumir a responsabilidade. Continuou em Hollow quando muitos outros homens teriam corrido para longe. Então acho que há um modo de mandar a coisa de volta para o lugar ao qual pertence. E farei o que puder para ajudá-lo.

Ela abriu sua mochila.

– Vou tirar fotografias, algumas medidas, fazer anotações e muitas perguntas irritantes.

Quinn o abalara. O toque, as palavras, a fé. Ele quis puxá-la, abraçá-la. *Isso é normal*, dissera, e olhando para ela agora, ansiou pela alegria da normalidade.

Este não é o lugar, lembrou a si mesmo, e deu um passo para trás.

– Você tem uma hora. Começaremos a voltar daqui a uma hora. Estaremos fora da floresta antes do crepúsculo.

– Sem discussões – disse ela.

E foi trabalhar.

NOVE

N A OPINIÃO DE CAL, ELA PASSOU MUITO TEMPO PERAMBULANDO pelo lugar, fazendo anotações, tirando uma quantidade enorme de fotografias com sua pequena câmera digital e murmurando para si mesma.

Ele não via como aquilo poderia ser útil. Como Quinn parecia absorta no que fazia, ele se sentou debaixo de uma árvore e a deixou fazer seu trabalho enquanto Caroço ressonava.

Não houve mais rugidos nem a sensação de algo espreitando a clareira. Talvez o demônio tivesse algo melhor para fazer. Ou talvez estivesse apenas se contendo, observando. Esperando. Bem, ele faria o mesmo. Não se importava de esperar, especialmente quando a visão era boa.

Era interessante observá-la, ver o modo como ela se movia. Rápida e direta em um minuto, minuciosa e casual no outro. Como se não conseguisse decidir que abordagem usar.

– Vocês já fizeram uma análise disso? – gritou ela. – Da pedra em si? Uma análise científica?

– Sim. Nós a raspamos quando éramos adolescentes e levamos as amostras para o nosso professor de geologia. É calcário. Calcário comum. E – continuou ele, antecipando-se a Quinn – colhemos outra amostra alguns anos depois, que Gage levou para um laboratório em Nova York. Mesmos resultados.

– Certo. Alguma objeção se eu colher uma amostra e a enviar para um laboratório que uso, apenas para mais uma confirmação?

– Fique à vontade.

Cal ia pegar sua faca, mas Quinn foi mais rápida e tirou um canivete suíço do bolso. Devia ter imaginado que ela teria um. Ainda assim, isso o fez sorrir. A maioria das mulheres que conhecia teria um batom no bolso, não um canivete. Apostava que Quinn tinha ambos.

Observou-a raspando e pondo o pó de pedra em um saco plástico que tirou da mochila. O movimento fez três anéis em dois dedos e no polegar captarem o brilho do sol. O brilho se intensificou e incidiu nos olhos dele.

A luz mudou, tornando-se suave como a de uma manhã de verão enquanto o ar esquentou e ficou carregado de umidade. As folhas se encarregavam de dar um tom verde intenso às árvores, projetando padrões de sombra e luz na terra e na pedra.

Na mulher.

Ela tinha cabelos compridos e soltos, cor de mel puro. Um rosto com feições bem definidas e olhos amendoados levemente erguidos nos cantos. Usava um vestido comprido azul-crepúsculo sob um avental branco. Movia-se com cuidado, e ainda assim com graça, embora seu corpo carregasse o peso da gravidez. E carregava dois baldes pela clareira na direção de uma pequena cabana atrás da pedra.

Enquanto caminhava, cantava em uma voz clara e radiante como uma manhã de verão.

Em um jardim verde em que à tarde me deitei sobre uma pilha de camomila e de onde vi um rapaz do campo...

Enquanto a ouvia e via, Cal se encheu de um amor tão urgente, tão antigo, que pensou que seu coração fosse explodir.

O homem saiu pela porta da cabana e esse amor brilhou no rosto dele. A mulher parou, balançou a cabeça em reconhecimento e cantou enquanto o homem andava em sua direção.

... segurando nos braços uma linda moça do campo. Cortejando-a com toda a sua habilidade, fazendo-a ceder ao seu desejo. Então ele lhe disse: Beije-me com ternura, querida.

Ela ergueu o rosto e lhe ofereceu os lábios. O homem a beijou de leve. Quando o riso dela explodiu como uma estrela cadente, ele pegou os baldes e os pôs no chão antes de envolvê-la em um abraço.

Eu já não pedi para não carregar água ou lenha? Você já está carregando o suficiente.

As mãos dele acariciaram sua barriga saliente e permaneceram lá quando as dela as cobriram.

Nossos filhos estão fortes e bem. Meu amor, eu terei filhos inteligentes e corajosos como o pai. Meu amor, meu querido. Agora Cal viu as lágrimas brilharem naqueles olhos amendoados. *Devo deixá-lo?*

Você nunca me deixará, não realmente, e nunca a deixarei. Sem lágrimas. Ele as afastou com beijos e Cal sentiu o aperto em seu próprio coração. *Sem lágrimas.*

Sim. Jurei que não as derramaria. Então ela sorriu. *Ainda há tempo. Manhãs suaves e longos dias de verão. Não é a morte. Jura para mim?*

Não é a morte. Agora venha. Eu carregarei a água.

Quando eles desapareceram, Cal viu Quinn agachada na sua frente, ouviu-a dizendo o nome dele clara e repetidamente.

– O que aconteceu? Você parecia em transe. Seus olhos... seus olhos ficaram pretos e... *profundos*. Para onde você foi, Cal?

– Você não é ela.

– Certo. – Antes Quinn temera tocá-lo. Agora estendeu o braço para pôr a mão no joelho dele. – Não sou quem?

– Quem eu estava beijando. Começou a ser, depois era, mas antes, no início... Meu Deus, que dor de cabeça!

– Recoste-se, feche os olhos. Eu vou...

– Vai passar em um minuto. Sempre passa. Não somos eles. Isso não é uma coisa de reencarnação. Não parece ser. Possessão esporádica, talvez, o que já é ruim o suficiente.

– Quem?

– Como diabo vou saber? – Sua cabeça gritou até ele ter que colocá-la entre os joelhos para combater a súbita e forte náusea. – Deixa eu me recuperar.

Quinn se levantou, foi para trás de Cal e, ajoelhando-se, começou a massagear seu pescoço e seus ombros.

– Ok, tudo bem. Desculpe. É como ter uma furadeira elétrica dentro da minha cabeça, atravessando minhas têmporas. Melhorou. Não sei quem eles são. Não se chamaram pelo nome. Mas meu palpite é que sejam Giles Dent e Ann Hawkins. Obviamente moravam aqui e ela estava mesmo grávida. Ela estava cantando – disse ele, e contou a Quinn o que vira.

Quinn continuou a massagear seus ombros enquanto ouvia.

– Então eles sabiam o que ia acontecer e, pelo que você disse, ele a estava mandando ir embora antes que acontecesse. "Não é a morte." Isso é interessante, e algo para investigar. Basta deste lugar. Vamos voltar!

Ela se sentou no chão, suspirou e tomou fôlego.

– Enquanto você estava fora, aquilo voltou.

– Não. – Cal começou a se levantar, mas Quinn agarrou o braço dele.

– Foi embora. Eu ouvi a coisa rugir e me virei. Você estava viajando e contive meu primeiro impulso de agarrá-lo e sacudi-lo até que voltasse, com medo de também cair em transe.

– Nós dois estaríamos indefesos – disse Cal desgostosamente.

– Agora o Sr. Responsabilidade está se sentindo culpado porque não viu que isso poderia acontecer, não combateu as forças mágicas e não conseguiu proteger a donzela.

Mesmo com dor de cabeça, ele conseguiu lhe lançar um olhar calmo e controlado.

– Algo assim.

– Algo assim é apreciado, mas importuno. Eu tinha meu canivete que inclui um belo saca-rolhas e pinças, que nunca sabemos quando vamos precisar.

– Isso é coragem? Você está sendo corajosa?

– Eu falo pelos cotovelos até conseguir me acalmar. O fato é que a coisa simplesmente ficou rondando com seu jeito de "vou devorar você, minha linda, e seu grande cão preguiçoso também". Perturbando, rugindo, rosnando. Mas não se mostrou. Então parou e você voltou.

– Quanto tempo?

– Não sei. Alguns minutos, embora tivesse parecido mais. Independentemente disso, estou pronta para ir. Espero que você consiga caminhar, Cal, porque, por mais que eu seja forte e resistente, não tenho como carregá-lo nas costas.

– Eu consigo.

– Ótimo. Então vamos sair logo daqui. Quando chegarmos à civilização, Hawkins, você vai me pagar uma bebida.

Eles juntaram suas coisas e Cal assoviou para acordar Caroço. Enquanto começavam a voltar, perguntou-se por que não contara a ela sobre o jaspe-sanguíneo – os três pedaços que Fox, Gage e ele tinham. Os três pedaços que agora sabia que formavam a pedra do amuleto que Giles Dent havia usado quando vivera na Pedra Pagã.

• • •

Enquanto Cal e Quinn saíam da floresta Hawkins, Layla saía para uma caminhada sem destino pela cidade. Era estranho fazer isso. Durante seus anos em Nova York sempre tivera um destino específico e uma tarefa específica para realizar dentro de um período de tempo específico.

Ela havia deixado a manhã avançar e feito não mais do que ler partes de alguns dos livros estranhos que Quinn lhe emprestara. Poderia ter ficado bem ali, dentro de seu belo quarto, daquela zona segura, como Quinn a chamara.

Mas precisava escapar dos livros. De qualquer forma, isso deu à camareira uma oportunidade de arrumar o quarto. E deu a ela uma oportunidade de dar uma olhada na cidade.

Não sentiu vontade de entrar em nenhuma das lojas, embora a avaliação de Quinn fosse correta. Havia algumas possibilidades muito interessantes.

Ver vitrines a fez se sentir culpada por deixar o pessoal da butique em apuros. Por ter partido daquele jeito, não teve chance de telefonar para a chefe e dizer que tivera uma emergência pessoal e que faltaria ao trabalho por vários dias.

Emergência pessoal?, perguntou-se Layla.

E era bem possível que fosse demitida. Mesmo ciente disso, não podia voltar, retomar o trabalho e se esquecer do que ocorrera. Se fosse preciso, arranjaria outro emprego. Tinha algumas economias. Se sua chefe não pudesse lhe dar uma licença, não ia querer aquele emprego estúpido.

Ah, Deus! Ela já estava justificando estar desempregada.

Não pense nisso, ordenou a si mesma. *Não pense nisso agora.*

E assim o fez. Não saberia dizer por que, mas seus pés pararam na frente daquele prédio. A palavra BIBLIOTECA estava entalhada no dintel de pedra acima da porta, mas o letreiro brilhante dizia: CENTRO COMUNITÁRIO DE HAWKINS HOLLOW.

Parece um lugar seguro, disse a si mesma. Entretanto, quando sentiu um arrepio na pele, ordenou a seus pés que continuassem. Pensou em ir ao museu, mas isso não despertou seu interesse. Pensou em atravessar a rua e passar um tempinho na manicure, mas simplesmente não se importava com o estado de suas unhas.

Cansada e irritada consigo mesma, quase se virou e voltou. Mas dessa vez o letreiro que atraiu seu olhar a impulsionou para a frente: FOX O'DELL, ADVOGADO.

Pelo menos era alguém que ela conhecia. O belo advogado com olhos compassivos. Ele provavelmente estava ocupado com um cliente ou fora do escritório, mas Layla não se importou com isso. Entrar era algo para fazer em vez de andar a esmo sentindo pena de si mesma.

Entrou na confortável recepção. A mulher atrás da escrivaninha antiga deu um sorriso educado.

– Bom dia... bem, boa tarde agora. Em que posso ajudá-la?

– Na verdade eu sou... – *O quê? O que ela era exatamente?* – Eu gostaria de falar com o Sr. O'Dell por um minuto se ele estiver livre.

– Ele está com uma cliente, mas ela não deve demorar muito caso queira...

Uma mulher de jeans justos, um suéter cor-de-rosa confortável e cabelos em um tom improvável de vermelho marchou para fora em botas de salto alto, segurando uma jaqueta de couro curta.

– Quero esfolá-lo, Fox, você me entendeu? Dediquei àquele filho da mãe os dois melhores anos da minha vida e quero esfolá-lo como se fosse um coelho.

– Entendi, Shelley.

– Como ele pôde fazer isso comigo?

Ela gemeu e desabou nos braços de Fox. Ele também usava jeans e estava com uma camisa de riscas finas. Olhou para Layla, com uma expressão resignada.

– Calma, calma – disse Fox, dando um tapinha nas costas da chorosa Shelley. – Vai dar tudo certo.

– Acabei de comprar pneus novos para a picape dele! Vou furar todos.

– Não. – Fox segurou Shelley firmemente antes de ela começar a se afastar com lágrimas surgidas de uma raiva renovada. – Não quero que você faça isso. Não chegue perto da picape dele e por enquanto, querida, tente ficar longe dele também. E de Sami.

– Aquela vadia traidora.

– Sim. Deixe isso comigo, está bem? Volte para o trabalho. Eu vou lidar com essa questão. Foi para isso que me contratou, não foi?

– Suponho que sim. Fox, quebre os ovos dele como se fossem nozes-pecãs.

– Farei isso – garantiu ele enquanto a conduzia até a saída. – Apenas fique calma. É o modo certo de agir. Manterei contato.

Depois de fechar a porta, Fox se apoiou nela e deu um suspiro.

– Santa Mãe de Deus!

– Você deveria tê-la encaminhado para outro advogado.

– Não se faz isso com uma mulher que está pedindo divórcio. É contra as leis de Deus e dos homens. Oi, Layla, precisa de um advogado?

– Espero que não. – Ele era mais bonito do que se lembrava, o que só evidenciava as condições em que ela se encontrava na noite anterior. Além disso, parecia tudo menos um advogado. – Sem querer ofender.

– Não me ofendeu. Layla... Darnell, certo?

– Sim.

– Layla Darnell, Alice Hawbaker. Sra. Hawbaker, tenho algum tempo livre?

– Sim.

– Venha, Layla. – Ele fez um gesto com a mão. – Não costumamos assistir a um espetáculo como esse tão cedo, mas minha velha amiga Shelley foi para o restaurante visitar sua irmã gêmea, Sami, que trabalha lá. Acontece que, ao chegar, ela encontrou o marido segurando o dinheiro da gorjeta de Sami.

– Não entendi. Ela está pedindo divórcio porque o marido estava segurando o dinheiro da gorjeta da irmã?

– O dinheiro estava guardado no sutiã de Sami.

– Ah, sim.

– Não é segredo para ninguém que Shelley saiu do restaurante correndo atrás de ambos com uma vassoura, o sutiã de Sami totalmente à vista. Quer uma Coca?

– Não. Acho que não preciso de nada para mexer com meus nervos.

– Noite difícil?

– Não, pelo contrário. Simplesmente não consigo imaginar o que estou fazendo aqui. Não entendo nada disso e muito menos onde me encaixo. Algumas horas atrás disse para mim mesma que ia fazer as malas e dirigir feito louca até Nova York. Mas não fiz isso. – Ela se virou para Fox. – Não consegui. E também não entendo por quê.

– Você está onde deveria estar. Essa é a resposta mais simples.

– Você tem medo?

– Durante grande parte do tempo.

– Não acho que algum dia realmente tive medo. Eu me pergunto se estaria tão nervosa se tivesse algo para *fazer*. Uma missão, uma tarefa.

– Ouça, tenho que levar uns papéis até a casa de uma cliente, que fica a alguns quilômetros da cidade.

– Ah, me desculpe. Estou atrapalhando.

– Não! Eu ia sugerir que fosse comigo, o que é algo para fazer. E você pode tomar chá de camomila e comer biscoitos de limão com a Sra. Oldinger, o que é uma tarefa. Ela gosta de companhia, motivo pelo qual me fez redigir o décimo quinto codicilo a seu testamento.

Ele continuou a falar, sabendo que esse era um dos modos de ajudar a acalmar uma pessoa que parecia prestes a sair correndo.

– Depois posso passar na casa de outro cliente que não fica muito fora do caminho e lhe poupar uma viagem à cidade. Acho que Cal e Quinn já devem ter voltado para casa quando terminarmos tudo isso. Vamos até lá ver como estão as coisas.

– Você pode se ausentar do escritório durante esse tempo todo?

– Sim. – Ele pegou seu casaco e sua pasta. – A Sra. Hawbaker vai me chamar de volta se precisarem de mim. Mas se você não tiver nada melhor para fazer, pedirei a ela para buscar os arquivos de que preciso e pegaremos o carro.

Aquilo era melhor do que ficar remoendo as coisas, decidiu Layla. Ela só achava estranho um advogado, mesmo de cidade pequena, dirigir uma velha picape.

– O que você vai fazer para o segundo cliente?

– Charlie Deen. Ele foi atingido por um motorista bêbado quando dirigia para casa. A seguradora está tentando deixar de pagar algumas despesas médicas. Isso não vai acontecer.

– Divórcio, testamentos, lesão corporal. Então, você não tem uma especialidade?

– Direito geral – respondeu ele, dando-lhe um sorriso que era uma combinação de doçura e convencimento. – Bem, exceto por direito tributário se eu puder evitar. Deixo isso para minha irmã. Ela atua nas áreas de direito tributário e empresarial.

– Mas vocês não têm um escritório juntos.

– Isso seria difícil. Sage foi para Seattle ser lésbica.

– Como?

– Desculpe. – Fox pisou forte no acelerador quando eles ultrapassaram os limites da cidade. – Isso é uma piada da família. O que quero dizer é que minha irmã Sage é gay e mora em Seattle. É uma ativista, e ela e sua companheira de... hummm, acho que oito anos, têm um escritório que chamam de Coisa de Mulheres. Elas são especializadas em direito tributário e direito empresarial para gays.

– Sua família não aprova?

– Está brincando? Meus pais as amam! Quando Sage e Paula, a companheira dela, se casaram, todos nós fomos para lá e comemoramos como loucos. Ela está feliz e é isso que importa. A opção por um estilo de vida alternativo é como um bônus para meus pais. Falando em família, aquela é a casa do meu irmãozinho.

Layla viu uma casa de troncos quase escondida pelas árvores, com uma placa perto da curva da estrada onde se lia: CERÂMICA DE HAWKINS CREEK.

– Seu irmão é ceramista?

– Sim, e dos bons. Minha mãe também é quando está com disposição. Quer parar lá?

– Ah, eu...

– Melhor não – decidiu ele. – Ridge vai estar ocupado e, a esta altura, a Sra. Hawbaker já telefonou para a Sra. Oldinger dizendo para ela nos esperar.

– Então você tem um irmão e uma irmã.

– Duas irmãs. A mais nova é dona do pequeno restaurante vegetariano da cidade. O restaurante é bastante bom. Pensando bem, eu é que me afastei mais do caminho florido da contracultura que meus pais abriram. Mas eles me amam mesmo assim. Chega de falar de mim. E quanto a você?

– Bem, eu não tenho parentes nem de longe tão interessantes quanto os seus parecem ser.

Layla começou a rir, e depois ficou boquiaberta de prazer ao avistar um cervo.

– Olhe! Ah, olhe! Eles não são maravilhosos, apenas pastando ao pé das árvores?

Para agradá-la, Fox foi para o estreito acostamento a fim de que ela pudesse ver melhor.

– Você deve estar acostumado a ver cervos – disse Layla.

– Isso não significa que eu não goste de vê-los. Tínhamos que espantar bandos da fazenda quando eu era criança.

– Você cresceu em uma fazenda?

Havia aquela ânsia dos habitantes da cidade na voz dela. Do tipo que dizia que ela enxergava os belos cervos, os coelhos, os girassóis e galinhas felizes. E não a aradura, a capina, a remoção de ervas daninhas e a colheita.

– Uma fazenda familiar pequena. Plantávamos nossos próprios vegetais e criávamos galinhas, cabras e abelhas. Vendíamos parte do excedente, artesanato da minha mãe e trabalhos de marcenaria do meu pai.

– Eles ainda têm a fazenda?

– Sim.

– Meus pais tinham uma butique quando eu era pequena. Eles a venderam uns quinze anos atrás. Quase desejei... Ah, Deus, ah, meu Deus!

Layla segurou rapidamente o braço dele. O lobo saltou de entre as árvores para as costas do jovem cervo. O cervo corcoveou e gritou. Ela ouviu os gritos agudos de medo e dor do animal, que sangrou enquanto os outros cervos do pequeno bando continuavam a comer a relva.

– Isso não é real.

A voz de Fox soou metálica e distante. Diante dos olhos horrorizados de Layla, o lobo derrubou o cervo e depois começou a dilacerá-lo.

– Isso não é real – repetiu Fox. Ele pôs as mãos nos ombros de Layla e ela sentiu algo ser acionado. Algo dentro dela a empurrou na direção de Fox e para longe do horror ao pé das árvores. – Olhe e *verá* que não é real.

O sangue era muito vermelho e molhado. Fluía copiosa e horrivelmente, manchando a relva do campo estreito.

– Não é real.

– Não diga apenas. Saiba disso. A coisa vive em mentiras.

Ela inspirou e expirou.

– Isso não é real. É uma mentira. Uma mentira feia. Uma mentira cruel.

O campo estava vazio, a relva áspera e sem manchas.

– Como você consegue conviver com isso? – Virando-se em seu banco, Layla olhou para ele. – Como aguenta isso?

– Aguento porque sei que é uma mentira e que algum dia, de alguma maneira, vamos nos livrar da coisa.

A garganta de Layla ardia de tão seca.

– Você fez algo em mim. Quando tocou em meus ombros, quando falou comigo, mudou algo em mim.

– Não – disse ele sem hesitar. Fizera algo *por* ela. – Só a ajudei a se lembrar de que não era real. Vamos para a casa da Sra. Oldinger. Aposto que aquele chá de camomila vai lhe fazer bem.

– Ela tem uísque também?

– Isso não me surpreenderia.

...

Quinn avistou a casa de Cal através das árvores quando seu celular vibrou, indicando a chegada de uma mensagem de texto.

– Droga, por que ela não me telefonou?
– Pode ter tentado telefonar. Há muitos pontos na floresta sem sinal.
– Eu já esperava por isso.

Ela abriu a mensagem, sorrindo um pouco ao reconhecer o modo de escrever abreviado de Cybil.

Ocup, mas curios. Falo mais dep. Posso chg 1 sem, no max 2. Falo qd chg. Cuidad. Sério. C.

– Certo. – Quinn guardou seu celular e tomou a decisão que estivera avaliando durante a caminhada de volta. – Imagino que telefonaremos para Fox e Layla depois que eu tomar aquela grande bebida em frente à lareira que você vai acender.
– Por mim tudo bem.
– Então, como você é o figurão da cidade, é a pessoa certa para encontrar uma casa bonita, conveniente e razoavelmente espaçosa para alugar pelos próximos... seis meses.
– E quem seria o inquilino?
– As inquilinas. Minha encantadora amiga Cybil, Layla e eu.
– Elas sabem desse plano?
– Não, mas eu consigo ser muito persuasiva.
– Você não ia voltar em abril?
– Os planos mudam – respondeu ela e sorriu. – Você não adora quando isso acontece?
– Na verdade, não – respondeu Cal.

Mas abriu a porta para Quinn entrar na casa dele.

DEZ

A CASA EM QUE CAL FORA CRIADO ESTAVA EM UM CONSTANTE ESTADO de evolução. De tempos em tempos, sua mãe decidia que as paredes precisavam de uma demão de tinta. Pelas paredes da casa já haviam passado várias técnicas de pintura: com trapo, esponjada, penteada etc.

Naturalmente, uma nova pintura levava a um novo estofado ou decoração para janelas, e certamente a roupas de cama novas quando ela passava para os quartos. O que invariavelmente levava a novos "arranjos". Cal não saberia dizer o número de vezes em que arrastou móveis para combinar com as mudanças que sua mãe costumava fazer. Seu pai gostava de dizer que, assim que Frannie tinha a casa como queria, estava na hora de mudar tudo de novo.

Houve uma época em que Cal achou que a mãe mudava as coisas porque se sentia entediada. Embora servisse vários comitês e se metesse em inúmeras organizações, nunca trabalhara fora. Houve uma época, no final de sua adolescência e início da casa dos 20, em que Cal a vira como uma dona de casa semidesesperada e insatisfeita, e tivera pena dela.

Em certo momento, em sua sofisticação intelectual de dois semestres universitários, Cal ficou a sós com ela e explicou como via o sentimento de repressão dela. A mãe havia rido tanto que teve que enxugar os olhos.

– Querido, não me sinto reprimida. Adoro cores, texturas, padrões e sabores. Uso esta casa como meu estúdio, meu projeto de ciências, meu laboratório e salão de exposições. Tenho que ser a diretora, a designer, a cenógrafa e a protagonista de todo o espetáculo. Por que eu ia querer sair, arranjar um emprego ou uma carreira, se não precisamos do dinheiro, e ter outra pessoa me dizendo o que fazer e quando fazer?

A mãe fez um gesto com o dedo para Cal se inclinar para ela e pôs uma das mãos no rosto dele.

– Você é muito querido, Caleb. Vai descobrir que nem todos querem o que a sociedade, seja qual for seu espírito ou costume atual, lhes diz que deveriam fazer. Eu me considero sortuda, até mesmo privilegiada, por poder ficar em casa e criar meus filhos. Por me casar com um homem que não se importa se eu uso meus talentos, e sou muito talentosa, para perturbar a paz do seu lar com amostras de tinta e retalhos de tecido sempre que me dá na telha. Sou feliz. E adoro saber que você se preocupou com a possibilidade de eu não ser.

Cal passara a perceber que a mãe estava certa. Ela fazia o que gostava e era ótima nisso. Era a força da casa. O pai trazia o dinheiro, mas a mãe lidava com as finanças. O pai dirigia seu negócio, e a mãe dirigia a casa.

E era exatamente assim que eles gostavam que fosse.

Por isso, não se dera o trabalho de dizer para não se preocupar com o jantar de domingo, assim como não tentara dissuadi-la de estender o convite a Quinn, Layla e Fox. Ela vivia para isso e gostava de preparar refeições elaboradas, até mesmo para pessoas que não conhecia.

Como Fox se oferecera para ir buscar as mulheres na cidade, Cal foi direto para a casa dos pais, e chegou cedo. Pareceu-lhe sensato preparar o terreno e dar algumas dicas sobre como lidar com uma mulher que pretendia escrever um livro sobre Hollow.

Frannie estava ao lado do fogão, verificando a temperatura do filé-mignon suíno. Obviamente satisfeita, foi até o balcão para continuar as camadas de seu famoso *antepasto* à moda italiana.

– Então, mãe – começou Cal ao abrir a geladeira.

– Vou servir vinho no jantar, por isso não pegue a cerveja.

Disciplinado, ele fechou a porta da geladeira.

– Está bem. Só queria lembrar que Quinn está escrevendo um livro.

– Você já me viu esquecendo coisas?

– Não. – A mulher não se esquecia de nada, o que podia ser um pouco intimidador. – Só tome cuidado. Tudo que disser pode acabar em um livro.

– Hummm. – Frannie pôs calabresa sobre o provolone. – Você acha que seu pai e eu vamos dizer ou fazer algo constrangedor enquanto nos servimos de aperitivos? Ou talvez depois da sobremesa? Que, a propósito, é torta de maçã.

– Não, eu... Você fez torta de maçã?

Ela olhou rapidamente para ele e deu um sorriso familiar.

– É sua favorita, não é?

– Sim, mas talvez você tenha perdido seu dom. É melhor eu experimentar um pedaço antes de as pessoas chegarem. Para poupar você de um possível constrangimento se a torta estiver ruim, sabe?

– Isso não funcionava quando você tinha 12 anos.

– Eu sei, mas você sempre me disse para não desistir.

– Continue tentando, querido. Por que está preocupado com essa garota, com quem, pelo que me disseram, você saiu algumas vezes?

– Não estou preocupado com ela. Estou preocupado com o motivo pelo qual ela está na cidade. Só estou dizendo que não podemos nos esquecer disso.

– *Eu nunca me esqueço.* Como poderia me esquecer? Temos que viver nossas vidas, descascar batatas, pegar a correspondência, espirrar e comprar sapatos novos apesar de tudo, ou talvez por causa disso tudo. – Havia uma ferocidade na voz da mãe que ele reconheceu como desgosto. – E viver inclui partilhar uma bela refeição de domingo.

– Eu gostaria que fosse diferente.

– Sei que gostaria, mas não é. – Ela continuou a preparar o antepasto, mas ergueu seus olhos para os dele. – Cal, meu lindo garoto, você não pode fazer mais do que já faz. Na verdade, há momentos em que desejo que faça menos. Diga-me, você gosta dessa garota?

– Sim.

Gostaria de poder beijá-la de novo, refletiu ele. Então afastou rapidamente aquela linha de raciocínio porque conhecia a capacidade da mãe de ler as mentes dos filhos.

– Então pretendo proporcionar a ela e aos outros uma noite agradável e uma ótima refeição. E, Cal, se você não a quisesse aqui, não a deixaria entrar.

Cal olhou para ela. Às vezes, quando fazia isso, se surpreendia com a bela mulher de cabelos louros curtos e com mechas, corpo esguio e mente criativa, que o deu à luz e o criou até se tornar um homem. Impressionava-se com quanto ela era delicada e forte ao mesmo tempo.

– Não vou deixar ninguém magoar você.

– Digo o mesmo. Agora saia da minha cozinha. Preciso terminar o antepasto.

Ele teria se oferecido para ajudá-la, mas isso a faria lhe lançar um de seus olhares de desagrado. Não que ela não permitisse ajuda na cozinha. O pai dele era incentivado a ficar na grelha, por exemplo. E todos podiam ser convocados como ajudantes de tempos em tempos.

Mas quando ela esperava visitas, queria a cozinha para si mesma.

Cal passou pela sala de jantar onde, naturalmente, a mesa já estava posta. A mãe usara pratos festivos, o que significava que não estava em busca de elegância ou formalidade. Guardanapos de linho dobrados em triângulo, velas tipo *réchaud* em suportes azul-cobalto dentro de um centro de mesa de azevinhos-do-inverno.

Mesmo durante a pior época, mesmo durante os Sete, havia flores frescas em um arranjo artístico, móveis sem poeira e brilhantes de cera, e intrigantes pequenos sabonetes na pia do toalete feminino.

Nem mesmo o inferno fazia Frannie Hawkins abandonar sua rotina.

Talvez seja esse o motivo para eu superar a loucura, pensou Cal enquanto ia para a sala de estar. Porque independentemente do que acontecia, a mãe mantinha sua própria marca de ordem e sanidade. Exatamente como seu pai. Eles haviam lhe dado isso. Aquela base sólida como uma rocha. E nada, nem mesmo um demônio, a abalaria.

Começou a subir a escada à procura do pai que, suspeitava, estaria no escritório. Mas, quando olhou de relance para a janela, viu a picape de Fox chegando. Ficou onde estava e observou Quinn sair primeiro, carregando um buquê embrulhado em papel verde de floricultura. Layla saiu depois, segurando o que parecia ser uma garrafa de vinho.

Quando Cal abriu a porta, Quinn entrou direto.

– Oi. Adorei a casa e o quintal! Mostra de onde veio seu dom para a jardinagem. Que ótimo espaço! Layla, olhe para essas paredes. Parece uma vila italiana.

– Em sua encarnação mais recente – comentou Cal.

– Parece um lar, mas com um toque de estilo. Eu consigo me imaginar facilmente me enroscando naquele sofá fabuloso para tirar um cochilo.

– Obrigada. – Frannie veio. – É um belo elogio. Cal, pode pegar os casacos de todos? Sou Frannie Hawkins.

– Prazer em conhecê-la. Sou Quinn. Muito obrigada por nos receber. Espero que goste do buquê de flores variadas. Não consegui me decidir e escolhi um pouco de tudo que tinha na floricultura.

– São maravilhosas, obrigada.

Frannie aceitou as flores e sorriu ansiosamente para Layla.

– Sou Layla Darnell. Obrigada por nos receber em sua casa. Espero que o vinho seja apropriado.

– Tenho certeza de que é. – Frannie espiou o rótulo. – O Cabernet favorito de Jim! Cal, suba e diga ao seu pai que temos companhia. Oi, Fox.

– Eu também trouxe algo. – Ele a agarrou, a curvou elegantemente e lhe beijou as duas bochechas. – O que está cozinhando?

Como fazia desde que ele era um garoto, Frannie despenteou os cabelos de Fox.

– Você não vai ter que esperar muito para descobrir. Quinn e Layla, fiquem à vontade. Fox, venha comigo. Quero pôr estas flores na água.

– Há algo que a gente possa fazer para ajudar?

– Nada.

Quando Cal voltou, acompanhado pelo pai, Fox estava representando sua própria versão do garçom francês esnobe servindo aperitivos. As mulheres riam, as velas estavam acesas e Frannie entrou carregando um vaso do melhor cristal da avó dela com as flores coloridas de Quinn.

Às vezes, refletiu Cal, tudo parecia certo no mundo.

• • •

No meio da refeição, em meio a conversas despretensiosas, Quinn pousou seu garfo e balançou a cabeça.

– Sra. Hawkins, esta refeição está incrível! Estudou gastronomia? Em algum ponto trabalhou como chef ou apenas a conhecemos em um dia de muita sorte?

– Fiz algumas aulas.

– Frannie fez "algumas aulas" de basicamente tudo – disse Jim. – Mas ela possui um talento natural para culinária, jardinagem e decoração. O que está vendo aqui foi tudo feito por ela. Pintou as paredes, arranjou as cortinas... Desculpe-me, decoração para janelas – corrigiu ele piscando para a esposa.

– Não brinca! Fez toda a pintura, com as texturas e os efeitos?

– Gosto de pintar.

– Encontrei aquele aparador anos atrás em um mercado de pulgas e Frannie me obrigou a trazê-lo para casa. – Jim apontou para o aparador de mogno brilhante. – Algumas semanas depois, graças a ela, ele estava como novo.

– Você faz a Martha Stewart comer poeira – concluiu Quinn. – Digo isso como um elogio.

– Eu entendo.

– Não sei fazer nada disso. Mal sei pintar minhas unhas. E você? – perguntou Quinn a Layla.

– Eu não sei costurar, mas gosto de pintar. Paredes. Já as ataquei furiosamente algumas vezes e ficaram bem bonitas.

– O único ataque de fúria em que fui bem-sucedida foi com meu ex-noivo.

– Você foi noiva? – perguntou Frannie.

– Eu pensei que era. Mas nossa definição de noivado era muito diferente.

– Pode ser difícil combinar vida profissional e vida pessoal.

– Ah, eu não sei. As pessoas fazem isso o tempo todo. Acho que tem a ver com encontrar a pessoa certa. Ele simplesmente não era. Não foi assim para vocês? Não reconheceram um ao outro?

– Eu soube na primeira vez em que a vi. – Jim sorriu para a esposa. – Mas Frannie demorou um pouquinho mais.

– Eu sou apenas um pouco mais prática – corrigiu Frannie. – Tínhamos 8 e 10 anos na época. Além disso, eu gostava de ver você louco por mim, me perseguindo. Sim, tem razão. – Frannie olhou de novo para Quinn. – Vocês têm que se reconhecer e ver um no outro algo que os faça querer correr o risco, acreditar que podem ter um envolvimento profundo e a longo prazo.

– Pois é – comentou Quinn. – Achei que tinha visto algo assim, mas foi ilusão de ótica.

...

Uma coisa que Quinn sabia fazer era obter o que queria por meios indiretos. Frannie Hawkins não era ingênua, mas Quinn a acompanhou até a cozinha para ajudar a trazer a sobremesa e o café.

– Adoro cozinhas. Sou uma cozinheira patética, mas adoro todos os aparelhos e utensílios, todas as superfícies brilhantes.

– Imagino que com seu trabalho você coma muito fora.

– Na verdade, quase sempre como em casa ou peço delivery. Fiz uma mudança de estilo de vida, para alimentos nutritivos, há alguns anos. Decidi ter uma alimentação mais saudável, depender menos de fast-food e refeições prontas industrializadas. Hoje em dia preparo saladas realmente boas. Isso é um começo. Ah, meu Deus, meu Deus, aquilo é torta de maçã? Torta de maçã caseira? Vou ter que fazer o dobro de exercícios na academia para me penitenciar pelo enorme pedaço que vou comer.

Com óbvio prazer, Frannie lhe deu um sorriso perverso.

– Com sorvete de baunilha?

– Sim, mas só por educação. – Quinn hesitou por um momento e depois foi direto ao que queria. – Vou fazer uma pergunta, e se esse assunto estiver fora de cogitação enquanto estou desfrutando de sua hospitalidade, é só me avisar. É difícil ter uma vida normal, manter a integridade de sua família, quando sabe que tudo isso será ameaçado?

– É muito difícil. – Frannie se virou para as tortas enquanto o café fervia. – Assim como é muito necessário. Eu queria que Cal fosse embora da cidade. Se ele tivesse ido, eu teria convencido Jim a partir também. Eu poderia fazer isso, dar as costas para tudo. Mas Cal não. E me orgulho muito dele por ficar, por não desistir.

– Poderia me contar o que aconteceu quando ele voltou para casa naquela manhã, a manhã de seu décimo aniversário?

– Eu estava no quintal.

Frannie foi até a janela que dava para os fundos. Ela se lembrava de tudo, de todos os detalhes. De como a relva estava verde e o céu azul. Suas hortênsias estavam prontas para florir, seus delfínios eram como lanças de exótico azul.

Estava removendo as pétalas velhas de suas rosas e algumas flores murchas de coreópsis. Podia até mesmo ouvir o zunido do cortador de grama dos vizinhos, na época os Petersons. Também se lembrava de que estivera pensando em Cal e em sua festa de aniversário. Estava com o bolo no forno.

Um bolo de chocolate de duas camadas com recheio de creme, lembrava. Pretendia fazer uma cobertura branca para simular o planeta de gelo de um dos filmes de *Star Wars*. Cal havia adorado os filmes durante anos e anos. Ela tinha os dez bonequinhos para pôr sobre o bolo, todas as dez velas prontas na cozinha.

Independentemente se o tinha ouvido ou pressentido, ela olhou ao redor quando ele chegou de bicicleta, pálido, sujo e suado. Seu primeiro pensamento fora que houvera um acidente. E tinha se levantado e corrido para o filho antes de notar que ele não estava usando óculos.

– A parte de mim que registrou isso estava pronta para dar uma boa bronca. Mas o resto de mim ainda estava correndo quando ele saltou da bicicleta e correu na minha direção. Meu garotinho tremia como uma folha ao vento. Caí de joelhos e o puxei para mim a fim de procurar sangue ou ossos quebrados.

O que foi, o que aconteceu, você está ferido? Frannie se lembrava de tudo isso, inclusive da resposta do filho.

Mãe. Mãe. Na floresta.

– Houve aquela parte de mim de novo, a parte que pensava: o que você estava fazendo na floresta, Caleb Hawkins? Meu filho contou tudo. Como Fox, Gage e ele tinham planejado essa aventura, o que tinham feito, para onde foram. E aquela mesma parte pensava friamente na punição para o crime, mesmo quando o resto de mim estava apavorado e aliviado, muito aliviado por estar segurando meu filho sujo e suado. Então ele me contou o resto.

– A senhora acreditou nele?

– Eu não queria acreditar. Queria acreditar que ele havia tido um pesadelo, o que certamente merecia por ter se entupido de doces e comida não saudável. Até mesmo que alguém havia corrido atrás deles na floresta. Mas não conseguia olhar para o rosto de Cal e acreditar nisso. Não podia acreditar na resposta fácil e conveniente. Havia algo nos olhos dele. Cal foi capaz de ver uma abelha pairando sobre os delfínios do outro lado do quintal. E sob a sujeira e o suor, não havia nenhum machucado. O garoto de 9 anos de quem eu havia me despedido na véspera tinha joelhos arranhados e pernas raladas. O que voltou para mim não tinha nenhuma marca, exceto a fina cicatriz branca em seu punho que não estava lá quando ele partiu.

– Apesar disso, muitos adultos, e até mesmo mães, não teriam acreditado em uma criança que voltasse para casa com uma história como essa.

– Não vou dizer que Cal nunca mentiu para mim. Mas eu sabia que ele não estava mentindo. Sabia que estava dizendo a verdade.

– O que a senhora fez?

– Eu o levei para dentro e mandei ele tomar um banho e trocar de roupa. Telefonei para o Jim e pedi que as minhas filhas voltassem para casa. Queimei o bolo de aniversário, esqueci totalmente dele e não ouvi o timer. Podia ter queimado a casa se o próprio Cal não sentisse o cheiro. Então ele nunca teve seu planeta de gelo ou suas dez velas. Detesto me lembrar disso. Queimei o bolo e ele nunca soprou suas velas de aniversário. Isso não é uma idiotice?

– Não, senhora – disse Quinn com sinceridade quando Frannie olhou para ela. – Não é.

– Ele nunca mais foi um garotinho. – Frannie suspirou. – Fomos direto para a casa dos O'Dells, porque Fox e Gage já estavam lá. Tivemos o que acho que se poderia chamar de nossa primeira reunião de cúpula.

– Como assim?

– Precisamos levar a sobremesa e o café. Pode segurar esta bandeja?

Entendendo que o assunto estava encerrado, Quinn se aproximou dela.

– É claro, Sra. Hawkins.

Entre gemidos e lágrimas de alegria com a torta, Quinn dirigiu seu charme a Jim Hawkins. Tinha certeza de que Cal estava se contorcendo e se esquivando, evitando-a desde a caminhada até a Pedra Pagã.

– Sr. Hawkins, o senhor morou em Hollow durante sua vida inteira?

– Nasci e fui criado neste lugar. Os Hawkins estão aqui desde que a cidade não passava de algumas cabanas de pedra.

– Conheci sua avó e ela parece saber a história da cidade.

– Ninguém sabe mais do que ela.

– Mas as pessoas dizem que é o senhor quem conhece os negócios imobiliários, o comércio e a política local.

– Acho que sim.

– Então pode me apontar a direção certa. – Ela deu uma olhada para Cal e depois sorriu de volta para o pai dele. – Estou procurando uma casa para alugar, algo na cidade ou perto dela. Nada de luxuoso, mas gostaria de espaço. Tenho uma amiga que vai chegar em breve e estou quase convencendo Layla a ficar um pouco mais comigo. Acho que ficaríamos mais confortáveis e seria mais eficiente se tivéssemos uma casa em vez de nos hospedarmos no hotel.

– Por quanto tempo deseja alugar?

– Seis meses. – Quinn viu isso ser registrado no rosto dele, como viu a carranca se formar no de Cal. – Vou ficar até julho, Sr. Hawkins, e espero encontrar uma casa que acomode três mulheres. Possivelmente três – disse ela olhando de relance para Layla.

– Imagino que você tenha pensado sobre isso.

– Sim. Vou escrever esse livro e parte do ângulo que procuro é o fato de que a cidade permanece. As pessoas, muitas delas, ficam. Elas ficam, fazem torta de maçã e recebem convidados para o almoço de domingo. Jogam boliche e vão às compras. Brigam e fazem amor. Vivem. Para fazer isso direito, tenho que estar aqui antes, durante e depois. Por isso gostaria de alugar uma casa.

Jim engoliu um pedaço de torta e tomou café.

– Sei de uma casa que fica a apenas um quarteirão da rua principal. É antiga, a parte principal foi construída antes da Guerra Civil. Tem quatro quartos, três banheiros e belas varandas. Recebeu um telhado novo há dois anos. Dá para comer na cozinha, embora haja uma pequena sala de jantar ao lado. Os eletrodomésticos não são sofisticados, mas só têm cinco anos de uso. A casa acabou de ser pintada. Os inquilinos se mudaram há apenas um mês.

– Parece perfeita. Pelo visto o senhor a conhece bem.

– Deveria conhecer. Somos os donos dela. Cal, você deveria mostrá-la a Quinn. Talvez levá-las lá quando voltarem para casa. Sabe onde estão as chaves.

– Sim – disse ele quando Quinn lhe deu um amplo e radiante sorriso. – Sei onde estão as chaves.

...

Como aquilo fazia mais sentido, Quinn pegou uma carona com Cal e deixou Fox e Layla os seguirem. Ela esticou as pernas e deu um suspiro.

– Seus pais são ótimos. Você tem sorte de ter sido criado em um lar tão afetuoso e acolhedor.

– Concordo.

– Seu pai tem aquela coisa de Ward Cleaver encontra Jimmy Stewart. Sua mãe tem aquela coisa de Martha Stewart encontra Grace Kelly via Julia Child.

Os lábios dele se curvaram.

– Ambos gostariam dessas descrições.

– Você sabia sobre a casa?

– Sim.

– Sabia e não me contou nada?

– Eu precisava contar? Você obviamente descobriu sobre a casa antes do jantar. Foi por isso que começou aquele papinho com o meu pai, não foi?

– Foi. Achei que ele me indicaria a casa. Ele gosta de mim. Você não me contou porque não se sente confortável com o que eu poderia escrever sobre Hawkins Hollow?

– Em parte. Mais do que isso, esperava que você mudasse de ideia e fosse embora, já que eu gosto de você.

– Gosta de mim e quer que eu vá embora?

– Gosto de você, Quinn, por isso quero que fique em segurança. – Ele a olhou de novo, mais demoradamente. – Mas algumas das coisas que você disse sobre Hollow, enquanto comíamos torta de maçã, fizeram eco a algumas das que minha mãe me disse hoje. Isso me faz gostar ainda mais de você, o que é um problema.

– Você devia saber, depois do que aconteceu conosco na floresta, que eu não ia embora.

– Acho que eu sabia.

Ele parou em uma curta e íngreme entrada para automóveis.

– Essa é a casa? É perfeita! Olha essa cantaria! As janelas têm venezianas!

As janelas eram pintadas em um tom de azul profundo que se destacava na pedra cinza. O pequeno quintal da frente era dividido por três degraus de concreto e um estreito caminho para pedestres. Um arbusto podado que Quinn achou que poderia ser um cornisso se destacava no lado esquerdo.

Quando a picape de Fox parou atrás, Quinn saiu e pôs as mãos nos quadris.

– Linda. Não acha, Layla?

– Sim, mas...

– Sem "mas", ainda não. Vamos dar uma olhada por dentro. – Ela inclinou a cabeça para Cal. – Tudo bem, senhorio?

Enquanto eles subiam para a varanda, Cal pegou as chaves que tirara do gancho no escritório de seu pai. No chaveiro havia um rótulo onde se lia claramente o endereço da High Street. O fato de a porta se abrir sem um rangido disse a Quinn que os donos eram atentos à manutenção.

A porta dava direto para a sala de estar, que tinha de comprimento o dobro da largura. Poucos passos à esquerda, uma escada levava ao segundo andar. O piso de madeira mostrava uso, mas estava imaculadamente limpo. O ar frio carregava um leve cheiro de tinta fresca.

Ela adorou a pequena lareira de tijolos.

– Preciso do olho de sua mãe para pintura – comentou Quinn.

– As casas para alugar ganham uma pintura completa na cor de casca de ovo. É o estilo dos Hawkins. Os inquilinos adoram. Esse é o trato.

– Razoável. Quero começar por cima. Layla, quer subir e decidir quem fica com qual quarto?

– Não. – Cal achou que havia rebeldia, assim como frustração, no rosto dela. – Eu *tenho* um quarto em Nova York.

– Você não está em Nova York – disse Quinn simplesmente, e depois subiu a escada.

– Ela não está me ouvindo – murmurou Layla. – Eu também não pareço muito decidida em voltar.

– Já que estamos aqui, bem que podemos dar uma olhada – Fox encolheu os ombros. – Adoro casas vazias.

– Vamos subir.

Cal a encontrou em um dos quartos, que dava para o pequeno quintal dos fundos. Quinn estava perto da longa e estreita janela, com as pontas dos dedos da mão direita encostadas no vidro.

– Achei que ia querer um dos quartos que dão para a rua, para ver quem está indo para onde, quando e com quem – comentou ela. – Geralmente quero isso. Simplesmente tenho que saber o que está acontecendo. Mas este é o meu quarto. Aposto que à luz do dia dá para ver quintais, outras casas e, puxa vida, as montanhas.

– Você sempre muda de ideia tão rápido?

– Sim, geralmente. Mesmo quando surpreendo a mim mesma, como agora. O banheiro também é bonito. – Ela se virou o suficiente para apontar para a porta na lateral do quarto. – E como somos mulheres, se alguma de nós ficar com aquele, não será muito estranho tê-lo ligando os dois quartos deste lado.

– Você está certa de que todas vão concordar com isso.

Quinn se virou para ele.

– Confiança é o primeiro passo para você conseguir o que quer. Espero que Layla e Cyb concordem que é mais prático e confortável dividirmos a casa por alguns meses do que ficarmos no hotel. Layla e eu vamos ficar muito felizes em não ter que ir àquele restaurante depois do Festival de Lesma.

– Você não tem móveis.

– Mercados de pulgas. Compraremos os essenciais. Cal, já fiquei em acomodações com menos estrelas do que esta e fiz isso por um motivo: a história. Isto é mais. De um modo ou de outro estou conectada com este lugar. Não posso ignorar isso e ir embora.

Cal desejou que ela pudesse, e sabia que nesse caso seus sentimentos por ela não seriam tão fortes ou tão complexos.

– Está bem, mas vamos combinar que você pode mudar de ideia quando quiser.

– Combinado. Agora vamos falar sobre o aluguel. Quanto este lugar vai nos custar?

– Vocês terão que pagar o aquecimento, a eletricidade, o telefone etc.

– Naturalmente. E?

– Só isso.

– O que quer dizer com "só isso"?

– Não vou cobrar aluguel, não quando está aqui, pelo menos em parte, por minha causa. Minha família, meus amigos e minha cidade. Não vamos lucrar com isso.

– Você é franco e direto, não é, Caleb?

– Quase sempre.

– Eu vou lucrar com o livro que pretendo escrever – disse ela otimisticamente.

– Se chegarmos até julho e você escrever o livro, será merecido.

– Bem, não é fácil negociar com você, mas parece que chegamos a um acordo.

Ela deu um passo para frente e estendeu a mão. Cal a pegou e pôs a dele em concha na nuca de Quinn. A surpresa dançou nos olhos dela, mas Quinn não resistiu quando ele a puxou em sua direção.

Os movimentos dele foram lentos, a junção dos corpos, o encontro dos lábios, a exploração das línguas. Não houve nenhuma explosão de necessidade como naquele momento na clareira. Nenhum choque súbito e quase doloroso de desejo. Em vez disso, foi uma longa e gradual passagem do interesse para o prazer enquanto Quinn ficava com a cabeça leve e o sangue quente. Parecia que tudo dentro dela se aquietara permitindo-lhe ouvir muito claramente o murmúrio em sua garganta quando ele mudou o ângulo do beijo.

Cal a sentiu ceder pouco a pouco, e sentiu a mão que a segurava relaxar. A tensão que o perseguira durante todo o dia desapareceu, de modo que só havia aquele silencioso e interminável momento. Mesmo quando se afastou, a quietude interior permaneceu. Quinn abriu os olhos e encontrou os dele.

– Isso foi apenas você e eu.

– Sim. – Ele passou os dedos pela nuca de Quinn. – Apenas você e eu.

– Quero dizer que tenho uma política contra me envolver romântica, íntima ou sexualmente com alguém diretamente ligado a uma história que estou pesquisando.

– Isso me parece inteligente.

– Eu sou inteligente. Também quero dizer que vou descumprir essa política neste caso em particular.

Cal sorriu.

– Você está certíssima.

– Convencido! Bem, franco e direto também. Impossível não gostar disso. Infelizmente, preciso voltar para o hotel. Tenho muitas... coisas para fazer. Detalhes para acertar antes de me mudar para cá.

– É claro. Posso esperar.

Cal continuou a segurar a mão dela e apagou a luz quando a conduziu para fora.

ONZE

Cal enviou uma dúzia de rosas violetas para a mãe. Ela gostava das flores tradicionais do Dia de São Valentim, e sabia que seu pai sempre comprava as vermelhas. Se não soubesse, Amy Yost teria lembrado, como fazia todo bendito ano.

– Seu pai encomendou uma dúzia de rosas vermelhas na semana passada e um vaso de gerânios para a avó dele – avisou Amy. – Ah. Ele também enviou um buquê especial para suas irmãs.

– Aquele puxa-saco – disse Cal, sabendo que isso faria Amy rir. – Que tal uma dúzia de amarelas para minha bisavó? Em um vaso, Amy. Não quero que ela tenha nenhum trabalho.

– Ah, que gentileza. Tenho o endereço de Essie no arquivo, você só precisa escrever o cartão.

Cal pegou um dos cartões no suporte e pensou por um minuto antes de escrever: *Rosas são vermelhas, mas estas são amarelas. Espero que goste. Escolhi as mais belas.*

Antiquado, é claro, mas sua bisavó adoraria. Ia pegar sua carteira para pagar quando notou as tulipas rajadas de vermelho e branco atrás das portas de vidro do balcão refrigerado.

– Ah, essas tulipas são... interessantes.

– Elas não são lindas? E me dão uma sensação de primavera. Não há nenhum problema se você quiser trocar algumas das rosas por elas. Posso apenas...

– Não, não, talvez... eu leve uma dúzia delas também. Outra entrega em um vaso, Amy.

– Claro. – O rosto redondo e alegre de Amy se acendeu de curiosidade e expectativa de uma boa fofoca. – Quem é sua namorada, Cal?

– É apenas uma amiga. Estou mandando essas flores para congratulá-la pela casa nova.

Ele não conseguiu pensar em nenhum motivo para *não* enviar flores para Quinn. As mulheres gostavam de flores, pensou ao preencher o formulário de entrega. Era Dia de São Valentim e ela estava se mudando para a casa na High Street. Não era como se ele estivesse comprando uma aliança e escolhendo uma banda para o casamento.

Era apenas uma gentileza.

– Quinn Black. – Amy ergueu as sobrancelhas ao ler o nome no formulário. – Meg Stanley a viu no mercado de pulgas ontem, junto com aquela amiga dela de Nova York. Compraram um bocado de coisas. Ouvi dizer que você está saindo com ela.

– Nós não estamos... – *Ou estavam?* – Bem, qual é o tamanho do prejuízo, Amy?

Com o cartão de crédito ainda na mão, ele saiu e encolheu os ombros em uma reação ao frio. Podia haver tulipas rajadas, mas a Mãe Natureza não parecia estar pensando nem um pouco na primavera. O céu mandava uma chuva com neve fina e desagradável que deixava as ruas e calçadas escorregadias.

Cal viera a pé do boliche, como de costume, programando sua chegada na floricultura para as dez horas. Esse era o melhor modo de evitar a corrida em pânico dos que tinham esperado até o último minuto para comprar as flores do Dia de São Valentim.

Não parecia que precisava se preocupar. Não só nenhum outro cliente entrou enquanto ele comprava as flores, como não havia ninguém nas calçadas e nenhum carro nas ruas.

– Estranho.

A voz dele soou baixa diante do barulho da chuva com neve que atingia o asfalto. Até mesmo no pior dos dias ele passava por pessoas em sua caminhada pela cidade. Enfiou as mãos enluvadas nos bolsos e se amaldiçoou por não quebrar sua rotina e dirigir.

– Aonde foi todo mundo? – murmurou.

Queria estar em seu escritório, bebendo uma xícara de café, até mesmo se preparando para cancelar o baile programado para a noite se a chuva piorasse. Já estaria lá se tivesse vindo na maldita picape.

Pensando nisso, ergueu os olhos na direção do boliche e viu que o sinal de trânsito da Town Square estava apagado.

Faltou luz, pensou Cal, e isso era um problema. Apressou o passo. Sabia que Bill Turner ligaria o gerador, mas precisava estar lá. As aulas haviam terminado e isso significava que a garotada na certa se apinharia no fliperama.

O som da chuva aumentou até parecer a marcha de um exército de insetos gigantescos. Apesar da calçada escorregadia, Cal estava correndo quando percebeu. Por que não havia carros na Town Square? Por que não havia carros em lugar algum?

Parou e o barulho à sua volta fez o mesmo. No silêncio que se seguiu, ouviu o próprio coração batendo como um punho contra aço. Ela estava tão perto que poderia tocá-la. No entanto, sabia que sua mão passaria através dela se tentasse.

Seus cabelos eram de um louro profundo, compridos e soltos como quando carregara os baldes na direção da pequena cabana na floresta, enquanto cantava sobre um jardim verde. Mas seu corpo estava esguio e reto em um vestido longo cinza.

Ele teve o ridículo pensamento de que, se tinha que ver um fantasma, pelo menos que não fosse o de uma mulher grávida. Como se ouvisse seus pensamentos, ela sorriu.

– Eu não sou o seu medo, mas você é a minha esperança. Você e aqueles que compõem sua totalidade. O que o torna quem é, Caleb Hawkins, é o passado, o presente e o que ainda está por vir.

– Quem é você? Ann?

– Eu sou o que veio antes de você, e você é formado pelo amor. Saiba que muito, muito antes de chegar ao mundo, era amado.

– O amor não é suficiente.

– Não, mas é a rocha que sustenta tudo o mais. Você tem que olhar; tem de ver. Esta é a hora, Caleb. Sempre foi destinada a ser.

– A hora para quê?

– O fim disso. Sete vezes três. Vida ou morte. Ele segura a coisa, a impede. Sem sua luta interminável, seu sacrifício, sua coragem, tudo isso... – Ela estendeu os braços. – Tudo estaria destruído. Agora é com vocês.

– Apenas me diga o que eu preciso fazer.

– Se eu pudesse! Se eu pudesse poupá-lo! – Ela ergueu uma das mãos e a deixou cair de novo. – Tem de haver luta, sacrifício e muita coragem. Tem que haver fé. Tem que haver amor. É a coragem, a fé e o amor que seguram a coisa por tanto tempo, que a impedem de tirar tudo o que vive e respira deste lugar. Agora é com vocês.

– Nós não sabemos *como*. Nós tentamos.

– Esta é a hora – repetiu ela. – A coisa está mais forte, mas vocês também estão, e nós também. Use o que receberam, o que foi semeado, mas nunca puderam ter. Vocês não podem falhar.

– É fácil para você dizer isso. Está morta.

– Mas vocês não estão. Eles não estão. Lembre-se disso.

Quando ela começou a desaparecer, Cal estendeu o braço inutilmente.

– Espere, droga. Espere. Quem é você?

– Sua – disse ela. – Sua como sou e sempre serei dele.

Ela se foi e a chuva com neve zuniu na calçada de novo. Carros passaram quando o sinal na Town Square ficou verde.

– Este não é o lugar para sonhar acordado.

Meg Stanley passou por ele escorregando e lhe deu uma piscadela enquanto abria a porta da Ma's Pantry.

– Não – murmurou Cal. – Não é.

Ele voltou a caminhar em direção ao boliche e depois mudou de direção para a High Street. O carro de Quinn estava na entrada para automóveis. Pelas janelas, Cal viu as luzes que ela devia ter acendido para expulsar a penumbra. Ele bateu à porta e ouviu um som abafado vindo de dentro.

Viu Quinn e Layla tentando carregar escada acima algo que parecia ser uma escrivaninha.

– O que você estão fazendo? – Ele foi pegar o lado da escrivaninha que Quinn segurava. – Vocês vão se machucar.

Com um movimento que denotava irritação, ela inclinou a cabeça para afastar os cabelos do rosto.

– Estamos conseguindo.

– Vocês estão conseguindo uma ida para a sala de emergência. Vai para o outro lado, segure lá com a Layla.

– Assim nós duas vamos andar para trás. Por que você não fica daquele lado?

– Porque a maior parte do peso está deste aqui.

– Ah – disse ela, espremida entre a parede e a escrivaninha.

Cal não se deu o trabalho de perguntar por que a escrivaninha tinha que ir para o andar de cima. Convivera com sua mãe o suficiente para não perder tempo falando. Em vez disso, grunhiu ordens para evitar que a quina da escrivaninha batesse na parede quando elas viraram para a esquerda no alto da escada. Depois seguiu Quinn, que conduzia o processo até a janela do quarto menor.

– Olhe, nós tínhamos razão. – Ofegando, Quinn puxou para baixo sua camiseta da Penn State University. – Este é o lugar para ela.

Havia uma cadeira da década de 1970 que já vira melhores dias, um abajur de pé com cúpula rosada e longos pendentes de cristal e uma estante baixa que recebera verniz preto ao longo de décadas e balançou quando Cal pôs a mão nela.

– Eu sei, eu sei. – Quinn gesticulou rejeitando o olhar crítico dele. – Mas ela só precisa de algumas marteladas e estará como nova. E é apenas para guardar coisas. Estávamos pensando em fazer disto uma pequena sala de estar e depois decidimos que seria melhor um pequeno escritório.

– Certo.

– O lustre é breguinha. – Layla deu uma pancadinha com os dedos em um dos cristais. – Mas é disso que gostamos nele. A cadeira é horrenda.

– Mas confortável – acrescentou Quinn.

– Mas confortável, e é para isso que existem as mantas.

Cal esperou um segundo enquanto ambas olhavam para ele, na expectativa.

– Certo – repetiu, o que geralmente era seu modo de lidar com as explicações da mãe sobre decoração.

– Temos andado ocupadas. Devolvemos o carro de aluguel de Layla e depois fomos ao mercado de pulgas na saída da cidade. Além disso, concordamos em não comprar colchões de segunda mão. Os que encomendamos devem chegar esta tarde. De qualquer modo, venha ver o que fizemos até agora.

Quinn pegou a mão dele e o puxou pelo corredor até o quarto que escolhera. Havia uma longa cômoda desesperada por uma restauração e, acima dela, um espelho manchado. Do outro lado do quarto, uma arca pintada de um vermelho brilhante e assassino e, sobre ela, um abajur da Mulher-Maravilha.

– Aconchegante.

– Vai ficar bastante habitável quando terminarmos.

– Sim. Sabe, acho que esse abajur pode ter sido da minha irmã Jen, 25 anos atrás.

– É um clássico – afirmou Quinn. – Kitsch.

Ele voltou ao seu padrão de resposta.

– Certo.

– Eu chamaria de dinamarquês moderno – comentou Layla da porta. – O abajur é absolutamente horrível. Não tenho a menor ideia de por que comprei.

– Vocês duas carregaram essas coisas até aqui?

Quinn meneou a cabeça.

– Optamos por cérebro em vez de músculos.

– Sempre. Isso e um pequeno investimento. Você sabe quanto um grupo de adolescentes está disposto a carregar por 20 dólares cada e a oportunidade de paquerar garotas bonitas como nós?

Quinn pôs uma das mãos em punho sobre o quadril, fazendo pose.

– Eu teria feito isso por 10. Vocês deviam ter me chamado.

– Na verdade, essa era a nossa intenção. Mas os garotos estavam mais perto. Por que não descemos e nos sentamos em nosso sofá de terceira ou quarta mão?

– Realmente fizemos uma extravagância – acrescentou Layla. – Compramos uma cafeteira nova e várias canecas ecléticas.

– Café seria ótimo.

– Vou fazer.

Cal olhou para Layla enquanto ela se afastava.

– Ela parece ter mudado totalmente de ideia sobre isso tudo.

– Sou persuasiva. E você é generoso. Acho que eu deveria lhe dar um beijo por isso.

– Vá em frente. Sou capaz de aceitar.

Rindo, ela pôs as mãos no ombro de Cal e lhe deu um firme e ruidoso beijo.

– Isso significa que não vou ganhar 10 dólares?

Quinn deu um sorriso radiante e o cutucou na barriga.

– Você aceitou o beijo e gostou. De qualquer modo, parte do motivo pelo qual Layla estava fazendo corpo mole era o dinheiro. A ideia de ficar era e é difícil para ela. Mas a ideia de tirar uma longa licença não remunerada de seu emprego e rachar o aluguel aqui, mantendo sua moradia em Nova York, estava fora de questão.

Ela foi até a arca vermelha brilhante para acender e apagar o abajur da Mulher-Maravilha. Pelo olhar em seu rosto, Cal pôde ver que o ato lhe agradava.

– Portanto, o aspecto da isenção de aluguel cortou um problema da lista dela – prosseguiu Quinn. – Mas Layla não se comprometeu totalmente. Para ela, é um dia de cada vez.

– Tenho uma coisa para contar que pode tornar este dia o último para ela.

– Aconteceu alguma coisa? O que foi?

– Vou contar para vocês duas. Primeiro quero telefonar para Fox e ver se ele pode vir aqui. Assim só vou precisar contar uma vez.

• • •

Cal teve que contar tudo sem a presença de Fox, que, segundo a Sra. Hawbaker, estava no tribunal. Ele se sentou na sala de estar estranhamente mobiliada, em um sofá tão macio e propenso a afundar que o fez ansiar pela oportunidade de ver Quinn nua nele.

– Uma EEC – concluiu Quinn.

– Uma o quê?

– EEC. Experiência extracorpórea. Pode ter sido isso que você teve, ou talvez tenha havido uma leve mudança nas dimensões e você estivesse em uma Hawkins Hollow alternativa.

Cal podia ter passado dois terços de sua vida envolvido em algo além da crença racional, mas nunca ouvira nenhuma outra mulher falar como Quinn Black.

– Eu não estava em nada alternativo, mas bem dentro do corpo que me pertence.

– Eu estudo, pesquiso e escrevo sobre a paranormalidade há algum tempo.

Quinn bebeu um pouco de café e refletiu sobre isso.

– Cal pode ter conversado com um fantasma que causou a ilusão de que eles estavam sozinhos na rua e fez tudo que havia lá desaparecer por alguns minutos. – Layla encolheu os ombros ao ver Quinn estreitando os olhos. – Sou nova nisso e ainda estou me esforçando muito para não me esconder debaixo das cobertas até alguém me acordar e dizer que foi tudo um sonho.

– Para uma novata, sua teoria é bastante boa – disse Quinn.

– E quanto ao que a mulher disse, que as coisas são muito mais importantes agora?

– Tem razão. – Quinn fez um sinal afirmativo com a cabeça para Cal. – Esta é a hora. Três vezes sete. Essa é fácil.

– Vinte e um anos – concluiu Cal. – Em julho.

– Três, como sete, já é considerado um número mágico. Parece que ela estava dizendo que sempre foi para isso acontecer agora, neste julho, neste ano. A coisa está mais forte, vocês estão mais fortes, eles estão mais fortes.

Quinn fechou os olhos.

– Então a coisa e essa mulher, esse espírito, conseguiram...

– Se manifestar. – Quinn completou o pensamento de Layla. – O que segue a lógica.

– Nada disso é lógico.

– Na verdade, é. – Abrindo os olhos de novo, Quinn lançou um olhar solidário para Layla. – Dentro dessa esfera, há lógica. Só que não é o tipo de lógica com que lidamos, ou a maioria de nós lida, todos os dias. O passado, o presente e o que ainda está por vir. As coisas que aconteceram, que estão acontecendo e que acontecerão ou poderão acontecer são tudo parte da solução, do modo de acabar com isso.

– Acho que há mais nessa parte. – Cal voltou da janela. – Depois daquela noite na clareira, nós três ficamos diferentes.

– Vocês não adoeceram e se curam quase imediatamente depois de se machucarem. Quinn me contou isso.

– Sim. E eu pude enxergar bem.

– Sem óculos.

– Também pude ver coisas que aconteceram antes. Minutos depois, comecei a ter vislumbres do passado.

– Nós dois tivemos – corrigiu-o Quinn – quando tocamos na pedra juntos. E mais tarde, quando...

– Nem sempre com tanta clareza, nem sempre com tanta intensidade, às vezes como um sonho. Às vezes totalmente irrelevantes. E Fox... Ele demorou um pouco para entender. Bem, nós tínhamos 10 anos. Agora ele pode ver. – Irritado consigo mesmo, Cal balançou a cabeça. – Ele pode ver ou perceber o que você está pensando ou sentindo.

– Fox é vidente? – perguntou Layla.

– Advogado vidente? Ele está contratado.

Apesar da conversa tensa, a brincadeira de Quinn fez Cal sorrir.

– Não é isso, não exatamente. Nunca foi algo que pudemos controlar totalmente. Fox deve se forçar a isso deliberadamente, o que nem sempre funciona. Mas desde então ele tem um instinto sobre as pessoas. E Gage...

– Ele vê o que pode acontecer – acrescentou Quinn. – É o profeta.

– É mais difícil para Gage. Esse é um dos motivos por que não passa muito tempo aqui. É mais difícil em Hollow. Ele teve alguns sonhos bastante desagradáveis, visões, pesadelos, seja lá qual for o nome que você dê a isso.

E você se sente mal quando ele se sente mal, pensou Quinn.

– Mas ele não viu o que vocês deveriam fazer?

– Não. Isso seria muito fácil, não é? – disse Cal amargamente. – Deve ser mais divertido bagunçar as vidas de três garotos, deixar pessoas inocentes morrerem, matarem e mutilarem umas às outras. Prolongue isso por algumas décadas e depois diga: "Ei, garotos, esta é a hora."

– Talvez não houvesse outra escolha. – Quinn ergueu uma das mãos quando Cal a fuzilou com os olhos. – Não estou dizendo que é justo. Estou dizendo que talvez não pudesse ser de outro modo. Se foi algo que Giles Dent fez ou iniciou séculos atrás, talvez não houvesse outra escolha. Ela disse que "ele" o estava segurando, impedindo que destruísse Hollow. Se era mesmo Ann, e ela estava se referindo a Giles Dent, isso significa que ele aprisionou essa coisa, essa *bestia*, e que *beatus* foi aprisionado junto. Ele a combateu durante esse tempo todo? Mais de 350 anos? Isso também é péssimo.

Layla se sobressaltou à rápida batida à porta e depois se levantou.

– Vou atender. Talvez seja uma entrega.

– Tem razão – disse Cal em voz baixa. – O que não torna mais fácil passar por isso. Não torna mais fácil saber, em meu íntimo, que teremos nossa última chance.

Quinn se levantou.

– Eu gostaria...

– São flores! – A voz de Layla estava exultante de prazer quando voltou carregando o vaso de tulipas. – Para você, Quinn.

– Meu Deus, que momento mais bizarro – murmurou Cal.

– Para mim? Ah, Deus, elas parecem pirulitos. São lindas! – Quinn as pôs sobre a mesinha de centro antiga. – Devem ser um suborno do meu editor para eu terminar aquele artigo sobre... – Ela parou ao abrir o envelope e pegar o cartão. Seu rosto estava pálido de choque quando ela ergueu os olhos para Cal. – Você me mandou flores?

– Eu estava na floricultura antes...

– Você me mandou flores por causa do Dia de São Valentim?

– Minha mãe está telefonando – anunciou Layla. – Já vou, mãe!

Ela saiu rapidamente.

– Você me mandou flores que parecem pirulitos no Dia de São Valentim.

– Elas pareceram engraçadas.

– Foi isso mesmo que você escreveu no cartão. "Estas parecem engraçadas." Uau! – Ela passou a mão pelos cabelos. – Tenho que dizer que sou uma mulher sensata, que sabe muito bem que o Dia de São Valentim é um feriado criado pelo comércio para vender cartões comemorativos, flores e doces.

– Sim, bem... – Ele pôs as mãos nos bolsos. – Acho que funcionou. Aí estão as flores para provar.

– E não sou o tipo de mulher que fica toda derretida com flores ou as vê como um pedido de desculpas por uma briga, um prelúdio para o sexo ou qualquer um dos seus outros usos frequentes.

– Eu apenas as vi e achei que você poderia gostar. Ponto final. Tenho que voltar para o trabalho.

– *Mas* – continuou Quinn indo na direção dele – estranhamente nenhum deles se aplica nem um pouco a este caso em particular. Elas são engraçadas. – Ela ficou nas pontas dos pés e beijou a bochecha de Cal. – E lindas – acrescentou beijando a outra bochecha. – E isso foi muito atencioso da sua parte. – Agora os lábios. – Obrigada.

– Não há de quê.

– Eu gostaria de acrescentar que... – Ela desceu as mãos pela camisa de Cal e depois as subiu de novo – ... se você me disser a que horas vai sair do trabalho esta noite, terei uma garrafa de vinho à sua espera em meu quarto no andar de cima, onde prometo que você será muito, muito feliz.

– Onze horas – disse ele imediatamente. – Posso estar aqui às onze e cinco. Ah, droga! O baile é à meia-noite. Você quer ir? Será uma noite especial.

– Com certeza será uma noite especial. – Quando Cal sorriu, ela revirou os olhos. – Ah, você estava falando da festa? Um baile no boliche. Deus, *vou adorar* isso. Mas não posso deixar Layla aqui, não à noite. Não sozinha.

— Ela também pode ir. *Só à festa.*

Agora o revirar de olhos dela foi totalmente sincero.

— Cal, nenhuma mulher quer acompanhar um casal em um baile. Ninguém gosta de segurar vela.

— Fox pode acompanhá-la.

— Essa é uma possibilidade. Mas de qualquer maneira... — Ela agarrou a camisa de Cal e dessa vez o puxou para um longo, longo beijo. — À meia-noite e cinco, no meu quarto.

• • •

Layla se sentou em seu colchão novinho em folha comprado com desconto enquanto Quinn dava uma olhada nas roupas que recentemente pendurara em seu armário.

— Quinn, quero muito ajudar você, mas se coloque no meu lugar. Segurar vela?

— É perfeitamente aceitável segurar vela quando há quatro pessoas no total. Fox vai.

— Porque Cal pediu para ele ter pena da pobre moça encalhada. Provavelmente o subornou ou...

— Tem razão. Cal provavelmente teve que torcer o braço de Fox para fazê-lo sair com uma mulher feia como você. Admito que sempre que a vejo fico pensando "Nossa, que baranga". Além do mais... Ah, adorei esta jaqueta! Você tem as melhores roupas, mas esta jaqueta é simplesmente incrível. Hummm. — Quinn a acariciou como se fosse um gato. — Caxemira.

— Não sei por que a pus na mala. Não sei por que pus metade das coisas na mala. Simplesmente comecei a pegá-las. E você está tentando me distrair.

— Não, não estou. Mas admito que é um ótimo benefício colateral. O que eu estava dizendo? Ah, sim. Além do mais, isso não é um encontro. É uma orgia — disse ela, fazendo Layla rir. — Pelo amor de Deus, somos só nós quatro indo para um boliche ouvir uma banda local e dançar um pouco.

— Claro. E depois você vai pendurar uma meia na maçaneta da porta do seu quarto. Eu fui para a universidade, Quinn. Tive uma colega de quarto. Na verdade, tive uma colega de quarto ninfomaníaca com um suprimento interminável de meias.

– Isso é um problema? – Quinn parou de examinar o armário por tempo suficiente para olhar por cima do seu ombro. – Cal e eu, do outro lado do corredor?

– Não, não. – Agora Layla também se sentia estúpida e mesquinha. – Acho ótimo. Qualquer um pode ver que vocês dois se aceleram como motores quando estão a 1 metro um do outro.

– Pode? – Quinn se virou totalmente agora. – É tão óbvio assim?

– *Vruum, vruum*. Cal é ótimo e estou torcendo por vocês. Eu só me sinto... – Layla girou amplamente seus ombros. – Bem, eu me sinto um estorvo.

– Você não é. Eu não poderia ficar aqui sem você. Sou bastante estável, mas não conseguiria ficar nesta casa sozinha. A festa não é importante. Não temos que ir, mas acho que seria divertido. E uma chance de fazermos algo absolutamente normal para tirarmos nossas mentes de tudo que não é.

– Bem observado.

– Então se vista. Ponha algo divertido, talvez um pouco sexy, e vamos para o boliche!

...

A banda, um grupo local chamado Hollowed Out, estava tocando as primeiras músicas. Eles eram populares em casamentos e eventos corporativos. Tocavam regularmente nos eventos do boliche porque sua seleção musical ia de antigos sucessos a hip-hop. O "algo para todo mundo" mantinha a pista animada enquanto as pessoas sentadas podiam conversar em uma das mesas ao redor da sala, beber ou beliscar o bufê leve servido ao longo de uma das paredes laterais.

Cal achava que havia um bom motivo para aquele ser um dos eventos anuais mais populares do boliche. Sua mãe dirigia o comitê da decoração, por isso havia flores e velas, fitas vermelhas e brancas, corações vermelhos brilhantes. Isso dava às pessoas uma chance de se vestir com apuro no tédio que era fevereiro, sair e socializar, ouvir um pouco de música e dançar, caso tivessem algum ritmo. Ou, como Cy Hudson, até mesmo se não tivessem.

Aquilo era um pequeno ponto brilhante perto do fim de um longo inverno e eles nunca haviam deixado de ter a casa cheia.

Cal dançou com Essie "Fly Me to the Moon".

– Sua mãe estava certa quando obrigou você a ter aquelas aulas de dança.

– Eu me sentia humilhado na frente dos meus amigos – disse Cal. – Mas deu resultado.

– Um bom dançarino tende a fazer as mulheres perderem a cabeça.

– Um fato que explorei sempre que possível. – Cal sorriu para ela. – Você está muito bonita.

– Eu estou com uma aparência digna. Agora, houve um tempo em que eu virava muitas cabeças.

– Você ainda vira a minha.

– E você ainda é o mais querido de todos. Quando vai levar aquela escritora bonita para me ver?

– Em breve, se é isso que você quer.

– Acho que está na hora. Não sei por quê. E falando nisso...

Ela apontou com a cabeça para as portas duplas abertas. Cal olhou. Viu Layla, apenas notando que ela estava ali. Mas sua atenção foi toda para Quinn. Ela havia prendido aquela massa de cabelos louros, em um toque de elegância, e usava uma jaqueta preta aberta sobre algum tipo de blusa curta rendada. *Um corpete*, lembrou-se. Era assim que se chamava, e que Deus abençoasse quem o tinha inventado.

Coisas brilhavam nas orelhas e nos pulsos de Quinn, mas tudo em que Cal podia pensar era que ela tinha a clavícula mais sexy da história das clavículas e ele mal podia esperar para beijá-la.

– Você está quase babando, Caleb.

– O quê?

Ele voltou sua atenção para Essie.

– Ah, puxa!

– Ela realmente parece uma pintura. Agora me leve de volta para minha mesa e vá encontrá-la. Traga Quinn e sua amiga aqui para dizer olá antes de eu ir embora.

Quando ele as alcançou, Fox já as havia levado até um dos bares e lhes servido champanhe. Quinn se virou para Cal, com a taça na mão, e aumentou o tom de sua voz para se fazer ouvir.

– Está ótimo isso aqui! A banda é excelente, o champanhe está gelado e o ambiente é romântico.

– Vocês esperavam alguns homens desdentados com instrumentos musicais toscos, sidra e alguns corações de plástico.

– Não. – Ela riu e o cutucou com o dedo. – Mas algo entre o que você descreveu e a realidade. É minha primeira festa em um boliche e estou impressionada. E olhe! Aquele não é Sua Excelência, o prefeito, se divertindo?

– Com o primo da esposa, que é o diretor do coro da Primeira Igreja Metodista.

– Aquela não é sua assistente, Fox? – Layla apontou para uma mesa.

– Sim. Infelizmente, o homem que a está beijando é seu marido.

– Eles parecem totalmente apaixonados.

– Acho que são. Não sei o que farei sem ela. Eles vão se mudar para Minneapolis daqui a dois meses. Eu gostaria que apenas se ausentassem por algumas semanas em julho em vez de... – Ele parou. – Não vamos falar de trabalho esta noite. Querem que eu encontre uma mesa?

– Uma perfeita para observar as pessoas – concordou Quinn, e depois se virou na direção da banda. – "In the Mood"?

– Sim, a versão deles. Você dança? – perguntou-lhe Cal.

– Muito bem. – Ela o olhou de relance. – E você?

– Vamos ver o que você sabe fazer, lourinha.

Ele pegou a mão de Quinn e a levou para a pista de dança. Fox observou os giros e passos.

– Eu decididamente não consigo fazer isso.

– Nem eu. Puxa! – Layla arregalou os olhos. – Eles são realmente bons.

Na pista de dança, Cal conduziu Quinn em um giro duplo e a trouxe novamente para perto.

– Fez aulas?

– Durante quatro anos. E você?

– Três.

Quando a música terminou e começou outra lenta, Cal encostou o corpo de Quinn no dele e bendisse sua mãe.

– Estou feliz por estar aqui.

– Eu também. – Ela encostou seu rosto no dele. – Tudo parece bom esta noite. Doce e brilhante. E... hummm... – murmurou quando ele a conduziu em um giro elegante – sexy. – Inclinando a cabeça para trás, sorriu para Cal. – Mudei totalmente de ideia sobre o Dia de São Valentim. Agora o considero meu feriado favorito.

Cal roçou seus lábios nos dela.

– Depois desta dança, por que não escapamos para o almoxarifado lá em cima?

– Por que esperar?

Com uma risada, ele começou a trazê-la para perto de novo. E ficou paralisado.

Os corações sangravam. Os painéis artísticos pingavam sangue vermelho na pista de dança e nas mesas, e ele escorria pelos cabelos e rostos das pessoas enquanto elas riam, conversavam, andavam ou dançavam.

– Quinn.

– Eu estou vendo. Ah, meu Deus!

O vocalista continuou a cantar canções que falavam de amor e desejo enquanto os balões vermelhos e prateados estouravam acima das cabeças como tiros. E deles choviam aranhas.

DOZE

Quinn mal conseguiu sufocar um grito e teria caído quando as aranhas se espalharam pelo chão se Cal não a tivesse impedido.

– Não é real – disse ele com uma calma absoluta e gélida. – Isso não é real.

Alguém riu e o som aumentou loucamente. Houve gritos de aprovação quando o ritmo mudou para rock.

– A festa está ótima, Cal!

Amy, da floricultura, passou por eles dançando com um grande e ensanguentado sorriso. Com os braços ainda firmes ao redor de Quinn, Cal começou a sair da pista. Precisava ver sua família, precisava ver... E lá estava Fox, segurando a mão de Layla enquanto eles passavam pela multidão distraída.

– Precisamos ir! – gritou Fox.

– Meus pais...

Fox balançou a cabeça.

– Isso só está acontecendo porque estamos aqui. Acho que só pode acontecer porque estamos aqui. Vamos embora. Vamos.

Enquanto passavam por entre as mesas, as pequenas velas nos centros brilhavam como tochas, expelindo um vapor vulcânico. Cal o sentiu arder em sua garganta, até mesmo quando seus pés esmagaram uma aranha do tamanho de um punho. No pequeno palco, o baterista executou um solo frenético com baquetas ensanguentadas. Quando eles alcançaram as portas, Cal olhou para trás.

Viu o garoto flutuando acima dos dançarinos. Rindo.

– Saiam logo. – Seguindo a linha de raciocínio de Fox, Cal puxou Quinn para fora. – Saia do prédio.

– Eles não viram. – Sem fôlego, Layla saiu aos tropeções. – Ou sentiram. Aquilo não estava acontecendo para eles.

Fox tirou sua jaqueta e a jogou sobre os ombros trêmulos de Layla.

– Certo. Foi apenas para nós. Ele nos deu uma prévia das atrações que estão por vir. Canalha arrogante.

– Sim. – Quinn assentiu com a cabeça, mesmo com o estômago revirado. – Acho que você está certo, porque todas as vezes que ele faz um espetáculo gasta energia. Por isso, ganharemos algum tempo sem ele.

– Tenho que voltar. – Cal havia deixado sua família. Mesmo se a retirada fosse para defendê-la, não podia suportar não fazer nada enquanto eles estavam lá dentro. – Preciso entrar, preciso fechar o boliche quando o evento terminar.

– Nós voltaremos. – Quinn entrelaçou seus dedos frios nos de Cal. – Essas manifestações são sempre de curta duração. Vamos voltar. Está congelando aqui fora.

Dentro, as velas luziam suavemente e os corações brilhavam. A pista de dança encerada não tinha nenhuma mancha. Cal viu seus pais dançando, sua mãe com a cabeça descansando no ombro de seu pai. Quando a mãe o avistou e sorriu para ele, Cal sentiu o estômago revirar.

– Não sei quanto a você, mas eu realmente gostaria de outra taça de champanhe. – Quinn suspirou, seu olhar se tornando firme e penetrante. – E sabe de uma coisa? Vamos dançar.

• • •

Fox estava esparramado no sofá assistindo a um filme em preto e branco na TV quando Cal e Quinn entraram na casa alugada, depois da meia-noite.

– Layla subiu – disse Fox se aprumando. – Estava exausta.

– Ela está bem? – perguntou Quinn.

– Sim, sim. Ela sabe se virar. Aconteceu mais alguma coisa depois que fomos embora?

Cal balançou a cabeça enquanto olhava para a janela e a escuridão.

– Foi só uma grande e alegre festa momentaneamente interrompida para alguns de nós por sangue e aranhas sobrenaturais. E por aqui? Notou algo estranho?

– Sim. Elas só compraram refrigerantes diet – respondeu ele, olhando para Quinn. – Um homem precisa de refrigerantes comuns.

– Vamos dar um jeito nisso. Obrigada, Fox. – Quinn se aproximou e beijou a bochecha dele. – Obrigada por ficar aqui até voltarmos.

– Não foi nada. Pude assistir... – Ele olhou para a pequena TV. – Não faço ideia de que filme seja esse. Vocês deveriam pensar em ter TV a cabo.

Ele sorriu enquanto vestia seu casaco.

– A humanidade não deveria viver apenas de TV. Ligue se precisar de alguma coisa – acrescentou, se dirigindo à porta.

– Fox.

Cal o seguiu. Depois de uma conversa murmurada, Fox acenou brevemente para Quinn e foi embora.

– O que você disse para ele?

– Perguntei se ele podia ir para a minha casa esta noite, dar uma olhada em Caroço. Sem problemas. Tenho Coca-Cola e TV a cabo.

– Você se preocupa muito, Cal.

– Estou achando muito difícil não me preocupar.

– Ele não pode nos machucar, ainda não. São jogos mentais. Quero dizer, é desagradável, mas apenas guerra psicológica.

– Não é tão simples, Quinn. – Ele esfregou de um modo rápido e quase distraído os braços dela antes de se virar para olhar novamente para a escuridão. – Ele pode fazer isso agora conosco. Aquele episódio com Ann. Tudo isso significa alguma coisa.

– Você pensa demais! – Ela deu uma pancadinha na têmpora dele. – O fato de você fazer isso é, bem... reconfortante para mim. Mas sabe de uma coisa? Depois deste dia realmente longo e estranho, seria bom para nós não pensarmos em nada.

– É uma boa ideia. Um pouco de normalidade. – Andando de volta para ela, passou os dedos pelo rosto e os deixou escorregar pelos braços de Quinn até se entrelaçarem com os dela. – Por que não experimentamos isso?

Cal a levou na direção da escada e eles começaram a subir. Houve alguns rangidos familiares, o zunido da calefação e mais nada.

– Você...?

Ele a interrompeu pondo a mão em concha em seu rosto e depois a beijou. Foi um beijo suave e leve como um suspiro.

– Também nada de perguntas ou teremos que pensar nas respostas.

– Bem observado.

Apenas o quarto, a escuridão, a mulher. Era só isso que haveria, tudo que ele queria para a noite. O cheiro, a pele e os cabelos de Quinn, os sons que duas pessoas faziam quando se descobriam. Era o suficiente. Mais do que o suficiente.

Cal fechou a porta atrás dele.

– Gosto de velas.

Quinn se afastou para pegar um isqueiro e acender as velas que espalhara pelo quarto.

À luz das velas ela parecia mais delicada do que era. Cal gostou do contraste entre realidade e ilusão. Havia uma cama box coberta por lençóis que pareciam claros e perolados contra o roxo profundo do cobertor. As tulipas pareciam um alegre carnaval sobre a madeira arranhada da cômoda comprada no mercado de pulgas.

Quinn havia pendurado tecido em uma confusa mistura de cores na janela para deixar a noite lá fora. E sorriu ao se virar para ele.

Para Cal, aquilo era perfeito.

– Talvez eu tenha que dizer...

Ele balançou a cabeça e foi na direção dela.

– Mais tarde.

Cal fez a primeira coisa que lhe veio à mente: erguer as mãos para o cabelo de Quinn. Tirou os grampos e o soltou. Quando o peso o fez cair sobre os ombros e as costas dela, acariciou-o com os dedos. Olhando-a nos olhos, enrolou um cacho entre os dedos.

– Ainda haverá muito depois – disse ele, beijando a boca de Quinn.

Para Cal, os lábios de Quinn eram perfeitos. Macios e cheios, quentes e generosos. Sentiu-a estremecer de leve quando a envolveu com os braços. Ela não cedeu... ainda não. Em vez disso, reagiu ao seu lento e paciente avanço com outro.

Ele lhe tirou a jaqueta dos ombros, a fim de poder explorar com os dedos a seda, a renda e a pele, enquanto seus lábios se roçavam, esfregavam e apertavam.

Cal saboreou sua boca e a ouviu ronronar de aprovação. Recuou um pouco e passou os dedos pela linha sedutora da clavícula dela. Os olhos de Quinn estavam brilhantes, vibrando de expectativa. Ele deixou os dedos descerem pela curva dos seios dela, onde a renda se movia. Sem tirar os olhos dela, deslizou os dedos sobre a renda, enquanto o polegar acariciava leve e provocadoramente o mamilo.

Ouviu-a prender e soltar a respiração e a sentiu estremecer ao estender a mão para desabotoar sua camisa. As mãos de Quinn escorregaram para seu tronco. Cal sentiu seus batimentos cardíacos se acelerarem, mas sua própria mão realizou a jornada quase preguiçosamente para o cós das calças dela.

Então, com um movimento rápido e um empurrão, as calças escorregaram pelas pernas de Quinn.

O movimento foi tão súbito, tão inesperado, que Quinn não pôde prevê-lo ou se preparar. Tudo havia sido tão lento, tão lânguido, e depois as mãos de Cal seguraram a parte interna de seus braços e a ergueram do chão. A rápida e despreocupada demonstração de força abalou seu corpo, fez sua cabeça girar. Mesmo quando ele a pôs novamente no chão, seus joelhos continuaram fracos.

Cal baixou os olhos para o corpete, a lingerie sensual que ela usara com a ideia de deixá-lo louco. Seus lábios se curvaram quando ergueu os olhos de novo para ela.

– Bonito.

Foi tudo que ele disse, e Quinn ficou com a boca seca. Aquilo era ridículo. Outros homens já a haviam olhado, tocado e desejado. Mas ele a fez ficar com a boca seca. Tentou encontrar algo inteligente e despreocupado para dizer, mas mal conseguia respirar.

Então Cal enganchou um dedo no cós da calcinha dela e o puxou de leve. Quinn deu um passo na direção dele como uma mulher sob um feitiço.

– Vamos ver o que há debaixo disso – murmurou ele, e ergueu o corpete por cima da cabeça de Quinn. – Muito bonito – murmurou, passando a ponta do dedo pela beira do sutiã.

Quinn não conseguiu se lembrar do que fazer. Precisou ter em mente que era *boa* nisso, não do tipo que amolecia e deixava o homem fazer todo o trabalho. Procurou desajeitadamente o fecho das calças de Cal.

– Você está tremendo.

– Cale a boca. Estou me sentindo uma idiota.

Cal pegou as mãos dela e as trouxe para seus lábios.

– Sexy – corrigiu ele. – Você é maravilhosamente sexy.

– Cal. – Ela teve que se concentrar para formar as palavras. – Realmente preciso me deitar.

Houve aquele sorriso de novo, e embora pudesse significar que ele estava confiante demais, Quinn realmente não deu a mínima.

Eles foram para a cama, os corpos excitados sobre os lençóis claros e frios, a luz das velas brilhando magicamente no escuro. E as mãos e a boca de Cal trabalharam nela. *Ele dirige um boliche*, pensou Quinn enquanto Cal a enchia de prazer. Como tem suas mãos? Onde aprendeu a... Ah, meu Deus.

O orgasmo veio em uma longa onda que pareceu subir dos dedos dos pés para suas pernas, explodir em seu centro e depois inundar seu coração e sua mente. Ele a seguiu, extraindo avidamente cada gota de choque e prazer até ficar mole e ofegante.

Uau, foi tudo que seu cérebro conseguiu pensar.

O corpo dela era um festival de curvas e vibrações. Ele poderia ter ficado durante dias sobre aqueles seios adoráveis, a linha firme do tronco, os quadris femininos explosivos. E havia as pernas dela: macias fortes, e... sensíveis. Tantos lugares para tocar, tanto para saborear e aquela noite interminável para desfrutar.

Quinn se ergueu para ele e o abraçou, se arqueou e abaixou, e correspondeu. Cal sentiu o coração dela pulsando sob seus lábios, a ouviu gemer quando usou a língua para atormentá-la. Ela enterrou os dedos em seus ombros e quadris, as mãos os apertando e depois deslizando para testar seu limite de controle.

Os beijos se tornaram mais urgentes. O ar fresco do quarto se tornou quente, denso como fumaça. Quando a necessidade se tornou incontrolável, ele a penetrou. E sim, viu os olhos de Quinn se fecharem.

Agarrou as mãos dela para evitar simplesmente liberar o ardente prazer. Quinn apertou seus dedos e esse prazer brilhou no rosto dela com cada longa e lenta arremetida. *Fique comigo*, pensou Cal, e ela ficou, pulsação a pulsação. Até aquilo evoluir para respirações ofegantes e o estremecimento do corpo dela. Quinn emitiu um som de entrega enquanto fechava os olhos e virava a cabeça no travesseiro. Quando o corpo dela se derreteu sobre ele, Cal apertou o rosto contra aquela curva exposta do pescoço dela. E se deixou levar.

• • •

Cal ficou deitado em silêncio. Quinn havia virado para o lado e posto a cabeça em seu ombro, com os braços atirados sobre seu peito e a perna enganchada na sua. Era como se estivessem unidos. E ele não conseguiu encontrar nada de ruim nisso.

– Eu ia dizer uma coisa – murmurou Quinn, quebrando o silêncio.

– Sobre o quê?

– Hummm. Eu ia dizer quando entramos no quarto. Ia dizer alguma coisa.

Quinn se aconchegou mais nele, e Cal percebeu que ela estava fria.

– Espere. – Ele precisou soltá-la e ela emitiu alguns tímidos murmúrios de protesto. Mas, quando ele puxou o cobertor para cima, se enroscou de novo. – Melhor?

– Não poderia estar melhor. Eu queria fazer isso desde que conheci você.

– Isso é engraçado. Eu também. Seu corpo é lindo, Quinn.

– Se eu soubesse que seria assim, teria arrancado sua roupa no primeiro dia.

Ele sorriu.

– Mais uma vez, nossos pensamentos seguiram linhas paralelas. Faça isso de novo. Não – disse ele com uma risada quando Quinn ergueu as sobrancelhas. – Isto.

Ele baixou a cabeça de Quinn até pô-la em seu ombro e depois colocou o braço dela sobre seu peito.

– Assim está perfeito.

Essas palavras a fizeram sentir um agradável calor sob o coração. Ela fechou os olhos e, sem nenhuma preocupação no mundo, adormeceu.

• • •

No escuro, Quinn acordou quando algo caiu sobre ela. Conseguiu dar um grito abafado e se sentar, com as mãos fechadas.

– Desculpe, desculpe.

Reconheceu o sussurro de Cal, mas era tarde demais para parar o golpe. Seu punho atingiu algo duro o suficiente para ficar com os nós dos dedos doendo.

– Ai! Ai! Droga!

– Concordo.

– O que diabo está fazendo?

– Cambaleando, caindo e recebendo um soco na cara.

– Por quê?

– Porque está escuro como breu. – Ele mudou de posição e esfregou o rosto machucado. – Eu estava tentando não acordá-la e você me bateu.

– Bem, sinto muito – respondeu ela. – Até onde sei podia ter sido um estuprador maluco ou, dado o local, mais provavelmente um demônio do inferno. O que você está fazendo andando no escuro?

– Tentando encontrar meus sapatos, nos quais acho que tropecei.

– Vai embora?

– É de manhã e tenho uma reunião daqui a algumas horas.

– Está escuro.

– É fevereiro e você tem aquelas cortinas nas janelas. São seis e meia da manhã.

– Ah, Deus! – Ela se deitou de novo. – Seis e meia não é de manhã, nem mesmo em fevereiro.

– Era por isso que eu estava tentando não acordá-la.

Quinn mudou de posição. Podia vê-lo um pouco agora, enquanto seus olhos se adaptavam.

– Bem, estou acordada, então por que você ainda está sussurrando?

– Não sei. Talvez tenha sofrido dano cerebral quando fui atingido na cabeça.

Algo na irritada frustração na voz de Cal mexeu com ela.

– Puxa, por que não se deita de novo comigo onde tudo é bonito e quente? Eu o beijarei e o farei se sentir melhor.

– É cruel sugerir isso quando tenho uma reunião com o prefeito, o administrador e o conselho da cidade.

– Sexo e política andam juntos como manteiga de amendoim e geleia.

– Pode ser, mas tenho que ir para casa, alimentar Caroço e arrastar Fox para fora da cama, já que ele irá a essa reunião também. Tomar banho, me barbear e trocar de roupa para não ficar com a aparência de quem estava fazendo sexo selvagem.

Enquanto Cal calçava os sapatos, Quinn se ergueu de novo para se aproximar dele.

– Você poderia fazer tudo isso depois.

Os seios de Quinn, quentes e fartos, se apertaram contra as costas dele enquanto ela lhe mordiscava o lado do pescoço. E a mão dela desceu até onde ele já estava duro como uma rocha.

– Você é malvada, lourinha.

– Talvez você devesse me dar uma lição.

Ela deixou escapar uma risada enquanto ele se virava e a agarrava.

Dessa vez, quando caiu sobre Quinn, foi de propósito.

• • •

Cal chegou atrasado à reunião, mas se sentindo bem demais para se importar com isso. Pediu um café da manhã enorme, com direito a ovos, bacon, café, suco e muito mais. Comeu enquanto Fox bebia Coca-Cola como se fosse o antídoto para um veneno raro e fatal em sua corrente sanguínea e os outros conversavam sobre assuntos da cidade.

Podia ser fevereiro, mas os planos para a parada anual do Memorial Day precisavam ser finalizados. Depois debateram sobre a instalação de bancos novos no parque. Cal ouviu tudo distraidamente enquanto pensava em Quinn. Ele só voltou a ter foco quando Fox o chutou por debaixo da mesa.

– A casa de Branson fica a apenas algumas portas do Bowl-a-rama – continuou o prefeito Watson. – Misty disse que parecia que a luz tinha acabado, mas do outro lado da rua as luzes estavam acesas. Os telefones também ficaram mudos. Quando Wendy e eu fomos buscá-la depois da festa, ela disse que ficou muito assustada. Só durou alguns minutos.

– Talvez tenha sido um disjuntor – sugeriu Jim Hawkins, mas olhou para seu filho.

– Talvez, mas Misty disse que tudo piscou e estalou por alguns segundos. Talvez um pico de energia. Vou pedir a Mike Branson para dar uma olhada em sua instalação elétrica. Pode ter sido algo entrando em curto. Não queremos um incêndio.

Como eles não perceberam o que aconteceu na noite anterior?, perguntou-se Cal. Era um mecanismo de defesa, amnésia ou simplesmente parte de toda a horrível situação? Nem todos eles. Podia ver a preocupação nos olhos do pai e de um ou dois dos outros. Mas o prefeito e a maior parte dos membros do conselho já estavam passando para o tópico seguinte: uma discussão sobre a pintura da arquibancada do estádio de beisebol antes do início da temporada da liga mirim.

Houvera duas outras oscilações de energia e outra falta de luz. Mas nunca antes de junho, não em uma época tão longe do período dos Sete. Quando a reunião terminou, Fox foi a pé para o boliche com Cal e seu pai. Só falaram quando entraram e fecharam a porta atrás deles.

– É muito cedo para isso acontecer – disse Jim imediatamente. – É mais provável que seja uma oscilação de energia ou falha nas instalações elétricas.

– Não é. As coisas já estão acontecendo – respondeu Cal. – E não fomos apenas Fox e eu que vimos. Não desta vez.

– Bem... – Jim se sentou pesadamente a uma das mesas na área da grelha. – O que posso fazer?

Cuidar de si mesmo, pensou Cal. *Cuidar da mamãe.* Mas isso nunca seria o suficiente.

– Se notar ou sentir algo errado, conte para mim. Conte para Fox ou Gage quando ele chegar aqui. Desta vez há mais de nós. Quinn e Layla são parte disso. Precisamos descobrir como e por quê.

Minha bisavó percebera que Quinn estava conectada, pensou Cal. Ela sentia tudo.

– Preciso falar com a bisa.

– Cal, ela tem 97 anos. Não importa quanto seja esperta, ainda tem 97 anos.

– Vou tomar cuidado.

– Sabem de uma coisa? Vou conversar com a Sra. Hawbaker de novo. Ela anda assustada, nervosa. Falando em partir no próximo mês em vez de abril. Achei que era só inquietação, agora que decidiu ir embora. Talvez seja mais do que isso.

– Está bem. – Jim suspirou. – Vocês dois façam o que têm que fazer. Eu cuidarei das coisas aqui. Sei dirigir o boliche – disse antes de Cal poder protestar. – Faço isso há algum tempo.

– Certo. Vou levar a bisa para a biblioteca se ela quiser ir hoje. Depois eu volto e poderemos nos revezar. Você pode ir buscá-la e levá-la para casa.

• • •

Cal foi a pé até a casa de Essie. Ela morava a apenas um quarteirão de distância, na pequena e bonita casa que dividia com a prima Ginger. A concessão de Essie à sua idade era deixar Ginger morar com ela, cuidar da casa, fazer compras no supermercado e preparar a maior parte das refeições, e ser sua motorista quando tinha que cumprir obrigações como ir ao médico e ao dentista.

Cal sabia que Ginger era do tipo forte e prático que ficava fora do caminho de sua bisavó, a não ser quando era realmente necessário. Ginger preferia TV a livros e adorava ver novelas à tarde. Seu casamento desastroso e sem filhos a afastara dos homens, exceto os da TV ou das capas da revista *People*.

Até onde Cal sabia, a bisavó e a prima se davam bem o suficiente na pequena casa com seu quintal da frente bem cuidado e sua varanda azul alegre. Quando chegou, não viu o carro de Ginger no meio-fio e se perguntou se sua bisavó tinha marcado uma hora no médico. Seu pai sabia de cor os compromissos de Essie, mas ele podia ter se enganado.

Ainda assim, o mais provável era que Ginger tivesse dado um pulo no supermercado.

Atravessou a varanda e bateu à porta. Não ficou surpreso quando a porta se abriu e descobriu que sua bisavó se encontrava em casa. Mas ficou surpreso ao ver Quinn.

– Oi. Entre. Essie e eu estamos tomando chá na sala.

Cal agarrou o braço dela.

– O que está fazendo aqui?

O sorriso com que o cumprimentou desapareceu diante do tom áspero dele.

– Tenho um trabalho a fazer. E Essie me telefonou.

– Por quê?

– Talvez, se você entrar em vez de me olhar de cara feia, a gente possa descobrir.

Vendo que não tinha outra escolha, Cal entrou na bela sala de estar de sua bisavó onde violetas africanas floresciam em uma profusão de roxo nas janelas e estantes embutidas feitas pelo pai de Fox estavam cheias de livros, fotos de família e pequenas lembranças. O aparelho de chá estava sobre a mesa baixa na frente do sofá de encosto alto que sua mãe estofara na primavera anterior.

Sua amada bisavó estava sentada feito uma rainha em sua poltrona favorita.

– Cal! – Ela acenou para o bisneto e ergueu o rosto para receber o beijo dele. – Achei que você ia estar ocupado durante toda a manhã com a reunião e o boliche.

– A reunião terminou e papai está no boliche. Não vi o carro de Ginger.
– Ela está fazendo algumas coisas na rua, já que tenho companhia. Quinn acabou de servir o chá. Pegue uma xícara para você no armário.
– Não, obrigado. Acabei de tomar café da manhã.
– Também teria telefonado para você se soubesse que tinha tempo esta manhã.
– Sempre tenho tempo para você, bisa.
– Esse é o meu garoto – disse ela para Quinn, apertando a mão de Cal e depois a soltando para pegar o chá que a garota oferecia. – Obrigada. Por favor, sentem-se, vocês dois. Vou direto ao assunto. Preciso perguntar a vocês se houve um incidente na noite passada, durante a festa. Um incidente logo antes das dez horas.

Ela olhou firmemente para o rosto de Cal ao perguntar e o que viu a fez fechar os olhos.

– Então eu estava certa. – Sua voz fina tremeu. – Não sei se devo ficar aliviada ou com medo. Aliviada porque pensei que podia estar ficando louca. Com medo porque não estou. Então foi real o que eu vi.

– O que você viu?

– Foi como se estivesse por trás de uma cortina. Como se uma cortina ou um véu houvesse descido e eu tivesse de olhar. Achei que era sangue, mas ninguém pareceu notar. Ninguém notou todo o sangue ou as coisas que rastejaram e se espalharam pelo chão e por cima das mesas. – Ela ergueu a mão para esfregar sua garganta. – Não consegui enxergar claramente, mas vi uma forma, uma forma preta. Pareceu flutuar no ar do outro lado da cortina. Achei que era a morte.

Ela sorriu enquanto erguia seu chá com a mão firme.

– Na minha idade você se prepara para a morte ou deveria se preparar. Mas fiquei com medo daquela forma. Então ela se foi, a cortina se ergueu de novo e tudo estava exatamente como deveria estar.

– Bisa...

– Por que eu não contei isso na noite passada? – interrompeu-o ela. – Posso ler seu rosto como se fosse um livro, Caleb. Orgulho, medo. Eu simplesmente quis sair e chegar em casa. Seu pai me levou. Eu precisava dormir, e dormi. Esta manhã precisava saber se isso era verdade.

– Sra. Hawkins...

– Pode me chamar de Essie agora – disse ela para Quinn.

– Essie, você já teve uma experiência como essa?

– Sim. Eu não contei para você – disse ela quando Cal praguejou. – E nem para ninguém. Foi naquele verão em que você tinha 10 anos. Naquele primeiro verão, vi coisas horríveis do lado de fora da casa, coisas que não podiam estar lá. Aquela forma preta às vezes era um homem, às vezes um cão. Ou uma combinação medonha de ambos. Seu avô não viu ou não podia ver. Eu sempre achei que ele simplesmente não podia ver. Aconteceram coisas horríveis naquela semana.

Ela fechou os olhos por um momento e depois tomou outro gole reconfortante de chá.

– Vizinhos, amigos. Coisas que fizeram com eles mesmos e os outros. Depois da segunda noite, você veio à minha porta. Lembra, Cal?

– Sim, senhora, eu me lembro.

– Dez anos de idade. – Ela sorriu para Quinn. – Ele era apenas um garotinho com seus dois amigos. Eles estavam com muito medo. Dava para sentir o medo e a coragem que emanava deles. Você falou que tínhamos que fazer as malas e ir embora, seu avô e eu. Tínhamos que ficar na sua casa. Não era seguro na cidade. Ao menos se perguntou por que não discuti ou lhe dei um tapinha na cabeça e o mandei ir para casa?

– Não. Acho que havia coisas demais acontecendo e só queria vocês dois seguros.

– E a cada sete anos fiz as malas para seu avô e eu. E, quando ele morreu, apenas para mim. Agora este ano será para Ginger e eu. Mas desta vez está acontecendo antes e com mais força.

– Vou fazer as malas para vocês agora mesmo.

– Ah, acho que por enquanto estamos seguras – disse ela para Cal. – Quando chegar a hora, Ginger e eu faremos isso. Quero que você leve os livros. Sei que eu os li e você os leu. Acho que inúmeras vezes. Mas de algum modo deixamos escapar algo. E agora temos olhos novos.

Quinn se virou para Cal e estreitou os olhos.

– Livros?

TREZE

Fox passou no banco para levar alguns papéis para um cliente. Isso era totalmente desnecessário, já que o cliente podia ter ido ao seu escritório para assiná-los a qualquer momento. Mas ele queria sair, respirar um pouco, afastar sua frustração.

Estava na hora de admitir que ainda havia se agarrado à esperança de que Alice Hawbaker mudasse de ideia. Talvez fosse egoísmo, mas e daí? Ele dependia dela, estava acostumado com ela. E a adorava.

Ela quase havia desmoronado, lembrou, enquanto andava com suas botas de caminhada gastas (não precisaria ir ao tribunal hoje). Ela nunca desmoronava, mas ele a pressionara com força suficiente para causar fissuras. Sempre lamentaria isso.

Se ficarmos, morreremos. A Sra. Hawbaker tinha dito isso com uma voz chorosa e os olhos brilhantes de lágrimas. Só quisera saber por que ela estava decidida a ir embora, por que estava cada dia mais assustada e havia chegado ao ponto de querer partir antes do que originalmente planejara.

Então a pressionara. E finalmente ela lhe contara.

Via repetidamente as mortes deles sempre que fechava os olhos. Via-se tirando o rifle de caça do marido do estojo trancado na sala de trabalho dele no porão. Via-se carregando a arma, subindo a escada e entrando na cozinha onde a louça do jantar estava na lavadora e os balcões estavam limpos. Entrando no gabinete onde o homem que amava havia 36 anos e com quem tinha três filhos assistia ao jogo do Orioles contra o Red Sox. A contagem de rebatedor era 2 a 0 para o Orioles, mas o Sox estava na quarta base com um homem na segunda e um fora. O principal na sexta posição. O placar era 1 a 2.

Quando o arremessador terminou, ela enfiou uma bala por trás na cabeça do marido enquanto ele estava sentado em sua poltrona reclinável favorita. Depois pôs o cano sob o próprio queixo.

Então, sim, Fox tinha que deixá-la ir, assim como arrumara uma desculpa para sair do escritório porque a conhecia bem o suficiente para saber que não o queria por perto até se recompor.

Saber disso só o fazia se sentir mais culpado, frustrado e inadequado.

Foi comprar flores. Sabia que ela as aceitaria como uma proposta de paz. Gostava de flores no escritório e frequentemente as comprava, porque ele costumava se esquecer. Saiu com uma braçada de flores variadas e quase derrubou Layla.

Ela cambaleou para trás e até mesmo recuou alguns passos. Fox viu a aflição e a tristeza no rosto dela e se perguntou se era seu destino deixar as mulheres nervosas e infelizes.

– Desculpe. Eu não estava olhando.

Layla não sorriu.

– Tudo bem. Eu também não.

Ele devia apenas ir. Não precisava examinar a mente de Layla para ver o nervosismo e a infelicidade dela. Pareceu-lhe que Layla nunca relaxava perto dele, estava sempre fazendo aquele pequeno movimento para se afastar. Ou talvez não relaxasse nunca. Isso podia ser uma coisa nova-iorquina, refletiu. Com certeza ela não conseguia relaxar lá.

– Problemas?

Agora os olhos *dela* estavam brilhantes de lágrimas e Fox quis se atirar na frente de um caminhão que passava.

– Problemas? Como poderia haver? Estou morando em uma casa estranha em uma cidade estranha, vendo coisas que me querem morta. Quase tudo que possuo está em meu apartamento em Nova York. Um apartamento pelo qual tenho que pagar. Minha chefe muito compreensiva e paciente telefonou esta manhã para me dizer que, infelizmente, se eu não voltar para trabalhar na próxima semana precisará me substituir. Então sabe o que fiz?

– Não.

– Comecei a arrumar as malas. Sinto muito, realmente sinto muito, mas tenho uma *vida*. Tenho responsabilidades, contas e uma maldita rotina. Preciso voltar para elas. Mas *não pude*. Simplesmente não pude fazer isso. Nem mesmo sei por que, não em um nível racional, mas não pude. Então agora serei demitida, o que significa que não conseguirei pagar meu apartamento. E provavelmente acabarei morta ou internada, isso depois de meu senhorio me processar por falta de pagamento. *Se eu tenho problemas?* Não, eu não.

Fox ouviu tudo sem interromper e depois apenas assentiu.

– Pergunta estúpida. Aqui. – Fox empurrou as flores para ela.

– O quê?

– Parece que você está precisando delas.

Desconcertada, Layla olhou para ele e as flores coloridas em seus braços. E se sentiu claramente à beira do que poderia ser histeria se transformando em perplexidade.

– Mas... você as comprou para outra pessoa.

– Posso comprar mais. – Ele apontou com um polegar para a porta da floricultura. – E posso ajudar com o senhorio se você me passar os dados. O resto... bem, vamos trabalhar nisso. Talvez algo a tenha empurrado para cá e a esteja forçando a ficar, mas no fundo, Layla, há o livre-arbítrio. Se você decidir que precisa ir... – Ele pensou na Sra. Hawbaker de novo e um pouco de sua própria frustração diminuiu. – Ninguém vai culpá-la por isso. Mas se ficar, precisa se comprometer.

– Eu...

– Não, você não fez isso. – Inconscientemente, ele estendeu a mão para puxar de volta para o ombro a alça da bolsa de Layla que escorregara até a dobra do cotovelo dela. – Você ainda está procurando a saída, a brecha no acordo que significa que pode arrumar as malas e ir embora sem consequências. Apenas fazer as coisas voltarem a ser como eram. Não posso culpá-la por isso. Independentemente de sua escolha, mantenha-se firme. Isso é tudo. Tenho que voltar. Falo com você mais tarde.

Ele entrou novamente na floricultura e a deixou ali, sem fala.

• • •

Quinn gritou do segundo andar quando Layla chegou.

– Sou eu – berrou Layla para cima e, ainda em conflito, foi para a cozinha com as flores, as garrafas e os potes que comprara em uma loja de presentes a caminho de casa.

– Café! – Quinn entrou apressadamente alguns instantes depois. – Vou precisar de muito, muito... Nossa, que flores lindas.

Layla as estava aparando e arrumando em várias garrafas.

– São mesmo. Quinn, preciso falar com você.

– Preciso falar com você também. Você primeiro.

– Eu ia embora esta manhã.

Quinn parou de encher a cafeteira.

– Ah.

– E eu ia fazer isso sem avisá-la. Desculpe.

– Eu entendo. – Quinn se ocupou de fazer o café. – Eu também me evitaria. Por que você não foi?

– Deixe-me recapitular.

Enquanto terminava de cuidar das flores, Layla contou a conversa telefônica que tivera com sua chefe.

– Sinto muito. Isso é tão injusto! Não quero dizer que sua chefe é injusta. Ela tem um negócio para dirigir. Mas essa coisa toda é injusta. – Quinn observou Layla arrumando margaridas multicoloridas em uma xícara de chá enorme. – Em um nível prático eu estou bem, porque esse é o meu trabalho ou o trabalho que escolhi. Posso me dar ao luxo de ficar um tempo aqui e complementá-lo com artigos. Eu poderia ajudar...

– Não é isso que eu estou procurando. Não quero que você me empreste dinheiro ou pague minha parte das despesas. Se eu ficar, é porque escolhi ficar. – Layla olhou para as flores e pensou no que Fox dissera. – Acho que até hoje não aceitei isso ou não quis aceitar. É mais fácil pensar que fui impelida a vir para cá e pressionada a ficar. Eu queria ir embora porque não queria que nada disso estivesse acontecendo. Mas está. E vou ficar porque decidi. Só tenho que resolver as questões práticas.

– Posso ajudá-la com isso. As flores foram uma boa ideia. Alegram um dia de más notícias.

– Não foram ideia minha. Fox as deu para mim quando topei com ele do lado de fora da floricultura. Eu me abri com ele. – Layla encolheu os ombros e depois juntou os pedaços de hastes que cortara e a embalagem da floricultura. – Ele basicamente perguntou: "Como vai?" E eu respondi: "Como vou? Vou lhe dizer como vou." – Ela atirou os restos na lixeira e depois riu. – Deus, eu descarreguei nele. Por isso Fox me deu as flores que havia acabado de comprar. Na verdade, as empurrou para mim e me passou um pequeno e enérgico sermão. Acho que o mereci.

– Hummm. – Quinn acrescentou a informação à panela de pensamentos que estava mexendo. – E agora você está se sentindo melhor?

– Melhor? – Layla foi para a pequena sala de jantar pôr um trio de flores sobre a velha mesa dobrável que elas haviam comprado no mercado de pulgas. – Eu me sinto mais decidida. Não sei se isso é melhor.

– Tenho algo para mantê-la ocupada.

– Graças a Deus. Estou acostumada a trabalhar. Esse tempo todo sem fazer nada me deixa tensa.

– Venha comigo. Não deixe todas as flores aqui. Leve algumas para o seu quarto.

– Achei que elas eram para a casa. Ele não as comprou para mim ou...

– Ele as deu para você. Leve algumas para cima. Você me fez levar as tulipas para meu quarto. Ah, mas não esquece o café.

– Vou pegar. – Layla despejou café em uma das canecas para Quinn, o adoçou e depois pegou uma garrafa de água para si mesma. – Qual é o projeto que me manterá ocupada?

– Livros.

– Já temos os livros da biblioteca.

– Agora temos alguns do estoque pessoal de Estelle Hawkins. Alguns são diários. Ainda não dei uma olhada neles – explicou Quinn enquanto se dirigiam para cima. – Cheguei em casa pouco antes de você. Mas há três escritos por Ann Hawkins depois que seus filhos nasceram. Seus filhos com Giles Dent.

– Mas a Sra. Hawkins já deve tê-los lido e mostrado para Cal.

– Sim. Todos foram lidos, estudados e analisados. Mas não por nós, Layla. Olhos novos, opiniões novas.

Ela levou as flores para o quarto de Layla e depois pegou a caneca de café, a caminho do escritório.

– Já tenho a primeira pergunta: onde estão os outros? – perguntou Layla.

– Outros o quê? Diários?

– Os outros diários de Ann, porque aposto que houve mais. Onde está o diário que ela escreveu quando viveu com Dent, quando carregava seus trigêmeos? Esse é o ângulo que espero que nossos olhos novos possam descobrir. Onde podem estar e por que não estão com os outros?

– Se ela realmente escreveu outros, podem ter sido perdidos ou destruídos.

– Tomara que não. – O olhar de Quinn foi penetrante quando ela se sentou e pegou um pequeno livro com capa de couro marrom. – Porque acho que ela tinha algumas das respostas de que precisamos.

• • •

Cal não conseguiu sair do boliche antes das sete horas. Mesmo então se sentiu culpado por deixar seu pai ficar durante o resto da noite. Telefonara para Quinn no final da tarde para lhe dizer que passaria na casa dela assim que pudesse. E a resposta distraída de Quinn fora para ele levar comida.

Ela terá que se conformar com pizza, pensou Cal subindo a escada com as caixas. Não havia tido tempo ou disposição de descobrir qual seria a opção adequada para o novo estilo de vida dela.

Ao bater, o vento soprou em sua nuca, fazendo-o olhar desconfortavelmente para trás. *Algo vindo*, pensou. *Algo no vento*.

Fox abriu a porta.

– Graças a Deus, pizza!

– Onde estão as meninas?

– Lá em cima, enterradas em livros e anotações. *Gráficos*. Layla faz *gráficos*. Cometi o erro de dizer que tenho um quadro branco no escritório. Elas me fizeram ir buscá-lo e trazê-lo para cá. – No minuto em que Cal pôs a pizza sobre o balcão da cozinha, Fox levantou a tampa e pegou uma fatia. – Elas estão conversando sobre fichas e divisões de temas por cores. Não me deixe aqui sozinho de novo.

Cal resmungou, abriu a geladeira e descobriu, como havia esperado e sonhado, que Fox estocara cerveja.

– Talvez nunca tivéssemos sido organizados o suficiente e por isso perdemos algum detalhe. Talvez...

Ele se interrompeu quando Quinn entrou correndo.

– Oi! Pizza. Bem, vou gastar isso com uma sessão na academia amanhã de manhã.

Ela pegou pratos e entregou um para Fox, que já estava na metade de sua primeira fatia. Então deu aquele sorriso para Cal.

– Trouxe algo mais para mim?

Cal se inclinou para a frente e pôs sua boca sobre a dela.

– Isto.

– Por coincidência, exatamente o que eu queria. Então que tal mais?

Quinn agarrou a camisa dele e o puxou para outro beijo.

– Vocês querem que eu saia? Posso levar a pizza comigo?

– Na verdade... – começou Cal.

– Na verdade, mamãe e papai só estavam dizendo olá – disse ela para

Fox. – Por que não comemos na sala de jantar como pessoas civilizadas? Layla vai descer logo.

– Posso dizer olá para a mamãe também? – queixou-se Fox enquanto Quinn saía com os pratos.

– Tente e eu vou bater em você até ficar inconsciente.

– Até parece. – Divertido, Fox pegou as caixas de pizza e começou a seguir Quinn. – Traga as bebidas, papai.

Logo depois de se sentarem, bebidas, pratos, guardanapos e pizzas foram distribuídos. Layla chegou com uma grande tigela.

– Eu fiz uma salada. Não sabia ao certo o que você ia trazer – disse ela para Cal.

– Você fez salada?

– Minha especialidade.

– Agora sou forçada a me comportar. – Quinn desistiu do sonho de duas fatias de pizza e se serviu de uma tigela da salada de Layla. – Fizemos progressos – começou ela enquanto espetava a primeira porção com seu garfo.

– Sim, pergunte às damas aqui como fazer velas de sebo e geleia de framboesa – sugeriu Fox. – Elas anotaram isso.

– Algumas das informações contidas nos livros que estivemos lendo podem não se aplicar à nossa situação atual. – Quinn ergueu as sobrancelhas para Fox. – Mas um dia posso ser chamada em uma situação emergencial de blecaute para fazer uma vela de sebo. Há muitas informações interessantes nos diários de Ann.

– A gente leu – salientou Cal. – Muitas vezes.

– Vocês não são mulheres. – Quinn ergueu um dedo. – E sim, Essie é uma mulher. Mas Essie é uma descendente que é parte desta cidade e de sua história. E, por mais que tentasse ser objetiva, pode ter deixado passar algumas nuances. A primeira pergunta é: onde estão os outros?

– Não há outros diários.

– Discordo. Não há outros que foram encontrados. Essie disse que esses livros foram passados para ela por seu pai, porque ela adorava livros. Mas ele nunca disse se havia mais.

– Ele teria lhe dado – insistiu Cal.

– Se os tivesse. Há um longo intervalo de tempo entre o século XVII e o século XX – salientou Quinn. – As coisas são mudadas de lugar, perdidas, jogadas fora. Segundo os registros e a história oral de sua família, Ann

Hawkins viveu a maior parte da vida dela no que agora é o centro comunitário, a antiga biblioteca. Livros, biblioteca. Interessante.

– Uma biblioteca que minha bisavó conhecia por dentro e por fora – retrucou Cal. – Não podia haver um livro lá do qual ela não soubesse.

– A menos que nunca o tivesse visto. Talvez estivesse escondido.

– Discutível – comentou Fox.

– E algo para investigar. Entretanto, Ann nunca datou seus diários, por isso Layla e eu os estamos datando, mais ou menos, de acordo com a idade de seus filhos. No que julgamos ser o primeiro, seus filhos têm 2 ou 3 anos. No segundo têm 5 anos porque ela escreve especificamente sobre o quinto aniversário deles e 7 anos, achamos, quando esse diário termina. No terceiro parece que eles são homens jovens. Achamos que com uns 16 anos.

– É um belo salto de tempo – disse Layla.

– Talvez ela não tivesse nada sobre o qual valesse a pena escrever nesses anos.

– Pode ser – disse Quinn para Cal. – Mas aposto que tinha, mesmo que fosse apenas sobre geleia de framboesa e três filhos ativos. O que é mais importante agora, pelo menos em minha opinião, é: onde está o diário, ou os diários, sobre seu tempo com Dent, o nascimento de seus filhos e os dois primeiros anos da vida deles? Porque você pode apostar que foram tempos interessantes.

– Ann escreve sobre ele – disse Layla em voz baixa. – Giles Dent. Repetidamente, em todos os diários que temos. Escreve sobre ele, seus sentimentos por ele, seus sonhos com ele.

– E sempre no tempo presente – acrescentou Quinn.

– É difícil perder alguém que você ama. – Fox girou a garrafa em sua mão.

– É, mas ela escreve sobre ele, constantemente, como se estivesse vivo. – Quinn olhou para Cal. – Não é a morte. Nós falamos sobre isso, como Dent encontrou o modo de existir com essa coisa. Contê-la, mantê-la lá embaixo ou dentro. Seja qual for o termo. Obviamente ele não conseguiu matá-la ou destruí-la, mas aquela coisa também não conseguiu matá-lo ou destruí-lo. Ele encontrou um modo de mantê-la lá embaixo e continuar a existir. Talvez com aquele único objetivo. Ela sabia disso. Ann sabia o que ele fez, e aposto que sabia como o fez.

– Você não está levando em conta o amor e o pesar – salientou Cal.

– Não os estou desconsiderando, mas quando leio os diários de Ann tenho a sensação de que ela era uma mulher de espírito forte. E que partilhava um amor muito profundo com um homem de espírito forte. Ela desafiou as convenções por ele, arriscou-se a ser marginalizada e censurada. Partilhou a cama de Giles Dent, mas acredito que também as obrigações dele. Fosse o que fosse que ele planejasse fazer, teria contado para ela. Eles eram unidos. Não foi isso que você sentiu, que nós dois sentimos, quando estávamos na clareira?

– Sim. Foi exatamente isso que eu senti.

– Partindo desse princípio, embora talvez Ann tenha contado a seus filhos quando tinham idade suficiente, essa parte da história oral dos Hawkins pode ter sido perdida ou deturpada. Isso acontece. Acho que ela teria escrito sobre isso também. E postou o registro em algum lugar que considerava seguro e protegido até ser necessário.

– Ele é necessário para a gente desde 1987.

– Cal, isso é sua responsabilidade falando, não lógica. Pelo menos não é a linha lógica que segue esse caminho. Ela dissera a você que esta era a hora. Nada que você fez ou podia ter feito teria parado a coisa antes desta hora.

– Nós a libertamos – disse Fox. – Nada disso seria necessário se não a tivéssemos libertado.

– Não acho que isso seja verdade – interrompeu Layla. – E talvez possamos entender se encontrarmos os outros diários. Mas notamos outra coisa.

– Layla notou imediatamente – disse Quinn.

– Porque estava na minha frente. Os nomes dos filhos de Ann: Caleb, Fletcher e Gideon.

– Bastante comuns naquela época. – Cal encolheu os ombros enquanto afastava seu prato. – Caleb continuou na família Hawkins por mais tempo do que os outros dois. Mas tenho um primo chamado Fletch e um tio Gideon.

– Não, as iniciais – disse Quinn impacientemente. – Eu disse que eles não haviam notado – acrescentou ela para Layla. – C, F, G. Caleb, Fox, Gage.

– Você está exagerando – concluiu Fox. – Especialmente se considerar que me chamo Fox porque minha mãe viu um grupo de raposas vermelhas correndo do campo para a floresta um pouco antes do parto.

– Seu nome provém de uma raposa de verdade? – Layla quis saber.

– Bem, não uma específica. Foi mais uma... Você tem que conhecer minha mãe.

– Não importa como Fox foi batizado. Acho que não devemos desconsiderar as coincidências. – Quinn estudou o rosto de Cal e viu que ele estava pensando sobre isso. – E acho que há mais de um descendente de Ann Hawkins nesta mesa.

– Quinn, a família do meu pai veio da Irlanda, quatro gerações atrás – disse Fox. – Eles não estavam aqui na época de Ann Hawkins porque estavam arando campos em Kerry.

– E quanto à sua mãe? – perguntou Layla.

– Uma mistura mais ampla. Ingleses, irlandeses. Acho que alguns franceses. Ninguém jamais ligou para genealogia, mas nunca ouvi falar em nenhum Hawkins na árvore genealógica.

– Talvez você deva examinar mais atentamente. E quanto a Gage? – perguntou Quinn.

– Não tenho a menor ideia. – Cal estava pensando mais sobre isso agora. – Também duvido que ele tenha. Posso perguntar a Bill, o pai de Gage. Se for verdade, se formos descendentes diretos, isso poderia explicar uma das coisas que nunca entendemos.

– Por que a mistura do sangue de vocês abriu a porta – disse Quinn em voz baixa.

• • •

– Sempre achei que fosse eu.

Com a casa em silêncio, Cal estava deitado na cama de Quinn com o corpo dela aconchegado ao seu.

– Apenas você?

– Talvez eles tenham ajudado a desencadear isso, mas sim. Porque eu sou um Hawkins. Eles não estavam aqui, não do mesmo modo que eu estava. Não para sempre, como eu. Há gerações. Mas se isso for verdade... Ainda não sei como me sentir.

– Pare de se culpar. – Quinn passou a mão pelo coração dele. – Eu gostaria que conseguisse parar de se culpar por tudo.

– Por que Dent deixou isso acontecer? Se descobriu um modo de fazê-lo parar, por que deixou que chegasse a esse ponto?

– Outra pergunta. – Ela se ergueu até ficar no nível dos olhos dele. – A gente vai descobrir, Cal. É o que temos que fazer. Acredito nisso.

– Estou mais perto de acreditar nisso. – Cal tocou a bochecha dela. – Quinn, não posso ficar esta noite. Caroço depende de mim.

– Tem mais uma hora?

– Sim. – Cal sorriu enquanto Quinn se abaixava para ele. – Acho que ele pode esperar mais uma hora.

• • •

Mais tarde, quando Cal foi para seu carro, o ar estava agitado, fazendo as árvores balançarem. Ele procurou algum sinal na rua, algo de que precisasse se defender. Mas não havia nada além da estrada vazia.

Algo no vento, pensou novamente, e entrou no carro para ir para casa.

• • •

Passava da meia-noite quando o leve desejo de um cigarro se insinuou no cérebro de Gage. Ele tinha parado de fumar havia dois anos, três meses e uma semana, mas a vontade às vezes ainda o atormentava.

Ligou o rádio e tentou tirar aquilo da cabeça, mas o desejo estava se transformando em ânsia. Podia ignorá-la também; fazia isso o tempo todo. Fazer o contrário era acreditar na grande verdade por trás do velho ditado: tal pai, tal filho.

Ele não era nem um pouco parecido com seu pai.

Bebia quando queria, mas nunca ficava bêbado. Pelo menos não desde os 17 anos e naquela época a embriaguez era totalmente intencional. Não culpava os outros pelos resultados ou esmurrava algo menor e mais fraco para poder se sentir maior e mais forte.

Nem mesmo culpava o velho, não particularmente. Na cabeça de Gage, você jogava as cartas que tinha na mão ou cruzava os braços e ia embora com os bolsos vazios.

Por puro acaso.

Por isso, estava totalmente preparado para ignorar esse súbito e surpreendentemente forte desejo de um cigarro. Mas quando considerou que estava a quilômetros de Hawkins Hollow, um lugar onde provavelmente teria uma morte feia e dolorosa, os avisos do médico pareceram insignificantes e sua própria renúncia inútil.

Quando viu o letreiro da loja 24 horas, pensou: *que se dane*. Não queria viver para sempre. Pediu um café preto e um maço de cigarros.

Voltou para o carro que comprara depois que seu avião aterrissou. O vento lhe açoitou os cabelos. Eram escuros como a noite e estavam um pouco mais longos do que geralmente usava, um tanto revoltos, como se ele não tivesse confiado nos barbeiros em Praga.

Havia uma penugem em seu rosto porque não se dera o trabalho de se barbear. Isso contribuía para a aparência enigmática e perigosa que fizera a jovem atendente que lhe entregou o café e os cigarros o achar irresistível. Ele tinha 1,82 metro e o excesso de magreza da juventude se fora. Como sua profissão geralmente levava ao sedentarismo, ele mantinha seu tônus muscular e sua boa forma física com exercícios regulares.

Não procurava brigas, mas raramente saía de uma. E gostava de vencer. Seu corpo, seu rosto e sua mente eram ferramentas de trabalho. Como seus olhos, sua voz e o controle que raramente perdia.

Era um jogador, e um bom jogador mantinha suas ferramentas afiadas.

Voltando para a estrada, deixou a Ferrari correr. Talvez tivesse sido tolice gastar tanto de seus ganhos em um carro, mas, caramba, aquilo *corria*. E puxa vida, ele ficara longe de Hollow durante todos aqueles anos. Parecia ótimo voltar com estilo.

O engraçado era que a vontade de fumar passara assim que havia comprado os malditos cigarros. Nem mesmo quis o café. A velocidade era suficientemente estimulante.

Percorreu os últimos quilômetros da interestadual e virou na saída para Hollow. A estrada rural escura estava vazia, o que não era de admirar, não a essa hora da noite. Havia sombras de casas, colinas, campos e árvores. Sentia um frio em sua barriga por estar voltando.

Procurou seu café mais por hábito do que por desejo e depois foi forçado a virar o volante e pisar no freio quando faróis vieram pela estrada diretamente em sua direção. Tocou a buzina e viu o outro carro desviar.

Merda! Acabei de comprar este carro.

Quando recuperou o fôlego, a Ferrari estava parada de lado no meio da estrada, pensou que foi um milagre ter evitado o acidente. Foi por centímetros. Menos que isso.

Seu dia de sorte.

Deu marcha a ré, foi para o acostamento e saiu para ver como andava o outro motorista, que supôs estar bêbado. Ela não estava. Estava furiosa.

– De onde diabo você veio? – perguntou. Ela bateu a porta do carro e pisou na vala rasa ao longo do acostamento em um movimento confuso. Gage viu uma massa de cabelos escuros cacheados parecendo os de uma cigana ao redor de um rosto pálido de choque.

Um belo rosto, concluiu em um canto do seu cérebro. Olhos enormes e negros que contrastavam com a pele branca, um nariz fino, uma boca grande. Ela não tremia e Gage não viu nenhum medo junto com a fúria na mulher em pé em uma estrada escura olhando para um total estranho.

– Moça – disse ele com o que achou ser uma calma admirável –, de onde diabo *você* veio?

– Daquela estrada estúpida que se parece com todas as outras estradas estúpidas por aqui. Olhei para os dois malditos lados e não havia ninguém. De onde você...? Ah, não importa. Nós não morremos.

– Não.

Com as mãos nos quadris, ela se virou para examinar seu carro.

– Consigo sair daqui, não é?

– Sim. Mas precisa consertar o pneu furado primeiro.

– Que pneu...? Ah, pelo amor de Deus! *Você* tem que trocá-lo. – Irritada, deu um chute no pneu traseiro. – É o mínimo que pode fazer.

Na verdade, não era. O mínimo que ele podia fazer era voltar para seu carro e lhe dar tchau. Mas apreciava a ousadia dela. Preferia-a aos tremores.

– Abra o porta-malas. Preciso do pneu sobressalente e do macaco.

Depois que ela o abriu, Gage pegou uma maleta, a pôs no chão e deu uma olhada no sobressalente. E balançou a cabeça.

– Hoje não é seu dia. O sobressalente está vazio.

– Não pode ser. – Ela o empurrou para o lado e examinou o pneu à luz do porta-malas. – Droga, droga, droga. Minha irmã. – Ela se virou, andou um pouco pelo acostamento e voltou. – Eu emprestei meu carro por algumas semanas. Isso é tão típico! Ela fura um pneu, não o conserta e nem mesmo se dá o trabalho de me contar!

Ela afastou os cabelos do rosto.

– Não vou chamar um reboque a esta hora da noite e ficar sentada no meio do nada. Você vai me dar uma carona.

– Vou?

– A culpa é sua. Pelo menos parte dela.

– Que parte?

– Não sei, mas estou cansada demais, zangada demais e perdida demais neste lugar estranho para querer saber. Preciso de uma carona.

– Às suas ordens. Para onde?

– Hawkins Hollow.

Ele sorriu e houve algo de misterioso naquele sorriso.

– Conveniente. Estou indo para lá. – Ele apontou para seu carro e se apresentou: – Gage Turner.

Ela apontou um tanto altivamente para sua mala.

– Cybil Kinski.

Ergueu as sobrancelhas ao dar a primeira boa olhada para o carro de Gage.

– Gostei do carro.

– Obrigado. Todas as rodas funcionam.

QUATORZE

Cal não estranhou ao ver a picape de Fox em sua entrada para automóveis, apesar da hora. Também não ficou surpreso ao entrar e encontrar Fox dormindo no sofá diante da TV, com Caroço esticado e ressonando ao seu lado.

Na mesinha de centro havia uma lata de Coca-Cola, o último dos sacos de batata frita sabor churrasco e uma caixa de biscoitos para cães. As sobras de uma festa humana e canina, presumiu Cal.

– O que você está fazendo aqui? – perguntou Fox groguemente.

– Eu moro aqui.

– Ela o expulsou?

– Não, eu vim para casa – Já que estava lá, enfiou a mão no saco de batata frita e conseguiu pegar um punhado de migalhas. – Quantos biscoitos você deu ao Caroço?

Fox relanceou os olhos para a caixa.

– Alguns. Talvez cinco. Por que está tão irritado?

Cal tomou os poucos goles de Coca-Cola quente que ainda restavam.

– Tive uma sensação, uma... coisa. Você não sentiu nada esta noite?

– Tive sensações e coisas desse tipo com bastante frequência nas últimas semanas. – Fox passou as mãos pelo rosto e por seus cabelos. – Mas sim, senti algo logo antes de você chegar. Eu estava meio adormecido, mas senti. Foi como um vento entrando pelo cano da chaminé.

– Sim. – Cal foi olhar pela janela. – Você tem falado com seus pais ultimamente?

– Falei com meu pai hoje. Está tudo bem com eles. Por quê?

– Se nós três somos descendentes diretos, então um dos nossos pais está na linha hereditária – salientou Cal.

– Também pensei nisso.

– Ninguém da nossa família foi afetado durante os Sete. Sempre ficamos aliviados com isso. – Ele voltou da janela. – Talvez aliviados o suficiente para não nos perguntarmos por quê.

– Achamos que era porque eles moravam fora da cidade. Exceto por Bill Turner, e quem diabo podia dizer o que ia acontecer com ele?

– Meus pais e os seus foram para a cidade durante os Sete. E havia pessoas... você se lembra do que aconteceu na casa de Poffenberger da última vez.

– Sim, sim, eu me lembro. – Fox esfregou os olhos. – Estar a 8 quilômetros da cidade não impediu Poffenberger de estrangular sua esposa enquanto ela o atacava com uma faca de açougueiro.

– Agora sabemos que a bisa sentiu e viu coisas naquele primeiro verão, e viu coisas na outra noite. Por quê?

– Talvez ele seja seletivo, Cal. – Fox se levantou e foi pôr mais lenha na lareira. – Sempre houve pessoas que não foram afetadas e sempre houve graus diferentes em que as outras eram afetadas.

– Quinn e Layla são as primeiras pessoas de fora. Achamos que há uma conexão, mas... e se essa conexão for simplesmente laços de sangue?

Fox se sentou de novo, se recostou e passou a mão na cabeça de Caroço enquanto o cão se mexia em seu sono.

– Boa teoria. Não se surpreenda se estiver transando com uma prima de centésimo grau.

– Hummm. – Aquilo dava o que pensar. – Se elas são descendentes, a próxima coisa a descobrir é se tê-las aqui nos fortalece ou nos torna mais vulneráveis. Porque está bastante claro que este vai ser grande. Vai ser tudo ou nada. Portanto... Alguém está vindo.

Fox empurrou o sofá e foi rapidamente para o lado de Cal.

– Não acho que o Grande Demônio vai dirigir até sua casa e... – Ele olhou mais atentamente. – Meu Deus, aquilo é uma Ferrari?

Ele sorriu para Cal.

– Gage – disseram juntos.

Eles foram para a varanda da frente, deixando a porta aberta. Gage saiu do carro e os olhou de relance enquanto ia tirar sua bolsa de viagem do porta-malas. Pendurou a alça no ombro e começou a subir a escada.

– Estão dando uma festa do pijama, mocinhas?

– As strippers acabaram de ir embora – respondeu Fox. – Lamento que você as tenha perdido. – Então ele se adiantou rapidamente e deu um forte abraço em Gage. – Cara, é bom ver você. Quando posso dirigir seu carro?

– Acho que nunca.

– Você demorou.

O alívio, o amor, o puro prazer o levou a avançar para abraçar Gage como Fox fizera.

– Tive que tratar de alguns negócios. Quero uma bebida. Preciso de um quarto.

– Entre.

Na cozinha, Cal serviu uísque. Todos sabiam que aquilo era um brinde de boas-vindas a Gage, e provavelmente uma bebida antes da guerra.

– Então – começou Cal. – Presumo que você voltou rico.

– Ah, sim.

– Quanto você tem agora?

Gage girou o copo em sua mão.

– Considerando as despesas e o carro novo... uns 50 dólares.

– Quem me dera poder ganhar dinheiro fácil – observou Fox.

– Eu posso.

– Você parece um pouco cansado, irmão – disse Cal.

Gage encolheu os ombros.

– Foram alguns dias longos. Que quase acabaram comigo em um terrível acidente aqui perto.

– Perdeu a direção do brinquedo? – perguntou Fox.

– Por favor. – Gage sorriu ironicamente à ideia. – Uma maluca, do tipo muito sensual, surgiu na minha frente. Ela saiu do carrinho velho dela e foi para cima de mim como se eu tivesse culpa pelo que aconteceu.

– Mulheres... – disse Fox.

– Não foi nada de mais, mas um dos pneus do carro dela furou e o estepe estava tão vazio que parecia uma panqueca. Acontece que ela estava vindo para Hollow, por isso consegui pôr sua mala de 2 toneladas no meu carro. Depois ela me disse um endereço e ficou me perguntando quanto tempo ia demorar para chegar lá, como se eu fosse o Google Maps.

Ele tomou um lento gole de uísque.

– Sorte dela que fui criado aqui e conhecia o lugar. Ela pegou o telefone, ligou para alguém que chama de Q, como o cara dos filmes do James Bond, e lhe disse para acordar. Q, por sinal, é muito bonita. Então...

Cal disse um endereço.

– É esse?

Cal baixou seu copo.

– É. Como sabia?

– Algo no vento – murmurou Cal. – Acho que era você e Cybil, a amiga de Quinn.

– Cybil Kinski – confirmou Gage. – Ela parece uma cigana da Park Avenue. – Ele tomou o resto do uísque em seu copo. – Ai, que merda...

• • •

– Ele surgiu do nada.

Havia uma taça de vinho tinto sobre a cômoda. Quinn o comprara na expectativa da chegada de Cybil.

Como essa chegada acordara Layla, Quinn se sentou ao lado dela no que seria a cama de Cybil enquanto a mulher em questão andava pelo quarto pendurando roupas, as pondo em gavetas e ocasionalmente tomando um gole de vinho.

– Achei que seria o fim, embora nunca tivesse visto morte por acidente de carro em meu futuro. Juro que achei que viraríamos um patê sangrento entre metal em chamas – disse Cybil para Quinn.

– Nossa.

– Mas devo ser melhor do que eu pensava e, felizmente, ele também é. Sei que tenho sorte de só ter levado um susto e saído disso com apenas um pneu furado, mas maldita seja Rissa por... bem, por ser Rissa.

– Rissa? – Layla pareceu confusa.

– A irmã de Cyb, Marissa – explicou Quinn. – Você emprestou seu carro para ela de novo?

– Eu sei, eu sei, *eu sei* – disse Cybil com um bufo que afastou cachos de sua testa. – Não sei como Rissa consegue me convencer a fazer essas coisas. Meu estepe estava vazio graças a ela.

– O que explica por que você chegou em um carro realmente glamouroso.

– Ele nem ia me trazer aqui, embora parecesse do tipo que pensaria nisso. Todo desgrenhado, lindo e com uma aparência perigosa.

– Da última vez que tive um pneu furado – lembrou-se Quinn –, o homem muito gentil que parou para me ajudar tinha uma barriga do tamanho de um saco de cimento e o cofrinho estava aparecendo.

– Não. Gage não tinha barriga... E, cá entre nós, tinha uma bundinha linda.

– Você disse "Gage"? – Layla pôs a mão na perna de Quinn. – Quinn!
– Pois é. – Quinn suspirou. – A turma toda está aqui.

• • •

De manhã, Quinn deixou suas colegas de casa dormindo enquanto corria para o centro comunitário. Sabia que se arrependeria disso mais tarde, porque teria que voltar correndo... depois de se exercitar. Mas parecia trapaça com sua mudança de estilo de vida dirigir por três quarteirões até a academia.

E queria tempo para pensar.

A coincidência de Cybil e Gage terem topado um com o outro era estranha. *Aliás, mais uma coisa para acrescentar à lista de estranhezas*, pensou Quinn enquanto sua respiração formava nuvens de vapor.

Outro detalhe peculiar era o fato de que Cybil tinha um ótimo senso de direção, mas aparentemente fez várias curvas erradas para terminar naquela estrada no exato momento em que Gage vinha pela principal. Cybil chegou a dizer que "ele veio do nada". Quinn estava disposta a interpretar isso literalmente. Se Cybil não o viu, talvez Gage realmente *não* estivesse lá.

Então por que eles se encontraram separadamente, fora do grupo? Já não era estranho o suficiente chegarem na mesma noite, à mesma hora? Quinn pegou sua chave de associada, que ela conseguira graças a Cal, e entrou na área de *fitness*.

As luzes ainda estavam apagadas, o que a surpreendeu. Normalmente estavam acesas quando ela chegava e pelo menos uma das três TVs ficava ligada na CNN ou na ESPN, ou em um dos programas de entrevistas matutinos. Quase sempre havia alguém em uma das esteiras ou bicicletas, ou erguendo pesos.

Acendeu as luzes.

– Olá?

Sua voz ecoou no vazio. Curiosa, foi em frente, empurrou a porta e viu que as luzes também estavam apagadas na pequena recepção e no vestiário. Talvez alguém tivesse tido um compromisso até tarde na noite anterior, concluiu. Foi até o vestiário, vestiu suas roupas de ginástica e depois pegou uma toalha. Optando por começar sua sessão com um exercício cardiovascular, ligou a TV e foi para o único aparelho elíptico da academia.

Ela o programou e resistiu ao desejo de trapacear em alguns quilos do seu peso. Como se aquilo importasse, lembrou a si mesma. (É claro que importava.)

Começou o aquecimento, satisfeita com sua disciplina e solidão. Ainda assim, esperava que a porta se abrisse a qualquer minuto e Matt ou Tina, que se revezavam na recepção, entrassem apressadamente. Depois de dez minutos de exercícios, aumentou a resistência e se concentrou na tela da TV para que isso a ajudasse a chegar ao fim do exercício.

Depois que completou o primeiro quilômetro e meio, tomou um longo gole de água da garrafa térmica que trouxera. Ao começar o terceiro, deixou sua mente divagar para o que esperava fazer naquele dia. Pesquisa, a base de qualquer projeto. E queria redigir o que achava que seria a introdução de seu livro. Redigi-la poderia fazer surgir alguma ideia. Em algum momento queria dar outra volta pela cidade com Cybil e Layla se elas estivessem dispostas.

Um passeio ao cemitério era adequado com Cybil a reboque. Hora de fazer uma visita a Ann Hawkins. Talvez Cal tivesse tempo para ir com elas. De qualquer modo, precisava falar com ele e discutir como ele se sentia sobre a volta de Gage – em quem queria dar uma olhada – e a chegada de Cybil. Acima de tudo, admitiu, queria vê-lo de novo. Mostrá-lo para Cybil.

Olhe! Ele não é fofo? Talvez isso fosse uma atitude adolescente, mas ela não se importava. Queria tocá-lo de novo. Estava ansiosa por cumprimentá-lo com um beijo e encontrar um modo de transformar aquele olhar preocupado dele em um brilho de diversão. Ela adorava o modo como os olhos de Cal riam antes do resto dele, e o modo como ele...

Bem, bem, bem. Estava absolutamente encantada pelo rapaz da cidade pequena. Isso também era fofo, concluiu, exceto pelo fato de lhe causar um frio na barriga.

Estava se apaixonando, concluiu ao completar o terceiro quilômetro com um sorriso bobo no rosto. Podia estar ofegante, com o suor escorrendo por suas têmporas, mas se sentia fresca e alegre como uma margarida primaveril.

Então as luzes se apagaram. O aparelho parou e a TV ficou sem imagem e silenciosa.

– Ah, droga!

Sua primeira reação foi de alarme. A escuridão era completa. Embora

Quinn pudesse traçar um quadro mental razoável de onde estava em relação à porta da rua, ela temia se dirigir para lá sem enxergar.

Esperou sua respiração se acalmar. Não conseguiria tatear até o vestiário e seu armário, e pegar suas roupas. Então teria que sair com um maldito top esportivo e calças de pedalar.

Ouviu o primeiro som surdo e sentiu um arrepio. E percebeu que tinha problemas muito maiores do que apenas roupas insuficientes.

Não estava sozinha. Com sua pulsação começando a acelerar, esperou desesperadamente que o que quer que estivesse no escuro com ela fosse humano. Mas os sons, aqueles temíveis sons abafados que faziam estremecer as paredes e o chão, os horríveis sons rastejantes, não eram humanos. Sua pele ficou arrepiada, em parte de medo e em parte em virtude do frio súbito e intenso.

Fique calma, ordenou a si mesma. *Pelo amor de Deus, fique calma.* Ela agarrou a garrafa de água – uma arma patética, mas tudo que tinha – e andou às cegas no escuro. Caiu no chão, o ombro e o quadril aparando o golpe. Tudo estremeceu e girou enquanto tentava se levantar. Desorientada, não tinha a menor ideia da direção em que deveria correr. Ouviu uma voz atrás e na frente dela, dentro da cabeça dela, sussurrando alegremente sobre a morte.

Percebeu que gritara enquanto engatinhava no chão que tremia. Com os dentes batendo de terror e frio, esbarrou com o ombro em outro aparelho.

Pense, pense, pense! Algo está vindo no escuro. Passou as mãos trêmulas pelo aparelho, uma bicicleta reclinada, e, com cada oração que sabia ecoando em sua cabeça, usou a localização do aparelho na sala para ir na direção da porta.

Houve um barulho às suas costas e algo bateu em seus pés. Levantou-se rapidamente, tropeçou e se levantou de novo. Não mais ligando para o que poderia haver entre ela e a saída, lançou-se para onde esperava que a porta estivesse. Com a respiração difícil, passou as mãos pela parede.

Encontre a maldita porta, Quinn. Encontre a maldita porta!

Sua mão bateu na dobradiça e, com um gemido, ela encontrou a maçaneta. A luz surgiu na frente dos seus olhos e o corpo de Cal colidiu com o seu. Se ela ainda tinha algum fôlego, o perdeu. Seus joelhos não tiveram nenhuma chance de ceder quando ele a abraçou.

– Segure-se em mim. Consegue fazer isso? – A voz de Cal estava estranhamente calma enquanto ela estendia o braço atrás dele e fechava a porta.

– Está machucada?

As mãos dele já a examinavam antes de subirem para seu rosto. Antes de a boca de Cal se unir à dela.

– Você está bem – conseguiu dizer ele, encostando-a na parede de pedra do prédio e tirando seu casaco. – Aqui, vista isto. Você está congelando.

– Você estava aqui. – Quinn ergueu os olhos para o rosto dele. – Você estava aqui.

– Não consegui abrir a porta. A chave não funcionou. – Cal pegou as mãos de Quinn e as esfregou entre as suas para aquecê-las. – Minha picape está bem ali. Quero que entre nela e se sente. Deixei as chaves dentro. Ligue o aquecimento. Sente-se na minha picape e ligue o aquecedor. Pode fazer isso?

Quinn quis dizer sim. Havia algo nela que queria dizer sim para tudo que ele pedisse. Mas viu nos olhos de Cal o que pretendia fazer.

– Você vai entrar lá.

– É isso que eu tenho que fazer. O que você tem que fazer é se sentar na picape por alguns minutos.

– Se você entrar, eu vou junto.

– Quinn.

Como ele conseguia parecer paciente e aborrecido ao mesmo tempo?

– Preciso fazer isso tanto quanto você e vou me odiar se ficar encolhida em sua picape enquanto você entra lá. Não quero me odiar. Vamos fazer isso e discutir depois.

– Fique atrás de mim. Se eu disser para voltar, volte. Esse é o trato.

– Feito. Acredite, não tenho vergonha de me esconder atrás de você.

Então Quinn viu, o leve brilho de um sorriso nos olhos dele, e isso a acalmou mais do que uma dose de conhaque. Cal girou sua chave de novo e Quinn prendeu a respiração. Quando ele abriu a porta, as luzes estavam acesas. Uma voz feminina anunciava alegremente a previsão do tempo nacional. O único sinal de que algo acontecera era a garrafa térmica de Quinn sob a prateleira de pesos livres.

– Cal, eu juro que a luz apagou e depois a sala...

– Eu vi. Estava escuro como breu aqui quando você saiu pela porta. Aqueles pesos estavam todos espalhados pelo chão. Eu os vi rolando. O chão estava balançando. Eu vi, Quinn. E ouvi aquilo do lado de fora da porta.

Ele havia batido à porta duas vezes, posto todo o seu peso sobre ela porque ouvira Quinn gritando e parecia que o teto estava desabando.

– Minhas coisas estão no vestiário.

– Dê-me a chave e vou...

– Juntos. – Ela segurou a mão de Cal. – Está sentindo esse cheiro? Além do cheiro do meu suor e do pânico.

– Sim. Sempre achei que esse devia ser o cheiro de enxofre.

Ele sorriu apenas um pouco quando Quinn parou para erguer um peso de 4,5 quilos e o segurar como uma arma. Cal empurrou a porta do vestiário feminino. Estava tão arrumado e normal quanto a área de exercícios. Ainda assim, pegou a chave e posicionou Quinn atrás dele antes de abrir o armário. Ela pegou rapidamente seu moletom e trocou de casaco.

– Vamos sair daqui.

Eles estavam voltando de mãos dadas quando Matt entrou.

Matt era jovem, do tipo atlético. Trabalhava em regime de meio expediente na recepção e ocasionalmente como personal trainer. Seus lábios se curvaram em um rápido e inofensivo sorriso quando os viu saindo do vestiário feminino juntos. Então ele pigarreou.

– Oi, desculpem, estou atrasado. Droga. Primeiro meu despertador não tocou e depois meu carro não pegou. Uma manhã daquelas.

– Sim – concordou Quinn guardando o peso livre e pegando sua garrafa térmica. – Um dia daqueles. Para mim basta por hoje. – Ela lhe atirou a chave do armário. – Vejo você depois.

– Claro.

Quinn esperou até eles estarem fora do prédio.

– Ele pensou que estávamos...?

– Sim, sim.

– Já fez isso em um vestiário?

– Como essa foi realmente minha primeira incursão em um vestiário feminino, tenho que admitir que não.

– Eu também não. Cal, você tem tempo para ir lá em casa, tomar café... Deus, vou até mesmo preparar o café da manhã... e falar sobre isso?

– Eu arranjo tempo.

• • •

Enquanto preparava ovos mexidos, Quinn lhe contou tudo que acontecera.

– Fiquei louca de medo – disse ao terminar e carregar o café para a pequena sala de jantar.

– Não, não ficou. – Cal pôs os pratos com ovos e torradas integrais sobre a mesa. – Você encontrou a porta naquela escuridão. Com tudo que estava acontecendo, manteve a calma e encontrou a porta.

– Obrigada. – Quinn se sentou. Não estava mais tremendo, mas seus joelhos ainda pareciam feitos de geleia. – Obrigada por dizer isso.

– É verdade.

– Você estava lá quando abri a porta e esse foi um dos melhores momentos da minha vida. Como sabia que eu tinha ido à academia?

– Cheguei cedo porque queria ver como você estava. Falar com você. Gage...

– Eu sei. Ele está de volta. Depois conversaremos sobre isso.

– Está bem. No caminho para cá, vi Ann Hawkins em pé à porta da frente. E ouvi você gritando.

– De dentro da picape? Você me ouviu a essa distância, através de paredes de pedra?

– Sim. Não foi um dos melhores momentos da minha vida. Quando saltei da picape e corri para a porta, ouvi barulho de coisas caindo e não consegui abrir a maldita porta.

Quinn viu na voz emocionada de Cal o medo que ele não deixara transparecer enquanto estavam fazendo o que precisava ser feito. Levantou-se e fez um favor a ambos se sentando no colo dele.

Ainda estava aninhada nos braços de Cal quando Cybil entrou.

– Oi. Não se levantem. – Ela se sentou na cadeira de Quinn. – Alguém está comendo isto? – Estudando-os, Cybil se serviu de uma garfada de ovos. – Você deve ser Cal.

– Cybil Kinski, Caleb Hawkins. Tivemos uma manhã difícil.

Layla entrou com uma caneca de café e olhos sonolentos que se obscureceram de preocupação no minuto em que viu Quinn.

– O que aconteceu?

– Sente-se e contaremos tudo para vocês duas.

– Preciso ver o lugar – disse Cybil enquanto a história era contada. – E o salão do boliche, todos os lugares em que houve incidentes.

– A cidade toda então... – disse Quinn laconicamente.

– E preciso ver a clareira assim que possível.

– Ela é mandona – disse Quinn para Cal.

– Achei que você fosse, mas ela é mais. Vá ao boliche quando quiser. Quinn pode levá-la até a academia, mas se eu não puder ir junto vou providenciar para que Fox ou Gage as acompanhem. Melhor ainda, os dois. No que diz respeito à Pedra Pagã, falei com Fox e Gage sobre isso na noite passada. Iremos todos juntos na próxima vez. Não posso ir hoje e Fox também não. Domingo será melhor.

– Ele é organizado e protetor – disse Cybil para Quinn.

– Sim. – Ela deu um beijo na bochecha de Cal. – Sim, ele é.

– É melhor eu ir.

– Ainda temos muito sobre o que conversar. Ouça, talvez vocês três possam vir para jantar.

– Alguém vai cozinhar? – perguntou Cal.

– Cyb.

– Ei!

– Você comeu o meu café da manhã. Além disso, sabe cozinhar. Ah, Cal? – Ela saiu do colo dele para ele poder se levantar. – Fox contrataria Layla?

– O quê? Quem? Por quê? – protestou Layla.

– Porque você precisa de um emprego – lembrou Quinn. – E ele precisa de alguém para administrar o escritório.

– Eu não sei nada sobre... Você não pode simplesmente...

– Você era gerente de uma butique – lembrou Quinn. – Isto é parte do trabalho, não é? Gerenciar? E você é organizada, Srta. Fichas Coloridas e Gráficos. Então sei que é capaz de arquivar, manter uma agenda e fazer o melhor. O resto vai aprendendo. Pergunte para Fox, está bem, Cal?

– Perguntarei. Sem problemas.

– E depois eu que sou mandona – comentou Cybil terminando o café de Quinn.

– Eu chamo isso de pensamento criativo e liderança. Agora vá encher essa caneca de novo enquanto levo Cal até a porta para poder lhe dar um longo beijo de despedida.

Cybil sorriu enquanto Quinn puxava Cal para fora da sala.

– Ela está apaixonada.

– É mesmo? – Agora o sorriso de Cybil foi para Layla. – Nesse caso, vou esperar mais um pouco antes de matá-la por me fazer passar vergonha. Acha mesmo que ela está apaixonada com A maiúsculo?

– Com todas as letras maiúsculas e em negrito. – Cybil pegou a caneca e se levantou. – Q gosta de pessoas diretas, mas tem o cuidado de levá-las na direção de algo útil ou pelo menos interessante. Ela não tentaria arranjar esse emprego se achasse que você não estaria à altura dele.

Ela suspirou enquanto ia para a cozinha.

– O que diabo devo fazer para o jantar?

QUINZE

Foi difícil para Cal ver Bill Turner e não dizer nada sobre Gage estar na cidade. Mas conhecia seu amigo. Se Gage quisesse que o pai soubesse de sua chegada, teria avisado. Por isso, fez o possível para evitar Bill fechando-se em seu escritório.

Cuidou de pedidos, contas e reservas, e entrou em contato com o homem do fliperama para discutir a troca de uma das máquinas de *pinball* por algo mais animado. Vendo a hora, pegou o telefone e ligou para Gage.

Estava dormindo, concluiu ao ouvir a irritação na voz do amigo. Ignorando tudo isso, Cal explicou o que acontecera naquela manhã, transmitiu os planos para o jantar e desligou. Depois, revirando os olhos, telefonou para Fox para passar o mesmo recado e, como prometido, indicar Layla para substituir a Sra. Hawbaker.

– Layla? O quê?

– Desculpe, mas tenho que desligar. Tchau!

Dever cumprido, pensou. Satisfeito, virou-se para seu computador e obteve as informações sobre os sistemas de pontuação automática que queria convencer seu pai a instalar.

Já passava da hora de o boliche se modernizar. Talvez fosse tolice pensar naquele tipo de investimento se tudo iria para o inferno dali a alguns meses. Mas se tudo iria para o inferno dali a alguns meses, o investimento não prejudicaria ninguém.

Seu pai diria que alguns dos frequentadores antigos se oporiam, mas Cal achava que era apenas uma questão de adaptação. Se eles quisessem anotar os pontos à mão, o boliche lhes forneceria papel e marcadores. No entanto, se alguém mostrasse aos clientes como aquilo funcionava e oferecesse alguns jogos de graça para se acostumarem com o novo sistema...

Uma coisa era ser um pouco kitsch e tradicional, outra era ser antiquado.

Não, não, essa não era a melhor abordagem para usar com seu pai. Seu pai gostava do que era antiquado. Melhor usar números. O boliche era responsável por quase 60% da receita deles, portanto...

Ele interrompeu seus pensamentos ao ouvir a batida à porta e estremeceu achando que era Bill Turner. Mas foi a mãe de Cal quem pôs a cabeça para dentro.

– Está ocupado demais para mim?

– Nunca. Veio jogar um pouco antes dos jogos matutinos da liga?

– De modo algum. – Frannie adorava seu marido, mas gostava de dizer que não fizera um voto de amar, honrar e jogar boliche. Ela entrou, se sentou e depois posicionou sua cabeça de modo a poder ver a tela do computador. Torceu os lábios. – Boa sorte com isso.

– Não diga nada para o papai, está bem?

– Meus lábios estão selados.

– Com quem você vai almoçar?

– Como sabe que vou almoçar com alguém?

Ele apontou para a bonita jaqueta, as calças arrumadas e as botas de salto.

– Elegante demais para ir às compras.

– Você é mesmo esperto. Tenho que fazer algumas coisas e depois vou me encontrar com uma amiga para almoçar, Joanne Barry.

A mãe de Fox, pensou Cal, e apenas assentiu com a cabeça.

– Nós almoçamos de vez em quando, mas Jo me telefonou ontem especificamente para me perguntar se eu poderia me encontrar com ela hoje. Está preocupada. Por isso vim perguntar se há algo que eu deva saber, algo que queira me contar antes de eu vê-la.

– As coisas estão sob controle, mãe. Ainda não tenho as respostas. Mas tenho mais perguntas e acho que isso é um progresso. Na verdade, tenho uma que gostaria que fizesse à mãe de Fox para mim.

– Está bem.

– Você poderia lhe perguntar se há um modo de ela descobrir se alguns dos seus ancestrais eram Hawkins?

– Você acha que poderíamos de algum modo estar relacionados? Acha que ajudaria se estivéssemos?

– Seria bom saber.

– Então farei a pergunta. Agora me responda uma: você está bem?

– Sim.

– Então está bem. – Frannie se levantou. – Tenho meia dúzia de itens na minha lista de coisas a fazer antes de me encontrar com Jo. – Ela começou a ir para a porta, xingou baixinho e voltou. – Eu não ia perguntar, mas nesse caso não tenho força de vontade para resistir. As coisas entre você e Quinn Black estão sérias?

– Em relação a quê?

– Caleb Hawkins, não se faça de desentendido.

Ele teria rido, mas apenas encolheu os ombros.

– Não sei exatamente a resposta. E não sei ao certo se é inteligente que se tornem sérias nesse sentido, com tantas coisas acontecendo. Com tanto em jogo.

– Que momento seria melhor? – respondeu Frannie. – Meu sensato Cal. – Ela pôs a mão na fechadura e sorriu para o filho. – Ah, e quanto àqueles sofisticados sistemas de pontuação, tente lembrar ao seu pai quanto o pai dele resistiu às telas de projeção de pontos uns 35 anos atrás.

– Terei isso em mente.

A sós, Cal imprimiu informações sobre sistemas automáticos, novos e recondicionados, e depois parou por tempo suficiente para descer a escada e dar uma olhada na recepção, na grelha e na área recreativa durante os jogos matutinos da liga.

Os cheiros da grelha o lembraram que não tomara café da manhã, por isso pegou um pretzel e uma Coca-Cola antes de voltar para seu escritório. Alimentado, decidiu que, como tudo estava tranquilo, poderia se dar ao luxo de fazer um intervalo no final da manhã. Queria descobrir um pouco mais sobre Ann Hawkins.

Ann aparecera para ele duas vezes em três dias. Nas duas, refletiu, aquilo fora uma espécie de aviso. Já a vira antes, mas apenas em sonhos. Ele a quisera em seus sonhos, admitiu. Ou Giles Dent a quisera através dele.

Ele confiava nos instintos de Quinn sobre os diários. Em algum lugar e momento, houvera mais. Talvez estivessem na antiga biblioteca. Certamente pretendia ir lá examinar o lugar centímetro a centímetro. Se tivessem de algum modo sido transferidos para o novo espaço e postos na estante errada ou no depósito, a busca seria um pesadelo.

Queria saber mais sobre Ann, para que isso o levasse às respostas.

Onde ela estivera por quase dois anos? Todas as informações, todas as histórias que havia ouvido ou lido indicavam que ela desaparecera na noite do incêndio na clareira e só voltara a Hollow quando seus filhos tinham quase 2 anos.

– Para onde você foi, Ann?

Para onde uma mulher esperando trigêmeos iria durante as últimas semanas de gravidez? Viajar seria extremamente difícil. Até mesmo para uma mulher que não carregasse o peso de uma gravidez.

Houvera outros povoados, mas nenhum onde uma mulher na condição de Ann poderia ir a pé ou até mesmo a cavalo. Então, logicamente, ela tinha que ter ido para algum lugar próximo, e ter sido acolhida por alguém.

Quem acolheria uma jovem solteira? Seu primeiro palpite seria um parente. Talvez um amigo, talvez uma viúva velha e bondosa, mas mais provavelmente alguém da família.

– Foi quem você procurou primeiro, quando estava com problemas, não foi?

Embora não fosse fácil encontrar informações sobre Ann Hawkins, havia muitas sobre o pai dela, o fundador de Hollow. Cal as lera, é claro. Ele as havia estudado, mas nunca desse ângulo. Então abriu todas as informações sobre Richard Hawkins que já baixara para o computador do seu escritório.

Seguiu linhas colaterais e fez anotações sobre qualquer menção a parentes dela e de Giles Dent. Eram poucas as opções, mas pelo menos havia algumas. Cal estava examinando aquilo quando alguém bateu à porta. Ele ergueu os olhos quando Quinn enfiou a cabeça pela fresta, como sua mãe fizera naquela manhã.

– Aposto que você detesta ser interrompido, mas...

– Tudo bem. – Ele olhou para o relógio e viu com um pouco de culpa que seu intervalo durara mais de uma hora. – Demorei mais nisto do que pretendia.

– É briga de cachorro grande esse negócio de boliche – disse ela ao entrar. – Só queria que você soubesse que estamos com você. Levamos Cyb para dar uma voltinha pela cidade. Não há nenhum lugar bom para comprar sapatos em Hawkins Hollow! Cyb ficou triste com isso. Agora ela está falando em jogar boliche. Cyb tem um forte traço competitivo. Então fugi para cá antes que me arrastasse. Eu esperava pegar na grelha algo rápido para comer e que talvez você pudesse se juntar a nós antes que Cyb...

Ela parou de falar. Cal não dissera uma só palavra e a estava olhando. Apenas olhando.

– O que foi? – Ela passou a mão por seu nariz e depois seus cabelos. – Tem algo no meu rosto?

– Não. Seu rosto é lindo.

Cal se levantou e circundou a escrivaninha. Continuou a olhar para o rosto de Quinn ao passar por ela, enquanto fechava e trancava a porta.

– Ah. *Ah*. Realmente? Sério? Aqui? Agora?

– Aqui e agora.

Quinn parecia confusa e isso era um raro prazer. Cada centímetro dela era maravilhoso. Cal não sabia como havia passado da alegria em vê-la para a excitação em um piscar de olhos, e nem queria saber. O que sabia, sem dúvida, era que queria tocá-la, sentir seu cheiro, sentir o corpo dela se enrijecer e depois relaxar.

– Você não é nem de longe tão previsível quanto era para ser.

Observando-o, Quinn tirou seu suéter e desabotoou sua blusa.

– Era para eu ser previsível?

Ele não se deu o trabalho de desabotoar a camisa e a tirou pela cabeça.

– O rapaz da cidade pequena, de uma família boa e estável, que dirige um negócio de três gerações. Era para você ser previsível, Caleb – disse Quinn desabotoando seus jeans. – Gosto que não seja. Não me refiro apenas ao sexo, embora isso conte muitos pontos.

Ela se abaixou para tirar as botas, afastando os cabelos do rosto para poder olhar para Cal.

– Era para você estar casado ou perto de se casar com seu amor da universidade. Pensando em seu plano de aposentadoria.

– Eu penso em meu plano de aposentadoria. Mas não estou pensando agora. Neste momento, Quinn, só consigo pensar em você.

Isso fez o coração dela pular antes mesmo de Cal estender os braços e passar as mãos por seus ombros nus. Antes mesmo de puxá-la e seduzir sua boca com a dele.

• • •

Quinn podia ter rido quando eles se deitaram no chão, mas sua pulsação estava acelerada. Houve um tom diferente de quando estavam na cama. Mais urgência, uma sensação de inquietude ao rolarem loucamente pelo chão do escritório. Cal tirou o sutiã de Quinn para poder usar os lábios, os dentes e a língua nos seios dela. Quinn fechou a mão ao redor dele, o encontrou rijo e o fez gemer.

Cal não podia esperar, não desta vez. Não podia saborear, precisava possuir. Rolou e a puxou para cima dele, a fim de que montasse nele. Enquanto ele agarrava seus quadris, ela o recebia. Quando Quinn se inclinou para a frente para um ávido beijo, seus cabelos caíram como uma cortina sobre o rosto dele. Ele estava cercado pelo corpo, pelo cheiro e pela energia dela. Acariciou a linha das costas e a curva dos quadris de Quinn enquanto ela se movia sem parar, levando-o do prazer ao desespero.

Mesmo quando Quinn se arqueou para trás, mesmo com a visão dele turva, a forma e os tons dela o enfeitiçavam.

Quinn se deixou levar, simplesmente mergulhando em sensações. Pulsos acelerados, corpos escorregadios e fricção estonteante. Ela sentiu o orgasmo dele vindo, aquele súbito movimento dos quadris, e ficou excitada. Fizera-o perder o controle primeiro, o subjugara. E usou esse poder, essa excitação, para atingir o mesmo auge.

Quinn deslizou para fora e para cima dele de modo que pudessem ficar deitados lá quentes e um pouco aturdidos até recuperarem o fôlego. E então ela começou a rir.

– Deus, parecemos um casal de adolescentes. Ou de coelhos.

– Coelhos adolescentes.

Com um sorriso no rosto, ela se levantou.

– Você costuma ser multitarefa assim em seu escritório?

– Ah...

Ele deu um pequeno soco nela enquanto vestia seu sutiã.

– Está vendo? Imprevisível.

Cal entregou a blusa para ela.

– É a primeira vez que sou multitarefa *assim* no horário de trabalho.

Os lábios de Quinn se curvaram enquanto ela abotoava sua blusa.

– Não me sinto assim desde que era um adolescente.

Quinn se inclinou para lhe dar um rápido beijo nos lábios.

– Melhor ainda. – Ainda no chão, vestiu suas calças enquanto Cal fazia o mesmo. – Eu preciso contar uma coisa. – Ela procurou suas botas e calçou uma. – Acho... Não, dizer "acho" é uma atitude covarde.

Respirou fundo, calçou a outra bota e o olhou direto nos olhos.

– Estou apaixonada por você.

O choque veio primeiro. Rápido, agudo e visceral. Depois veio a preocupação envolta em um medo indefinido.

– Não perca seu tempo com aquela coisa de "só nos conhecemos há algumas semanas". E realmente também não quero ouvir "estou lisonjeado, mas". Não contei isso para você poder dizer alguma coisa. Contei porque queria que soubesse. Então, em primeiro lugar, não importa há quanto tempo nos conhecemos. Eu me conheço há tempo suficiente e me conheço bem. Sei o que sinto quando sinto. Segundo: você deveria se sentir lisonjeado, é claro. E não precisa ficar nervoso. Não é obrigado a sentir o que eu sinto, e não espero isso.

– Quinn, todos nós estamos sob muita pressão. Nem mesmo sabemos se conseguiremos chegar até agosto. Não podemos...

– Exatamente. Ninguém nunca sabe disso, mas temos mais motivos para nos preocupar. Então, Cal, o momento é importante. Este exato minuto é muito importante. Duvido que eu tivesse lhe contado se não fosse assim, embora eu possa ser impulsiva. Mas acho que em outras circunstâncias esperaria você me corresponder. Espero que isso aconteça, mas por enquanto as coisas estão boas do jeito que estão.

– Você tem que saber que eu...

– Não, não venha dizer que se preocupa comigo. – O primeiro sinal de raiva surgiu na voz dela. – Seu instinto é dizer todos os clichês que as pessoas usam em casos assim. Eles só me irritam.

– Está bem, está bem, deixe-me apenas lhe fazer uma pergunta sem que você fique irritada. Já pensou que o que está sentindo pode ser algo parecido com o que aconteceu na clareira? Digamos, um reflexo do que Ann sentia por Dent?

– Sim, e não é. – Quinn se levantou e vestiu seu casaco. – Mas essa é uma boa pergunta. Boas perguntas não me irritam. O que ela sentia e eu senti era intenso e profundo. Não vou dizer que um pouco do que sinto por você não é assim. Mas também era doloroso e dilacerante. Isto não é, Cal. Isto não é doloroso. Não me sinto triste. Então... você tem tempo de descer e comer alguma coisa antes de Cyb, Layla e eu irmos embora? O que acha?

– Ah, é claro.

– Ótimo. Vejo você lá embaixo. Vou ao banheiro me arrumar um pouco.

– Quinn. – Cal hesitou enquanto ela abria a porta e se virava. – Nunca me senti assim com ninguém.

– Agora isso é uma coisa muito aceitável para se dizer.

Ela sorriu ao sair. Se Cal havia dito isso, fora sincero, porque ele era assim. *Pobre rapaz*, pensou. *Nem mesmo sabia que estava apaixonado.*

• • •

Um denso bosque protegia o cemitério do lado norte. Espalhava-se sobre o terreno acidentado, com colinas a oeste no fim de uma estrada de terra que mal tinha largura suficiente para dois carros passarem. Uma placa desbotada pelo tempo dizia que a Primeira Igreja Puritana um dia estivera naquele lugar, mas fora destruída ao ser atingida por um raio e consumida pelo fogo em 7 de julho de 1652.

Quinn já havia lido sobre esse fato em sua pesquisa, mas era diferente estar ali agora, no vento e no frio, imaginando isso. Também havia lido, como a placa afirmava, que uma pequena capela fora erguida para substituí-la até ficar em ruínas durante a Guerra Civil.

Agora só havia a placa, as pedras e as ervas daninhas resistentes ao inverno. Para além de um muro de pedra baixo estavam as sepulturas mais recentes. Por todo lado ela viu o colorido de flores que se destacava nos cinzas tristes e marrons do inverno.

– Deveríamos ter trazido flores – disse Layla em voz baixa enquanto olhava para a lápide pequena e simples onde se lia apenas:

ANN HAWKINS

– Ann não precisa delas – disse Cybil. – Lápides e flores são só para os vivos. Os mortos têm outras coisas para fazer.

– Que pensamento animador.

Cybil apenas encolheu os ombros.

– Não é interessante o fato de não haver data de nascimento ou morte na lápide? Ann tinha três filhos, mas não há nada além do nome dela gravado. Apesar de que eles também foram enterrados aqui, com suas esposas, e imagino que pelo menos alguns dos seus filhos. Independentemente de onde estavam, voltaram para casa a fim de serem enterrados com Ann.

– Talvez eles soubessem ou acreditassem que Ann voltaria. Talvez ela tivesse lhes dito que a morte não é o fim. – Quinn franziu as sobrancelhas, olhando para a lápide. – Talvez eles quisessem manter a lápide simples, mas agora que você mencionou... Será que foi proposital? Sem início e fim, pelo menos até...

– Julho – concluiu Layla. – Outro pensamento animador.

– Bem, enquanto estamos todas animadas, vou tirar algumas fotos. – Quinn pegou sua câmera. – Talvez vocês duas possam anotar alguns dos nomes aqui. Podemos querer checá-los, ver se algum deles tem uma importância direta para...

Ao recuar para tirar uma foto, ela tropeçou e caiu sentada.

– Ai, droga! Droga! Bem onde eu me machuquei esta manhã. Perfeito.

Layla foi ajudá-la a se levantar. Cybil fez o mesmo, embora lutando contra o riso.

– Sem comentários! – resmungou Quinn. – O chão é irregular aqui e mal dá para ver algumas das lápides. – Ela esfregou seu quadril e olhou para a lápide em que tropeçara. – Ah. Isso é estranho. Joseph Black, falecido aos 48 anos. – A cor que a irritação trouxera para seu rosto desapareceu. – O sobrenome é igual ao meu. Black realmente é um nome comum. Bem, comum até a gente se lembrar de onde estamos.

– Provavelmente é um dos seus antepassados – concordou Cybil.

– E de Ann?

Quinn balançou a cabeça ao palpite de Layla.

– Não sei. Cal pesquisou a árvore genealógica da família Hawkins e eu dei uma olhada. Sei que alguns dos registros mais antigos estão perdidos, mas não vejo como nós dois teríamos deixado passar ramos com meu sobrenome. Acho melhor vermos o que conseguimos descobrir sobre Joe.

• • •

Seu pai não foi de nenhuma ajuda e o telefonema para casa a manteve falando por quarenta minutos, inteirando-se das fofocas da família. Depois tentou a avó, que tinha uma vaga lembrança de a sogra dela mencionar um tio, possivelmente um tio-avô ou talvez um primo, que nascera nas colinas de Maryland. Ou podia ter sido na Virginia. Joe se tornara famoso na família por ter fugido com uma cantora de bar, abandonando a esposa e os quatros filhos e levado com ele as economias da família dentro de uma lata de biscoito.

– Gente fina, o Joe – concluiu. – Mas será que o meu Joe é Joseph Black?

Decidiu que tinha tempo suficiente para ir à prefeitura começar a pesquisar sobre Joseph Black. Se ele havia morrido ali, talvez tivesse nascido ali.

• • •

Quando Quinn chegou, ficou feliz em encontrar a casa cheia de gente, sons e cheiros de comida. Cybil, sendo quem era, tinha posto música, acendido velas e servido vinho. Todos estavam reunidos na cozinha, abrindo o apetite com azeitonas marinadas. Quinn pegou uma e bebeu o vinho de Cal.

– Estou sangrando pelos olhos? – perguntou.

– Até agora não.

– Estou procurando registros há quase três horas. Acho que está moído meu cérebro.

– Joseph Black. – Fox lhe trouxe uma taça de vinho. – Ficamos sabendo.

– Ótimo, isso me poupa trabalho. Só consegui chegar até o avô dele, Quinton Black, nascido em 1676. Não há nenhum registro antes disso, pelo menos não aqui. E nem depois de Joe. Procurei por irmãos ou outros parentes. Ele tinha três irmãs, mas não encontrei nada sobre elas além dos registros de nascimentos. Ele tinha tias, tios e assim por diante, e não muito mais do que isso. Parece que os Blacks não foram uma grande presença em Hawkins Hollow.

– O nome não chamou minha atenção – disse Cal.

– Não. Ainda assim, tenho a curiosidade da minha avó e agora ela está tentando descobrir o que pode na árvore genealógica da família. Ligou para o meu celular. Acha que tem toda a família registrada em um livro, que ficou com seu cunhado quando os pais dele morreram. Enfim, é uma pista.

Ela se concentrou no homem encostado no balcão girando uma taça de vinho.

– Desculpe. Gage, certo?

– Certo. Especialista em serviços rodoviários.

Quinn sorriu enquanto Cybil revirava os olhos e tirava um pão de ervas do forno.

– Ouvi dizer. Parece que o jantar está pronto. Estou morrendo de fome. Nada como procurar nascimentos e mortes de Blacks, Robbits e Clarks para abrir o apetite.

– Clark. – Layla baixou o prato que pegara para Quinn pôr o pão. – Havia Clarks nos registros?

– Pelo que me lembro, uma Alma e um Richard Clark. Preciso ver minhas anotações. Por quê?

– O sobrenome de solteira da minha avó era Clark. – Layla deu um fraco sorriso. – Provavelmente isso também não é uma coincidência.

– Sua avó ainda está viva? – perguntou Quinn imediatamente. – Você pode entrar em contato com ela e...

– Vamos comer enquanto está quente – interrompeu-a Cybil. – Temos tempo suficiente para dar uma boa olhada nas árvores genealógicas depois. Mas quando eu cozinho... – Ela empurrou o prato de pão quente para a mão de Gage. – Nós comemos.

DEZESSEIS

AQUILO ERA IMPORTANTE. TINHA QUE SER. CAL MOVEU A BARRA DE ROlagem repetidamente, tirando tempo de seu horário de trabalho e seu intervalo para pesquisar a linhagem Hawkins-Black. Ali estava algo novo, uma porta que eles não sabiam que existia e muito menos tentaram abrir.

Disse a si mesmo que aquele trabalho era vital e consumia tempo, e era por isso que Quinn e ele não tinham conseguido se encontrar nos últimos dias. Ambos estavam ocupados. O que era inevitável.

Além disso, provavelmente esse era um bom momento para eles darem um tempo. Deixarem as coisas se acalmarem um pouco. Como dissera para sua mãe, não era o momento para um relacionamento sério. Porque coisas importantes e que mudavam vidas deveriam acontecer depois que as pessoas estivessem realmente apaixonadas.

Pôs comida na tigela de Caroço enquanto o cachorro esperava com sua costumeira calma e paciência. Como era quinta-feira, colocara as roupas na máquina de lavar e agora tomava seu café da manhã antes da habitual caminhada com Caroço.

Talvez Quinn estivesse preparando sua versão de uma tigela de cereais agora. Talvez estivesse em pé na cozinha com o cheiro de café no ar, pensando nele. Como essa ideia lhe agradou muito, pegou o telefone para ligar para ela. Antes que pudesse discar, porém, ouviu um som às suas costas e se virou.

Gage tirou a caneca de café do armário que abrira.

– Sonhando acordado com aquela mulher?

– Estou com muitas coisas na cabeça.

– Especialmente a mulher. Você é transparente, Hawkins. A começar por seus olhos tristes de cocker spaniel.

– Vá se danar, Turner.

Gage apenas sorriu e se serviu de café.

– Agora você está com aquele anzol no canto da sua boca. – Gage pôs o dedo na sua própria boca e a puxou. – Inconfundível.

– Você está com inveja porque não tem ninguém.

– Sem dúvida. – Gage tomou um gole de café preto. E usou seu pé descalço para acariciar o flanco de Caroço enquanto o cão se concentrava totalmente em sua comida. – Ela não faz seu tipo.

– Não? – A irritação fez Cal arquear as costas como se fosse um lagarto. – Qual é o meu tipo?

– Muito parecido com o meu. Descontraído, sem pensamentos profundos, sem laços e sem preocupações. Quem poderia nos culpar? – Ele pegou o cereal e comeu direto da caixa. – Mas ela foge aos padrões. É inteligente e estável.

– Esse cinismo que carrega nunca incomoda você?

– Não é cinismo. É sinceridade – corrigiu-o Gage enquanto mastigava o cereal. – E faz eu me sentir leve. Gosto dela.

– Eu também. – Cal se esqueceu do leite e apenas pegou um punhado de cereal da tigela em que o pusera. – Ela... ela disse que está apaixonada por mim.

– Isso foi rápido. E agora subitamente está muito ocupada e você está dormindo sozinho, amigo. Eu disse que ela era esperta.

Ele se sentiu duplamente ofendido, por si mesmo e por Quinn.

– Gage, ela não é assim. Não usa as pessoas dessa maneira.

– E você sabe disso porque a conhece muito bem.

– Sim. – Qualquer sinal de irritação desapareceu quando ele se deu conta dessa simples verdade. – É exatamente isso. Eu a conheço. Pode haver dúzias, centenas de coisas que não sei, mas sei como ela é. Não sei se um pouco disso é por causa dessa conexão, mas sei que é verdade. As coisas mudaram na primeira vez em que a vi. Sei lá. Algo mudou para mim. Então você pode fazer piada, mas foi assim que aconteceu.

– Você tem sorte – observou Gage depois de um momento. – Nunca imaginei nenhum de nós com uma dose decente de normalidade. – Ele encolheu os ombros. – Não me importaria de estar errado. Além disso, você fica realmente bem com esse anzol em sua boca.

Cal ergueu seu dedo médio para Gage.

– Concordo – disse Fox ao entrar. Ele foi direto para a geladeira pegar uma Coca-Cola. – O que houve?

– O que houve foi que você está bebendo minha Coca-Cola de novo e nunca traz nenhuma para repor.

– Eu trouxe cerveja na semana passada. Além disso, Gage falou para vir esta manhã.

– Você disse para ele vir?

– Sim. Então, O'Dell, Cal está apaixonado pela loura.

– Ei!

– Conte-me algo que eu não sei.

Fox abriu a lata de Coca-Cola e tomou um gole.

– Eu nunca disse que estava apaixonado por ninguém.

Fox apenas desviou seu olhar para Cal.

– Conheço você desde que nasci. Sei o que significam esses coraçõezinhos brilhantes em seus olhos. Isso é bom. Ela foi feita para você.

– Vocês precisam se decidir. Um diz que ela não faz meu tipo. O outro alega que ela foi feita para mim.

– Nós dois temos razão. Ela não faz o tipo que você geralmente procura. – Fox bebeu mais refrigerante e depois pegou a caixa de cereal de Gage. – Porque você não queria encontrar a mulher adequada. Ela é, mas isso foi uma surpresa. Quase um choque. Eu acordei uma hora mais cedo para vir aqui antes do trabalho e debater a vida amorosa de Cal?

– Não, isso foi apenas uma conversa paralela interessante. Obtive algumas informações quando estava na República Tcheca. A maioria boatos e fatos curiosos que acompanhava quando tinha tempo. Recebi um telefonema de um especialista na noite passada, e foi por isso que pedi para vir esta manhã. Talvez eu tenha identificado nosso Grande Demônio Canalha.

Eles se sentaram à mesa da cozinha com café e cereal seco. Fox com seu terno de advogado, Gage com camiseta preta e calças folgadas e Cal de jeans e camisa de flanela.

E falaram sobre demônios.

– Visitei algumas das vilas menores e remotas – começou Gage. – Sempre acho que também posso conhecer o folclore local e talvez as redondezas enquanto acumulo marcadores e fichas de pôquer.

Cal sabia que ele fazia isso há anos. Seguir qualquer indício de informações sobre demônios e fenômenos inexplicáveis. Sempre voltava com histórias, mas na opinião de Cal nada que se encaixasse no perfil de... bem, do problema particular deles.

– Ouvi conversas sobre um antigo demônio que podia assumir outras formas. Você ouve coisas sobre lobisomens lá, e no início achei que se tratava disso. Mas aquilo não tinha a ver com morder gargantas e balas de prata. As pessoas falavam que aquela coisa caçava humanos para escravizá--los e se alimentar de sua... a tradução foi um pouco vaga, e o melhor que pude obter foi essência, ou humanidade.

– Alimentar-se como?

– Isso também foi vago, como o folclore tende a ser. Não era de carne e osso e não tinha dentes caninos e garras, esse tipo de coisa. A lenda é que esse demônio ou essa criatura podia se apoderar não só das almas, como também das mentes das pessoas e fazê-las enlouquecer, fazê-las matar.

– Essa poderia ser a origem do nosso.

– Isso soou familiar o suficiente para eu investigar. Havia muito para examinar; aquela área é cheia de histórias desse tipo. Mas naquele lugar nas colinas, na densa floresta que me fez lembrar daqui, deparei com algo. Seu nome é *Tmavy*. A tradução é Trevas. As Trevas.

Todos se lembraram do que saíra do chão na Pedra Pagã.

– Vinha como um homem que não era um homem, caçava como um lobo que não era um lobo. E às vezes era um garoto, um garoto que atraía mulheres e particularmente crianças para a floresta. A maioria nunca voltava e quem voltava enlouquecia. As famílias deles também enlouqueciam. Matavam uns aos outros, a si mesmos ou seus vizinhos.

Gage parou e se levantou para pegar a cafeteira.

– Descobri um pouco disso quando estava lá, mas encontrei um sacerdote que me deu o nome de um homem, um professor que estudava e publicava sobre demonologia no Leste Europeu. Ele me telefonou na noite passada. Disse que esse demônio em particular, e tem medo de pronunciar o nome, vagou pela Europa durante séculos. Foi caçado, alguns dizem que por outro demônio, um bruxo ou apenas um homem com uma missão. Reza a lenda que eles lutaram na floresta e o bruxo foi mortalmente ferido e deixado para morrer. E, segundo o professor Linz, esse foi seu erro. Alguém veio, um garoto pequeno, e o bruxo passou seu poder para ele antes de morrer.

– O que aconteceu? – quis saber Fox.

– Ninguém, nem mesmo Linz, sabe com certeza. As histórias contam que a coisa desapareceu, foi embora ou morreu em algum ponto entre o início e meados do século XVII.

– Quando pegou um maldito barco para o Novo Mundo – acrescentou Cal.

– Talvez. Pode ser.

– O garoto fez o mesmo – continuou Cal. – Ou o homem que ele se tornou ou seu descendente. Mas ele quase o dominou em algum ponto no tempo. Isso é algo que acho que vi. Ele segurando uma espada ensanguentada e sabendo que todos estavam mortos. Não conseguiu fazê-lo parar, por isso transmitiu o que sabia para Dent e Dent tentou de novo. Aqui. Passando o poder para nós.

– Que poder ele passou para nós? – Fox quis saber. – O de não pegar uma gripe? Fazer um braço quebrado se curar sozinho? De que isso adianta?

– Ajuda a nos manter saudáveis e inteiros quando o enfrentamos. E há as visões que todos nós temos de modos diferentes. – Cal afastou os cabelos do rosto. – Não sei. Mas tem que haver algo importante. As três partes da pedra. Tem que ser. Nós simplesmente nunca descobrimos.

– E o tempo está se esgotando.

Cal assentiu para Gage.

– Precisamos mostrar as pedras para os outros. Fizemos um juramento, temos que concordar com isso. Caso contrário, eu já teria...

– Mostrado para Quinn – completou Fox. – Sim, talvez você tenha razão. Vale a pena tentar. Talvez seja preciso todos nós para recompor isso.

– Ou talvez, quando aquilo aconteceu na Pedra Pagã, o jaspe-sanguíneo se tenha partido porque seu poder foi perdido. Destruído.

– Seu copo está sempre meio vazio, Turner – comentou Fox. – Seja como for, vale a pena tentar. Concordam?

– Concordo.

Cal olhou para Gage, que encolheu os ombros.

– Como quiserem.

• • •

Cal debateu consigo mesmo durante todo o caminho para a cidade. Não precisava de uma desculpa para ver Quinn. Eles estavam dormindo juntos, pelo amor de Deus! Não precisava de uma hora marcada, uma oportunidade ou um motivo específico para bater à porta dela e ver como estava passando.

Sem dúvida Quinn havia ficado distraída em todas as vezes que ele conseguira falar com ela pelo telefone nos últimos dias. Ela não fora ao boliche desde que eles rolaram no chão do escritório.

O dia em que ela contou que estava apaixonada por ele.

Esse era o problema. Quinn dissera que o amava e ele não retribuíra com um "eu também". Ela afirmou que não esperava por algo correspondido, mas um homem que acredita que uma mulher sempre quer dizer exatamente o que fala estava perigosamente iludido.

Agora ela o evitava.

Eles não tinham *tempo* para cara feia e sentimentos feridos. Havia coisas mais importantes em jogo. Por isso nunca deveria ter tocado nela. Acrescentando sexo ao que estavam vivendo, tornaram o problema mais complicado. Precisavam ser práticos; tinham que ser inteligentes. Objetivos, acrescentou ele ao parar na frente da casa alugada. Frios e lúcidos. Ninguém era nada disso quando tinha sexo envolvido. Ainda mais quando o sexo era *incrível*.

Cal enfiou uma mão no bolso e bateu à porta de Quinn com a outra. O fato de estar muito nervoso podia não ser objetivo ou prático, mas parecia totalmente certo.

Até ela abrir a porta.

Quinn estava com os cabelos úmidos, afastados do rosto e presos em um rabo de cavalo brilhante, e Cal pôde entender porque não estavam bem secos. Sentiu o cheiro de xampu e sabonete feminino chegar até ele. Ela usava meias roxas felpudas e uma camiseta sensual cor-de-rosa que anunciava: GRAÇAS A DEUS SOU MULHER.

Ele poderia acrescentar seu próprio agradecimento.

– Oi!

A ideia de que Quinn estava de cara feia era difícil de manter diante do sorriso radiante e da energia dela.

– Eu estava pensando em você. Entre. Meu Deus, que frio! Estou farta do inverno. Eu ia preparar uma caneca de chocolate quente com leite desnatado. Quer uma?

– Ah, realmente não.

– Bem, entre porque estou com saudades. – Ela ficou na ponta dos pés para lhe dar um longo e forte beijo e depois pegou a mão dele e o levou para a cozinha. – Insisti para Cyb e Layla irem comigo à academia esta manhã. Foi um pouco difícil convencer Cyb. Não aconteceu nada de estranho, a não ser observar Cyb se contorcendo em algumas posições avançadas de ioga. As coisas têm estado tranquilas no sentido sobrenatural nos últimos dias.

Ela pegou um pacote de achocolatado em pó e o despejou em uma caneca.

– Tem certeza de que não quer?

– Sim, vá em frente.

– Isto aqui tem parecido uma colmeia de tanto que temos andado ocupadas – continuou Quinn enquanto enchia metade da caneca com água e metade com leite desnatado. – Estou esperando alguma notícia sobre a árvore genealógica da minha família ou qualquer outra coisa que minha avó tenha conseguido descobrir. Talvez hoje ou amanhã. Nesse meio-tempo fizemos gráficos das árvores genealógicas que conhecemos e Layla está tentando descobrir um antepassado entre seus parentes.

Ela mexeu o líquido e pôs a caneca no micro-ondas.

– Tive que deixar grande parte da pesquisa para minhas parceiras de crime e terminar aquele artigo para a revista. Afinal, precisava pagar o zelador. – E então? – Ela se virou enquanto o micro-ondas zumbia. – E você?

– Senti sua falta.

Ele não havia planejado dizer isso e certamente não esperara que essa fosse a primeira coisa a sair de sua boca. Então se deu conta de que era obviamente a primeira coisa em sua mente.

Os olhos dela se suavizaram; aquela boca sensual se curvou para cima.

– É bom ouvir isso. Também senti sua falta, especialmente na noite passada quando fui para a cama de madrugada. Minha cama estava fria e vazia.

– Eu não estava me referindo apenas ao sexo, Quinn.

Ei, de onde viera isso?

– Nem eu. – Ela virou a cabeça, ignorando o alarme sonoro do micro-ondas. – Senti falta de ter você aqui no fim do dia, quando queria parar de pensar no que tinha que fazer e no que aconteceria. Você está nervoso com alguma coisa. Por que não me diz o que é?

Enquanto falava, ela se virou para pegar a caneca. Cal viu imediatamente o sinal que ela fez enquanto Cybil entrava pela porta da cozinha. Quinn apenas balançou a cabeça e a amiga deu um passo para trás e se retirou sem dizer uma só palavra.

– Não sei exatamente. – Cal tirou seu casaco e o atirou sobre uma das cadeiras ao redor da pequena mesa de café que não estava lá em sua última visita. – Acho que pensei, depois do outro dia, depois do que você disse...

– Eu disse que estava apaixonada por você. Isso o faz tremer nas bases – observou. – Homens.

– Eu não comecei a evitá-la.

– Você acha... – Ela bufou. – Bem, você realmente tem uma ótima opinião sobre si mesmo e uma péssima sobre mim.

– Não, é só que...

– Eu tinha coisas para fazer. Tinha que trabalhar. Não estou à sua disposição mais do que você está à minha.

– Não foi isso que eu quis dizer.

– Você acha que eu faria esse tipo de joguinho? Especialmente agora?

– Especialmente agora é o problema. Este não é o momento para assuntos pessoais importantes.

– Então quando é? – perguntou ela. – Você acha que podemos rotular e arquivar todos os nossos assuntos pessoais e guardá-los em uma gaveta até serem *convenientes*? Também gosto das coisas em seus devidos lugares. Gosto de saber onde estão e por isso as ponho onde quero ou preciso que estejam. Mas sentimentos e pensamentos são diferentes de chaves do carro, Cal.

– Sem dúvida, mas...

– E meus sentimentos e pensamentos estão tão confusos e bagunçados quanto o sótão da minha avó – disparou ela, longe de parar. – Mas é assim que eu gosto. Se as coisas fossem normais todos os dias, se elas seguissem um ritmo tranquilo, eu provavelmente não teria lhe contado. Você acha que esse é meu primeiro mergulho no grande lago do relacionamento? Eu fui noiva, pelo amor de Deus! Contei aquilo porque... porque acho que talvez, *especialmente* agora, esses sentimentos sejam o mais importante. Se isso o desestabiliza, sinto muito.

– Eu gostaria que você calasse a boca por cinco malditos minutos.

Quinn estreitou os olhos.

– É mesmo?

– Sim. A verdade é que não sei como reagir a isso tudo porque nunca me permiti estar nessa posição. Como podia, com tantas coisas pairando sobre a minha cabeça? Não posso me arriscar a me apaixonar por alguém. Quanto poderia contar? Quanto é demais? Nós, Fox, Gage e eu, estamos acostumados a nos conter, guardar partes disso para nós mesmos.

– Guardar segredos.

– Sim – disse ele tranquilamente. – Exatamente. Porque é mais seguro assim. Como eu poderia me apaixonar, casar e ter filhos nessa situação? Trazer uma criança para esse pesadelo sempre esteve fora de questão.

Aqueles olhos azuis apertados se tornaram frios como o inverno.

– Acho que não manifestei o desejo de ser mãe dos seus filhos.

– Lembre-se de com quem está falando – disse ele em voz baixa. – Exclua essa situação da equação de ter um homem normal de uma família normal. Do tipo que se casa, forma uma família, tem uma hipoteca e um grande cachorro preguiçoso. Se eu me permitir me apaixonar por uma mulher, é assim que vai ser.

– Acho que você já me disse.

– E é irresponsável até mesmo pensar nisso.

– Discordo. Acho que pensar nisso, ir nessa direção, é atirar no escuro. Afinal de contas, cada um de nós tem o direito de ter seu próprio ponto de vista. Mas entenda que, ao deixar isso claro, dizer que o amo, eu não esperava que você pusesse uma aliança em meu dedo.

– Porque você já passou por isso.

Ela assentiu.

– Sim. E você está querendo saber a respeito.

– Não é da minha conta. – *Dane-se.* – Sim, eu quero.

– Ok. Eu estava saindo com Dirk...

– Dirk...

– Cale a boca. – Mas os lábios dela se retorceram. – Eu estava saindo com Dirk havia uns seis meses. A gente gostava um do outro. Pensei que já estava pronta para a próxima etapa em minha vida, por isso disse sim quando ele me pediu em casamento. Ficamos noivos por dois meses e então percebi que havia cometido um erro. Não o amava. Apenas gostava dele. Dirk também não me amava. Ele não me entendia, não totalmente, o que foi o motivo de achar que pôr a aliança em meu dedo significava que podia começar a me aconselhar sobre meu trabalho, meu guarda-roupa, meus hábitos e minhas escolhas profissionais. O fato era que aquilo não ia dar certo, por isso rompi com ele.

Quinn deu outro suspiro porque não era bom se lembrar de que cometera aquele grande erro.

– Ele ficou mais irritado do que de coração partido, o que provava que eu tinha tomado a decisão certa. E a verdade é que doeu saber que eu tinha feito a coisa certa porque isso significava que primeiro tinha feito a errada. Quando sugeri a Dirk que dissesse a seus amigos que tinha sido ele que rompera comigo, ele se sentiu melhor. Devolvi a aliança e ambos encaixotamos as coisas que guardávamos nos apartamentos um do outro e tomamos nossos rumos.

– Ele não a magoou.

– Ah, Cal. – Ela deu um passo para a frente de modo a poder tocar no rosto dele. – Não, não magoou. A situação me magoou, mas ele não. O que é um dos motivos de eu saber que ele não era o cara certo. Se você quiser que eu o tranquilize dizendo que sou incapaz de me magoar, simplesmente estarei mentindo. Porque você poderia me magoar e é por isso que sei que é o homem certo. – Quinn o abraçou e o beijou. – Isso deve ser assustador para você.

– Apavorante. – Cal a apertou com força. – Nunca tive uma mulher em minha vida que me fizesse passar por tantos maus momentos quanto você.

– Fico feliz em saber disso.

– Achei que ficaria. – Cal pôs o queixo sobre a cabeça dela. – Eu gostaria de ficar aqui apenas assim por uma ou duas horas, mas tenho coisas para fazer e você também. O que eu sabia antes de vir para começar uma discussão besta.

– Não me importo de discutir. Depois da tempestade vem a bonança.

Cal beijou-a suavemente.

– Seu chocolate quente está ficando frio.

– Chocolate nunca está na temperatura errada.

– Aquilo que eu disse antes era a pura verdade. Senti sua falta.

– Acho que posso arranjar um tempo na minha agenda apertada.

– Tenho que trabalhar esta noite. Talvez você possa passar no Bowl-a--rama. Vou lhe dar outra aula de boliche.

– Está bem.

– Quinn, nós, todos nós, precisamos conversar. Sobre muitas coisas. Assim que pudermos.

– Sim. Uma coisa antes de você ir embora. Fox vai oferecer um emprego para Layla?

– Eu já falei com ele. – Cal praguejou para si mesmo ao ver a expressão dela. – Vou insistir no assunto.

– Obrigada.

Sozinha, Quinn pegou sua caneca e bebeu pensativamente seu chocolate morno. *Os homens eram seres muito interessantes.*

Por fim, Cybil entrou.

– Tudo bem?

– Sim, obrigada.

– Sem problemas. – Ela abriu um armário e pegou uma pequena lata de chá de jasmim de seu estoque. – Quer falar sobre isso ou quer que eu vá cuidar da minha própria vida?

– Falar sobre isso. Ele estava perturbado porque eu confessei que o amava.

– Perturbado ou em pânico?

– Acho que um pouco de cada. Mais preocupado porque todos nós temos que lidar com coisas assustadoras, e esse é outro tipo de coisa assustadora.

– No fim das contas a mais assustadora de todas. – Cybil encheu a chaleira de água. – Como você está lidando com isso?

– Estou... bem – decidiu Quinn. – Alegre, animada, empolgada. Sabe, com Dirk era tudo... – Ela ergueu uma das mãos, passando-a reta pelo ar. – Agora é... – Ela apontou a mão para cima, para baixo e depois para cima de novo. – Essa é a situação. Quando ele me diz por que isso é loucura, diz que nunca esteve em uma posição de se permitir pensar em amor, casamento e família.

– Casamento? Família?

– Exatamente. – Quinn gesticulou com sua caneca. – Ele foi rápido ao perceber que a palavra com C me sobressaltou. Eu praticamente pulei para fora desse caminho e, nossa, ali estava ele de novo, sob meus pés.

– Daí o sobressalto. – Cybil mediu a quantidade de seu chá. – Mas não vejo você pulando fora.

– Bem, você me conhece. Gosto da ideia de seguir esse caminho com Cal, na direção de onde quer que termine.

Quinn atendeu o telefone da cozinha no primeiro toque.

– Alô. Alô, Essie. Ah, sério? Não, isso é ótimo. Perfeito. Muito obrigada. Com certeza vou fazer isso. Mais uma vez, obrigada. Tchau. – Ela desligou e sorriu. – Essie Hawkins nos conseguiu acesso ao centro comunitário. Podemos bisbilhotar à vontade.

– Isso vai ser divertido – disse Cybil ironicamente enquanto despejava água fervente em seu chá.

• • •

Armada com a chave, Cybil abriu a porta principal da antiga biblioteca.

– Para todos os efeitos, estamos aqui para fazer pesquisa. Um dos prédios mais antigos da cidade, lar da família Hawkins. Mas... – Ela acendeu as luzes. – Basicamente estamos procurando por esconderijos. Um esconderijo que passou despercebido.

– Por três séculos e meio – comentou Cybil.

– Se algo passa despercebido por cinco minutos, pode passar para sempre. – Quinn franziu os lábios enquanto olhava ao redor. – Eles modernizaram este lugar quando o transformaram em uma biblioteca, mas eliminaram alguns dos detalhes supérfluos quando construíram a nova. Não está como era, mas está parecida.

Havia alguns conjuntos de mesas e cadeiras e alguém fizera uma tentativa de manter um ar retrô com luminárias e cerâmicas antigas e prateleiras de madeira entalhadas. Quinn soubera que alguns grupos comunitários realizavam reuniões ou trabalhos ali. Em tempos de eleição era usado como centro de votação.

– Lareira de pedra – disse ela. – Veja, esse é um ótimo lugar para esconder algo. – Depois de ir até a lareira, começou a procurar entre as pedras. – Além disso há um sótão. Essie disse que o usavam como depósito. Ainda usam. Guardam mesas e cadeiras dobráveis lá. Esse tipo de coisa. Sótãos são tesouros.

– Por que prédios como este são tão frios e sinistros quando não há ninguém? – perguntou-se Layla.

– Há alguém! Nós! Vamos começar por cima – sugeriu Quinn. – E depois descer.

• • •

– Sótãos são tesouros – disse Cybil vinte minutos depois – de pó e aranhas.

– Não é tão ruim assim – respondeu Quinn, que rastejava em busca de uma tábua de assoalho solta.

– Também não é bom. – Corajosamente, Layla ficou sobre uma cadeira dobrável, procurando esconderijos. – Não entendo por que as pessoas acham que depósitos não devem ser limpos regularmente como qualquer outro lugar.

– Um dia ele foi limpo. Ela o mantinha limpo.

– Quem...? – começou Layla, mas Cybil lhe fez um sinal com a mão e franziu as sobrancelhas para Quinn.

– Ann Hawkins?

– Ann e os filhos dela. Ela os trouxe para casa e dividiu o sótão com eles. Seus três filhos. Até eles estarem com idade suficiente para ter um quarto lá embaixo. Mas ela continuou aqui. Queria estar em um lugar alto, olhar para fora de sua janela. Embora soubesse que ele não viria, queria esperar por ele. Era feliz aqui, feliz o suficiente. E quando morreu aqui, estava pronta para partir.

Abruptamente, Quinn se sentou sobre seus calcanhares.

– Caramba, isso era eu?

Cybil se agachou para estudar o rosto dela.

– Diga você.

– Acho que era. – Quinn apertou a testa com os dedos. – Droga, estou com uma dor de cabeça daquelas que a gente sente quando toma uma margarita gelada muito rápido. Eu a vi, os vi, em minha cabeça. Claramente. Tudo se movendo, como em um filme. Anos em segundos. Mas mais do que isso, eu o senti. É assim que é para você, não é, ir na direção oposta?

– Frequentemente – concordou Cybil.

– Eu a vi escrevendo em seu diário e lavando os rostos dos filhos. Eu a vi rindo ou chorando. Em pé à janela olhando para o escuro. Senti... – Quinn pôs uma das mãos em seu coração. – Senti sua saudade. Era... brutal.

– Você não parece bem. – Layla tocou no ombro de Quinn. – Deveria descer e beber um pouco de água.

– Provavelmente. Sim. – Ela pegou a mão que Layla ofereceu para ajudá-la a se levantar. – Talvez eu devesse tentar isso de novo. Tentar trazer isso de volta, descobrir mais.

– Você está terrivelmente pálida – disse Layla. – E, querida, sua mão está fria como gelo.

– Basta por hoje – concordou Cybil. – Você não deve insistir nisso.

– Não vi onde ela guardou os diários. Se os guardou em algum lugar aqui, não vi.

DEZESSETE

Aquele não era o momento para falar sobre uma pedra quebrada ou buscas por propriedades, pensou Cal ao ver Quinn atordoada com sua viagem para o passado com Ann Hawkins. De qualquer maneira, o boliche não era o lugar para aquele tipo de conversa.

O assunto também foi deixado de lado quando ela o arrastou para seu escritório para lhe mostrar o novo gráfico que Layla tinha feito relacionando tempo, lugar, duração aproximada e partes envolvidas em todos os incidentes desde a chegada de Quinn. E foi sumariamente esquecido quando estava na cama com ela.

Depois disse a si mesmo que era tarde demais para falar sobre aquilo, dedicar tempo suficiente aos tópicos quando ela estava enroscada e aquecida com ele.

Talvez estivesse evitando a conversa, mas ele optou pela possibilidade de ser apenas sua tendência a preferir as coisas no momento e no lugar certos. Havia tomado providências para tirar o domingo de folga a fim de que todo o grupo pudesse ir à Pedra Pagã. Em sua mente, aquele seria o momento e o lugar certos.

Então a natureza estragou seus planos.

Quando os meteorologistas começaram a falar em uma nevasca, ele acompanhou com desconfiança as previsões. Mesmo quando os primeiros flocos caíram no início da manhã, ainda não estava convencido. Era a terceira nevasca anunciada do ano e até agora a maior delas deixara razoáveis 20 centímetros de neve.

Não se preocupou muito quando as ligas vespertinas cancelaram seus jogos. As pessoas tendem a cancelar tudo no primeiro centímetro de neve. Antes do meio-dia as autoridades haviam cancelado as aulas.

Quando seu pai chegou às duas da tarde parecendo o Abominável Homem das Neves, Cal prestou mais atenção.

– Acho que vamos fechar – disse Jim de seu modo tranquilo.

– Não está assim tão ruim. O fliperama está cheio e há muito movimento na grelha. Temos pistas reservadas. Muita gente da cidade virá no fim da tarde procurando algo para fazer.

– Está ruim o suficiente, e piorando. – Jim pôs suas luvas no bolso de sua parca. – Teremos 30 centímetros de neve ao anoitecer. Precisamos mandar esses garotos para casa. Fecharemos e depois você vai embora. Ou busca seu cachorro e Gage para ficarem conosco. Sua mãe vai ficar doente de preocupação se achar que você vai dirigir com este tempo à noite.

Estava prestes a lembrar o pai de que tinha 30 anos e um veículo com tração nas quatro rodas. Mas, sabendo que isso era inútil, apenas assentiu.

– A gente vai ficar bem. Vou avisar aos clientes e fechar. Vá para casa. Ela ficará preocupada com você também.

– Há tempo suficiente para fechar e trancar tudo. – Jim olhou de relance para as pistas, onde seis adolescentes esbanjavam energia e hormônios. – Aconteceu uma tempestade horrível quando eu era criança. Seu avô manteve as pistas abertas. Ficamos aqui por três dias. Eu me diverti como nunca.

– Aposto que sim. – Cal sorriu. – Então você prefere telefonar para a mamãe e dizer que ficaremos presos aqui? Eu e você podemos aproveitar isso. Fazer uma maratona de boliche.

– Eu adoraria. – As rugas nos olhos de Jim se acentuaram à ideia. – É claro que ela me daria um chute no traseiro por isso e seria a última vez que eu jogaria boliche.

– Então é melhor fecharmos.

Apesar dos gemidos e protestos, eles fizeram os clientes saírem, providenciando caronas com alguns dos funcionários quando necessário. No silêncio, Cal fechou a grelha. Sabia que seu pai tinha ido para os fundos ver Bill Turner. Não só lhe dar instruções, refletiu, como também se certificar de que Bill tinha o que precisava e lhe dar um pouco de dinheiro extra se não tivesse.

Ao fechar, Cal pegou seu telefone e ligou para o escritório de Fox.

– Oi. Queria saber se você ainda estava aí.

– Estou quase saindo. Já mandei a Sra. Hawbaker para casa. As coisas estão ficando feias lá fora.

– Vá para a minha casa. Se isso for como eles estão dizendo, podem demorar alguns dias para limpar as estradas. E talvez devesse parar e comprar, você sabe, papel higiênico e pão.

– Papel higiênico... Você vai levar as mulheres?

– Sim. – Ele tinha decidido fazer isso ao dar uma olhada lá fora. – Compre... coisas. O que achar necessário. Chegarei em casa assim que puder.

Ele desligou e depois apagou as luzes do boliche enquanto seu pai vinha.

– Tudo em ordem? – perguntou Cal.

– Sim.

O modo como seu pai olhou ao redor das pistas escuras disse a Cal que estava pensando que eles não iam perder apenas sua grande noite de sexta-feira, mas provavelmente todo o fim de semana.

– Vamos compensar isso, pai.

– Sim. Sempre compensamos. – Ele deu um tapinha no ombro de Cal. – Vamos para casa.

• • •

Quinn estava rindo quando abriu a porta.

– Isso não é ótimo? Estão dizendo que podemos ter 90 centímetros de neve, talvez mais! Cyb está fazendo *goulash* e Layla comprou pilhas extras e velas em caso de ficarmos sem eletricidade.

– Bom. Ótimo. – Cal bateu os pés para tirar a neve das botas. – Levem isso e tudo mais de que precisarem. Vamos para a minha casa.

– Não seja bobo. Estamos bem. Vamos ficar aqui e...

– Tenho um pequeno gerador a gás. Ou seja, água quente nos banheiros.

– Água quente! Eu não tinha pensado nisso. Mas como vamos caber na sua picape?

– Daremos um jeito. Peguem suas coisas.

Aquilo demorou meia hora, mas Cal esperara. No fim a carroceria de sua picape estava cheia o suficiente para um acampamento de uma semana na natureza selvagem. E havia três mulheres espremidas com ele na cabine.

Deu-se conta de que deveria ter pedido a Fox para passar por lá e levar uma delas. Assim Fox poderia ter carregado metade do conteúdo da casa delas na picape *dele*.

– Isso é maravilhoso. – Layla estava no colo de Quinn com a mão no painel enquanto os para-brisas da Chevy trabalhavam dobrado para tirar a neve do vidro. – Sei que vai ser uma grande confusão, mas é tão lindo, tão diferente da cidade!

– Lembre-se disso quando estivermos competindo com três homens pelo banheiro – preveniu-a Cybil. – E vou logo dizendo que me recuso a ser responsável por todas as refeições só porque sei ligar o fogão.

– Devidamente registrado – murmurou Cal.

– Isso é maravilhoso – concordou Quinn, virando a cabeça de um lado para outro para ver ao redor de Layla. – Ah, esqueci. Tive notícias da minha avó. Vai pedir à neta da cunhada para escanear as páginas apropriadas da minha árvore genealógica e mandar por e-mail para mim. – Quinn se moveu para tentar arranjar mais espaço. – Pelo menos esse é o plano, porque ela é a única que sabe escanear e anexar arquivos. O máximo que minha avó faz na internet é pesquisar e enviar e-mails. Espero ter a informação até amanhã. Isso não é ótimo?

Espremida entre as nádegas de Quinn e a porta, Cybil abaixou a mão para proteger seu canto do banco.

– Seria melhor se você afastasse seu traseiro.

– Também estou com o espaço de Layla, por isso tenho mais. Quero pipoca – decidiu Quinn. – Toda essa neve não faz vocês quererem pipoca? Trouxemos alguma? Você tem alguma? – perguntou ela a Cal. – Talvez a gente deva parar e comprar.

Cal manteve a boca fechada e se concentrou em sobreviver ao que achou que poderia ser a viagem mais longa de sua vida.

Avançou com dificuldade por estradas laterais e, embora confiasse na picape e em sua própria direção, ficou aliviado ao virar em sua entrada para automóveis. Como fora derrotado na votação sobre aquecimento, a cabine da picape estava quente como uma sauna.

Mesmo naquelas circunstâncias, teve que admitir que sua casa e sua floresta pareciam uma pintura. Os terraços, as árvores brancas e a profusão de arbustos cobertos de neve emolduravam a casa, onde a fumaça subia da chaminé e as luzes já brilhavam nas janelas.

Cal seguiu as marcas dos pneus de Fox através da pequena ponte curva encrustada de neve e gelo. Caroço andou penosamente na direção da casa vindo da floresta que parecia uma cena de cartão-postal. Ele balançou o rabo uma vez enquanto deixava escapar um único latido.

– Nossa, olhe para Caroço. – Quinn conseguiu dar uma cotovelada em Cal enquanto a picape seguia pela entrada para automóveis. – Ele está realmente animado.

– A neve o faz se mexer.

Cal parou atrás da picape de Fox, sorriu sarcasticamente à visão de uma Ferrari sendo lentamente soterrada de neve e depois buzinou. De modo algum iria carregar tudo sozinho para dentro.

Ele arrastou as sacolas para fora da carroceria.

– Este lugar é lindo, Cal. – Layla tirou a primeira sacola das mãos dele. – Tudo bem se eu entrar logo?

– Claro.

– Bonito como uma pintura. – Cybil examinou as sacolas e caixas e escolheu uma. – Especialmente se você não se importar em ficar isolado.

– Eu não me importo.

Ela olhou de relance quando Gage e Fox saíram da casa. Eles levaram tudo para dentro, deixando um rastro de neve por toda parte. Cal concluiu que devia haver uma espécie de telepatia feminina que dividia tarefas sem discussão. Layla pediu panos e toalhas velhas e começou a enxugar a água. Cybil assumiu o fogão com sua panela de ensopado e ingredientes. E Quinn examinou o armário de lençóis e começou a determinar camas e ordenar que várias sacolas fossem carregadas para vários quartos.

Gage entrou quando Cal estava atiçando o fogo na lareira.

– Há frascos de produtos femininos nos dois banheiros de cima. – Gage apontou um polegar para o teto. – O que você fez?

– O que tinha que ser feito. Eu não podia deixá-las. Elas não podiam ficar isoladas.

– E então transformou isso em uma festa do pijama? Sua mulher fez Fox arrumar a minha cama, que agora fica na saída do seu escritório. E que aparentemente tenho que dividir com ele. Você sabe como aquele filho da mãe é espaçoso.

– Não pude evitar.

– É fácil para você falar, porque está partilhando a sua com a loura.

Dessa vez Cal sorriu presunçosamente.

– Não pude evitar.

– Esmeralda está preparando algo na cozinha.

– *Goulash*, e é Cybil.

– Seja o que for, cheira bem. Reconheço isso. Ela cheira melhor. Mas o caso é que tomei um fora quando tentei pegar um maldito saco de batata frita para acompanhar a cerveja.

– Você quer cozinhar para seis pessoas?

Gage apenas resmungou, se sentou e pôs os pés sobre a mesinha de centro.

– O que estão prevendo?

– Uns 90 centímetros. – Cal se deixou cair ao lado dele, imitando sua posição. – Antes não havia nada de que a gente gostasse mais. Não ter aulas, andar de trenó e fazer guerra de neve.

– Bons tempos, meu amigo.

– Agora preparamos o gerador, pomos lenha na lareira, compramos pilhas extras e papel higiênico.

– Crescer é uma droga.

Ainda assim estava quente e, embora a neve caísse pesada lá fora, havia luz e comida. Não tinham do que reclamar, concluiu Cal, mexendo em uma tigela de caldo quente e picante em cujo preparo não estivera envolvido. Além disso, havia bolinhos e ele tinha um fraco por bolinhos.

– Estive em Budapeste pouco tempo atrás. – Gage se serviu de uma colher de *goulash* enquanto estudava Cybil. – Este *goulash* está tão bom quanto qualquer um que experimentei lá.

– Na verdade, não é *goulash* húngaro. É servo-croata.

– Seja o que for, está ótimo – comentou Fox.

– A própria Cybil é uma sopa do Leste Europeu. – Quinn saboreou a metade do bolinho que se permitira comer. – Croata, ucraniano, polonês, com uma pitada de francês para acrescentar elegância e refinamento.

– Quando sua família veio para cá? – perguntou Cal.

– De 1700 até antes da Segunda Guerra Mundial, dependendo da linha de descendência. – Mas ela entendeu o motivo para a pergunta. – Não sei se há uma conexão com Quinn ou Layla ou algo disso e nem de onde poderia se originar. Estou pesquisando.

– Nós tivemos uma conexão – disse Quinn. – Imediatamente.

– Sim.

Cal entendia esse tipo de amizade, do tipo que via quando duas mulheres olhavam uma para a outra. Tinha pouco a ver com sangue e tudo a ver com o coração.

– Nós a sentimos desde o primeiro dia, na verdade a primeira noite na universidade. – Quinn pegou com a colher outro minúsculo pedaço de bolinho junto com o ensopado. – A gente se encontrou no corredor do dormitório. Nossos quartos ficavam um de frente para o outro. Dali a dois dias trocamos de lugar. Nenhuma de nossas respectivas colegas de quarto se importou. Ficamos juntas até o fim da universidade.

– E aparentemente ainda estamos – comentou Cybil.

– Lembra quando leu minha mão naquela primeira noite?

– Você lê mãos? – perguntou Fox.

– Quando estou com disposição. Minha herança cigana – acrescentou Cybil com um floreio de mão.

E Cal sentiu um nó se formar em sua barriga.

– Havia ciganos em Hollow.

– Sério? – Cuidadosamente, Cybil ergueu sua taça de vinho e bebeu. – Quando?

– Preciso verificar para ter certeza. Sei pelas histórias que minha avó me contava que a avó dela lhe tinha contado. Assim. Sobre como os ciganos vieram em um verão e montaram acampamento.

– Interessante. Potencialmente. – Quinn refletiu. – Alguém do local pode ter tido um relacionamento íntimo com uma daquelas beldades de olhos escuros ou um bonitão. Nove meses depois, ops. Isso poderia levar direto a você, Cyb.

– Apenas uma família grande e feliz – murmurou Cybil.

Depois da refeição, as tarefas foram divididas de novo. Era preciso trazer lenha para dentro, levar o cachorro para fora, limpar a mesa e lavar a louça.

– Quem mais sabe cozinhar? – perguntou Cybil.

– Gage – responderam Cal e Fox juntos.

– Ei.

– Bom. – Cybil o avaliou. – Se for programado um café da manhã em grupo, você assumirá o comando. Agora...

– Antes de nós... Não importa – decidiu Cal. – Há algo que precisamos examinar. Também poderíamos ir para a sala de jantar. Tenho que pegar uma coisa – acrescentou ele, olhando para Fox e Gage. – Talvez vocês queiram abrir outra garrafa de vinho.

– O que significa tudo isso? – Quinn franziu as sobrancelhas enquanto os homens se retiravam. – O que eles estão tramando?

– Eles não nos contaram tudo – disse Layla. – Culpa e relutância, é isso que estou detectando. Não que eu conheça qualquer um deles muito bem.

– Você conhece o que conhece – disse Cybil. – Pegue outra garrafa, Q. – Ela encolheu levemente os ombros. – Talvez devêssemos acender algumas velas só por precaução. Já parece... escuro.

• • •

Quando estavam todos de volta ao redor da mesa, Cal tentou encontrar o melhor modo de começar.

– Nós examinamos o que aconteceu naquela noite na clareira quando éramos crianças e o que começou a acontecer depois. Quinn, você teve uma amostra disso quando fomos lá algumas semanas atrás.

– Sim. Cyb e Layla precisam ver isso assim que a neve diminuir o suficiente para fazermos a caminhada.

Ele hesitou por apenas um segundo.

– Concordo.

– Não é um passeio pelo Champs Élysées – comentou Gage e Cybil ergueu uma sobrancelha para ele.

– Nós vamos conseguir.

– Houve outro elemento naquela noite, outro aspecto do qual não falamos com vocês.

– Com ninguém – acrescentou Fox.

– É difícil explicar por quê. Tínhamos 10 anos e tudo estava um inferno e... bem...

Cal pôs sua parte da pedra sobre a mesa.

– Um pedaço de pedra? – disse Layla.

– Jaspe-sanguíneo. – Cybil franziu os lábios, estendeu a mão para a pedra e parou. – Posso?

Gage e Fox puseram as deles ao lado da de Cal.

– Escolha a que quiser.

– Três partes de uma. – Quinn pegou a mais próxima dela. – Não é isso? Três partes da mesma pedra.

– De uma que foi arredondada e polida – continuou Cybil. – Onde vocês as conseguiram?

– Nós as estávamos segurando – disse Cal. – Depois da luz, depois da escuridão, quando o chão parou de tremer, cada um de nós estava segurando sua parte da pedra.

Ele estudou a própria mão, lembrando-se de como a fechara ao redor da pedra como se sua vida dependesse disso.

– Não sabíamos o que eram. Fox foi pesquisar. A mãe dele tinha livros sobre pedras e cristais, e descobriu. Jaspe-sanguíneo – repetiu Cal. – Aquilo se encaixava.

– Isso precisa ser juntado de novo – disse Layla. – Não é? Precisa se tornar inteiro.

– A gente tentou. Os pontos de ruptura são claros – explicou Fox. – As partes se encaixam como um quebra-cabeça.

Ele fez um sinal e Cal as encaixou.

– Mas não resulta em nada.

– Por que vocês as estão segurando juntas? – Curiosa, Quinn estendeu a mão até Cal pôr as três partes nela. – Não estão... fundidas, acho que essa seria a palavra.

– Também tentamos isso. O MacGyver aqui experimentou uma supercola.

Cal olhou imperturbavelmente para Gage.

– O que devia ter funcionado, pelo menos colado as partes. Mas foi como se eu tivesse usado água. Não colou. Tentamos amarrá-las, aquecê-las e congelá-las. Não adiantou. Na verdade, nem mesmo mudam de temperatura.

– Exceto... – interrompeu Fox, e obteve um sinal afirmativo com a cabeça para continuar. – ...durante os Sete, quando esquentam. Não ficam quentes demais para segurar, mas quase.

– Vocês tentaram juntá-las durante essa semana? – perguntou Quinn.

– Sim. Sem sucesso. A única coisa que sabemos é que Giles estava usando essa pedra ao redor do pescoço como um amuleto na noite em que Lazarus Twisse levou aquela multidão para a clareira. Eu vi. Agora a temos.

– Vocês tentaram meios mágicos? – perguntou Cybil.

Cal se retesou um pouco e pigarreou.

– Por Deus, Cal, relaxe. – Fox balançou a cabeça. – Claro. Consegui livros sobre feitiços e fizemos algumas tentativas. Em suas viagens, Gage falou com alguns bruxos e tentamos outros rituais.

– Mas nunca as mostraram para ninguém. – Quinn pousou cuidadosamente as partes da pedra antes de pegar seu vinho. – Qualquer um que pudesse trabalhar com elas ou entender o objetivo. Talvez a história.

– Não era para fazermos isso. – Fox ergueu os ombros. – Sei o que parece, mas também que não devíamos levar isso para um geólogo, uma alta sacerdotisa wicca ou o maldito Pentágono. Eu só... Cal votou imediatamente pelo ângulo científico.

– MacGyver – repetiu Gage.

– Fox achou que estava fora de cogitação e isso bastou. Bastou para nós três. – Cal olhou para seus amigos. – É assim que temos lidado com isso até agora. Se Fox achasse que não deveríamos mostrar para vocês, não mostraríamos.

– Porque sentem isso mais forte? – perguntou Layla a Fox.

– Não sei. Talvez. Eu sei que acreditava, e ainda acredito, que sobrevivemos àquela noite, escapamos daquela maneira porque cada um de nós possuía uma parte da pedra. E enquanto possuirmos, teremos uma chance. É só algo que sei, assim como Cal viu e reconheceu isso como o amuleto que Dent usava.

– E quanto a você? – perguntou Cybil a Gage. – O que sabe? O que vê?

Ele a olhou nos olhos.

– Eu a vejo inteira, em cima da Pedra Pagã. Pedra sobre pedra. E as chamas se erguem dela, atiçadas nos pontos sanguíneos. Depois a consomem, passam pela superfície plana e descem pelo pedestal como uma cobertura de fogo. Vejo o fogo ir rapidamente para o chão e se alastrar para as árvores até elas explodirem de calor. E nem mesmo o demônio pode sobreviver ao holocausto na clareira.

Ele tomou um gole de vinho.

– É o que vejo quando a pedra está inteira de novo, por isso não estou com muita pressa de chegar lá.

– Talvez tenha sido assim que se formou – começou Layla.

– Eu não vejo o passado. Isso é coisa do Cal. Vejo o que poderia acontecer.

– Vem a calhar na sua profissão.

Gage olhou de novo para Cybil e sorriu brandamente.

– É uma vantagem. – Ele pegou sua pedra e a girou levemente na mão. – Alguém está interessado em jogar pôquer?

Assim que ele falou, a luz se apagou. Em vez de romance ou charme, as velas tremeluzentes que eles haviam acendido por precaução deram um ar fantasmagórico à sala.

– Vou acionar o gerador. – Cal se levantou. – Água, geladeira e fogão por enquanto.

– Não vá lá para fora sozinho. – Layla pestanejou como se surpresa por as palavras terem saído de sua boca. – Quero dizer...

– Eu vou com você.

Quando Fox se levantou, algo uivou no escuro.

– Caroço.

Cal saiu da sala, atravessou a cozinha e saiu pela porta dos fundos como uma bala. Mal parou para pegar a lanterna na parede e ligá-la. Correu na direção do som. A lanterna enfrentou a grossa cortina de neve e fez pouco mais do que refletir a luz de volta para ele.

O manto de neve se transformara em uma parede que passava da altura dos joelhos. Chamando Caroço, Cal avançou, tentando determinar a direção do uivo. Parecia vir de toda parte e de lugar nenhum.

Ao ouvir sons atrás dele, Cal se virou, segurando a lanterna como uma arma.

– Meu Deus, isto aqui está uma loucura! – gritou Fox. Ele agarrou o braço de Cal enquanto Gage ia para o outro lado do amigo. – Ei, Caroço! Venha, Caroço! Eu nunca o ouvi uivar assim.

– Como você sabe que é Caroço? – perguntou Gage em voz baixa.

– Voltem para dentro – disse Cal, carrancudo. – Não podemos deixar as mulheres sozinhas. Vou procurar meu cachorro.

– Ah, sim, vamos simplesmente deixar você aqui cambaleando em uma maldita nevasca. – Gage enfiou suas mãos congeladas nos bolsos e olhou de relance para trás. – Além disso...

Elas tinham vindo, de braços dados e segurando lanternas, e Cal teve que admitir que essa atitude demonstrava bom senso. E vestiram casacos e provavelmente botas, o que era mais do que ele ou seus amigos tinham feito.

– Voltem para dentro! – Dessa vez ele teve que gritar em virtude do vento crescente. – Só vamos buscar Caroço! Esperem aí!

– Ou todos entram ou ninguém entra. – Quinn soltou seu braço do de Layla e o enganchou no de Cal. – Isso inclui Caroço. Não perca tempo – disse antes de ele poder protestar. – Deveríamos nos espalhar, não é?

– Em pares. Fox, você e Layla vão por aquele lado, Quinn e eu iremos por este. Gage e Cybil na direção dos fundos. Ele deve estar por perto.

Caroço parecia apavorado, era isso que Cal não queria dizer em voz alta. Seu cachorro estúpido e preguiçoso parecia apavorado.

– Prenda sua mão nas minhas calças, no cós. Segure bem.

Ele gemeu de frio quando as luvas de Quinn tocaram sua pele e depois começou a avançar penosamente. Mal tinha andado 50 centímetros quando ouviu algo por trás dos uivos.

– Você ouviu isso?

– Sim. Risos. De um garotinho maldoso.

– Vá...

– Eu não vou deixar o Caroço sozinho.

Uma rajada de vento perversa trouxe enormes quantidades de neve e o que pareciam ser bolas de gelo. Cal ouviu galhos quebrando. Atrás dele, a força do vento fez Quinn perder o equilíbrio e quase levar ambos para o chão.

Levaria Quinn de volta para casa, decidiu Cal. Ele a faria entrar, se preciso a trancaria em um maldito armário e depois sairia de novo para procurar seu cachorro.

Ao se virar para segurar o braço dela, ele os viu.

Caroço estava sentado semienterrado na neve, com a cabeça erguida e aqueles uivos desesperados lhe subindo pela garganta. O garoto flutuava uns 2 centímetros acima. Ria enquanto o vento soprava forte de novo. Caroço estava parcialmente enterrado.

– Fique longe do meu cachorro.

Cal cambaleou para a frente; o vento o atirou para trás fazendo Quinn e ele caírem.

– Chame-o – gritou Quinn.

Ela tirou as luvas enquanto falava. Usando os dedos para formar um círculo entre os lábios, deu um assovio agudo enquanto Cal gritava para Caroço.

Caroço estremeceu e a coisa riu.

Cal continuou a chamar, agora praguejando e rastejando, a neve entrando em seus olhos e lhe entorpecendo as mãos. Ouviu gritos atrás dele, mas se concentrou ao máximo em prosseguir, chegar lá antes que a próxima rajada de vento enterrasse o cão.

Ele vai sufocar, pensou Cal rastejando e deslizando para a frente. Se não o alcançasse, Caroço sufocaria naquele mar de neve. Sentiu a mão em seu tornozelo, mas continuou a se arrastar para a frente.

Rangendo os dentes, estendeu o braço e segurou a coleira escorregadia do cão. Determinado, olhou nos olhos que tinham um brilho diabólico verde margeado de vermelho.

– Você não pode tê-lo.

Cal puxou. Ignorando o uivo de Caroço, puxou de novo violenta e desesperadamente. Embora o cachorro uivasse e gemesse, era como se todo o corpo dele estivesse afundado em cimento endurecido.

E Quinn estava ao seu lado, de barriga para baixo, cavando a neve com as mãos.

Fox deslizou para o chão, disparando neve como uma metralhadora. Cal reuniu tudo que tinha e olhou mais uma vez naqueles olhos monstruosos no rosto de um garoto.

– Você não pode tê-lo!

Com o próximo puxão, o cão trêmulo e lastimoso foi parar nos braços de Cal.

– Tudo bem, tudo bem. – Ele apertou o rosto contra o pelo frio e molhado. – Vamos dar o fora daqui.

– Leve-o para perto da lareira.

Layla tentou ajudar Quinn a se levantar enquanto Cybil, que estava de joelhos, tentava ficar em pé. Pondo a lanterna em seu bolso traseiro, Gage a ajudou a se erguer e depois puxou Quinn para fora da neve.

– Consegue caminhar? – perguntou ele.

– Sim, sim. Vamos entrar antes que alguém congele.

Toalhas, cobertores, roupas secas, café quente e conhaque – até mesmo para Caroço – aqueceram ossos gelados. Mais lenha mantivera a lareira acesa.

– Ele o estava segurando. Caroço não podia escapar. – Cal se sentou no chão com a cabeça do cão em seu colo. – Não podia escapar. Ele ia enterrá-lo na neve. Um cão estúpido que não faz mal para ninguém.

– Isso já aconteceu antes? – perguntou Quinn. – Ele já foi atrás de animais dessa maneira?

– Algumas semanas antes dos Sete, animais se afogaram ou foram atropelados na estrada. Às vezes animais de estimação se tornam agressivos. Mas nunca houve nada assim. Isso foi...

– Uma demonstração. – Cybil aconchegou o cobertor ao redor dos pés de Quinn. – Ele queria que víssemos o que poderia fazer.

– Talvez estivesse curioso com o que *nós* poderíamos fazer – contrapôs Gage, e obteve um olhar curioso de Cybil.

– Isso pode ser mais exato. Mais pertinente. Poderíamos impedir o controle? Um cachorro não é uma pessoa, tem que ser mais fácil de controlar. Sem querer ofender, Cal, mas a capacidade mental do seu cão não é tão alta quanto a da maioria dos bebês.

Gentil e afetuosamente, Cal puxou uma das orelhas caídas de Caroço.

– Ele é um cabeça-dura.

– Então ele estava se exibindo. Machucou o pobre cachorro por esporte. – Layla se ajoelhou e acariciou o pelo de Caroço. – Isso merece troco.

Intrigada, Quinn ergueu a cabeça.

– O que tem em mente?

– Ainda não sei, mas é algo em que pensar.

DEZOITO

CAL NÃO SABIA A QUE HORAS ELES TINHAM IDO DORMIR. MAS AO ABRIR os olhos a luz fraca do inverno entrava pela janela, permitindo-lhe ver que a neve ainda caía em flocos brancos grandes e perfeitos como em um filme de Natal hollywoodiano.

Na quietude que apenas uma nevasca podia criar, ouviu um ronco constante e de algum modo satisfeito. Vinha de Caroço, que se esticara no pé da cama como um cobertor canino. Isso era algo que Cal geralmente desencorajava, mas agora o som, o peso e o calor pareciam totalmente certos.

Dali em diante o cão iria para todos os lugares com ele, decidiu.

Como seu pé e tornozelo estavam debaixo de Caroço, Cal mudou de posição para soltá-los. O movimento fez Quinn se mexer, dando um pequeno suspiro ao se aproximar e pôr a perna entre as pernas dele. Ela estava usando um pijama de flanela, o que não devia ser nem de longe sexy, e prendera o braço dele durante a noite de modo que agora parecia estar sendo espetado por agulhas e alfinetes, o que devia ser no mínimo um pouco irritante.

Em vez disso, também parecia totalmente certo.

Como eles estavam enroscados na cama com uma neve hollywoodiana caindo lá fora, Cal não pôde pensar em nenhum motivo para não tirar vantagem disso.

Sorrindo, deslizou uma das mãos para debaixo da camiseta de Quinn, a pele quente e macia. Quando a pôs em concha sobre o seio dela, sentiu o coração de Quinn bater sob sua palma, lento e constante. Ele o acariciou, brincando preguiçosamente com as pontas dos dedos enquanto observava o rosto da mulher. Leve e gentilmente provocou o mamilo, excitando-se ao se imaginar pondo-o na boca e deslizando a língua sobre ele.

Quinn suspirou de novo.

Cal baixou a mão, passando os dedos pela barriga dela sob a flanela e descendo até a coxa. Subiu de novo. Desceu e subiu em um toque suave que se aproximou cada vez mais do centro.

E o som que Quinn emitiu no sono foi suave e indefeso.

Estava molhada e quente quando Cal a tocou de leve. Ao se aprofundar, beijou-a para capturar seu suspiro. Ela atingiu o orgasmo enquanto acordava, seu corpo simplesmente entrando em erupção enquanto sua mente despertava do sono com choque e prazer.

– Ah, Deus!

– Shh. – Cal riu contra os lábios dela. – Você vai acordar o cachorro.

Ele abaixou as calças de Quinn. Antes de ela poder clarear a mente, ele a penetrou.

– Ah. Bem. – As palavras saíram entrecortadas. – Bom dia.

Cal riu de novo e, firmando-se, começou a se mover em um ritmo lento e torturante. Ela tentou segui-lo, se conter e acompanhá-lo naquela lenta subida, mas aquilo a dominou de novo e a fez se mover para cima.

– Deus. Deus. Deus. Não acho que eu posso...

– Shh, shh – repetiu Cal, abaixando a boca para brincar com a dela. – Vou devagar – sussurrou. – Apenas se deixe levar.

Ela não podia fazer mais nada. Seu corpo já estava entregue, já era dele. Totalmente dele. Quando Cal a trouxe para cima de novo, ela estava ofegante demais para gritar.

...

Totalmente satisfeita e esgotada, Quinn ficou deitada sob o peso de Cal. Seu rosto estava entre os seios de Quinn e ela podia brincar com os cabelos dele. Ela imaginou que essa era uma manhã de um domingo distante em que eles não tinham nada com que se preocupar além de se fariam amor de novo antes do café da manhã ou depois.

– Você toma algum tipo de vitamina especial? – perguntou ela.

– Como assim?

– Quero dizer, você tem um vigor impressionante.

Ela sentiu os lábios de Cal se curvarem sobre os seus.

– Apenas uma vida limpa, lourinha.

– Talvez seja o boliche. Talvez jogar boliche... Onde está Caroço?

– Ele ficou sem graça no meio do show. – Cal virou a cabeça e apontou. – Ali.

Quinn olhou e viu Caroço no chão com o rosto virado para o canto, e riu até sua mandíbula doer.

– Deixamos o cão sem graça. Isso é novo para mim. Deus! Eu me sinto ótima. Como posso me sentir tão bem depois da noite passada? – Então balançou a cabeça, estendeu os braços e os passou ao redor de Cal. – Acho que esse é o ponto, não é? Mesmo em um mundo infernal, ainda existe isso.

– Sim. – Cal se sentou, estendeu a mão e alisou os cabelos desgrenhados dela enquanto a estudava. – Quinn.

Ele pegou a mão dela e brincou com os dedos.

– Cal – disse ela, imitando seu tom sério.

– Você rastejou em uma nevasca para ajudar a salvar meu cachorro.

– Ele é um bom cão. Qualquer um teria feito o mesmo.

– Não. Você não é ingênua o suficiente para acreditar nisso. Fox e Gage, sim. Pelo cão e por mim. Layla e Cybil, talvez. Talvez tenha sido a emoção do momento ou talvez elas tenham sido feitas assim.

Quinn tocou no rosto dele e passou os dedos sob aqueles olhos cinzentos pacientes.

– Ninguém ia deixar aquele cachorro lá, Cal.

– Então eu diria que ele tem muita sorte em ter pessoas como você por perto. Eu também. Você rastejou na neve na direção daquela coisa. Cavou com suas mãos.

– Se você está tentando me transformar em uma heroína... vá em frente – decidiu ela. – Acho que gosto disso.

– Você assoviou com seus dedos.

Agora ela estava sorrindo.

– Isso foi só uma coisinha que aprendi ao longo da vida. Na verdade posso assoviar muito mais alto do que isso quando não estou ofegante, congelando e tremendo de medo.

– Eu amo você.

– Vou mostrar isso algum dia quando... O quê?

– Nunca pensei que ia dizer essas palavras para uma mulher.

Se ela tivesse recebido um choque elétrico em seu coração, ele não teria pulado mais alto.

– Você se importa de dizer isso de novo enquanto estou prestando mais atenção?

– Eu amo você.

Pronto, pensou ela. Seu coração estava pulando de novo.

– Porque sei assoviar com os dedos?

– Esse pode ter sido o estopim.

– Deus. – Ela fechou os olhos. – Quero que você me ame. Mas... – Ela tomou fôlego. – Cal, se isso é por causa da noite passada, porque eu ajudei a pegar Caroço, então...

– Não é por isso. É porque você acha que se comer metade da minha fatia de pizza não conta.

– Bem, tecnicamente não.

– Porque você sempre sabe onde estão suas chaves e consegue pensar em dez coisas ao mesmo tempo. Porque não recua e seus cabelos brilham como o sol. Porque fala a verdade e sabe ser amiga. E por dúzias de motivos que talvez eu nunca descubra. Mas sei que posso dizer para você o que nunca pensei em dizer para ninguém.

Ela pôs os braços ao redor do pescoço de Cal e pousou sua testa na dele. Precisava apenas respirar por um momento, assimilar a beleza daquilo como frequentemente fazia com uma grande obra de arte ou uma música que levava a lágrimas.

– Este é realmente um bom dia. – Quinn encostou seus lábios nos dele.
– Na verdade, um ótimo dia.

Eles ficaram sentados abraçados por algum tempo enquanto o cão roncava no canto e a neve caía do lado de fora.

Quando Cal foi para o andar de baixo, seguiu o cheiro de café até a cozinha e encontrou Gage de cara feia pondo uma frigideira no fogão. Eles grunhiram um para o outro enquanto Cal ia pegar uma caneca limpa no lava-louças.

– Parece que já há quase 90 centímetros e ainda está nevando.

– Estou vendo. – Gage abriu um pacote de bacon. – Você parece animado.

– É realmente um bom dia.

– Eu provavelmente pensaria o mesmo se tivesse começado o dia com sexo.

– Meu Deus, como os homens são grosseiros!

Cybil entrou com seus olhos escuros sonolentos.

– Então você devia tapar os ouvidos quando estamos por perto. Bacon frito e ovos mexidos – disse Gage. – Se alguém não gostar das opções, deve experimentar outro restaurante.

Cybil se serviu de café e deu o primeiro gole, estudando-o por cima da borda da caneca. Ele não havia se barbeado ou escovado aquela massa escura de cabelos. Obviamente era irritadiço de manhã, mas nada disso o tornava menos atraente.

O que era péssimo.

– Sabe o que eu notei em você, Gage? – perguntou Cybil.

– O quê?

– Você é apenas uma bunda bonita com uma atitude vulgar. Avise-me quando o café da manhã estiver pronto – acrescentou ela ao sair da cozinha.

– Ela tem razão. Eu já disse muitas vezes isso sobre sua bunda e sua atitude.

– Os telefones não estão funcionando – anunciou Fox ao entrar. Ele abriu a geladeira e pegou uma Coca-Cola. – Consegui falar com minha mãe pelo celular. Eles estão bem.

– Conhecendo seus pais, provavelmente acabaram de transar – comentou Gage.

– Ei! Bem, é verdade – disse Fox depois de um instante. – Mas ei...

– Gage só está pensando em sexo hoje.

– E por que não estaria? Ele não está doente ou assistindo a esportes, as únicas duas circunstâncias em que os homens não têm necessariamente sexo na cabeça.

Gage pôs bacon na frigideira quente.

– Alguém faça torradas ou algo do gênero. E vamos precisar de outro bule de café.

– Tenho que levar Caroço para fora. Não vou deixá-lo sair sozinho.

– Eu o levo. – Fox se abaixou para coçar a cabeça de Caroço. – Quero dar uma volta. – Ele se virou e quase esbarrou em Layla. – Oi, desculpe. Ah... vou levar Caroço para fora. Quer ir também?

– Ah, acho que sim. Claro. Só vou pegar minhas coisas.

– Refinado – comentou Gage quando Layla saiu. – Você é refinado, Fox.

– O quê?

– Bom dia, mulher realmente atraente. Gostaria de dar uma volta comigo sobre 90 centímetros de neve e observar um cão urinar em algumas árvores? Antes mesmo de tomar café?

– Foi só uma sugestão. Ela podia ter dito não.

– Tenho certeza de que teria dito se tivesse tomado uma dose de cafeína e seu cérebro estivesse funcionando.

– Deve ser por isso que você só tem sorte com mulheres sem cérebro.

– E você está irradiando alegria – comentou Cal quando Fox saiu fumegando de raiva.

– Faça outro maldito bule de café.

– Preciso trazer lenha para dentro, alimentar o gerador e começar a remover 90 centímetros de neve dos terraços. Avise-me quando o café da manhã estiver pronto.

Sozinho, Gage resmungou e virou o bacon. Teve que resmungar de novo quando Quinn entrou.

– Achei que ia encontrar todo mundo aqui, mas eles estão espalhados. – Ela pegou uma caneca. – Parece que vamos precisar de outro bule de café.

Como ela largou o café, Gage não teve tempo de reclamar.

– Vou cuidar disso. Há mais alguma coisa que eu possa fazer para ajudar?

Gage se virou para olhar para ela.

– Por quê?

– Porque eu acho que se ajudar você no café da manhã isso nos tirará do rodízio na cozinha durante as próximas refeições.

Ele assentiu com a cabeça, apreciando a lógica.

– Bem pensado. Você faz as torradas e o café.

– Certo.

Gage bateu uma dúzia de ovos enquanto ela trabalhava. Quinn tinha um modo de agir rápido e eficiente, observou Gage. A rapidez não importaria tanto para Cal, mas a eficiência seria uma grande vantagem. Ela era forte e brilhante e, como vira por si mesmo na noite passada, muito corajosa.

– Você o está fazendo feliz.

Quinn parou e olhou para ele.

– Ótimo, porque ele está me fazendo feliz.

– Uma coisa. Se você ainda não percebeu isso, ele está enraizado aqui. Este é o seu lugar. Independentemente do que acontecer, Hollow sempre será o lugar de Cal.

– Eu já percebi isso. – Quinn pegou a torrada que saltou da torradeira e pôs mais pão nela. – Apesar de tudo, é uma bela cidade.

– Apesar de tudo – concordou Gage, e depois despejou os ovos na segunda frigideira.

• • •

Lá fora, como Gage previra, Fox observou Caroço urinar nas árvores. Era o mais interessante além de observar o cão perambular, caminhar com dificuldade e ocasionalmente pular na neve na altura da cintura. Foi o fator "na altura da cintura" que fez Fox e Layla pararem no terraço da frente e Fox usar a pá que Cal pusera em suas mãos quando eles saíram.

Ainda assim, era ótimo estar lá fora no globo de neve da manhã, atirando aquela coisa branca ao redor enquanto caía mais dela do céu.

– Talvez eu devesse descer e tirar a neve de alguns dos arbustos de Cal.

Fox a olhou de relance. Layla estava usando um gorro de esqui e um cachecol ao redor do pescoço. Ambos já estavam com uma camada branca.

– Você vai afundar na neve e então teremos que lhe atirar uma corda para trazê-la de volta.

– Ele não parece assustado. – Ela olhou atentamente para Caroço. – Achei que depois da noite passada ele ficaria com medo de sair.

– Memória curta canina. Provavelmente uma vantagem.

– Não vou me esquecer disso.

– Não.

Ele percebeu que não devia tê-la convidado para ir lá para fora. Especialmente porque não sabia bem como tocar no assunto do emprego, o que fora parte do motivo de tê-la convidado. Geralmente ele era melhor nisso, em lidar com pessoas. Lidar com mulheres. Agora estava usando a pá para abrir um caminho do terraço para a escada, e foi direto ao assunto.

– Cal disse que você estava procurando emprego.

– Não exatamente. Quero dizer, preciso encontrar um trabalho, mas não estava procurando.

– Minha secretária... gerente administrativa... assistente. – Ele despejou neve e enterrou a pá de novo. – Nunca estabelecemos um título, agora que estou pensando. De qualquer modo, ela está se mudando para Minneapolis. Preciso de alguém para fazer as coisas que ela faz.

Maldita Quinn, pensou ela.

– As coisas?

Ocorreu a Fox que ele era considerado bastante articulado no tribunal.

– Arquivar, cuidar do faturamento, atender o telefone, manter uma agenda, reagendar quando necessário, lidar com clientes, digitar documentos e correspondência. Ela também é tabeliã, mas isso não é necessário agora.

– Que software ela usa?

– Não sei.

Ela usava algum software?

– Não sei nada sobre as funções de uma secretária ou gerenciamento administrativo. E não sei nada sobre direito.

Fox reconhecia tons, e o dela era defensivo. Ele continuou a trabalhar com a pá.

– Você conhece o alfabeto?

– É claro que sim, mas o problema é que...

– Não há nenhum problema – interrompeu ele. – Se você conhece o alfabeto provavelmente pode descobrir como arquivar. E você sabe usar um telefone, o que significa que pode atender e fazer chamadas. Essas seriam as habilidades essenciais para a posição de secretária. Sabe usar um teclado?

– Sim, mas depende de...

– Ela pode lhe ensinar o que quer que faça nessa área.

– Você não parece saber muito sobre o que ela faz.

Ele também reconhecia desaprovação quando a ouvia.

– Ok. – Fox se aprumou, se apoiou na pá e olhou bem nos olhos de Layla. – Ela está comigo desde o início. Vou sentir falta dela como sentiria do meu braço. Mas as pessoas seguem em frente e o resto de nós tem que lidar com isso. Preciso de alguém que ponha os papéis nos seus devidos lugares e os encontre quando eu precisar deles, envie contas para eu poder pagar as minhas, me avise quando devo ir ao tribunal, atenda o telefone que esperamos que toque para eu ter clientes e basicamente mantenha algum tipo de ordem para eu poder advogar. Você precisa de um emprego e um salário. Acho que poderíamos ajudar um ao outro.

– Cal pediu para você me oferecer um emprego porque Quinn o obrigou.

– Certo. O que não muda o ponto principal.

Não, não muda. Mas a incomodava mesmo assim.

– Não seria permanente. Só estou procurando algo para fazer até...

– Seguir em frente. – Fox assentiu com a cabeça. – Por mim tudo bem. Assim nenhum de nós ficará preso. Apenas ajudaremos um ao outro por algum tempo.

Ele removeu mais duas uvas de neve, parou e se apoiou na pá com os olhos fixos nos dela.

– Além disso, você sabia que eu ia lhe oferecer o emprego. Você sente esse tipo de coisa. Esse é seu papel, ou parte dele. Você tem uma percepção das pessoas, das situações.

– Não sou sensitiva, se é isso que está dizendo.

O tom defensivo estava de volta.

– Você dirigiu até Hollow quando nunca tinha estado aqui. Sabia para onde ir, quais estradas pegar.

– Não sei o que foi aquilo.

Ela cruzou os braços e o movimento não foi apenas defensivo como também de resistência.

– É claro que sabe, só que isso a assusta. Você saiu com Quinn naquela primeira noite, uma mulher que nunca tinha visto.

– Ela era uma alternativa sensata à grande e diabólica lesma – disse Layla secamente.

– Você não correu, não disparou para seu quarto e trancou a porta. Entrou no carro de Quinn e veio com ela para cá, onde também nunca tinha estado, e entrou em uma casa com dois homens estranhos dentro.

– *Estranhos* poderia ser a palavra-chave. Eu estava assustada, confusa e cheia de adrenalina. – Ela desviou seu olhar para onde Caroço rolava na neve como se fosse um campo de margaridas. – Eu confiei em meus instintos.

– Instinto é uma palavra para isso. Aposto que quando você estava trabalhando naquela butique tinha bons instintos sobre o que suas clientes queriam e o que comprariam. Aposto que era ótima nisso.

Quando ela não disse nada, Fox continuou a remover a neve.

– Aposto que você sempre foi boa nesse tipo de coisa. Quinn tem vislumbres do passado, como Cal. Aparentemente Cybil tem visões de possíveis acontecimentos futuros. Eu diria que você está presa comigo no presente, Layla.

– Não sei ler mentes e não quero que ninguém leia a minha.

– Não é exatamente isso.

Ele decidiu que teria que trabalhar com ela. Ajudá-la a descobrir o dom que tinha e como usá-lo. E teria que lhe dar um pouco de tempo e espaço para se acostumar com essa ideia.

– Seja como for, provavelmente a neve nos manterá presos aqui durante o fim de semana. Tenho coisas para fazer na semana que vem, mas quando voltarmos à cidade você pode ir ao escritório quando quiser e deixar a Sra.

Hawbaker lhe mostrar como as coisas funcionam. Então veremos como se sente em relação ao emprego.

– Olhe, estou grata pela oferta.

– Não, não está. – Ele sorriu e atirou outra pá de neve para fora do terraço. – Não muito. Também tenho instintos.

Aquilo não era apenas humor, mas compreensão. A tensão a deixou quando ela chutou a neve.

– Há gratidão, só que está enterrada debaixo da irritação.

Levantando a cabeça, ele estendeu a pá.

– Quer cavar um pouco?

E ela riu.

– Vamos experimentar assim: se eu for e decidir aceitar o emprego, será com a condição de que, se algum de nós decidir que não está dando certo, dirá. Sem mágoas.

– Combinado.

Fox estendeu a mão e segurou a dela para selar o pacto. Continuou a segurá-la enquanto a neve caía ao redor deles. Layla tinha que sentir isso, pensou ele, tinha que sentir aquela conexão imediata e palpável. Aquele reconhecimento.

Cybil abriu um pouco a porta.

– O café da manhã está pronto.

Fox soltou a mão de Layla e se virou. Ele deu um leve suspiro antes de chamar o cachorro para casa.

• • •

As questões práticas tinham que ser resolvidas. Era preciso remover a neve, trazer e empilhar lenha, lavar pratos e preparar refeições. Cal podia sentir que a casa, que sempre parecera espaçosa, estava cada vez mais apertada com seis pessoas e um cão presos dentro dela. Mas estavam mais seguros juntos.

– Não só mais seguros. – Estava na vez de Quinn trabalhar com a pá. Ela achou que abrir um caminho até o depósito de Cal substituiria um exercício formal. – Acho que tudo isso foi premeditado. Essa convivência forçada. Está nos dando tempo para nos acostumarmos uns com os outros, aprender como funcionamos como um grupo.

– Ei, deixe-me fazer isso.

Cal pôs de lado a lata de gasolina que usara para abastecer o gerador.

– Não. Veja bem, isso não é trabalhar em grupo. Vocês homens têm que aprender a deixar as mulheres carregarem seus fardos. Gage ser escalado para fazer o café da manhã hoje é um exemplo de trabalho em equipe não baseado em gênero.

Trabalho em equipe não baseado em gênero, pensou ele. Como poderia não estar apaixonado por uma mulher que usava um termo assim?

– Todos nós podemos cozinhar – continuou ela. – Todos nós podemos remover a neve, carregar lenha e fazer camas. Todos nós podemos fazer o que for preciso. Contudo, até agora isso tem sido muito parecido com um baile na escola secundária.

– Como?

– Garotos de um lado, garotas do outro, e ninguém sabendo direito como juntar todo mundo. Agora estamos juntos e temos que entender isso. Até mesmo nós, Cal, até mesmo sentindo o que sentimos um pelo outro, ainda estamos nos conhecendo e aprendendo a confiar um no outro.

– Se isso tem a ver com a pedra, entendo que esteja irritada por eu não ter lhe contado antes.

– Não, realmente não estou. – Ela removeu mais um pouco de neve, mas agora principalmente para manter as aparências. Seus braços a estavam *matando*. – Eu comecei a ficar, até mesmo queria ficar, mas não consegui. Porque entendo que vocês foram unidos durante suas vidas inteiras. Não imagino que se lembrem de uma época em que não foram. Além disso, passaram juntos pelo que não acho que seja um exagero chamar de uma experiência de fazer a terra tremer. Vocês três são como um... um corpo com três cabeças – disse ela, e entregou a pá.

– Não somos os malditos Borg.

– Não, mas isso é o mais perto que consigo chegar. Vocês são até certo ponto como um punho fortemente fechado, mas... – Ela agitou seus dedos enluvados. – Indivíduos. Trabalham juntos, isso é instintivo. E agora... – Ela ergueu a outra mão. – Surge esta outra parte. Então estamos tentando descobrir como integrá-la. – Ela juntou as mãos, com os dedos entrelaçados.

– Isso realmente faz sentido. – E produziu um leve sentimento de culpa. – Eu cavei um pouco sozinho.

– Você não está se referindo à neve. E contou para Fox e Gage, seus iguais.

– Eu provavelmente mencionei isso. Não sabemos onde Ann Hawkins esteve durante alguns anos, onde deu à luz seus filhos, onde ficou antes de voltar para Hollow, para a casa de seus pais. Então eu pensei em primos, tias, tios. Achei que uma mulher nesse estágio da gravidez não conseguiria viajar para muito longe, não naquela época. Então talvez tivesse ficado em um perímetro mais próximo. Quinze ou trinta quilômetros no século XVII eram muito mais longe do que hoje em dia.

– Essa é uma boa ideia. Eu deveria ter pensado nisso.

– E eu deveria ter falado sobre isso antes.

– Sim. Agora que falou deveria falar com Cyb, lhe dar todas as informações que tiver. Ela é a rainha das pesquisas. Se eu sou boa, ela é melhor.

– E eu sou um amador.

– Você não tem nada de amador.

Sorrindo, Quinn pulou para os braços dele. O impulso o fez escorregar. Ela gritou de susto e riu ao mesmo tempo quando ele se inclinou para trás. Cal caiu; ela caiu de cara primeiro.

Ofegante, Quinn pegou dois punhados de neve para esfregar no rosto dele antes de tentar rolar para longe. Cal a pegou pela cintura e a puxou de volta enquanto ela gritava e ria indefesamente.

– Sou um campeão de luta na neve – avisou ele. – Você está fora da liga, lourinha. Portanto...

Quinn conseguiu pôr uma das mãos entre as pernas de Cal para uma vigorosa carícia. Depois, tirando vantagem da súbita e dramática queda no QI dele, lhe esfregou uma bola de neve na nuca.

– Esses movimentos são contra as regras da liga.

Quinn tentou se levantar, caiu e depois deu um forte suspiro quando ele a prendeu com seu peso.

– E ainda sou o campeão – anunciou Cal. Estava prestes a beijá-la quando a porta se abriu.

– Crianças – disse Cybil. – Há uma bela cama quente lá em cima se quiserem brincar. E saibam que a luz acabou de voltar. – Ela olhou por cima do ombro. – Parece que os telefones também voltaram a funcionar.

– Telefones, eletricidade. Computador. – Quinn saiu de debaixo de Cal. – Preciso ver meus e-mails.

...

Cybil se apoiou na secadora enquanto Layla punha toalhas na máquina de lavar de Cal.

– Eles parecem um casal de bonecos de neve excitados se apalpando.

– O amor jovem é imune às condições climáticas.

Cybil riu.

– Sabe, você não precisa se encarregar da lavagem de roupas.

– Toalhas limpas são uma lembrança distante neste ponto e a luz pode faltar de novo. Além disso, prefiro ficar quente e seca aqui lavando toalhas do que fria e molhada lá fora removendo neve. – Ela jogou seus cabelos para trás. – Principalmente porque não tem ninguém me apalpando.

– Bem pensado. Mas eu ia dizer que, pelos meus cálculos, você ou Fox devem ser escalados para cozinhar esta noite.

– Quinn ainda não cozinhou, e nem Cal.

– Quinn ajudou no café da manhã. E a casa é de Cal.

Derrotada, Layla olhou para a máquina.

– Droga. Vou fazer o jantar.

– Você pode empurrar isso para Fox alegando que lavou as roupas.

– Não. Não sabemos se ele sabe cozinhar, e eu sei.

Cybil estreitou os olhos.

– Você sabe cozinhar? Você não mencionou isso.

– Se tivesse mencionado, teria que cozinhar.

Layla franziu os lábios. Cybil assentiu lentamente com a cabeça.

– Lógica diabólica e egoísta. Gosto disso.

– Vou dar uma olhada nos mantimentos e ver o que posso fazer. Alguma coisa... – Ela se interrompeu e deu um passo para a frente. – Quinn? O que foi?

– Temos que conversar. Todos nós.

Quinn estava em pé à porta, tão pálida que seus olhos pareciam roxos.

– Q? Querida? – Ela se lembrou da corrida de Quinn para ver seus e-mails. – Estão todos bem? Seus pais?

– Sim. Sim. Quero contar tudo de uma vez, para todos. Precisamos reunir todo mundo.

Quinn se sentou na sala de estar com Cybil acomodada no braço de sua cadeira. Ela desejou se aninhar no colo de Cal como fizera antes. Mas isso pareceu errado.

Agora tudo parecia errado.

Desejou que tivessem ficado sem eletricidade para sempre. Desejou não ter entrado em contato com a avó e insistido para ela pesquisar a história da família.

Não queria saber o que sabia agora.

Não havia volta, lembrou a si mesma. E o que tinha a dizer poderia mudar tudo que estava por vir.

Olhou de relance para Cal. Sabia que o deixara preocupado. Não era justo prolongar aquilo. Como ele olharia para ela depois?

Conte logo, disse Quinn para si mesma, *e acabe logo com isso*.

– Minha avó obteve as informações que pedi. Havia ainda mais registros reunidos por um historiador familiar no final do século XIX. Layla, isso pode ajudá-la. Ninguém jamais foi tão longe, mas você pode pesquisar a partir do que tenho agora.

– Está bem.

– O fato é que parece que a família era, digamos, bastante religiosa em relação a pesquisar as próprias origens. Meu avô nem tanto, mas a irmã dele e alguns primos se dedicavam mais a isso. Parece que apreciavam muito o fato de seus ancestrais estarem entre os primeiros peregrinos que se estabeleceram no Novo Mundo. Eles tinham árvores genealógicas que remontam à Inglaterra e à Irlanda do século XVI. Mas o que se aplica a nós, a isso, é o ramo que veio para cá. Para Hawkins Hollow – disse ela para Cal.

Quinn se preparou mentalmente para o que ia dizer.

– Sebastian Deale trouxe sua esposa e três filhas para o povoado, em 1651. O nome de sua filha mais velha era Hester. Hester Deale.

– O lago Hester – murmurou Fox. – Ele é da sua família.

– Sim. Hester Deale, que segundo a crença tradicional da cidade denunciou Giles Dent por bruxaria na noite de 7 de julho de 1652. Que, oito meses depois, teve uma filha, e quando essa filha tinha duas semanas de vida se afogou no lago da floresta Hawkins. Não há nenhum pai documentado, nada no registro. Mas sabemos quem foi o pai da criança. Sabemos quem foi.

– Não podemos ter certeza disso.

– Nós sabemos, Caleb. – Por mais que aquilo doesse, Quinn sabia. – Nós o vimos, você e eu. E Layla o experimentou. Ele a estuprou. Ela ainda não havia completado 16 anos. Ele a atraiu e dominou sua mente e seu corpo, e a engravidou. De uma criança que carregava seu sangue. – Para mantê-los em silêncio, Quinn cruzou suas mãos. – Metade demônio. Ela não podia viver com isso, com o que lhe fora feito, o que trouxera para o mundo. Então encheu seus bolsos de pedras e entrou na água para se afogar.

– O que aconteceu com a filha dela? – perguntou Layla.

– Morreu com 20 anos, depois de ter duas filhas. Uma dela morreu antes de completar 3 anos e a outra se casou com um homem chamado Duncan Clark. Eles tiveram três filhos e uma filha. Tanto ela quanto seu marido e seu filho mais novo foram mortos quando sua casa se incendiou. As outras crianças escaparam.

– Eu devo descender de Duncan Clark – disse Layla.

– E em algum ponto um deles se envolveu com uma cigana do Velho Mundo – completou Cybil. – Isso não é justo. Eles descendem de uma bruxa branca heroica e nós temos a semente do demônio.

– Isso não é piada – disparou Quinn.

– Não, e não é uma tragédia. É só um fato.

– Droga, Cybil, não vê o que isso significa? Que a *coisa* lá fora é meu, provavelmente nosso, ancestral! Significa que estamos carregando uma parte disso em nós.

– Vou ficar muito chateada se começarem a nascer chifres e um rabo nas próximas semanas.

– Ah, que se dane! – Quinn se levantou e olhou para a amiga. – Que se dane, Cybil! Ele estuprou aquela garota para chegar até nós, três séculos e meio atrás, mas o que semeou levou a isso. E se não estivermos aqui para impedi-lo, para ajudar a pôr fim a isso? E se estivermos aqui para garantir que isso não vai parar? Para ajudar a machucá-los?

– Se seu cérebro não estivesse derretido de amor veria que essa é uma teoria idiota. Uma reação de pânico temperada com uma alta dose de autopiedade. – A voz de Cybil foi brutalmente fria. – Não estamos sob o jugo de um demônio. Não vamos mudar subitamente de lado e pôr o uniforme de uma *entidade tenebrosa* que tenta matar um cão por prazer. Somos exatamente quem éramos cinco minutos atrás, por isso pare de ser estúpida e se acalme.

– Ela tem razão. Não sobre ser estúpida – disse Layla. – Mas sobre ser quem somos. Se tudo é parte disso, então temos que descobrir um modo de usá-lo.

– Ótimo. Vou treinar fazer minha cabeça girar 180 graus.

– Patético – disse Cybil. – Q, você faria melhor uso do sarcasmo se não estivesse com tanto medo de Cal terminar com você por causa do grande D de demônio na sua testa.

– Pare! – ordenou Layla e Cybil apenas encolheu os ombros.

– Se ele fizer isso – continuou Cybil calmamente – é porque não vale seu tempo.

No súbito e grande silêncio um pedaço de madeira caiu na lareira, produzindo centelhas.

– Você imprimiu o arquivo? – perguntou Cal.

– Não, eu...

A voz de Quinn foi sumindo e ela balançou a cabeça.

– Vamos fazer isso agora e depois dar uma olhada.

Ele se levantou, pôs uma das mãos no braço de Quinn e a levou para fora da sala.

– Belo trabalho – comentou Gage com Cybil. Antes de ela poder responder, ele inclinou a cabeça. – Aquilo não foi sarcasmo. Foi literal ou verbalmente um tapa na cara dela. Verbalmente é mais traiçoeiro, mas menos complicado.

– Ambos doem. – Cybil se levantou. – Se Cal a magoar, vou arrancar o pênis dele e dar para o Caroço comer.

Com isso, ela se precipitou para fora da sala.

– Ela está um pouco assustada – concluiu Fox.

– Não é a única. Sou eu que vou assar os testículos dele para a sobremesa. – Layla saiu atrás de Cybil. – E tenho que descobrir o que fazer para o jantar.

– Estranhamente, não estou com muito apetite agora. – Fox olhou para Gage. – E você?

Lá em cima, Cal esperou até eles entrarem no escritório que atualmente servia como dormitório masculino. Ele empurrou Quinn contra a porta. O primeiro beijo foi forte, com componentes de raiva. O segundo frustrado. E o terceiro suave.

– Seja o que for que você estiver pensando sobre nós, tire isso da cabeça. Agora. Está me entendendo?

– Cal.

– Demorei minha vida inteira para dizer o que disse para você esta manhã. Eu amo você. Nada vai mudar esse fato. Portanto pare com isso ou vou ficar irritado.

– Isso não era... Aquilo não era... – Quinn fechou os olhos enquanto uma tempestade de emoções se abatia sobre ela. – Está bem, isso estava lá, parte disso, mas não é tudo, a totalidade. Quando li o arquivo que ela enviou, simplesmente...

– Desabou. Entendo isso. Mas sabe de uma coisa? Estou aqui para ajudá-la a se levantar.

Ela conteve as lágrimas, pôs sua mão na dele e os dedos de ambos se entrelaçaram.

– Está tudo bem?
– Sim. Obrigada por me mostrar que está.
– Vamos imprimir o arquivo e ver o que temos.
– Sim.

Mais calma, ela olhou para a sala. A bagunça, as camas desfeitas, as pilhas de roupas.

– Seus amigos são relaxados.
– Sim, são.

Juntos, eles abriram caminho em meio à bagunça e foram para o computador.

DEZENOVE

Na sala de jantar, Quinn se sentou com as impressões diante de todos. Notou que havia tigelas de pipoca sobre a mesa, uma garrafa de vinho, taças e toalhas de papel dobradas em triângulos. Sabia que aquilo tudo era obra de Cybil.

Assim como sabia que Cybil fizera a pipoca para ela. Não como uma proposta de paz; elas não precisavam disso. Mas porque quisera fazer.

Ela tocou no ombro da amiga antes de se sentar.

– Desculpe pelo dramalhão – começou Quinn.

– Se você acha que aquilo foi um drama, precisa ver meus pais durante uma das reuniões de família. – Fox sorriu enquanto pegava um punhado de pipoca. – Os Barry-O'Dells não precisam de sangue do demônio para criar um inferno.

– Todos nós sabemos que, de agora em diante, essa coisa de demônio vai virar alvo de piadas. – Quinn se serviu de uma taça de vinho. – Não sei quanto isso nos dirá, mas é mais do que tínhamos. Mostra uma conexão direta com o outro lado.

– Tem certeza de que foi Twisse quem estuprou Hester Deale? – perguntou Gage. – De que ele é o pai?

Quinn assentiu.

– Pode acreditar em mim.

– Eu experimentei isso. – Layla torceu o guardanapo de papel em sua mão enquanto falava. – Não foi como os vislumbres de Cal e Quinn, mas... talvez o laço sanguíneo o explique. Eu não sei. Mas sei o que ele fez com ela. E sei que ela era virgem antes de ele... aquilo... estuprá-la.

Gentilmente, Fox pegou os pedaços de papel que Layla rasgara e lhe entregou seu guardanapo.

– Ok – continuou Gage. – Temos certeza de que Twisse é o... demônio, por falta de uma descrição melhor?

– Ele nunca gostou desse termo – observou Cal. – Acho que podemos dizer que sim.

– Então Twisse usa Hester para gerar uma criança, estender sua linhagem. Se ele está por perto desde então, causando algumas das coisas que Cal viu e outras do gênero, provavelmente já fez o mesmo antes.

– Certo – admitiu Cybil. – Talvez seja daí que venham pessoas como Hitler, Osama bin Laden, Jack, o Estripador, molestadores de crianças e assassinos em série.

– Se você olhar para a linhagem, verá que houve muitos suicídios e mortes violentas, principalmente nos primeiros 120 anos depois de Hester – disse Quinn lentamente. – Acho que, se examinarmos um pouco mais a fundo os indivíduos, poderemos encontrar mais da cota média de assassinatos e insanidade.

– Algo se destaca mais recentemente? – perguntou Fox.

– Não que eu saiba. Tenho a costumeira cota de parentes malucos e irritantes, mas ninguém encarcerado ou internado.

– Não era o plano dele, a estratégia dele. – Fox estritou os olhos enquanto folheava as páginas impressas. – Entendo de estratégia. Pensem. Twisse não sabe o que Dent está tramando para aquela noite. Ele tem Hester, a mente dela sob controle, o filho do demônio a caminho, mas não sabe que isso vai parar por aí.

– Que Dent já está preparado para ele e tem seus próprios planos – continuou Layla. – Entendo aonde você quer chegar. Ele planejava destruir Dent naquela noite ou pelo menos lhe causar dano, fazê-lo ir embora.

– Então ele chega à cidade – continuou Fox –, a consome e segue em frente. Deixa descendência, antes de encontrar o próximo lugar adequado para fazer o mesmo.

– Em vez disso, Dent o leva para baixo e o mantém lá até... – Cal virou sua mão, expondo a fina cicatriz no punho. – Até os descendentes de Dent o deixarem sair. Por que Dent ia querer isso? Por que permitiria isso?

– Dent podia achar que manter um demônio aprisionado por três séculos era o suficiente. – Gage se serviu de pipoca. – Ou esse era o tempo máximo pelo qual conseguiria segurá-lo e chamou alguns reforços.

– Garotos de 10 anos – disse Cal desgostoso.

– As crianças tendem mais a acreditar, a aceitar o que os adultos não aceitam – disse Cybil. – E, droga, ninguém disse que era justo. Ele lhes deu o que podia. A capacidade de se curarem facilmente, suas visões do passado, presente e futuro. E a pedra, em três partes.

– E tempo para crescer – acrescentou Layla. – Vinte e um anos. Talvez ele tivesse descoberto o modo de nos trazer para cá. Quinn, Cybil e eu. Porque não consigo ver a lógica, o objetivo de ter me impelido a vir e depois tentado me assustar para eu ir embora.

– Bem pensado. – E aquilo fez algo relaxar dentro de Quinn. – Muito bem pensado. Por que assustar se ele podia seduzir? Realmente bem pensado.

– Posso examinar mais a fundo a árvore genealógica para você, Q. E ver o que consigo encontrar sobre Layla e eu. Mas esse é um trabalho inútil agora. Conhecemos a raiz.

Cybil virou uma das páginas e pegou um lápis. Desenhou duas linhas horizontais na parte de baixo.

– Giles Dent e Ann Hawkins aqui, Lazarus Twisse e a amaldiçoada Hester aqui. Cada raiz dá origem a uma árvore e as árvores dão origem a ramos. – Ela desenhou rápida e simplesmente. – E no ponto certo os ramos de cada árvore se cruzam. Na quiromancia o cruzamento de linhas é um sinal de poder.

Ela completou o desenho: três ramos, três ramos cruzados.

– Portanto temos que descobrir o poder e usá-lo.

• • •

Naquela noite, Layla fez algo bastante saboroso: peito de frango, tomates cozidos e feijão-branco. De comum acordo, eles canalizaram a conversa para outras áreas. *Assuntos normais*, pensou Quinn enquanto a conversa variava entre dissecar filmes recentes e piadas ruins e viagens. Todos precisavam de uma boa dose de normalidade.

– Gage tem comichão nos pés – comentou Cal. – Ele percorre uma looonga estrada solitária desde que tinha 18 anos.

– Nem sempre é solitária.

– Cal disse que você esteve em Praga. – Quinn pensou sobre isso. – Acho que eu gostaria de conhecer Praga.

– Pensei que fosse Budapeste.

Gage olhou de relance para Cybil.

– Estive lá também. Praga foi a última parada antes de voltar.

– Não é fabulosa? – perguntou Layla. – A arte, a arquitetura, a comida?

– Tem tudo. O palácio, o rio, a ópera. Eu provei um pouco disso, mas na maior parte do tempo estava trabalhando. Peguei um voo de Budapeste para um jogo de pôquer.

– Você passou seu tempo na chamada Paris do Leste Europeu jogando pôquer? – perguntou Quinn.

– Não só fazendo isso, essa foi a maior parte. O jogo durou apenas 73 horas.

– Três dias jogando pôquer? – Cybil ergueu as sobrancelhas. – Não acha isso um pouco obsessivo?

– Depende da sua posição.

– Mas você não precisa dormir e comer? Urinar? – Layla quis saber.

– Há intervalos. As 73 horas foram o tempo do jogo. Era um jogo particular, em uma casa particular. Dinheiro de verdade, segurança de verdade.

– Ganhou ou perdeu? – perguntou Quinn com um sorriso.

– Eu me saí bem.

– Você usa sua premonição para jogar? – perguntou Cybil.

– Isso seria trapacear.

– Sim, seria, mas você não respondeu a minha pergunta.

Gage pegou sua taça e manteve seus olhos nos dela.

– Se eu precisasse trapacear para ganhar no pôquer, deveria estar vendendo seguros. Não preciso trapacear.

– Nós fizemos um juramento. – Fox ergueu as mãos quando Gage olhou de cara feia para ele. – Agora estamos nisso juntos. Elas devem entender como isso funciona para nós. Fizemos um juramento quando percebemos que todos nós tínhamos algo a mais. Não o usaríamos contra ninguém, para prejudicar ninguém ou... bem, para ferrar com ninguém. Nós não quebramos nossa promessa uns para os outros.

– Nesse caso – disse Cybil para Gage –, você deveria apostar em corridas de cavalo em vez de jogar cartas.

Ele deu um sorriso.

– Sou conhecido por apostar, mas gosto de cartas. Quer jogar?

– Talvez mais tarde.

Quando Cybil se virou para Quinn com um olhar de desculpas, Quinn soube o que viria.

– Acho que deveríamos voltar ao assunto – começou Cybil. – Tenho uma pergunta, um ponto de onde gostaria de partir.

– Vamos fazer um intervalo de quinze minutos. – Quinn se levantou. – Vamos limpar a mesa e levar o cachorro para fora. Apenas nos mexer um pouco. Quinze minutos.

Cal lhe acariciou o braço enquanto se levantava com ela.

– De qualquer modo, tenho que dar uma olhada na lareira e provavelmente pegar mais lenha. Vamos para a sala de estar quando voltarmos.

...

Eles pareciam pessoas comuns, pensou Cal. Apenas um grupo de amigos em uma noite de inverno. Como de costume, Gage optara por café. Cal não via o amigo exagerar na bebida desde o verão em que eles tinham 17 anos. Fox estava bebendo Coca-Cola de novo e ele mesmo optara por água.

Clarear as mentes, refletiu. Eles queriam clarear as mentes se houvesse perguntas a ser respondidas. Tinham voltado aos grupos por gênero. Isso era automático. As três mulheres no sofá, Fox no chão com Caroço. Ele havia pegado uma cadeira e Gage estava perto da lareira como se pudesse simplesmente sair se o assunto não lhe agradasse.

– Então... – Cybil se sentou sobre suas pernas e deixou seus olhos escuros varrerem a sala. – Gostaria de saber qual foi a primeira coisa, digamos, a primeira ocorrência, o primeiro acontecimento, que alertou vocês para o fato de que havia algo errado na cidade. Depois de sua primeira noite na clareira, depois de voltarem para casa.

– O Sr. Guthrie e o garfo. – Fox se esticou e pôs a cabeça na barriga de Caroço. – Essa foi a grande pista.

– Parece o título de um livro infantil. – Quinn fez uma anotação em seu bloco. – Por que não nos conta o que houve?

– Você começa, Cal – sugeriu Fox.

– Era para ser nosso aniversário. Todos nós estávamos muito assustados. Era pior estarmos separados, cada um em sua própria casa. Convenci minha mãe a me deixar ir para o boliche para eu ter algo para fazer, e Gage estaria lá. Ela não estava certa sobre se devia me pôr de castigo ou não – disse ele com um meio sorriso. – Foi a primeira e última vez em que me lembro de ela ter ficado indecisa sobre esse tipo de coisa. Então me deixou ir com meu pai. Gage?

– Eu estava trabalhando. O Sr. Hawkins tinha me deixado ganhar um dinheiro extra no boliche, fazendo limpeza ou levando pedidos da grelha para as mesas. Eu sabia que me sentiria muito melhor quando Cal chegasse. E depois Fox.

– Atazanei meus pais para que me deixassem ir. Meu pai finalmente cedeu e me levou. Acho que ele queria ter uma conversa com o pai de Cal e o de Gage se pudesse.

– Assim Brian, o Sr. O'Dell, e meu pai se sentaram na extremidade do balcão, tomando café. Até então eles não haviam chamado Bill, o pai de Gage.

– Porque ele não sabia que eu tinha ido à clareira – disse Gage. – Não fazia sentido me meterem em uma encrenca até decidirem o que fazer.

– Onde estava seu pai? – perguntou Cybil.

– Ali perto. Ele estava sóbrio havia algumas horas, por isso o Sr. Hawkins arranjou algo para ele fazer.

– Eu me lembro – murmurou Cal. – Parecia uma noite de verão comum. Adolescentes, alguns universitários no fliperama e nos *video games*. A grelha fumegando, os pinos batendo. Havia um garotinho irritado de 2 ou 3 anos com sua família na pista quatro.

Ele tomou um gole de água. Podia ver aquilo muito claramente.

– O Sr. Guthrie estava no balcão, tomando uma cerveja. Ele vinha uma vez por semana. Um homem bom. Vendia pisos e tinha filhos na escola secundária. Uma vez por semana, vinha quando sua esposa ia ao cinema com as amigas. Aquilo era sagrado. O Sr. Guthrie pedia cachorro-quente e batatas fritas e geralmente exagerava na bebida. Meu pai costumava dizer que ele bebia lá porque podia dizer a si mesmo que aquilo não era beber de verdade, porque não era em um bar.

– Ele era encrenqueiro? – perguntou Quinn enquanto fazia outra anotação.

– Tudo menos isso. Era o que meu pai chamava de um bêbado afável. Nunca ficava agressivo ou ao menos sentimental. Nas noites de terça-feira, o Sr. Guthrie vinha, pedia um cachorro-quente e batatas fritas, bebia quatro ou cinco cervejas, assistia a alguns jogos e conversava com quem estivesse por perto. Por volta das onze horas, deixava uma gorjeta de 5 dólares na grelha e ia a pé para casa. Beber era uma coisa das noites de terça-feira.

– Ele costumava comprar ovos de nós – lembrou-se Fox. – Uma dúzia de ovos vermelhos, todos os sábados de manhã.

– Eram quase dez horas e o Sr. Guthrie havia pedido outra cerveja. Estava passando pelas mesas com ela – disse Cal. – Alguns homens estavam comendo hambúrgueres. Frank Dibbs era um deles. Era o recordista dos jogos de sua liga e treinador da liga mirim. Estávamos sentados na mesa ao lado, comendo pizza. Meu pai tinha pedido que fizéssemos um intervalo. Dibbs disse: "Ei, Guth, minha mulher quer um piso de vinil novo na cozinha. O que você pode me oferecer?" E Guthrie apenas sorriu. Um daqueles sorrisos com os lábios fechados e que não mostram os dentes. Ele pegou um dos garfos na mesa e o enfiou na bochecha de Dibbs, simplesmente o cravou no rosto dele e continuou a andar. As pessoas gritaram e correram e... Meu Deus, aquele garfo ficou preso na bochecha do Sr. Dibbs e o sangue escorria pelo rosto dele. E o Sr. Guthrie foi para trás da pista dois beber sua cerveja.

Para se dar um momento, Cal tomou um gole.

– Meu pai quis que nós fôssemos embora. Tudo ia ficar uma loucura, exceto por Guthrie, que aparentemente *já* estava louco. Seu pai cuidou de Dibbs – disse Cal para Fox. – Lembro-me de como segurou a cabeça dele. Dibbs já tinha arrancado o garfo e seu pai pegou guardanapos e estancou o sangue. Havia sangue nas mãos dele quando nos levou de carro para casa.

Cal balançou a cabeça.

– Isso não vem ao caso. O pai de Fox nos levou para casa. Gage veio conosco. Meu pai se encarregou disso. Ele só voltou para casa ao amanhecer. Eu o ouvi chegar; minha mãe o estava esperando. Guthrie havia sido trancafiado e estava sentado em sua cela rindo. Rindo como se aquilo fosse uma grande piada. Mais tarde, ele não se lembrava de nada. Ninguém se lembrava de muito do que acontecera naquela semana ou, se lembrava, não o mencionava. Guthrie nunca voltou ao boliche. Eles se mudaram no inverno seguinte.

– Foi só isso que aconteceu naquela noite? – perguntou Cybil depois de um instante.

– Uma garota foi estuprada. – Gage pôs sua caneca vazia sobre o console da lareira. – Ela e o namorado estavam juntos na Dog Street. Ele não parou quando ela disse para parar e nem quando ela começou a chorar e gritar. Ele a estuprou no banco traseiro de seu Buick de segunda mão e depois a deixou à beira da estrada e foi embora. Bateu com o carro em uma árvore algumas horas depois. Acabou no mesmo hospital que ela. Só que não sobreviveu.

— O vira-lata de uma família atacou um garoto de 8 anos — acrescentou Fox. — No meio daquela noite. O cachorro dormia com a criança todas as noites havia três anos. Os pais acordaram com o garoto gritando e quando entraram no quarto o cão os atacou também. O pai teve que afugentá-lo com o taco de beisebol da criança.

— Dali em diante só piorou. Naquela noite, na noite seguinte. — Cal respirou fundo. — Depois passou a ser até de dia.

— Há um padrão aí — disse Quinn em voz baixa, e depois ergueu os olhos quando a voz de Cal interrompeu seus pensamentos:

— Onde? Além de pessoas comuns se tornarem violentas ou psicóticas?

— Vimos o que aconteceu com Caroço. Você acabou de falar sobre outro animal de estimação. Houve outros incidentes assim. Agora você disse que o primeiro incidente público que presenciou envolveu um homem que havia tomado várias cervejas. O álcool no organismo dele provavelmente estava acima do limite legal, o que significa que estava debilitado. A mente não fica aguçada depois que se bebe assim. Você fica mais suscetível.

— Então Guthrie era mais fácil de influenciar ou contagiar porque estava bêbado? — Fox se sentou. — Boa observação. Faz sentido.

— O rapaz que estuprou sua namorada de três meses e depois bateu em uma árvore não havia bebido. — Gage balançou a cabeça. — Onde isso se encaixa no padrão?

— A excitação sexual e a frustração tendem a debilitar o cérebro. — Quinn bateu com o lápis em seu bloco. — Ponha isso em um adolescente e significará suscetível para mim.

— É uma observação válida. — Cal passou a mão pelos cabelos. Por que eles mesmos não tinham percebido isso? — Os corvos mortos. Na manhã do nosso aniversário, naquele ano, havia dúzias de corvos mortos por toda a rua. Algumas janelas quebradas onde eles tinham batido repetidamente ao voar de encontro ao vidro. Sempre achamos que isso tinha a ver com os acontecimentos. Mas ninguém se machucou.

— *Sempre* começa assim? — perguntou Layla.

— A primeira coisa de que me lembro da vez seguinte foi quando os Myerses encontraram o cachorro do vizinho afogado em uma piscina no quintal. Houve uma mulher que deixou o filho trancado no carro e foi ao salão de beleza fazer as unhas e assim por diante. A temperatura era de uns 30 graus naquele dia – acrescentou Fox. – Alguém ouviu a criança chorando e chamou a polícia. Eles a tiraram do carro, mas, quando entraram para pegar a mulher, ela disse que não se lembrava de ter um bebê. Não sabia do que estavam falando. Depois ficaram sabendo que ela havia passado duas noites acordada porque o bebê estava com cólicas.

– Privação do sono.

Quinn anotou aquilo.

– Mas nós sabíamos que estava acontecendo de novo – disse Cal devagar. – Tivemos certeza disso na noite do nosso décimo sétimo aniversário, quando Lisa Adejes saiu nua do bar na esquina da principal e atirou nos carros que passavam com a pistola calibre .22 que tinha na bolsa.

– Nós estávamos em um dos carros – acrescentou Gage. – Felizmente para todos os interessados, ela não tinha uma boa mira.

– Ela o atingiu no braço – lembrou Fox.

– Ela *atirou* em você?

Fox sorriu calmamente para Cybil.

– Pegou de raspão e nós nos curamos rápido. Conseguimos tirar a arma dela antes que atirasse em mais alguém ou fosse atropelada enquanto estava em pé totalmente nua no meio da rua. Então ela nos ofereceu sexo oral. Dizem que era boa nisso, mas não estávamos com disposição de descobrir.

– Está bem, vamos passar do padrão para a teoria. – Quinn se levantou para andar e refletir sobre aquilo. – A coisa que chamamos de Twisse... porque é melhor ter um nome para ela... exige energia. Todos nós somos feitos de energia e Twisse precisa que ela se manifeste para agir. Quando ele está à solta, durante esse período em que Dent não consegue segurá-lo, ele busca as fontes de energia mais fáceis primeiro. Pássaros e animais, pessoas mais vulneráveis. Quando se fortalece, pode ir para um nível acima.

– Não acho que o modo de fazê-lo parar seja nos livrarmos de todos os animais de estimação – começou Gage –, banir o álcool, as drogas e o sexo e garantir que todos tenham uma boa noite de sono.

– É uma pena – retrucou Cybil –, porque isso poderia nos fazer ganhar um pouco de tempo. Continue, Q.

– A próxima pergunta é: como ele gera a energia de que precisa?

– Medo, ódio, violência. – Cal meneou a cabeça para enfatizar. – Nós temos isso. Não podemos simplesmente cortar o fornecimento dele porque não podemos bloquear essas emoções na população. Elas existem.

– Assim como seus opostos, por isso podemos supor que essas são as armas ou medidas defensivas contra ele. Vocês se fortaleceram com o passar do tempo, e ele também. Talvez ele consiga armazenar um pouco dessa energia que absorve durante o período dormente.

– E assim consegue começar mais cedo e mais forte da próxima vez. Sim – concluiu Cal. – Sim, isso faz sentido.

– Ele está usando um pouco dessa energia armazenada agora – interpôs Layla – porque não quer que nós seis continuemos com isso. Quer rachar o grupo antes de julho.

– Ele deve estar desapontado. – Cybil pegou o vinho que havia bebericado durante toda a discussão. – Conhecimento é poder. É bom termos teorias lógicas, mais áreas para pesquisar. Mas parece que precisamos agir. Precisamos de uma estratégia. Tem alguma, Sr. Estrategista?

De seu lugar no chão, Fox sorriu.

– Sim. E eu a contarei assim que a neve derreter o suficiente para irmos à clareira. Vamos todos juntos à Pedra Pagã. E enfrentaremos o filho da mãe.

• • •

Teoricamente aquilo parecia bom. Mas, na opinião de Cal, era diferente quando acrescentava o fator humano. Quando acrescentava Quinn. Ele a havia levado lá antes, e tinha saído de sua mente, deixando-a sozinha e vulnerável.

E não a amava naquela época.

Sabia que não tinha outra escolha e havia interesses maiores envolvidos. Mas a ideia de pô-la em risco, de deliberadamente colocá-la no centro daquilo com ele, o mantinha acordado e inquieto.

Ele perambulou pela casa verificando fechaduras, olhando pelas janelas em busca de qualquer sinal da coisa que os perseguia. A lua estava visível, tingindo de azul a neve abaixo. Eles poderiam abrir caminho com a pá no dia seguinte, pensou, desenterrar os carros. Voltar ao que passaria por normal dentro de um dia ou dois.

Já sabia que, se lhe pedisse para ficar, ela diria que não deixaria Layla e

Cybil sozinhas. Já sabia que teria que deixá-la ir. Não podia protegê-la em todas as horas do dia e, se tentasse, eles acabariam sufocando um ao outro.

Ao andar pela sala de estar, viu luzes brilhando na cozinha. Voltou para apagá-las e verificar as fechaduras. E lá estava Gage, sentado ao balcão jogando paciência, com uma caneca de café fumegando ao lado da pilha de cartas descartadas.

– Um homem que bebe café preto à uma da madrugada vai ficar acordado a noite toda.

– Café nunca me mantém acordado. – Gage virou uma carta e fez seu jogo. – Quando quero dormir, durmo. Você sabe disso. Qual é a sua desculpa?

– Eu estou pensando que a caminhada pela floresta vai ser longa e difícil mesmo se esperarmos um mês. O que provavelmente deveríamos fazer.

– Não. Seis vermelho no sete preto. Você está tentando descobrir um modo de ir sem Quinn. Na verdade, sem nenhuma delas, mas principalmente a loura.

– Eu contei como foi quando estivemos lá.

– Contou. E ela saiu andando com as próprias pernas. Valete de paus sobre rainha de ouros. Não estou preocupado com ela. Estou preocupado com *você*.

Cal alongou as costas.

– Alguma vez não consegui cuidar de mim mesmo?

– Até agora não. Mas você está apaixonado por ela, Hawkins. Sendo assim, seu primeiro e último instintos serão cobrir a retaguarda dela se algo der errado.

– Não deveria ser? – Ele não queria o maldito café, mas se serviu de um pouco. – Por que não seria?

– Eu aposto que sua loura sabe cuidar de si mesma. Isso não significa que você está errado, Cal. Acho que, se eu estivesse apaixonado por uma mulher como você está, não ia querer testar a capacidade dela de cuidar de si mesma. O problema é que você vai ter que fazer isso.

– Eu nunca quis me sentir assim – disse Cal depois de um momento. – Eu a amo, Gage.

– Não sei o que Quinn vê em um perdedor como você, mas parece que ela também o ama.

– Poderia ser melhor. Sinto que poderia ser melhor, poderíamos construir algo real e sólido. Se tivéssemos a chance, se tivéssemos tempo, construiríamos algo juntos.

Casualmente, Gage juntou as cartas e as embaralhou muito rapidamente.

– Você acha que seremos derrotados desta vez.

– Sim. – Cal olhou pela janela para a lua fria e azul. – Acho que seremos. Você não acha?

– Provavelmente sim. – Gage distribuiu cartas para eles jogarem uma rodada de vinte e um. – Mas, droga, você quer viver para sempre?

– Esse é o problema. Agora que encontrei Quinn, parece uma boa ideia.

Cal olhou de relance para sua mão. O rei combinado com o três da mesa somava treze pontos.

– Mais uma.

Com um sorriso, Gage virou um nove.

– Perdeu!

VINTE

Cal esperava ter uma semana, duas se possível. Mas teve três dias. A natureza estragou seus planos de novo, dessa vez com temperaturas em torno de 10 graus. Montanhas de neve se transformaram em colinas enquanto o degelo de fevereiro produzia inundações repentinas.

Três dias depois de sua entrada para automóveis ficar desimpedida e as mulheres estarem de volta à casa na High Street, o tempo firmou. Os rios estavam cheios, mas o chão absorvia a maior parte da água transbordada. E ele estava ficando sem desculpas para adiar a ida à Pedra Pagã.

Enquanto Caroço estava esparramado alegremente à porta atrás dele com as patas para cima, Cal pôs sua cabeça para funcionar. Os jogos de inverno das ligas estavam terminando e os da primavera logo começariam. Ele sabia que estava quase convencendo seu pai de que o boliche lucraria com os sistemas de pontuação automática. Se eles os instalassem logo, poderiam tê-los funcionando nos jogos da primavera.

Teriam que fazer anúncios e algumas promoções. Teriam que treinar os funcionários, logo eles mesmos precisariam passar por um treinamento. Abriu a planilha de fevereiro e notou que o mês fora bom financeiramente, até mesmo um pouco melhor do que o mesmo período no ano anterior. Usaria isso como munição – e, é claro, seu pai também poderia usar.

Se as coisas estão bem, por que mudá-las?

Enquanto tinha essa conversa em sua cabeça, Cal notou a chegada de um e-mail. Ele o abriu. Era Quinn.

Oi, Amor da Minha Vida,
Não quis telefonar no caso de você estar enfiado até o pescoço no trabalho. Avise-me quando não estiver.
Por enquanto, estas são as previsões do tempo: a temperatura máxima prevista para hoje é de 9ºC, com céu parcialmente nublado. A mínima pode chegar a -1ºC. Nenhuma precipitação é esperada. A previsão para amanhã é de sol e temperatura em torno de 10ºC.

Acrescentando recursos visuais, posso ver faixas de grama aumentando no quintal da frente e dos fundos. Realisticamente, é provável que haja mais neve e lama na floresta. Mas, querido, está na hora de nos prepararmos para a Pedra Pagã.

Minha equipe estará pronta amanhã cedo e levará as provisões necessárias.

Além disso, Cyb confirmou a conexão do ramo de Clark e atualmente está examinando alguns ramos de Kinski. Ela acha que pode ter encontrado alguns indícios de onde Ann Hawkins ficou ou pelo menos saber onde poderia ter dado à luz. Eu lhe direi quando nos encontrarmos.

Avise-me, assim que puder, se iremos amanhã.

Beijinhos, Quinn.

(Sei que essa coisa de mandar beijinhos é boba, mas pareceu mais refinada do que me despedir com "Espero que você possa vir e transar comigo".)

A última parte o fez sorrir, embora o texto tivesse lhe provocado uma dor de cabeça. Conseguiria adiar aquilo por um ou dois dias, e de uma forma honesta. Não podia esperar que Fox cancelasse reuniões com clientes ou idas ao tribunal em cima da hora, e Quinn o entenderia. Mas se fosse usar esse argumento, e sua própria agenda, teria que agir direito.

Com certa irritação, enviou um e-mail para Fox perguntando quando teria tempo para ir à clareira. A irritação aumentou quando Fox respondeu imediatamente:

Sexta-feira é um bom dia. Não tenho nada agendado para a manhã e, se for preciso, posso tirar o dia inteiro de folga.

– Bem, dane-se.

Como o e-mail não o tinha ajudado, iria ver Quinn em seu intervalo de almoço.

• • •

Enquanto Cal se preparava para encerrar a manhã, Bill Turner parou na porta do escritório.

– Ah, consertei o banheiro feminino do andar de baixo e o vazamento no freezer era apenas um tubo de borracha que precisava ser trocado.

– Obrigado, Bill. – Ele vestiu seu casaco enquanto falava. – Tenho que fazer algumas coisas na cidade. Não devo demorar mais de uma hora.

– Está bem. Eu queria saber se... – Bill esfregou a mão em seu queixo e depois a abaixou. – Queria saber se Gage virá, talvez amanhã ou depois de amanhã. Ou se eu poderia... poderia passar na sua casa para falar com ele.

Droga, pensou Cal, e ganhou um pouco de tempo fechando seu casaco.

– Não sei se ele está pensando em vir aqui, Bill. Não falou sobre isso. Acho... Dê um pouco de tempo a Gage antes de tomar a iniciativa. Eu sei que você quer...

– Está bem. Está bem. Obrigado.

– Droga – murmurou Cal para si mesmo enquanto Bill saía.

Tinha que ficar do lado de Gage nisso, como podia não ficar? Vira pessoalmente o que Bill havia feito com Gage quando eles eram crianças. Contudo, também vira as dezenas de modos pelos quais Bill tentara se redimir nos últimos anos.

E não acabara de ver a dor, a culpa e até mesmo o pesar no rosto dele? Por isso, independentemente da posição que assumisse, Cal sabia que se sentiria culpado e chateado.

Ele foi direto para a casa de Quinn. Ela abriu a porta e o puxou para dentro. Antes de ele poder dizer uma palavra, os braços dela estavam ao redor do seu pescoço e a boca muito ocupada na dele.

– Eu esperava que fosse você.

– Ainda bem! Greg, o carteiro desta área, poderia ter uma impressão errada se você o cumprimentasse assim.

– Ele é fofo. Venha para a cozinha. Acabei de fazer café. Estamos todas trabalhando em vários projetos lá em cima. Você recebeu meu e-mail?

– Sim.

– Então vamos todos amanhã?

Ela olhou de relance para trás enquanto pegava o café.

– Não. Amanhã não é um bom dia. Fox só estará livre na sexta-feira.

– Ah. – Ela fez um beicinho, que logo desapareceu. – Então está certo. Sexta-feira. Até lá continuaremos a ler, pesquisar e trabalhar. Cyb acha que tem algumas boas possibilidades sobre... O quê? – perguntou ela quando deu uma boa olhada no rosto de Cal. – O que está acontecendo?

Ele se afastou alguns passos e depois voltou.

– Ok, vou dizer. Não quero que você volte lá. Apenas fique quieta por um minuto, está bem? – disse ele quando viu que Quinn ia replicar algo. – Eu gostaria que houvesse um modo de impedi-la de ir, de conseguir ignorar o fato de que todos nós precisamos ir. Sei que você é parte disso e tem que voltar à Pedra Pagã. Sei que deve haver mais motivos do que eu gostaria. Mas gostaria que você não fosse parte disso, Quinn, que ficasse segura em algum lugar até tudo terminar. Posso querer, assim como sei que não posso ter o que quero.

– Se você ficou chateado, não posso fazer nada. – Ela esperou um segundo. – Você já comeu?

– Não. O que isso tem a ver?

– Vou fazer um sanduíche para você, uma oferta que nunca faço sem motivo.

– Por que está fazendo agora?

– Porque eu amo você. Tire seu casaco. Adorei você ter me dito tudo isso – começou ela enquanto abria a geladeira para pegar os ingredientes. – Adorei que precisasse que eu soubesse como se sentia a esse respeito. Agora, se você tivesse me pedido para ficar de fora, mentido ou tentado me enrolar, eu me sentiria diferente. Ainda o amaria, porque sou fiel a esse tipo de coisa, mas ficaria com raiva e também desapontada com você. Do modo como foi, Cal, estou muito feliz e orgulhosa por minha cabeça e meu coração trabalharem tão bem juntos e escolherem o homem perfeito. O homem perfeito para mim.

Ela cortou o sanduíche em dois triângulos iguais e o ofereceu a Cal.

– Quer café ou leite?

– Você não bebe leite, mas água branca. Café está bom, obrigado. – Ele deu uma mordida no sanduíche de pão integral com peru, queijo suíço e alfafa. – Muito bom.

– Não se acostume. – Ela o olhou de relance enquanto servia o café. – Deveríamos sair cedo na sexta-feira, não acha? Ao amanhecer?

– Sim.

Cal tocou na bochecha dela.

– Partiremos à primeira luz do dia.

• • •

Como havia tido sorte com Quinn, Cal decidiu que falaria francamente com Gage. No minuto em que Caroço e ele entraram na casa, sentiu cheiro de comida. E quando foram para os fundos, encontrou Gage na cozinha tomando um gole de cerveja enquanto mexia em algo em uma panela.

– Você fez a janta?

– Chili. Estava com fome. Fox ligou. Disse que vamos levar as mulheres à Pedra Pagã na sexta-feira.

– Sim. À primeira luz do dia.

– Isso vai ser interessante.

– Tem que ser feito. – Cal pôs comida para Caroço antes de pegar uma cerveja. – Preciso falar com você sobre seu pai.

Cal viu Gage se retrair. Como se um interruptor tivesse sido desligado, em um estalar de dedos, o rosto dele simplesmente se apagou.

– Ele trabalha para você. Isso é assunto *seu*. Não tenho nada a dizer.

– Você tem todo o direito de não querer contato com ele. Não estou dizendo que não. Só quero que saiba que ele pergunta por você e quer vê-lo. Olhe, ele já está sóbrio há cinco anos. Mas, mesmo que estivesse há cinquenta, isso não mudaria o modo como o tratou. Só que esta é uma cidade pequena, Gage, e você não pode evitá-lo para sempre. Acho que ele tem coisas a lhe dizer e talvez você queira pôr um fim nisso, deixar tudo para trás.

Havia um motivo para Gage ganhar a vida jogando pôquer. Quando ele voltou a falar, seu rosto e sua voz estavam totalmente inexpressivos.

– Acho que você não deveria se intrometer. Não pedi para fazer isso.

Cal ergueu a mão em um sinal de paz.

– Certo.

– O velho não pode reparar o que fez, Cal.

– Está bem. Não vou tentar convencê-lo do contrário. Só queria que você soubesse.

– Agora já sei.

• • •

Enquanto Cal estava em pé à janela na manhã de sexta-feira, vendo os faróis cortando a penumbra que antecedia a aurora, ocorreu-lhe que fazia exatamente um mês que Quinn fora de carro pela primeira vez à sua casa.

Como podiam ter acontecido tantas coisas? Como tudo mudara em tão pouco tempo? Fazia pouco menos de um mês que ele a conduzira pela floresta pela primeira vez. Que a levara à Pedra Pagã.

Naquelas curtas semanas do mês mais curto do ano, ficara sabendo que não eram apenas ele e seus dois irmãos de sangue que estavam destinados a enfrentar aquela ameaça. Agora havia três mulheres também envolvidas na situação.

E estava totalmente apaixonado por uma delas.

Ficou exatamente onde estava para vê-la saltar da picape de Fox. Seus cabelos claros saíam de baixo do gorro escuro. Ela usava uma jaqueta vermelho-vivo e botas de caminhada arranhadas. Viu o sorriso em seu rosto quando disse algo para Cybil e sua respiração formou nuvens no frio do início da manhã.

Quinn sabia o suficiente para ter medo, e Cal entendia isso. Mas ela se recusava a deixar o medo conduzir suas ações. Ele esperava poder dizer o mesmo porque tinha mais a arriscar agora. Tinha Quinn.

Continuou a olhar até ouvir Fox abrir a porta da frente e então desceu para se juntar a eles e pegar as coisas necessárias para o dia. A névoa cobria o chão que o frio tornara duro como pedra durante a noite. Cal sabia que ao meio-dia o caminho estaria enlameado de novo, mas por enquanto a caminhada seria rápida e tranquila.

Ainda havia poças e montes irregulares de neve. Para a alegria de Layla, Cal identificou os rastros de um cervo que perambulava pela floresta. Se algum deles estava nervoso, escondeu bem, pelo menos naquela primeira parte da caminhada.

Aquilo era muito diferente do dia distante de julho em que Fox, Gage e ele fizeram a caminhada. Não havia nenhum rádio tocando rap ou rock, nenhuma excitação jovem e inocente de um dia roubado e uma noite para esperar.

Nenhum deles jamais fora tão inocente de novo.

Ele se viu levando a mão ao rosto, para onde seus óculos costumavam deslizar pela ponte do nariz.

– Como você está, capitão?

Quinn se aproximou para acompanhar o ritmo de Cal e bateu de leve no braço dele.

– Bem. Só estava pensando naquele dia. Tudo estava quente e verde,

Fox carregando aquele estúpido radinho. A limonada da minha mãe, os bolinhos.

– O suor escorrendo – acrescentou Fox logo atrás dele.

– Estamos chegando ao lago Hester – disse Gage, interrompendo a lembrança.

A água fez Cal pensar em areia movediça em vez de no lago frio e proibido em que seus amigos e ele pularam tanto tempo atrás. Imaginou-se entrando agora, sendo sugado para dentro, cada vez mais fundo, até nunca mais ver a luz.

Eles pararam como haviam feito antes, mas agora tinham café em vez de limonada.

– Havia cervos aqui também. – Layla apontou para o chão. – Aquilo são rastros de cervos, não é?

– Alguns são – confirmou Fox. – Outros são de guaxinins.

Ele segurou o braço de Layla, a virou e apontou para as marcas no chão.

– Guaxinins? – Sorrindo, ela se inclinou para ver melhor. – O que mais poderia haver aqui?

– Algumas raposas, perus selvagens. De vez em quando são avistados ursos, embora a maioria ao norte daqui.

– Ursos?

– A maioria ao norte daqui – repetiu ele, mas achou que aquela era uma boa desculpa para pegar na mão dela.

Cybil se agachou na beira do lago e olhou para a água.

– Um pouco fria para pensar em dar um mergulho – comentou Gage, brincalhão.

– Hester se afogou aqui. – Ela ergueu os olhos e encarou Cal. – E quando você entrou naquele dia, a viu.

– Sim. Sim, eu a vi.

– E você e Quinn a viram em suas mentes. Layla sonhou com ela, vividamente. Então... talvez eu possa captar alguma coisa.

– Achei que você via o futuro, não o passado – começou Cal.

– Sim, mas ainda assim sinto vibrações de pessoas, de lugares que são fortes o suficiente para emiti-las. E você? – Ela olhou de novo para Gage. – Poderíamos conseguir mais em conjunto. Topa?

Sem dizer nada, ele estendeu a mão. Ela a pegou e se levantou. Juntos, olharam para aquela água marrom parada. A água começou a se agitar e espumar. A formar redemoinhos e ondas com cristas brancas. A rugir como o mar em uma violenta tempestade.

E a mão saiu da água para agarrar o chão.

Hester saiu daquela água agitada – muito magra e de pele branca, com cabelos molhados e embaraçados e olhos escuros vidrados. O esforço, ou a loucura, estava estampado naqueles olhos.

Cybil se ouviu gritando quando os braços de Hester Deale se abriram e depois se fecharam ao redor dela e a arrastaram na direção do lago agitado.

– Cyb! Cyb! Cybil!

Ela voltou se debatendo, e se viu não nos braços de Hester, mas nos de Gage.

– O que diabo foi aquilo?

– Você ia entrar.

Ela ficou onde estava, sentindo seu coração bater contra o dele enquanto Quinn lhe apertava o ombro. Cybil olhou de novo para a superfície parada do lago.

– Isso teria sido realmente desagradável.

Estava tremendo, mas Gage foi obrigado a admirar a capacidade dela de manter a voz calma.

– Você viu alguma coisa? – perguntou Cybil.

– A água se agitou e ela veio à tona. Você começou a se inclinar.

– Ela me agarrou. Ela... me abraçou. É o que eu acho, mas não estava concentrada o suficiente para perceber ou sentir o que ela sentia. Talvez se eu tentasse de novo...

– Temos que ir andando – interrompeu Cal.

– Só levou um minuto.

– Quase quinze minutos – corrigiu-a Fox.

– Mas... – Cybil se afastou de Gage quando percebeu que ainda estava nos braços dele. – Pareceu tanto tempo para você?

– Não. Foi imediato.

– Não foi. – Layla estendeu outra tampa de garrafa térmica contendo café. – Estávamos discutindo se devíamos trazê-la de volta e como fazer isso. Quinn disse para esperarmos mais alguns minutos porque às vezes você demorava um pouco para reagir.

– Bem, a coisa toda pareceu durar um minuto, não mais que isso. E não pareceu algo do passado.

Mais uma vez, Cybil olhou para Gage.

– Não, não pareceu. Então, se eu fosse você, não pensaria em dar um mergulho tão cedo.

– Prefiro uma bela piscina azul com um bar dentro.

– E margaritas.

Quinn afagou o braço de Cybil.

– Estou bem, Q.

Cybil pegou a mão de Quinn e a apertou.

– Quando isto terminar, a primeira rodada de margaritas será por minha conta. Pronta para ir? – perguntou Cal.

Ele pegou sua mochila e se virou. Depois balançou a cabeça.

– Isso não está certo.

– Estamos indo do lago mal-assombrado para a floresta demoníaca. – Quinn esboçou um sorriso. – O que poderia estar errado?

– Aquele não é o caminho. – Ele apontou para a trilha onde a neve derretera. – Aquela não é a direção.

Ele estreitou os olhos para evitar o sol enquanto tirava do bolso sua velha bússola de escoteiro.

– Nunca pensou em comprar um GPS? – perguntou Gage.

– Isto dá conta do recado. Vejam, precisamos ir para o oeste a partir daqui. Aquela trilha leva ao norte. Não deveria estar lá.

– Não está. – Fox estreitou seus olhos escuros. – Não há nenhuma trilha, apenas mato e um emaranhado de amoras-pretas. Isso não é real. – Ele se moveu, posicionando-se no ângulo certo. – Aquele é o caminho. – Apontou para o oeste. – É difícil de ver, é como olhar através da lama, mas...

Layla deu um passo para a frente e pegou a mão dele.

– Ok. Sim. Assim é melhor.

– Você está apontando para uma árvore realmente grande – disse Cybil.

– Ela não está lá.

Ainda segurando a mão de Layla, Fox avançou alguns passos. A imagem do grande carvalho se dissolveu ao passar por ela.

– Belo truque. – Quinn deixou escapar um suspiro. – Então Twisse não quer que a gente chegue à clareira. Eu vou na frente.

– Eu vou. – Cal pegou o braço dela e a puxou para trás. – Estou com a bússola.

Só precisou voltar os olhos para seus amigos para eles o seguirem em fila, Fox no meio e Gage na retaguarda com as mulheres no meio. Assim que a trilha se alargou o suficiente, Quinn foi para o lado de Cal.

– É assim que isso tem que funcionar.

Ela olhou para trás e viu que as outras mulheres tinham seguido seu exemplo e agora estavam ao lado de seus parceiros.

– Estamos ligados desta maneira, Cal. Duplas, trios, o grupo de seis. Sejam quais forem os motivos, é assim que é.

– Estamos sendo levados a alguma coisa. Não consigo ver o que é, mas estou levando você e os outros bem para ela.

– Estamos andando com nossas próprias pernas, Cal. – Quinn passou a garrafa de água que carregava no bolso de seu casaco para ele. – Não sei se o amo porque é o Sr. Responsabilidade ou apesar disso.

– Já que me ama, talvez devêssemos pensar na ideia de nos casarmos.

– Gosto dessa ideia, se quer saber minha opinião – disse ela depois de um instante. – Eu aceito.

Estúpido, pensou ele. *Um modo estúpido de propor casamento e um lugar ridículo para isso.* Como eles não sabiam ao certo o que estava do outro lado da curva, fazia sentido agarrar forte o que tinham agora.

– Minha mãe vai querer estardalhaço, uma grande festa e todos os detalhes adicionais – comentou Cal.

– Como ela é na comunicação por telefone e e-mail?

– Ela adora.

– Ótimo. Vou colocá-la em contato com minha mãe para que possam cuidar disso. Como está sua agenda para setembro? – perguntou Quinn.

– Setembro?

Quinn estudou a floresta invernal e observou um esquilo subindo em uma árvore e disparando por um galho grosso.

– Aposto que Hollow é linda em setembro. Ainda verde, mas com apenas um toque da cor por vir.

– Eu estava pensando em antes. Abril ou maio.

Antes, pensou Cal. Antes de julho e do que poderia ser o fim de tudo que ele conhecia e amava.

– Demora um pouco para organizar todos aqueles detalhes adicionais.

Quinn olhou para Cal e ele percebeu que ela lera seus pensamentos.

– Depois, Cal, depois de vencermos. Mais uma coisa para comemorar. Quando nós...

Quinn se interrompeu quando Cal encostou um dedo nos lábios dela. O som veio claramente agora quando todo o movimento e a conversa pararam. O rosnado úmido e gutural atravessou o ar, produzindo um frio na espinha. Caroço se encolheu, sentou e gemeu.

– Desta vez ele também está ouvindo.

Cal mudou de posição de forma sutil, Quinn entre Fox e ele.

– Não creio que estamos com sorte e isso foi apenas um urso. – Layla pigarreou. – De qualquer modo, acho que deveríamos continuar a andar. Seja o que for, a coisa não nos quer lá, então...

– Estamos aqui para ferrar com ela – completou Fox.

– Venha, Caroço. Venha comigo.

O cão estremeceu ao comando de Cal, mas se levantou e, praticamente grudado na perna do dono, seguiu pela trilha na direção da Pedra Pagã.

O lobo – Cal nunca teria chamado aquela coisa de cão – estava na entrada da clareira. Era enorme e negro, com olhos humanos. Caroço arriscou um tímido rosnado em resposta ao rosnado baixo de aviso e depois se encolheu de medo, encostado em Cal.

– Vamos passar por isso também? – perguntou Gage da retaguarda.

– Não é como a trilha falsa. – Fox balançou a cabeça. – Não é real, mas está lá.

– Ok.

Gage começou a tirar sua mochila do ombro.

E a coisa pulou.

Pareceu voar, uma massa de músculos e dentes. Cal cerrou os punhos para se defender, mas não havia nada contra o que lutar.

– Ele sumiu! Mas eu senti...

Lentamente, Quinn baixou os braços que erguera para proteger o rosto.

– Sim. Não só frio, não desta vez. – Cal segurou o braço dela para mantê-la perto. – Houve peso, apenas por um segundo, e matéria.

– Nunca tivemos isso antes, nem mesmo durante os Sete. – Fox examinou os dois lados da floresta. – Seja qual fosse a forma que Twisse assumisse, não estava realmente *lá*. Sempre foi um jogo mental.

– Se ele consegue se materializar, pode nos ferir diretamente – salientou Layla.

– E ser ferido.

Atrás dela, Gage tirou uma Glock 9 milímetros de sua mochila.

– Bem pensado! – foi a opinião fria de Cybil.

– Onde diabo você conseguiu isso?

Gage ergueu as sobrancelhas para Fox.

– Com um cara que conheço. Vamos ficar aqui encolhidos ou entrar?

– Não aponte isso para ninguém – pediu Fox.

– Está com a trava de segurança.

– É o que as pessoas sempre dizem antes de acidentalmente abrir um buraco em seus melhores amigos.

Eles foram para a clareira e a pedra.

– Meu Deus, isso é lindo! – disse Cybil, maravilhada, indo na direção da pedra. – Não pode ser uma formação natural, é perfeita demais. Foi projetada para adoração, eu acho. E é quente. Sintam isso. A pedra é quente.

– Ela a circundou. – Qualquer um com um pouco de sensibilidade deve sentir, tem que saber que isto é solo sagrado.

– Sagrado para quem? – contrapôs Gage. – Porque o que saiu daqui há 21 anos não era luz nem amigável.

– Também não era totalmente escuridão. Nós dois sentimos. – Cal olhou para Fox. – Nós dois vimos.

– Sim. Só que a grande e assustadora massa escura obteve a maior parte da nossa atenção enquanto éramos lançados para longe pela explosão de vento.

– Mas o outro nos deu a maior parte dele, é o que eu acho. Saí daqui sem nenhum arranhão, com a visão perfeita e um ótimo sistema imunológico.

– Os arranhões em meus braços e os machucados da minha briga mais recente tinham desaparecido. – Fox encolheu os ombros. – Desde então não fiquei doente nem por um dia.

– E você? – perguntou Cybil a Gage. – Alguma cura milagrosa?

– Nenhum de nós ficou com nenhuma marca depois da explosão – começou Cal.

– Pode falar, Cal. Sem segredos para a equipe. Meu velho tinha usado seu cinto em mim na noite anterior, antes de virmos para cá. Ele tinha esse hábito quando ficava bêbado. Eu estava com os vergões quando vim, mas não quando fui embora.

– Entendo. – Cybil olhou nos olhos de Gage durante vários segundos.

– O fato de vocês terem recebido proteção, e suas capacidades específicas, lhes permitiu defender, por assim dizer, seu território. Caso contrário, teriam sido três garotinhos indefesos.

– Está limpa. – O comentário de Layla fez todos se virarem para onde ela estava, perto da pedra. – É isso que me vem à mente. Acho que nunca foi usada para sacrifícios. Não de sangue e morte, não para o mal. Parece limpa.

– Eu vi sangue nela – disse Gage. – Eu a vi arder. Ouvi os gritos.

– Esse não é seu objetivo. Talvez seja o que Twisse queira. – Quinn pôs a palma da mão sobre a pedra. – Profaná-la, deturpar seu poder. Se ele puder... bem, a possuirá, não é? Cal?

– Ok. – A mão de Cal pairou sobre a dela. – Pronta?

Quando Quinn assentiu, ele juntou sua mão à dela sobre a pedra.

No início era apenas ela, apenas Quinn. Apenas a coragem em seus olhos. Então o mundo andou para trás, cinco anos, vinte, e ela viu o garoto que ele fora com seus amigos, passando sua faca nos pulsos deles para uni-los. Depois correu para trás, décadas, séculos, para o fogo e os gritos enquanto a pedra ficava fria e branca no meio do inferno.

Para outro inverno distante em que Giles Dent estava com Ann Hawkins assim como ele estava com Quinn agora. As palavras de Dent saíram de seus lábios.

– Nós só temos até o verão. Isso eu não posso mudar, nem mesmo por você. O dever se impõe até mesmos sobre meu amor por você e pelas vidas que criamos. – Ele pôs a mão na barriga dela. – Gostaria, acima de tudo, de poder estar com você quando eles viessem ao mundo.

– Deixe-me ficar, meu amado.

– Eu sou o guardião. Você é a esperança. Não posso destruir a besta, apenas aprisioná-la por algum tempo. Ainda assim, não deixarei você. Não é a morte, mas é uma luta eterna, uma guerra que só eu posso travar. Até o que vir de nós lhe pôr fim. Eles terão tudo que eu puder dar, isso eu juro. Se forem vitoriosos em seu tempo, nós ficaremos juntos de novo.

– O que lhes direi sobre seu pai?

– Que amou sua mãe e os amou de todo coração.

– Giles, a coisa tem a forma de um homem. Um homem pode sangrar, um homem pode morrer.

– A coisa não é um homem e não tenho o poder de destruí-la. Isso ficará para aqueles que vierem depois de nós dois. Ele também terá os seus. Não através do amor. Eles não serão o que pretende que sejam. Não poderá possuí-los se estiverem além de seu alcance, até mesmo de seu conhecimento. Eu tenho que fazer isso. Não sou o primeiro, Ann, apenas o último. O que vem de nós é o futuro.

Ela pôs a mão na lateral de seu corpo.

– Eles chutam – sussurrou. – Quando, Giles, quando isso terminará? Todas as vidas que já vivemos antes, toda a alegria e todo o sofrimento que conhecemos? Quando haverá paz para nós?

– Seja o meu coração. – Giles levou as mãos dela aos seus lábios. – Eu serei sua coragem. E nos encontraremos de novo.

Lágrimas rolaram pelo rosto de Quinn mesmo antes de ela sentir as imagens se dissolvendo.

– Nós somos tudo que eles têm. Se não descobrirmos um meio, estarão perdidos um para o outro. Eu senti o coração dela batendo dentro de mim.

– Ele acreditava no que faria, no que tinha que fazer. Acreditava em nós, embora não pudesse ver isso claramente. Não acho que podia nos ver, todos nós – disse Cal olhando ao redor. – Não claramente. Ele pôs fé nisso.

– Bom para ele. – Gage mudou o peso do corpo de um pé para o outro. – Mas eu pus um pouco mais de fé nesta Glock.

Não era o lobo, mas o garoto que estava na beira da clareira. Sorrindo sem parar. Ele ergueu as mãos, mostrando unhas afiadas como garras. O sol do meio-dia se transformou em crepúsculo; o ar frio se tornou gelado. E um trovão ribombou no céu do fim do inverno.

Em um movimento inesperado, Caroço pulou. A coisa transformada em garoto deu uma gargalhada e subiu em uma árvore, como um macaco. Mas Cal vira aquilo por um segundo. Vira o choque e o que poderia ter sido medo.

– Atire nele! – gritou para Gage, enquanto corria para agarrar a coleira de Caroço. – Atire no filho da mãe.

– Meu Deus, você não acredita realmente que uma bala vai...

Ignorando o comentário de Fox, Gage atirou. Sem hesitação, mirou no coração do garoto. A bala cortou o ar e atingiu a árvore. Dessa vez todos viram o olhar de choque no rosto do garoto. Seu uivo de dor e fúria atravessou a clareira e fez o chão tremer.

Sem misericórdia, Gage esvaziou o pente nele.

A coisa mudou. Cresceu. Girou e se transformou em algo gigantesco, negro e sinuoso que se ergueu sobre Cal, que estava firme em sua posição, tentando segurar o cão, que puxava com força e latia como louco.

O fedor, o *frio* daquilo o atingiu como se fosse uma rajada de pedras.

– Ainda estamos aqui! – gritou Cal. – Este é nosso lugar e você pode ir para o inferno!

Ele cambaleou diante da explosão de som e da rajada de vento.

– É melhor recarregar, atirador – disse Cybil.

– Eu sabia que deveria ter comprado um canhão!

Gage pôs outro pente cheio na Glock.

– Este não é o seu lugar! – gritou Cal de novo.

O vento ameaçou derrubá-lo, pareceu rasgar suas roupas e sua pele como mil facas. Por sobre o uivo do vento, ouviu a arma disparar e a raiva que a coisa vomitava apertar sua garganta como garras. Então Quinn foi para o lado dele. E Fox ficou ombro a ombro do outro lado. Eles formaram uma linha, todos os seis.

– Isto é nosso! – gritou Cal. – Nosso lugar e nosso tempo. Você não pôde ter meu cachorro e não pode ter minha cidade.

– Então vá se danar – sugeriu Fox, se abaixando e pegando uma pedra.

Ele a atirou rapidamente.

– Ei, temos uma arma aqui.

O sorriso de Fox para Gage foi amplo e selvagem enquanto o vento os açoitava ferozmente.

– Atirar pedras é um insulto. Vai acabar com a confiança dele.

Morra aqui!

Não foi uma voz, mas uma onda de som e vento que os derrubou no chão, espalhando-os como pinos de boliche.

– "Acabar com a confiança", sei!

Gage se ajoelhou e começou a atirar de novo.

– Você vai morrer aqui – disse Cal friamente enquanto os outros imitavam Cal e começavam a atirar pedras e paus.

O fogo varreu a clareira, as chamas como lascas de gelo. A fumaça se ergueu em nuvens fétidas enquanto a coisa rugia de indignação.

– Você vai morrer aqui – repetiu Cal.

Desembainhando sua faca, correu para cravá-la na massa negra fervente. A coisa gritou. Cal achou que era um grito, um som que tinha algo de dor e fúria. O choque do impacto subiu pelo seu braço e o atravessou como uma lâmina, dois gumes de calor escaldante e frio insuportável. Arremessou-o, fazendo-o voar através da fumaça como um seixo lançado por um estilingue. Ofegante e com os ossos abalados pela queda, Cal se levantou.

– Você vai morrer aqui!

Dessa vez ele gritou agarrando a faca e se lançando para a frente. A coisa que era um lobo, um garoto, um homem e o demônio o olhou com ódio.

E desapareceu.

O fogo se apagou e a fumaça desapareceu enquanto ele se inclinava para tomar fôlego.

– Alguém se machucou? Todos estão bem? Quinn. Ei, Caroço. – Ele quase caiu para trás quando Caroço pulou e pôs as patas em seus ombros para lamber o seu rosto.

– Seu nariz está sangrando. – Quinn veio rapidamente de gatinhas e se segurou no braço de Cal para se levantar. – Cal. – Ela passou as mãos no rosto e no corpo dele. – Ah, meu Deus, Cal. Nunca vi nada tão corajoso... ou estúpido.

– Sim. Bem... – Em um movimento desafiador, ele limpou o sangue. – Ele me irritou. Se aquilo foi tudo que pôde fazer, falhou.

– Ele não fez nada que uma grande bebida e um longo banho quente não resolvam – concluiu Cybil. – Layla? Você está bem?

– Sim. – Com o rosto raivoso, Layla esfregou suas bochechas doloridas. – Estou. – Então pegou a mão que Fox lhe estendeu e se levantou. – Nós o assustamos. Nós o assustamos e ele fugiu.

– Melhor ainda. Nós o ferimos.

Trêmula, Quinn respirou fundo algumas vezes e depois, como Caroço fizera, pulou em cima de Cal.

– Estamos todos bem. Você foi incrível. Não dá para acreditar. Ah, vou dar um beijão em você.

Enquanto ela ria e chorava, Cal a beijou. Manteve-a junto de si sabendo que, de todas as respostas de que precisavam, para ele Quinn era a primeira.

Dessa vez eles não seriam derrotados, percebeu.

– Vamos vencer. – Cal a afastou para poder olhar nos olhos dela. Os dele estavam calmos, firmes e límpidos. – Nunca acreditei nisso, realmente não. Mas agora acredito. Agora sei, Quinn. – Ele a beijou na testa. – Vamos vencer tudo isso e nos casar em setembro.

– Tem toda a razão.

Quando ela o abraçou de novo, foi uma vitória suficiente por ora. Suficiente para esperar a próxima vez. E na próxima vez, decidiu, estariam armados até os dentes.

– Vamos para casa. É um longo caminho de volta e temos muito que fazer.

Quinn esperou mais um instante, abraçando-o com força enquanto ele olhava por cima da cabeça dela nos olhos de seus irmãos. Gage fez que sim com a cabeça e guardou a arma em sua mochila. Com ela balançando nos ombros, atravessou a clareira na direção da trilha à frente.

O sol brilhou no céu e o vento parou. Eles saíram da clareira para a floresta invernal, três homens, três mulheres e um cão.

Em seu lugar, a Pedra Pagã permaneceu silenciosa, esperando pela volta deles.

CONHEÇA O PRÓXIMO LIVRO DA SÉRIE

A maldição de Hollow

PRÓLOGO

**Hawkins Hollow
Junho de 1994**

EM UMA LINDA MANHÃ DE VERÃO, UM MINÚSCULO POODLE JAZIA AFOgado na piscina do quintal dos fundos dos Bestlers. Lynne Bestler, que escapulira para nadar antes de seus filhos acordarem, pensou inicialmente que se tratava de um esquilo morto – o que já teria sido ruim o suficiente. Estava prestes a pegar aquela massa de pelos com a rede quando reconheceu o adorado Marcell, mascote do vizinho.

Esquilos não usavam coleiras de zircônia.

Os gritos de Lynne e o som da água espirrada quando ela jogou o pobre cão com rede e tudo de volta na piscina fizeram seu marido surgir correndo de cuecas boxer. Os soluços da mãe e os palavrões do pai, por sua vez, acordaram as gêmeas Bestlers, que ficaram gritando em seus pijamas de *Meu pequeno pônei*. Momentos depois, a histeria no quintal fez os vizinhos saírem para dar uma espiada enquanto Bestler tirava o corpo do animal da água. Como muitos homens, ele havia desenvolvido um apego a cuecas velhas e o peso da água foi demais para o elástico gasto.

Dessa maneira, Bestler saiu de sua piscina com um cão morto e sem cuecas. E a radiante manhã de verão na pequena cidade de Hawkins Hollow começou com choque, pesar, comédia e drama.

* * *

Fox soube da morte de Marcell minutos depois de entrar na Ma's Pantry para comprar meio litro de Coca-Cola e dois pacotes de salgadinhos.

Estava no meio do intervalo do trabalho. Nos últimos dias, vinha ajudando o pai a reformar a cozinha da Sra. Larson. Ela queria bancadas novas, armários novos, piso novo e pintura nova. A velha senhora chamava isso de "modernizar as coisas". Fox chamava de "um modo de ganhar dinheiro suficiente para levar Allyson Brendon ao cinema sábado à noite". Esperava convencer a namorada a conhecer o banco traseiro de seu velho fusca.

Não se importava de trabalhar com o pai, embora não quisesse passar o resto da vida brandindo um martelo ou uma serra elétrica. O pai era uma boa companhia e o trabalho era uma opção mais interessante que o serviço de cuidar da horta. Também lhe dava fácil acesso a Coca-Colas e salgadinhos, dois itens que nunca seriam encontrados na casa dos O'Dell-Barrys.

Lá era sua mãe quem mandava.

Ficou sabendo do cachorro por Susan Keefaffer, que contou tudo enquanto as pessoas em volta do balcão ouviam, bebiam café e fofocavam, sem nada melhor para fazer em uma tarde de junho.

Não conhecia Marcell, mas tinha um fraco por animais e se lastimou pelo pobre cachorro. Lamentou também a bizarrice da cena: Sr. Bestler, "nu em pelo", ao lado da piscina do quintal dos fundos com um animal morto nas mãos.

Contudo, mesmo se sentindo triste, não conseguiu fazer as conexões necessárias. Tivera um sonho na noite passada, um sonho com sangue e fogo, vozes cantarolando em uma língua que não entendia. Mas não fora algo tão surpreendente. Afinal de contas, vira na noite anterior *A noite dos mortos-vivos* e *O massacre da serra elétrica* com Cal e Gage.

Não ligou o poodle morto ao sonho ou ao que acontecera em Hawkins Hollow durante uma semana após seu décimo aniversário. Depois da noite em que Cal, Gage e ele passaram na Pedra Pagã, tudo havia mudado para a cidade de Hollow.

Os três rapazes fariam 17 anos dali a algumas semanas. Baltimore tinha uma ótima chance no campeonato daquele ano. Estava prestes a começar o terceiro ano do ensino médio, o que significava finalmente atingir o topo e planejar a universidade. Havia uma chance de perder a virgindade com Allyson Brendon. *Esse tipo de coisa* ocupava sua mente.

Então, quando voltou pela rua e viu um garoto magro mal saído da fase desengonçada da adolescência, com cabelos castanhos grossos presos em um rabo de cavalo curto e olhos castanho-dourados protegidos por óculos, para ele era apenas outro dia comum.

A cidade tinha a mesma aparência de sempre. Limpa, um pouco antiquada, com lojas e velhas casas de pedra, pórticos pintados e meios-fios altos. Ele olhou por cima de seu ombro na direção do Bowl-a-rama. Era o maior prédio da cidade, e onde Cal e Gage estavam trabalhando.

Quando o pai de Fox e ele terminassem o dia de trabalho, pensava em passar lá para ver como iam as coisas. Atravessou a rua, entrou na casa destrancada e ouviu o blues de Bonnie Raitt vindo da cozinha. O pai a acompanhava cantarolando em sua voz clara e tranquila enquanto checava o nível das prateleiras. Embora as janelas e a porta dos fundos estivessem abertas, o lugar ainda cheirava a serragem, suor e cola.

O pai trabalhava agora com calças jeans e uma camiseta velha. Seus cabelos eram 15 centímetros mais compridos que os de Fox e estavam presos em um rabo de cavalo sob uma bandana azul. Havia raspado a barba e o bigode que usava desde que Fox era um bebê. O rapaz ainda não se acostumara a ver tanto do rosto do pai... ou tanto de si mesmo nele.

– Um cão se afogou na piscina dos Bestlers – comentou o rapaz, e Brian parou de trabalhar para se virar para o filho.

– Que triste. O que aconteceu?

– Ninguém sabe. Era um daqueles poodles pequenos, por isso eles acham que o bichinho deve ter caído na piscina e não conseguiu sair.

– Ninguém o ouviu latir. Esse é um modo horrível de morrer. – Brian pousou suas ferramentas e sorriu para o filho. – Ei, também quero salgadinhos.

– Que salgadinhos?

– Os que você tem no bolso de trás. Não está carregando uma sacola e não se ausentou por tempo suficiente para terminar de comer. Aposto que tem bastante aí. Então a situação é a seguinte, meu jovem: você me dá um pouquinho e sua mãe nunca saberá que ingerimos substâncias químicas e subprodutos de carne. Isso se chama *chantagem*.

Fox riu e pegou os sacos. Comprara dois só para esse objetivo. Pai e filho os desembrulharam, morderam e mastigaram em perfeita harmonia.

– O balcão está ótimo, pai.

– Sim, está. A Sra. Larson não é muito chegada a cores, mas o trabalho ficou bom. Não sei quem vai me ajudar quando você for para a universidade.

– Ridge é o próximo da fila – comentou Fox, pensando no irmão mais novo.

– Ridge não guardaria as medidas por mais de dois minutos e provavelmente cortaria um dedo. – Brian sorriu e encolheu os ombros. – Esse tipo de trabalho não é para Ridge nem para você ou qualquer uma de suas irmãs. Acho que precisarei contratar um garoto que queira trabalhar com madeira.

– Eu nunca disse que não gostava.

Não em voz alta.

O pai o olhou como às vezes fazia, como se visse mais do que havia ali.

– Você tem um bom olho e boas mãos. Isso será muito útil quando você crescer. Mas não ganhará a vida usando um cinto de ferramentas. Até lá, entretanto, você pode levar o entulho para a caçamba.

Fox olhou na direção do quintal contíguo, para os entulhos no chão, e ouviu o som de crianças brincando. Foi quando sentiu seu corpo ficar paralisado.

As crianças brincavam com caminhões, pás e baldes em uma caixa de areia azul brilhante. Mas ela não estava cheia de areia. Os braços nus das crianças estavam cobertos de sangue quando elas tiraram seus caminhões da sujeira na caixa. Fox cambaleou para trás enquanto os garotos produziam sons de motores, os lados azuis da caixa se tingiam de vermelho e o sangue pingava na grama verde.

Na cerca entre os quintais, onde as hortênsias estavam prestes a florir, havia um garoto agachado que não era um garoto. Ele mostrou os dentes em um sorriso enquanto Fox recuava na direção da casa.

– Pai! Pai!

O tom de medo em sua voz fez Brian vir correndo.

– O quê? O que foi?

– Você... você não está vendo?

Mas mesmo enquanto Fox dizia isso e apontava, algo dentro dele sabia. Aquilo não era real.

– O quê? – Agora firmemente, Brian segurou os ombros do filho. – O que você está vendo?

O garoto dançou em cima da cerca de tela de arame enquanto chamas vinham de baixo e incineravam as hortênsias.

– Tenho que ir. Tenho que ver Cal e Gage. Agora mesmo, pai. Tenho que...

– Pode ir. – Brian soltou o filho e deu um passo para trás. Não o questionou. – Vá encontrá-los.

Fox praticamente voou pela casa e saiu, seguindo pela calçada. A cidade não tinha mais a aparência de sempre. Com a visão de sua mente, Fox a viu como era naquela semana horrível de julho, sete anos antes.

Fogo e sangue, lembrou-se.

Ele entrou correndo no Bowl-a-rama, onde as ligas de verão estavam em pleno jogo vespertino. O estrondo das bolas e o barulho dos pinos ressoaram em sua cabeça enquanto ele ia direto para o balcão da frente, onde Cal trabalhava.

– Onde está Gage? – perguntou.

– O que houve com você? – perguntou Cal.

– Onde está Gage? – repetiu Fox.

– Trabalhando no fliperama. Ele... ele está logo ali.

Ao sinal de Cal, Gage se aproximou.

– Oi, senhoras. O que houve?

Seu sorriso desapareceu quando ele viu o rosto de Fox.

– Fox, o que aconteceu?

– Ele está de volta – respondeu Fox. – Ele voltou.

UM

Hawkins Hollow
Março de 2008

Fox se lembrava de muitos detalhes daquele dia de junho. Do rasgão no joelho esquerdo da calça jeans de seu pai, do cheiro de café e de cebolas na Ma's Pantry, do barulho dos salgadinhos que abriram na cozinha da Sra. Larson.

Mas do que se lembrava mais, muito mais do que do choque e do medo, era do quanto sua família tinha confiado nele. Eles também confiaram nele na manhã de seu décimo aniversário, quando Fox voltou para casa com Cal, ambos cansados, exaustos e apavorados, com uma história em que nenhum adulto acreditaria. Ainda conseguia recordar o modo como seus pais se entreolharam quando ele descreveu algo sombrio, poderoso e *horrível* saindo da clareira onde ficava a Pedra Pagã.

Eles não haviam rechaçado aquilo como se fosse uma brincadeira de criança, nem mesmo o repreendido por mentir sobre onde estava na noite anterior. Em vez disso, ouviram. E quando os pais de Cal chegaram, ouviram também.

Fox olhou para a fina cicatriz em seu pulso, feita com a faca de escoteiro de Cal, quase 21 anos atrás, para torná-los irmãos de sangue. Era a única cicatriz em seu corpo. Tivera outras antes daquela ritual, mas todas haviam desaparecido. Desde então, seus ferimentos haviam sarado. Desaparecido sem deixar vestígios.

Era aquela marca, a mistura de sangue, que libertara a coisa aprisionada há séculos. Durante sete noites, aquilo havia se manifestado em Hawkins Hollow.

Eles pensavam que o tinham vencido, três garotos de 10 anos contra o maldito que infectava a cidade. Mas ele voltara, sete anos depois, para mais sete noites infernais. Depois voltara outra vez, na semana em que fizeram 24 anos.

Voltaria de novo naquele verão. Já estava se manifestando.

Mas agora as coisas seriam diferentes. Estavam mais bem preparados, tinham mais conhecimento. Não eram só Cal, Gage e ele. Eram seis forças. Três mulheres ligadas por descendência ao demônio. Três homens ligados a quem aprisionara aquele demônio.

Não eram mais garotos, pensou Fox quando parou para estacionar na frente da casa geminada onde ficava seu escritório e apartamento. E, considerando o que o pequeno grupo de seis conseguiu fazer algumas semanas atrás na Pedra Pagã, o demônio que um dia se denominara Lazarus Twisse teria algumas surpresas.

CONHEÇA OUTRA SÉRIE DA AUTORA

Bruxa da noite
(Livro 1 da trilogia Primos O'Dwyer)

De uma das autoras mais queridas do mundo vem uma trilogia sobre a terra a que nos conectamos, a família que guardamos no coração e as pessoas que desejamos amar...

Com pais indiferentes, Iona Sheehan cresceu ansiando por carinho e aceitação. Com a avó materna, descobriu onde encontrar as duas coisas: numa terra de florestas exuberantes, lagos deslumbrantes e lendas centenárias: a Irlanda. Mais precisamente no Condado de Mayo, onde o sangue e a magia de seus ancestrais atravessam gerações – e onde seu destino a espera.

Iona chega à Irlanda sem nada além das orientações da avó, um otimismo sem fim e um talento inato para lidar com cavalos. Perto do encantador castelo onde ficará hospedada por uma semana, encontra a casa de seus primos Branna e Connor O'Dwyer, que a recebem de braços abertos em sua vida e em seu lar.

Quando arruma um emprego nos estábulos locais, Iona conhece o dono do lugar, Boyle McGrath. Uma mistura de caubói, pirata e cavaleiro tribal, ele reúne três de suas maiores fantasias num único pacote.

Iona logo percebe que ali pode construir seu lar e ter a vida que sempre quis, mesmo que isso implique se apaixonar perdidamente pelo chefe. Mas as coisas não são tão perfeitas quanto parecem. Um antigo demônio que há muitos séculos ronda a família de Iona precisa ser derrotado. Agora parentes e amigos vão brigar uns com os outros – e uns pelos outros – para manter viva a chama da esperança e do amor.

INFORMAÇÕES SOBRE A ARQUEIRO

Para saber mais sobre os títulos e autores
da EDITORA ARQUEIRO,
visite o site www.editoraarqueiro.com.br
e curta as nossas redes sociais.
Além de informações sobre os próximos lançamentos,
você terá acesso a conteúdos exclusivos e poderá participar
de promoções e sorteios.

www.editoraarqueiro.com.br

facebook.com/editora.arqueiro

twitter.com/editoraarqueiro

instagram.com/editoraarqueiro

skoob.com.br/editoraarqueiro

Se quiser receber informações por e-mail,
basta se cadastrar diretamente no nosso site
ou enviar uma mensagem para
atendimento@editoraarqueiro.com.br

Editora Arqueiro
Rua Funchal, 538 – conjuntos 52 e 54 – Vila Olímpia
04551-060 – São Paulo – SP
Tel.: (11) 3868-4492 – Fax: (11) 3862-5818
E-mail: atendimento@editoraarqueiro.com.br